Né en 1956 à Édimbourg, Philip Kerr a fait des études de droit à l'université de Birmingham et étudié la philosophie en Allemagne. Auteur de plus de trente livres acclamés dans le monde entier, il a reçu le Endeavour Historical Dagger de la Crime Writers' Association (2009) et de nombreux autres prix. Il est décédé en 2018.

Philip Kerr

L'OFFRANDE GRECQUE

Une enquête de Bernie Gunther

ROMAN

Traduit de l'anglais
par Jean Esch

Seuil

TEXTE INTÉGRAL

TITRE ORIGINAL
Greeks Bearing Gifts
ÉDITEUR ORIGINAL
Quercus, an Hachette UK company

ISBN 978-2-7578-8093-7
(ISBN 978-2-021-34068-6, 1ère publication)

Ce livre est dédié à Chris Anderson
et à Lisa Pickering,
avec toute ma reconnaissance.

« Le monde entier est leur proie. Riche, leur ennemi déchaîne leur cupidité ; pauvre, il subit leur tyrannie. Rafler, massacrer, saccager, c'est ce qu'ils appellent à tort asseoir leur pouvoir. Font-ils d'une terre un désert ? Ils diront qu'ils la pacifient. »

Tacite, *Vie d'Agricola*

Prologue

Janvier 1957

Cela pourrait être la plus mauvaise histoire jamais racontée si tout ne s'était pas déroulé exactement tel que je le décris, dans les moindres détails.

C'est toujours comme ça avec la vraie vie : les faits semblent improbables jusqu'au moment où ils se produisent. Mon expérience d'inspecteur de police et mon histoire personnelle confirment cette observation. Il n'y a rien de plausible dans ma vie. Mais je devine qu'il en va de même pour chacun de nous. Le recueil des événements qui font ce que nous sommes semble exagéré, ou fictif, jusqu'au jour où nous nous retrouvons en train d'évoluer sur ses pages tachées et cornées.

Les Grecs ont un mot pour cela, évidemment : *mythologie*. La mythologie explique tout : les phénomènes naturels, mais aussi ce qui se passe quand vous allez en enfer après votre mort, ou que vous avez la mauvaise idée de voler une boîte d'allumettes à Zeus. D'ailleurs, il se trouve que les Grecs sont très impliqués dans cette histoire. Comme dans toutes les histoires peut-être, si on y réfléchit. Après tout, c'est un Grec nommé Homère qui a inventé le récit moderne, alors qu'il perdait la vue, en supposant qu'il ait existé.

Et comme beaucoup d'histoires, celle-ci sera sans doute bien meilleure avec un verre ou deux. Alors, n'hésitez pas. C'est ma tournée. En ce qui me concerne, j'aime bien boire un coup, mais je ne suis pas un cas désespéré, croyez-moi. Loin de là. J'espère sincèrement qu'un soir, j'irai boire un verre et me réveillerai amnésique sur un bateau à vapeur faisant route vers l'inconnu.

C'est mon côté romantique, je suppose. J'ai toujours aimé voyager, même lorsque j'étais content de rester chez moi. On pourrait penser que je cherchais à fuir. Les autorités, principalement. Ça n'a pas changé, s'il faut dire la vérité. Ce qui arrive rarement. Surtout en Allemagne. Surtout pour moi et quelques-uns de mes semblables. Pour nous, le passé ressemble au mur extérieur d'une prison : il est probable que nous ne pourrons jamais le franchir. Compte tenu de ce que nous avons été, de tout ce que nous avons fait.

Mais comment expliquer ce qui s'est passé ? Telle est la question que je voyais dans les yeux de certains clients américains du Grand Hôtel du cap Ferrat où, récemment encore, je travaillais comme concierge, quand ils découvraient que j'étais allemand. Comment est-il possible que votre peuple ait assassiné tant de gens ? Eh bien, quand vous vous promenez dans un immense marché aux poissons, vous êtes surpris de voir les formes diverses et étranges que peut prendre la vie ; difficile même d'imaginer que certaines de ces créatures fantastiques, sinistres, à l'aspect insaisissable, exposées sur les étals puissent exister. Parfois, en contemplant mes congénères, j'ai cette même impression.

Personnellement, je ressemble un peu à une huître. Il y a des années de cela, en janvier 1933 pour être précis, un morceau de sable s'est introduit dans ma coquille et a commencé à m'agacer. Mais s'il y a une perle en moi, c'est sans doute une perle noire. Franchement, j'ai fait durant la guerre deux ou trois choses dont je ne suis pas fier. Rien d'inhabituel. C'est ça, la guerre. Tous ceux d'entre nous qui y ont participé ont l'impression d'être des criminels et d'avoir fait quelque chose de mal. Je ne parle pas des authentiques criminels, évidemment : rien n'a jamais été inventé qui puisse leur donner des remords. À une exception près, peut-être ; le bourreau de Landsberg. Si on lui en donne l'occasion, il peut provoquer une crise de conscience chez n'importe qui, ou presque.

Officiellement, tout cela est derrière nous maintenant. Notre révolution nationale-socialiste et la guerre dévastatrice qu'elle a engendrée sont terminées, et la paix dont nous jouissons désormais, grâce aux Américains notamment, n'est en rien carthaginoise. Nous ne pendons plus personne depuis longtemps, et à l'exception de quatre d'entre eux, les centaines de criminels de guerre qui ont été capturés et condamnés à la prison à vie à Landsberg ont été libérés. Je pense que cette nouvelle République fédérale d'Allemagne pourra être un pays formidable, une fois que nous aurons fini de le construire. Toute l'Allemagne de l'Ouest sent la peinture fraîche et tous les bâtiments publics font l'objet de gros travaux de reconstruction.

Aigles et svastikas ont disparu depuis longtemps, mais aujourd'hui, on efface même leurs traces, tel Léon Trotski sur une vieille photo du parti communiste d'URSS. À l'intérieur du tristement célèbre Hofbräuhaus de Munich – plus qu'ailleurs, peut-être –, ils ont fait leur possible pour masquer les svastikas sur le plafond voûté couleur crème, mais on les devine encore. Sans ces marques – les empreintes digitales du fascisme –, il serait facile de croire que les nazis n'ont jamais existé et que treize années de vie sous Adolf Hitler n'ont été qu'une sorte de terrifiant cauchemar gothique.

Si seulement les stigmates du nazisme avaient pu être effacés aussi aisément de l'âme bivalve empoisonnée de Bernie Gunther. Pour ces raisons, et d'autres aussi compliquées que je n'évoquerai pas maintenant, les seuls moments dans lesquels je suis réellement moi-même, de nos jours, sont ceux où, par nécessité, je me retrouve seul. Le reste du temps, je suis obligé d'être quelqu'un d'autre.

Alors, voilà. *Hallo.* Dieu vous salue, comme nous disons ici en Bavière. Je m'appelle Christof Ganz.

1

Un vent assassin se déchaînait ce soir-là dans les rues de Munich, alors que je partais travailler. Ce vent glacial et sec de Bavière qui souffle des Alpes, acéré comme une lame de rasoir neuve, et vous fait regretter de ne pas vivre dans un pays plus chaud, de ne pas posséder de pardessus plus épais, ou d'avoir un boulot qui vous oblige à embaucher à dix-huit heures. J'avais suffisamment travaillé de nuit quand j'étais flic à la Criminelle de Berlin, j'aurais dû être habitué aux doigts bleus et aux pieds gelés, sans parler du manque de sommeil et du salaire de misère. Un soir comme celui-ci, il ne faisait pas bon monter la garde jusqu'à l'aube à l'entrée d'un hôpital très fréquenté. Ce pauvre homme devrait être assis au coin du feu, dans une taverne au décor chaleureux, devant une chope de bière à la mousse généreuse, pendant que son épouse l'attend à la maison, image même de la fidélité conjugale, occupée à tisser un linceul, en projetant de verser dans son café quelque chose d'un peu plus mortel qu'une cuillerée de sucre supplémentaire.

Évidemment, quand je dis que j'étais gardien de nuit, il serait plus exact de dire que j'étais préposé à la morgue, mais ça sonne moins bien dans une conversation polie. Beaucoup de gens se sentent mal à l'aise en entendant ces mots « préposé à la morgue ». Surtout les vivants. Mais quand vous avez vu autant de cadavres que moi, la présence de la mort ne vous fait même plus sourciller.

Après quatre ans au fond de l'abattoir des Flandres, vous pouvez tout supporter. Et puis, c'était un boulot, et ils ne couraient pas les rues. À cheval donné on ne regarde pas les dents, même dans le cas de ce vieux canasson malade qui m'avait été offert devant les portes de la fabrique de colle locale par d'anciens camarades, à Paderborn : ils m'avaient déniché ce poste à l'hôpital après m'avoir refilé une nouvelle identité et cinquante marks. Alors, en attendant de trouver mieux, je n'avais pas le choix, et mes clients non plus. En tout cas, je n'en avais entendu aucun se plaindre de mes façons de faire.

Vous pourriez penser que les morts sont capables de s'occuper d'eux-mêmes, mais à l'hôpital des gens meurent en permanence, et généralement, ils ont besoin d'un petit coup de main pour se déplacer. L'époque des défenestrations de patients semble révolue. Ma tâche consistait donc à aller chercher les macchabées dans les services, à les transporter à la morgue et à les laver avant de les mettre à la disposition des croque-morts. En hiver, pas besoin de s'embêter à refroidir les corps ou à pulvériser du produit contre les mouches : la température y dépassait à peine zéro. La plupart du temps, je travaillais seul, et après un mois à l'hôpital Schwabing, je crois que je m'étais habitué : au froid, à l'odeur et à l'impression d'être seul, sans l'être tout à fait, si vous voyez ce que je veux dire. Une ou deux fois, un cadavre avait bougé – ça arrivait parfois : le vent – et c'était un peu inquiétant, je l'avoue. Mais peut-être pas surprenant. À force d'être seul, je m'étais mis à parler à la radio. Du moins, je supposais que les voix venaient de là ; dans un pays qui avait vu éclore Luther, Nietzsche et Adolf Hitler, on ne pouvait jamais être sûr de rien dans ce domaine.

Ce soir-là, je dus monter aux urgences pour récupérer un corps qui aurait fait réfléchir Dante. Une bombe datant de la guerre – on estimait qu'il y en avait des dizaines de milliers enterrées dans tout Munich, ce qui rendait souvent dangereux les travaux de reconstruction – avait explosé dans le quartier de Moosach, tout proche, tuant dans une taverne au moins une personne et en blessant plusieurs autres. J'avais entendu la déflagration juste avant de prendre mon service : ça ressemblait à une *standing ovation* à Asgard. Si la fenêtre de ma chambre n'avait pas été couverte de ruban adhésif pour lutter contre les courants d'air, elle aurait sans doute volé en éclats. Alors, tout était bien qui finissait bien. Un Allemand de plus victime d'une bombe larguée par une forteresse volante américaine, quelle importance ?

Le macchabée semblait s'être vu offrir une place au premier rang d'un cercle très privé de l'enfer, où il avait été mastiqué par un Minotaure très en colère, avant d'être déchiqueté. Il n'irait plus jamais danser, vu que ses jambes étaient sectionnées au niveau des genoux, sans parler du fait qu'il était grièvement brûlé. Son corps dégageait une légère odeur de barbecue, d'autant plus épouvantable qu'elle était vaguement, contre toute attente, appétissante. Seules ses chaussures n'avaient pas souffert. Tout le reste – les vêtements, la peau, les cheveux – offrait un sacré spectacle. Je le nettoyai soigneusement – son torse ressemblait à une piñata d'éclats de verre et de métal – et l'arrangeai de mon mieux. Je déposai ses souliers Salamander bien cirés dans une boîte, au cas où quelqu'un de la famille viendrait identifier ce pauvre diable. Une paire de chaussures peut vous apprendre mille choses sur une personne, mais ici, la tâche n'aurait pas été moins insurmontable s'il avait passé les douze derniers jours traîné dans la poussière derrière un char. Le visage ressemblait à un demi-kilo de pâtée pour chien et la mort subite avait certainement rendu service à ce type, mais je me serais bien gardé de le faire remarquer. L'euthanasie demeurait un sujet sensible, parmi une longue liste d'autres sujets sensibles dans l'Allemagne moderne.

Pas étonnant qu'il y ait tant de fantômes dans cette ville. Certaines personnes traversent l'existence sans en croiser un seul, moi j'en voyais tout le temps. Des fantômes que je reconnaissais. Douze ans après la guerre, nous vivions dans le château de Frankenstein, et chaque fois que je me retournais, j'avais l'impression de voir un visage pensif, plaintif, dont j'avais conservé un vague souvenir. Très souvent, ils ressemblaient à de vieux camarades, mais de temps en temps, ils avaient l'apparence de ma pauvre mère. Elle me manquait beaucoup. Parfois, ces fantômes me prenaient pour un des leurs, ce qui n'avait rien d'étonnant car seul mon nom a changé. Pas mon visage. Dommage. En outre, mon cœur faisait des siennes, comme un enfant difficile, même s'il n'est plus très jeune. Par moments, il se mettait à sauter partout, sans raison, juste pour me prouver qu'il en était capable, et me montrer ce qui arriverait si je cessais de m'occuper d'un enquiquineur de son espèce.

De retour chez moi, mon service terminé, je fis très attention de couper le gaz de ma petite cuisinière deux feux après avoir fait bouillir l'eau pour le café que je buvais habituellement avec mon schnaps du matin. Le gaz était aussi explosif que du TNT, même quand il s'échappait sous forme de léger crachotement des tuyaux défectueux. Devant ma fenêtre terne et jaunie se dressait un tas de gravats de plus de vingt mètres de haut, envahi par les mauvaises herbes : autre héritage des bombardements. Soixante-dix pour cent des bâtiments de Schwabing avaient été détruits, ce qui m'arrangeait car les logements étaient du coup meilleur marché dans ce quartier. J'habitais dans un immeuble promis à la démolition, traversé par une fissure si profonde que l'on aurait pu y cacher une cité antique. Mais j'aimais bien cet amoncellement de décombres. Il me rappelait à quoi ressemblait ma vie, récemment encore. Et j'aimais bien le fait qu'un guide local conduise les touristes au sommet de cette montagne dans le cadre de sa visite de Munich. En haut se trouvait une croix commémorative et on avait une jolie vue sur la ville. On ne pouvait qu'admirer l'ingéniosité de ce type. Gamin, je grimpais au sommet de la cathédrale de Berlin – 264 marches – et faisais le tour du dôme avec les pigeons pour seule compagnie, mais je n'avais jamais eu l'idée d'en faire mon métier.

Je n'ai jamais beaucoup aimé Munich, son penchant pour les tenues folkloriques, les fanfares, le catholicisme fervent et les nazis. Berlin me convient mieux, et pas uniquement parce que j'y suis né. Munich a toujours été une ville plus docile, plus conservatrice que l'ancienne capitale prussienne. J'avais appris à mieux la connaître juste après la guerre quand, avec ma deuxième épouse, Kirsten, nous avions tenté de tenir un hôtel très mal situé, dans une banlieue de Munich appelée Dachau, tristement connue désormais à cause du camp de concentration qu'y avaient installé les nazis. Cet endroit ne me plaisait déjà pas à l'époque. Kirsten était morte, ce qui n'arrangeait rien, et j'étais parti peu de temps après, convaincu de ne jamais y revenir, et me revoilà, sans véritable projet, du moins aucun projet dont je voudrais parler, au cas où Dieu écouterait. Je ne Le trouvais pas aussi miséricordieux qu'aimaient à l'affirmer un grand nombre de Bavarois. Surtout un dimanche soir. Et surtout après Dachau. Mais j'étais là et j'essayais de faire preuve d'optimisme, même s'il n'y avait absolument aucune place pour une telle chose – pas dans mon logement exigu –, et de prendre la vie du bon côté, même s'il fallait la saisir à travers une très haute clôture de fils barbelés.

Malgré tout cela, je puisais une certaine satisfaction dans ce que je faisais pour gagner ma vie : nettoyer la merde et laver des cadavres. J'y voyais une pénitence appropriée à tout ce que j'avais fait auparavant. J'avais été flic, pas un véritable flic, mais un larbin pour des individus tels que Heydrich, Nebe et Goebbels. Ce n'était pas une pénitence à proprement parler, comme celle de l'ancien empereur germanique Henri IV, qui se rendit à genoux au château de Canossa afin d'obtenir le pardon du pape, mais ça ferait peut-être l'affaire. D'autant que, à l'instar de mon cœur, mes genoux ne sont plus de la première jeunesse. Pas à pas, à l'image de l'Allemagne, j'essayais de retrouver une certaine respectabilité. Nul ne peut nier qu'il est possible de parcourir un long chemin petit à petit, même à genoux.

À vrai dire, ce processus fonctionnait un peu mieux pour l'Allemagne que pour moi, grâce au Vieux. On surnommait ainsi Konrad Adenauer, car il avait déjà soixante-treize ans quand il était devenu le premier chancelier d'Allemagne de l'Ouest après la guerre. À quatre-vingt-un ans, il était toujours au pouvoir, à la tête des chrétiens-démocrates, et à moins d'appartenir à un mouvement juif radical du style Irgoun, qui avait tenté à plusieurs reprises de l'assassiner, il fallait reconnaître qu'il avait fait du bon boulot. Les gens parlaient déjà du « miracle du Rhin », et en disant cela, ils ne faisaient pas référence à saint Alban de Mayence. Grâce à l'action cumulée du plan Marshall, d'une faible inflation, d'une croissance industrielle rapide et d'un travail acharné, l'Allemagne obtenait maintenant de meilleurs résultats économiques que l'Angleterre. Cela ne m'étonnait pas outre mesure : les British avaient toujours été un peu trop prétentieux. Après avoir remporté deux guerres mondiales, ils avaient commis l'erreur de croire que toutes les autres nations leur étaient redevables. Mais le véritable miracle, c'était peut-être le fait que le reste du monde semblait avoir pardonné à l'Allemagne d'avoir déclenché un conflit responsable de cinquante à soixante millions de morts, et cela bien que le Vieux ait dénoncé le processus de dénazification et fait voter une loi d'amnistie pour nos criminels de guerre, ce qui expliquait certainement cette idée, tenace et très répandue, qu'un grand nombre d'anciens nazis avaient réintégré le gouvernement. Le Vieux avait une explication pratique là aussi : il fallait s'assurer que l'on disposait de suffisamment d'eau potable avant de jeter l'eau sale.

Moi qui nettoyais des Allemands morts pour gagner ma vie, je ne pouvais dire le contraire.

Évidemment, j'avais plus d'eau sale dans mon seau que la plupart des gens, et surtout, j'appréciais cette obscurité toute nouvelle. Comme Garbo dans *Grand Hôtel*, j'aspirais à la solitude et la notion d'anonymat me plaisait encore plus que la petite barbe que j'arborais maintenant pour atteindre ce but. Une barbe grise et jaunâtre, vaguement métallique, qui me conférait une sagesse dont j'étais dépourvu. Nos vies sont façonnées par nos choix, bien entendu, mais surtout par nos erreurs. Toutefois, l'idée que la police, sans parler des principales agences de renseignement et de sécurité du monde entier, m'avait oublié était agréable, pour ne pas dire plus. Sur le papier, ma vie avait l'air plaisante ; d'ailleurs, il n'y avait que là qu'elle donnait l'impression d'avoir été bien employée, ce qui, dans le cas d'un homme ayant été flic pendant de nombreuses années, était en soi suspect. Et donc, afin de faciliter l'existence de Christof Ganz, je profitais de mon temps libre pour passer en revue les faits réels de sa vie, et inventer certaines choses qu'il avait faites. Des endroits où il était allé, des métiers qu'il avait exercés et, surtout, ses états de service pendant la guerre, auprès du IIIe Reich. Comme tout le monde l'avait fait dans la nouvelle Allemagne. Oui, nous étions tous devenus très imaginatifs dans nos curriculum. De nombreux chrétiens-démocrates avaient montré l'exemple.

Je bus un autre verre de schnaps avec mon petit déjeuner, juste pour trouver le sommeil, évidemment, et j'allai me coucher. Je rêvai à des jours plus heureux, mais j'aurais pu tout aussi bien adresser une prière au dieu du nuage noir qui flotte dans le ciel. Les prières n'étant jamais exaucées, difficile de faire la différence.

2

Quand je retournai travailler le soir, la victime de l'explosion du quartier de Moosach était toujours là, étendue sur la table tel un festin abandonné par un vautour. Quelqu'un avait fixé une étiquette portant son nom à un orteil, ce qui, étant donné que sa jambe n'était plus attachée au reste du corps, me semblait imprudent, pour ne pas dire plus. Il se nommait Johann Bernbach et n'avait que vingt-cinq ans. J'en savais un peu plus à présent sur la bombe grâce à la *Süddeutsche Zeitung*. Un engin de deux cent cinquante kilos avait explosé sur un chantier de construction situé à côté d'une taverne de Dachauer Strasse, à moins de cinquante mètres de l'usine à gaz municipale. Le gazomètre contenait près de cent vingt mille mètres cubes de gaz, d'où ce sentiment général, exprimé par le journal, que la ville s'en sortait bien avec seulement deux personnes tuées et six autres blessées. J'en fis part à Bernbach.

« J'espère que tu avais eu le temps de t'enfiler plusieurs bières avant de casser ta pipe, l'ami. De quoi atténuer un peu la douleur. Je sais bien que maintenant tu t'en fiches, mais ta mort inattendue n'est pas traitée avec le respect qu'elle mérite. Pour dire les choses brutalement, Johann, tout le monde semble se réjouir que toi seul aies été transformé en toast brûlé. Il y avait un gazomètre à côté de l'endroit où cette saucisse géante a explosé. Rempli de gaz, évidemment. De quoi m'occuper pendant des semaines. C'est logique que tu te retrouves ici, d'une certaine manière, vu que c'est une bombe larguée par les Amerloques qui t'a tué. Et jusqu'à l'année dernière, c'était l'hôpital américain ici. Bref, j'ai fait tout ce que je pouvais pour toi. J'ai retiré presque tous les éclats de verre. Je t'ai un peu rafistolé les jambes. Maintenant, au croque-mort de jouer.

– Vous parlez toujours à vos clients de cette façon ? »

Me retournant, je découvris Herr Schumacher, un des directeurs de l'hôpital, arrêté sur le seuil. C'était un Autrichien, né à Braunau am Inn, une petite ville située à la frontière avec l'Allemagne, et bien qu'il ne soit pas médecin, il portait une blouse blanche. Sans doute pour paraître plus important.

« Pourquoi pas ? Ils répondent rarement. Et puis, ça m'évite de me parler à moi-même. Je deviendrais fou sinon.

– Oh, Seigneur. Bon sang. Je n'imaginais pas qu'il était dans un tel état.

– Chut. Vous allez le vexer.

– C'est juste qu'il y a là-haut, dans le Pavillon Dix, un homme prêt à identifier formellement ce pauvre gars avant qu'ils l'emmènent. Il fait partie des victimes de l'explosion, et il est soigné chez nous. Il est dans un fauteuil roulant, mais il n'a rien aux yeux. J'espérais que vous pourriez le pousser jusqu'ici pour l'aider à accomplir cette formalité. Mais maintenant que j'ai vu le corps… je crains qu'il s'évanouisse. Nom d'un chien, moi-même j'ai failli tourner de l'œil.

– S'il est en fauteuil roulant, c'est moins grave. Je pourrai toujours le pousser ailleurs pour qu'il s'en remette. Dans un autre hôpital, par exemple. » J'allumai une cigarette et dirigeai la fumée vers mes narines reconnaissantes. « Quelque part où ils ont du linge propre, du moins.

– Vous savez que vous n'avez pas le droit de fumer ici.

– Je sais. Des gens se sont plaints. Mais en fait, je fume pour des raisons médicales.

– Citez-m'en une.

– L'odeur.

– Oh. Oui. Je comprends. » Schumacher prit une cigarette dans le paquet que je lui agitai sous le nez et me laissa l'allumer. « Vous ne les couvrez pas, d'habitude ? Avec un drap ou autre chose ?

– Nous ne nous attendions pas à recevoir de la visite. Mais tant que le personnel de la laverie est en grève, tous les draps propres sont réservés aux vivants. C'est ce qu'on m'a dit.

– Soit. Mais vous ne pourriez pas faire quelque chose pour son visage ?

– Que suggérez-vous ? Un masque de fer ? Cela risque de compliquer l'opération d'identification. Même la mère de ce pauvre gars ne le reconnaîtrait pas. Espérons qu'elle ne soit pas obligée d'essayer, d'ailleurs. Étant donné qu'il ne ressemble plus à rien de connu, nous allons devoir, je pense, nous orienter vers le domaine plus hermétique des autres signes distinctifs, vous ne croyez pas ?

– Vous en avez trouvé ?

– Un. Un tatouage sur l'avant-bras.

– Ça devrait faire l'affaire.

– Peut-être. Peut-être pas. C'est un numéro.

– Qui se fait tatouer un numéro ?

– Les juifs. Dans les camps de concentration. Pour qu'on les identifie.

– Ils faisaient ça ?

– Non. Nous. Les Allemands. Les compatriotes de Beethoven et de Goethe. C'était comme un billet de loterie. Perdant. Ce gars devait être à Auschwitz quand il était gamin.

– C'est où, ça ? »

Schumacher faisait partie de ces stupides Autrichiens qui préféraient croire que leur pays étant la première nation libre victime des nazis, il n'était pas responsable de ce qui s'était passé. Un argument difficile à défendre dans le cas de Braunau am Inn, célèbre pour avoir vu naître Adolf Hitler. D'ailleurs, c'était sans doute pour cette raison que Schumacher était parti. Je ne pouvais pas lui jeter la pierre. Et pas question de contester ses autres convictions. Après tout, c'était mon patron.

« En Pologne, je crois. Mais ça n'a pas d'importance. Plus maintenant.

– Bon, voyez ce que vous pouvez faire pour son visage, Herr Ganz. Et ensuite, allez chercher le témoin, d'accord ? »

Après le départ de Schumacher, je me mis en quête d'une serviette propre et dans un placard j'en trouvai une sans doute oubliée par les Amerloques. Une serviette du Club Mickey. Pas vraiment l'idéal, mais c'était quand même beaucoup plus agréable que le pauvre gars allongé sur la table, alors je l'étendis délicatement sur son visage et allai chercher le patient en fauteuil roulant.

Habillé, il m'attendait. Moi, en revanche, je ne m'attendais pas à voir les deux flics qui le flanquaient. J'aurais dû, pourtant, puisqu'il avait accepté d'identifier un cadavre, et c'est le boulot des flics quand ils ne sont pas occupés à régler la circulation ou à voler des montres. Le plus petit était en uniforme, l'autre en civil. Manque de chance, je reconnaissais vaguement le grand type en civil, et sans doute me reconnaissait-il aussi, ce qui était très embêtant car j'avais prévu d'éviter de croiser les flics de Munich tant que ma barbe ne serait pas plus fournie. Trop tard maintenant. Je grommelai un « bonsoir », agrippai le fauteuil et poussai le blessé vers l'ascenseur, suivi des deux flics. Ils pouvaient penser ce qu'ils voulaient de mes manières, je n'étais qu'un portier de nuit après tout et ils n'étaient pas obligés de m'apprécier. On leur demandait seulement de m'accompagner à la morgue. Le fauteuil roulant avait une fâcheuse tendance à dériver vers la gauche, ce qui n'était pas très étonnant compte tenu de la carrure du patient. Le plus surprenant, peut-être, c'était que le fauteuil roule. L'homme était proche de la quarantaine et de l'obésité, et son ventre de buveur de bière reposait sur ses genoux comme un sac contenant tout ce qu'il possédait sur terre. Je reconnaissais un ventre de buveur de bière parce que j'essayais d'obtenir le même, depuis que j'avais eu une augmentation. En outre, ses vêtements empestaient comme s'il tenait une chope de deux litres de Pschorr à la main au moment de l'explosion.

« Vous connaissiez bien le défunt, Herr Dorpmüller ? demanda l'inspecteur en marchant derrière nous dans le couloir.

– Assez bien, répondit l'homme dans le fauteuil roulant. Il était mon pianiste à l'Apollo depuis trois ans. C'est le cabaret que je dirige à l'hôtel Munich, pas loin de la taverne. Johann savait tout jouer. Du jazz ou du classique. Ma femme et moi, on était sa seule famille, pour ainsi dire, vu ce qui lui était déjà arrivé. Il a fallu que ça tombe sur lui. Après tout ce qu'il avait déjà subi dans les camps étant gamin. Ce à quoi il avait survécu.

– Vous vous souvenez de quelque chose ?

– Pas vraiment. On s'apprêtait à aller ouvrir le cabaret quand ça a sauté. Vous savez ce qui s'est passé, au juste ? Avec la bombe ?

– Il semblerait qu'un des ouvriers qui travaillaient sur le chantier, à côté de la taverne, ait donné un coup de pioche dans la bombe. Mais pour l'interroger, encore faudrait-il trouver ce qu'il reste de lui. Si vous voulez mon avis, les gens du coin vont inhaler ses atomes pendant plusieurs jours. Vous êtes verni. Si vous aviez été plus près de la porte, vous seriez mort à coup sûr. »

Je ne pouvais que partager l'avis de l'inspecteur. En poussant le type dans son fauteuil, j'avais une vue plongeante sur ses oreilles brûlées, qui ressemblaient à des pétales de poinsettia, et il avait dans le cou une longue ligne de points de suture qui me faisaient penser au Transsibérien. Il avait un bras dans le plâtre et de minuscules coupures un peu partout. À l'évidence, Herr Dorpmüller l'avait échappé belle.

L'ascenseur nous conduisit au sous-sol où, devant la porte de la morgue, j'allumai une autre Eckstein et, tel Orson Welles, je prononçai d'un ton lugubre quelques paroles de mise en garde avant de leur faire découvrir l'attraction principale. Je tenais à ménager leur sensibilité sachant qu'il m'incomberait ensuite de nettoyer sur le sol le contenu de leurs estomacs.

« Nous y voilà, messieurs. Avant de vous laisser entrer, je dois vous informer que le défunt n'est pas à son avantage. En outre, l'hôpital est à court de linge propre. Il n'y a donc pas de drap pour le recouvrir. Autre chose : ses jambes ne sont plus attachées au reste du corps, lui-même grièvement brûlé. J'ai fait de mon mieux pour le nettoyer, malgré cela, vous ne pourrez pas identifier la victime normalement, c'est-à-dire grâce à son visage. Car il n'en a plus. Il semble avoir été déchiqueté par des éclats de verre et par conséquent, il ne ressemble pas plus à la photo de son passeport qu'une assiette de chou rouge. C'est pourquoi il a une serviette sur la tête.

– C'est maintenant que vous le dites ? » protesta l'inspecteur.

Je souris patiemment.

« Il existe d'autres façons d'identifier un corps. Grâce à des signes distinctifs. De vieilles cicatrices. J'ai même entendu parler d'une chose qu'on appelle les empreintes digitales.

– Johann avait un tatouage sur l'avant-bras, dit l'homme en fauteuil roulant. Un numéro d'identification à six chiffres. Souvenir du camp où il était prisonnier. À Birkenau, je crois. Je ne l'ai vu qu'une ou deux fois, mais je suis presque certain que les trois premiers chiffres étaient 140. Et il venait d'acheter des chaussures, chez Salamander. »

Pendant qu'il examinait le tatouage, j'allai chercher les chaussures pour qu'il puisse les étudier aussi. Je me postai à côté du flic en uniforme et hochai la tête quand il me demanda s'il pouvait fumer.

« C'est à cause de l'odeur, avoua-t-il. Du formol, hein ? »

J'acquiesçai de nouveau.

« Ça me fait toujours ça.

– Alors, c'est lui ? interrogea l'inspecteur.

– On dirait bien, répondit Dorpmüller.

– Vous êtes sûr ?

– Autant que je peux l'être sans voir son visage. »

L'inspecteur regarda la serviette Mickey qui couvrait la tête du mort, puis se tourna vers moi, l'air accusateur.

« C'est vraiment très grave ? demanda-t-il. Son visage.

– Oui. Disons qu'à côté, le loup-garou ressemble à votre voisin.

– Vous exagérez. Certainement.

– Non, même pas un peu. Mais vous êtes libre d'ignorer mon avis. Personne ne m'écoute ici, de toute façon. Pourquoi seriez-vous le seul ?

– Bon sang, grogna-t-il, comment voulez-vous identifier formellement un corps sans voir son visage ?

– Oui, c'est un problème. Rien de tel qu'une morgue pour vous rappeler la fragilité de la chair humaine. »

Pour une raison qui m'échappait, l'inspecteur semblait me tenir pour responsable de cette situation, comme si j'essayais d'entraver son enquête.

« Qu'est-ce qui se passe dans cet hôpital, nom d'un chien ? Vous ne pouviez pas trouver autre chose pour couvrir son visage ? Sans parler du reste du corps ? »

Pour toute réponse, je haussai les épaules, ce qui n'eut pas l'air de le satisfaire, mais ce n'était pas mon problème. Voir un flic déçu ne m'avait jamais tracassé. Pas même quand j'étais flic.

« Cette serviette grotesque constitue un manque de respect, insista-t-il. Le pire, c'est que vous le savez.

– C'est l'ancien hôpital américain ici, dis-je en guise d'explication. Et je n'avais que cette serviette sous la main.

– Mickey Mouse ! J'ai bien envie de vous dénoncer.

– Vous avez raison. C'est un manque de respect. Excusez-moi. »

D'un geste brusque, j'arrachai la serviette et la lançai dans la poubelle, espérant ainsi faire taire l'inspecteur. Objectif presque atteint, si ce n'est que les trois hommes produisirent des gémissements et des sifflements simultanément, et soudain, on se serait cru au pôle Sud. Le policier en uniforme se retourna face au mur et son collège plaqua sa grosse main sur sa bouche, plus grande encore. Seul le blessé dans son fauteuil roulant continua à regarder fixement, avec une fascination horrifiée, comme un lapin contemple le serpent qui va le tuer. Peut-être prenait-il conscience pour la première fois qu'il s'en était fallu de très peu.

« Voilà l'effet produit par une bombe, dis-je. Ils peuvent bien ériger toutes les statues qu'ils veulent, les véritables monuments dédiés à l'inutilité des guerres, ce sont des images comme celle de ce pauvre garçon.

– Je vais appeler les pompes funèbres », déclara tout bas l'homme en fauteuil roulant. À croire que, jusqu'alors, il doutait encore que Johann Bernbach soit vraiment mort. « Dès que je serai rentré chez moi. » Et il ajouta : « Vous connaissez quelqu'un ?

– J'espérais que vous me poseriez la question. » Je lui tendis une carte de visite. « Dites à Herr Urban que vous venez de la part de Christof Ganz, il vous fera un prix. »

Et moi, je toucherais une petite commission si Herr Urban décrochait l'affaire. Je me disais que la seule façon de sortir de cette morgue, c'était de prendre en main mon avenir.

3

Il était vingt-deux heures ce soir-là quand Adolf Urban, l'entrepreneur de pompes funèbres, vint chercher Johann Bernbach pour l'emmener dans sa nouvelle et dernière demeure. D'ordinaire, Urban parlait peu, mais en cette occasion, ému par le spectacle du visage du défunt, un nouveau travail et peut-être les quelques verres qu'il avait bus avant d'arriver à l'hôpital, il se montra très bavard, pour un croque-mort.

« Merci pour la recommandation, dit-il en me tendant quelques marks.

– Je ne sais pas si c'est vraiment une bonne affaire. Vous allez avoir du pain sur la planche.

– Non. Ce sera un enterrement avec cercueil fermé, je pense. Je perdrais mon temps à essayer de le faire ressembler à Cary Grant. Votre visage m'intéresse davantage, Herr Ganz. »

Je faillis tressaillir. Pourvu qu'il ne m'ait pas reconnu. Pour avoir discuté avec Urban, je savais qu'il avait incinéré certains des nazis subalternes que les Amerloques avaient pendus à Landsberg en 1949. La plupart n'étaient pas des mouchards, mais d'après mon expérience, on n'est jamais trop prudent quand il s'agit d'un passé dont on tente de se débarrasser comme d'un mauvais rhume.

« Il se trouve que je suis à court de porteurs de cercueil. Et je me disais… vu que vous travaillez ici toutes les nuits, vous pourriez gagner un peu d'argent le reste du temps en travaillant pour moi, hein ? Qu'est-ce que vous faites de vos journées ? Vous dormez ? Ça ne rapporte rien. Et puis, je trouve que vous avez la tête de l'emploi, Herr Ganz. Dans mon métier, il faut avoir un visage de marbre, et on dirait que vous avez grandi autour d'une table de poker. Vous ne laissez rien paraître. Et vous ne dites rien. Dans ma profession, il faut savoir la boucler au bon moment. C'est-à-dire presque tout le temps. »

Lui-même possédait un visage de traviole, quasi obscène, une sorte de morceau de plastique fondu, avec un nez qui coulait en permanence et ressemblait à un service trois pièces, très rouge et ratatiné, et des yeux aussi morts que ceux de ses clients.

« Je prends cela comme un compliment.

– En Allemagne, c'en est un.

– Si mon visage correspond à vos exigences, je n'ai pas la garde-robe adéquate. Pas même une cravate.

– Ce n'est pas un problème. Je peux vous habiller : costume, manteau, cravate. Du moment que vous aimez le noir. En revanche, vous devriez peut-être vous débarrasser de cette barbe clairsemée. Vous ressemblez un peu à Dürer. Non, réflexion faite, gardez-la. Vous avez le teint trop pâle. Ce n'est jamais bon. Il ne faut pas donner l'impression que vous allez revenir à la nuit tombée dévorer un des corps. C'est fréquent en Allemagne. Alors, qu'en dites-vous ? »

Je dis oui. Il avait raison, évidemment. Outre le fait que je vivais presque exclusivement la nuit, j'avais besoin de cet argent, et rester au lit toute la journée ne rapportait rien. Pas avec mon physique. Aussi, une semaine ou deux plus tard, je me retrouvai en frac noir, cravaté, coiffé d'un haut-de-forme brillant, affichant sur mon visage à la barbe taillée une expression censée exprimer sobriété et gravité. La sobriété était discutable : les verres de schnaps du petit déjeuner étant devenus une habitude que j'avais du mal à contrôler. Heureusement pour moi, j'usais de la même expression pour traduire l'insolence muette, le scepticisme et toutes mes autres qualités charmeuses. Pas besoin, donc, d'être Lionel Barrymore. Même si je n'accordais guère de crédit à mes qualités : tout homme n'est fait que de quelques comportements ayant rencontré l'approbation silencieuse d'un très petit nombre de femmes.

Il neigeait abondamment lorsque je descendis de voiture au cimetière d'Ostfriedhof, chargé, avec trois autres employés, de transporter le cercueil de Bernbach à l'intérieur du crématorium où, d'après Urban, les Amerloques avaient incinéré en secret les onze dirigeants nazis qu'ils avaient pendus à Nuremberg en 1946. Ce que l'on savait encore moins, c'était que les cendres de ma seconde épouse, Kirsten, se trouvaient dans ce même cimetière. La cérémonie terminée, quand Urban vint me donner ma paie et mon pourboire, je ne lui en parlai pas, essentiellement parce que j'avais honte de ne pas avoir visité une seule fois depuis son décès l'endroit où se trouvait son urne. Mais maintenant que j'étais là, j'avais l'intention de me racheter. Soudain, je me sentais transi d'amour.

« Je croyais que le défunt était juif », glissai-je à Urban, alors que nous regardions les personnes en deuil sortir en file indienne de l'église néogothique après avoir livré le corps aux flammes. La plupart des employés du cabaret Apollo étaient présents, ainsi que cet inspecteur, grand et irascible, que j'avais vu à la morgue.

« Il n'était pas pratiquant.

– Ça change quelque chose ? Quand on est juif ?

– Aucune idée. Mais de nos jours, pas facile de trouver quelqu'un dans cette ville pour diriger des obsèques de youpin. La dernière fois que ça m'est arrivé, la famille a dû faire venir un rabbin d'Augsburg. D'autant que les juifs préfèrent être inhumés plutôt qu'incinérés, et étant donné que la terre est dure, ça complique encore les choses. Sans parler du fait qu'il reste un tas de bombes qui n'ont pas explosé dans le vieux cimetière juif de Pfersee. Impossible de savoir ce qui est enterré là, surtout sous cette neige. Alors, j'ai convaincu ses amis, qui ont généreusement payé tous les frais, que le défunt devait être enterré en chrétien. Ce serait dommage que quelqu'un d'autre se fasse tuer par une vieille bombe américaine, vous ne trouvez pas ? » Il haussa les épaules. « Et puis, quelle importance ce qui vous arrive quand vous êtes mort ?

– Dixit l'entrepreneur de pompes funèbres.

– C'est un métier, pas une vocation.

– En tout cas, je me fiche pas mal de ce qui pourra m'arriver. »

Urban regarda autour de lui.

« D'ailleurs, il y a déjà plein de juifs à Ostfriedhof. Beaucoup de prisonniers de Dachau ont été incinérés et leurs cendres dispersées ici.

– Avec ces dirigeants nazis dont vous parliez ?

– Oui, avec ces dirigeants nazis. » Il haussa les épaules encore une fois. « Je suis sûr que nous pouvons faire confiance au Seigneur pour effectuer le tri. » Il me tendit une enveloppe. « Puis-je compter sur vous demain ? Même endroit, même heure.

– Si je suis toujours en vie, je ne voudrais pas manquer ça.

– Vous le serez, j'en suis sûr. Quand vous faites ce métier depuis aussi longtemps que moi, vous sentez ce genre de choses. Vous n'avez peut-être pas cette impression, mais il vous reste encore quelques années devant vous, mon ami.

– Vous devriez diriger une clinique en Suisse. Certaines personnes paieraient une fortune pour entendre ce genre de diagnostic. » J'allumai une cigarette et levai les yeux vers le ciel. « J'aime bien cet endroit. Il se pourrait que je m'y installe de manière permanente, un jour.

– Je n'en doute pas.

– Vous avez encore besoin de moi ?

– Non. Votre journée est terminée. Rentrez chez vous, allongez-vous dans votre cercueil et dormez.

– C'est ce que je vais faire. Mais avant cela, il faut que j'aille voir quelqu'un. Dracula avait une épouse, vous savez. »

Mon enveloppe en poche, je m'éloignai et après de longues recherches – dont certaines à l'intérieur de mon âme – je découvris les restes stoïques de Kirsten. Je restai là un moment, me confondant en excuses pour ne pas être venu plus tôt – et pour un tas d'autres choses –, et m'aventurai jusqu'à l'extrémité de la jetée branlante, et probablement peu fiable, du souvenir. Je serais resté plus longtemps, mais l'inscription ÉPOUSE BIEN-AIMÉE DE BERNHARD GUNTHER était gravée dans la pierre devant l'urne funéraire, et du coin de l'œil je vis venir vers moi l'inspecteur rencontré à l'hôpital. Je m'étais souvenu de son nom depuis, mais j'espérais encore l'empêcher de découvrir le mien. Alors, je fis quelques pas de côté, m'arrêtai devant une autre plaque dans une tentative pathétique de l'entraîner sur une fausse piste, puis regagnai l'entrée principale. Mais il m'attendait, en embuscade derrière la tombe du grand-duc Louis-Guillaume en Bavière. Tout juste assez grande. Ce flic était encore plus costaud que dans mon souvenir.

« Hé, il faut que je vous parle.

– Comme vous pouvez le voir, je suis en deuil.

– Mon œil. Vous étiez un des porteurs de cercueil, c'est tout. Je me suis renseigné sur vous. À l'hôpital.

– C'est gentil. Mais je me rétablis bien, merci.

– Ils m'ont dit que vous vous appeliez Ganz.

– Exact.

– Faux. Le nom de jeune fille de ma femme est Ganz. Alors, je m'en serais souvenu la première fois qu'on s'est rencontrés. Il y a longtemps. Avant que Hitler arrive au pouvoir, je crois. Avant que vous portiez la barbe. »

Je fus tenté de faire une remarque sur les mérites de sa femme, mais jugeai préférable de m'abstenir. Il n'y a pas que la conscience qui fait de nous des lâches ; il y a aussi les noms d'emprunt et les histoires cachées.

« Votre mémoire est peut-être meilleure que la mienne, Herr…

– Non. Pas pour le moment, du moins. Car je ne me souviens toujours pas de votre vrai nom. Mais je suis quasiment certain que vous étiez flic à cette époque.

– Moi, flic ? C'est risible.

– Oui, je me souviens d'avoir pensé la même chose parce que vous étiez un flic berlinois qui aimait les juifs et vous protégiez cet inspecteur que je connaissais au Präsidium. Mon ancien chef.

– Comment s'appelait-il ? Charlie Chan ?

– Paul Herzefelde. Il a été assassiné. Mais dans mon souvenir, on avait été obligés de vous coffrer pour la nuit car vous estimiez noblement qu'on n'en faisait pas assez pour retrouver son meurtrier. »

Il avait raison, évidemment. Sur toute la ligne. Je n'oubliais jamais un visage, surtout pas un visage comme le sien, fait pour dénoncer les hérétiques et brûler des livres, probablement en même temps. Des rides d'expression aussi raides qu'un portemanteau descendaient de chaque côté du nez qui ressemblait à un crochet de hallebarde. Au-dessus duquel étaient nichés les deux petits yeux bleus, inexpressifs, d'une murène géante. La mâchoire était incroyablement large et le teint légèrement violacé, à cause du froid peut-être, alors que la taille, la carrure et les cheveux blancs étaient ceux d'un poids lourd à la retraite. Je sentais qu'à tout moment, il pouvait me mettre K.-O. d'un direct ou enfoncer son énorme poing droit dans ce qui restait de la partie solaire de mon plexus. Je me souvenais qu'il s'appelait Schramma et qu'il travaillait à la brigade criminelle du Präsidium de la police de Munich. Et si j'avais oublié presque tout le reste à son propos, j'avais conservé le souvenir de cette nuit passée en cellule.

« C'est ça le plus drôle. Personne n'aimait Paul Herzefelde. Et pas seulement parce qu'il était juif, comme vous le pensiez. Les gens le prenaient pour un escroc. Qui touchait des pots-de-vin. Il suffisait de regarder sa façon de s'habiller. Un des plus grands gangsters de Munich, un certain Kohl, était fortement soupçonné de lui graisser la patte pour qu'il ferme les yeux. Beaucoup ont cru que les nazis avaient tué Herzefelde, mais c'est sans doute faux. Selon moi, il trouvait qu'il ne touchait pas assez, il a essayé de soutirer davantage de fric à Kohl, et ça ne lui a pas plu à Kohl.

– Je crois que vous me prenez pour quelqu'un d'autre. Je n'ai jamais connu quelqu'un qui portait ce nom. Et je n'ai jamais été policier à Berlin. Je hais les flics. » Je songeai au curriculum que je m'étais inventé et me morigénai pour avoir oublié les années de la République de Weimar. « J'ai travaillé à Berlin pendant quelque temps, en effet. Mais j'étais portier à l'hôtel Adlon. Alors, c'est peut-être là que vous m'avez vu, Herr… ?

– Schramma. Inspecteur Schramma. Écoutez, mon vieux, ça ne me gêne pas que vous ayez changé de nom. De nos jours, un tas de gens en font autant, pour de bonnes raisons. Croyez-moi, dans cette ville, un flic a besoin de deux annuaires téléphoniques côte à côte pour savoir à qui il parle exactement. Mais si *jamais* vous cherchez un boulot, je peux peut-être vous aider. En souvenir du bon vieux temps.

– Je ne crois pas que vous ayez vraiment l'intention de m'aider, si ? Je pense plutôt que vous essayez de me secouer pour voir ce qui tombe de mes poches. Mais vous avez devant vous un type qui a deux boulots, ça veut dire que je suis fauché. C'est évident, non ? S'il reste des pommes sur mes branches, elles sont à moitié bouffées ou pourries maintenant. »

Schramma eut un sourire honteux.

« La connaissance, c'est le pouvoir, pas vrai ? Je ne sais pas qui a dit ça, mais je parie que c'était un Allemand. »

Je ne le contredis pas. Il ne voyait pas l'ironie contenue dans sa dernière remarque.

« Qu'est-ce que ça peut vous faire de savoir qui je suis ? Je traverse une si mauvaise passe que des casinos veulent m'engager pour que je vienne porter la poisse aux gros flambeurs. Je vous le répète, espèce de gros balourd, je ne suis personne. Vous perdez votre temps. Il y a dans les écoles des types chargés d'effacer les tableaux noirs qui sont plus importants que moi.

– Peut-être. Peut-être pas. Mais je peux vous promettre une chose. Dès que j'aurai découvert qui vous êtes réellement, Ganz, je ne vous lâcherai plus. Comme vous, je dois faire un ou deux autres boulots pour arriver à joindre les deux bouts. Agent de sécurité. Détective privé. Des boulots ennuyeux, qui vous prennent du temps, et dangereux par-dessus le marché. Alors, un ancien flic comme vous, je pourrais l'utiliser de toutes sortes de façons, que vous pouvez facilement imaginer, j'en suis sûr. »

Je ne voyais pas trop ce qu'il avait en tête, mais en tant que policier, j'avais intimidé suffisamment de voyous à Berlin pour savoir que tout cela ne tournerait pas à mon avantage.

« Et ne vous avisez pas de disparaître. Car alors, il me suffira de désigner Christof Ganz comme suspect dans une vieille affaire dont tout le monde se fout. Vous savez bien que je peux vous appliquer n'importe quel signalement. Sans doute que vous l'avez déjà fait. »

D'une pichenette je lançai mon mégot de cigarette sur le cul vert et lisse de l'ange qui veillait l'âme du grand-duc et poussai un soupir d'exaspération, loin de traduire celle que je ressentais.

« Allez-y, essayez un peu pour voir. Je vous laisse, sale flic. J'ai rendez-vous avec mon barman préféré. »

Je bluffais, évidemment. J'avais peut-être un visage de joueur de poker, mais mon jeu ne valait rien.

4

Mon travail à l'hôpital terminé, j'allai me rafraîchir aux toilettes qui jouxtaient la morgue, et j'en profitai pour examiner mon visage dans la glace, sans grand enthousiasme. Je lui reprochais son air déçu et ce côté habité, les yeux rouges fuyants, l'expression furtive, comme s'il redoutait en permanence la tape sur l'épaule qui expédierait son timide propriétaire à bord d'une voiture, puis dans une cellule pendant dix ans.

Je sortis par l'entrée principale, entre deux colonnes ornées de serpents qui s'enroulaient autour d'encensoirs démesurés. Ils étaient beaucoup trop hauts pour qu'on leur demande ce qu'ils faisaient là, mais je crois savoir que les Grecs anciens considéraient les serpents comme sacrés, leur venin comme un remède et leur mue comme une métaphore de la renaissance et du renouveau. Une idée qui me plaisait. Malgré l'heure matinale, quelques authentiques serpents étaient toujours de sortie : l'un d'eux était assis au volant d'une BMW presque neuve, devant l'hôpital. En me voyant apparaître, il se pencha par-dessus le siège du passager et, sans ôter le cigare coincé entre ses lèvres, il cria par la vitre ouverte :

« Gunther ! Bernard Gunther. Ma parole, je venais rendre visite à un vieil ami hospitalisé et je tombe sur vous. Comment ça va, Gunther ? Ça fait combien d'années qu'on ne s'est pas vus ? Vingt ? Vingt-cinq ? Je vous croyais mort. »

J'approchai de la voiture et regardai à l'intérieur, passant en revue mes différentes options, pour en arriver à la conclusion évidente : je n'avais pas franchement le choix. Schramma braillait afin que les passants l'entendent, ce qui me mettait encore plus mal à l'aise. Sans cesser de sourire, à la manière d'un type qui vient de toucher l'argent d'un pari qu'il avait gagné, et moi perdu. Si j'avais été armé, je l'aurais sans doute buté. Ou moi. Autrefois, j'avais peur de la mort, mais je me surprenais désormais à l'attendre, afin de m'éloigner de Bernie Gunther et de tout ce qui s'y rattachait, de son passé enchevêtré, de sa façon de penser tortueuse, de son incapacité à s'habituer au monde moderne ; mais surtout, j'avais hâte de tourner le dos à tous ceux qui l'avaient connu, ou prétendaient l'avoir connu, à l'image de l'inspecteur Schramma. Plusieurs fois, j'avais tenté de devenir quelqu'un d'autre, mais celui que j'étais revenait toujours m'asséner un coup bas.

« Je vous avais bien dit que je finirais par découvrir qui vous étiez. Oh, allons, ne soyez pas mauvais joueur. Vous ne le savez pas encore, mais je suis là pour vous rendre un service, Gunther. Sérieusement. Vous me remercierez. Alors, dépêchez-vous de monter dans cette voiture avant que quelqu'un découvre que vous n'êtes pas celui que vous prétendez être. Et puis, il fait trop froid pour rester comme ça, avec la vitre baissée. Je me gèle ! »

Je me glissai à bord, fermai la portière et remontai la vitre sans dire un mot. Immédiatement, je regrettai de ne pas l'avoir laissée baissée : le cigare de Schramma évoquait un feu de joie dans une fosse à pestiférés.

« Vous voulez savoir comment j'ai découvert qui vous êtes ?

– Allez-y, éblouissez-moi.

– Le Präsidium de la police de Munich a traversé la guerre presque indemne. Et leurs dossiers aussi. Comme je vous le disais, je savais qu'on s'était rencontrés avant

Hitler. Avant Heydrich, par conséquent. Heydrich est resté chef de la police de Munich pendant un certain temps, et il a modifié le système d'archivage. C'était un homme très efficace, vous devez le savoir. Tous ces renvois qu'il a instaurés restent souvent utiles. Et donc, il était relativement facile de retrouver le nom d'un inspecteur de la célèbre Alexanderplatz, à Berlin, qui avait passé la nuit chez nous après avoir agressé notre officier de permanence.

– Dans mon souvenir, c'est lui qui m'a frappé le premier.

– Je n'en doute pas. Je me souviens de ce sergent. Un vrai salopard. C'était en 1932. Il y a vingt-cinq ans. Vous vous rendez compte ? Bon sang, le temps passe vite, hein ?

– Pas pour l'instant.

– Je vous le répète, je me fiche de savoir ce que vous avez fait durant la guerre. Le Vieux dit que c'est de l'histoire ancienne, même en RDA. Malgré cela, les cocos se sentent obligés de faire un exemple de temps en temps, histoire de différencier leur propre tyrannie de celle des fascistes. Il se pourrait qu'ils veuillent vous mettre le grappin dessus. Et il se pourrait qu'ils y arrivent. De nos jours, les anciens nazis sont les seuls criminels que l'Ouest est disposé à renvoyer de l'autre côté de la frontière.

– Vous faites fausse route, dis-je. Je ne suis pas un criminel de guerre. Je n'ai tué personne.

– Oh, oui, bien sûr. Christof Ganz n'est qu'un pseudonyme sous lequel vous écrivez de la poésie. Votre nom de plume, en fait. Je comprends. Moi-même j'aime bien échapper aux radars parfois. En tant que flic. Et puis, n'oublions pas Interpol. Je ne les ai pas encore interrogés, mais je suis prêt à parier qu'ils ont un dossier sur vous. Évidemment, je ne peux pas le consulter sans déclencher l'alarme. Une fois que j'aurai posé mes questions, ils voudront savoir pourquoi je m'intéresse à vous, et il se peut qu'ils essaient de creuser encore un peu plus. Bref, à partir de maintenant, c'est à vous de décider, Gunther. Et je vous conseille de faire le bon choix.

– J'ai compris le message, Schramma. Vous avez trouvé un moyen de pression pour obtenir ma coopération. Si vous me parliez du service que vous voulez me rendre ? Je suis fatigué, j'ai envie de rentrer. J'ai passé la nuit à transporter des cadavres, et si je reste ici plus longtemps, je risque de chercher une pièce de monnaie dans votre grande gueule. »

Il ne saisit pas. Peu importe. Je me parlais surtout à moi-même depuis quelque temps. Et l'esprit avait besoin d'être partagé. Les gens comme Schramma parlaient toujours trop. En Allemagne, il y avait trop de bavardages, trop d'opinions, trop de conversations, tout cela sans grand intérêt. La télévision et la radio, ce n'était que du bruit.

« Avez-vous entendu parler d'un politicien local nommé Max Merten ? Originaire de Berlin, mais vivant aujourd'hui à Munich.

– Vaguement. Quand j'étais à l'Alex, il y avait un Max Merten, un jeune conseiller du tribunal d'instance.

– C'est sûrement le même. Il a fait son chemin. Jolie maison à Nymphenburg. Chouette bureau dans Kardinal Faulhaber Strasse. C'est un des fondateurs du GVP, le Parti populaire panallemand, très proche du SED, le parti socialiste unifié. L'autre fondateur est Gustav Heinemann, ancien membre éminent de la CDU, et ministre de l'Intérieur jusqu'à ce qu'il se fâche avec le Vieux. Mais la politique manque d'argent de nos jours. Les nouveaux partis tirent le diable par la queue. Qui a envie de se débarrasser de notre faiseur de miracles, Konrad Adenauer ? À part Heinemann, évidemment, et quelques juifs trop sensibles ?

» Et donc, il y a quelques semaines, Max Merten m'a secrètement engagé pour enquêter sur le passé d'un donateur potentiel, le général Heinrich Heinkel, qui a proposé de financer le GVP. Mais Merten craint, non sans fondement, que Heinkel soit toujours un nazi, et il ne veut pas que son parti touche de l'argent sale. Il se trouve que Merten avait raison, mais pas dans le sens où il le croyait. Les dix mille marks de Heinkel proviennent de RDA. Car voyez-vous, l'associé de Merten est un politicien allemand de premier plan nommé Walter Hallstein, le ministre des Affaires étrangères officieux du Vieux. C'est lui qui a mené les négociations pour créer cette nouvelle Communauté économique européenne. La RDA déteste cette idée de CEE, et encore plus la création de la Communauté de défense européenne, dont l'Allemagne de l'Ouest serait un membre important ; elle a donc lancé une opération d'infiltration complexe destinée à discréditer le GVP et Merten, dans l'espoir que le scandale éclabousse le professeur Hallstein. Vous vous demandez sûrement pourquoi un ancien nazi finance la RDA. Eh bien, figurez-vous que le fils aîné de Heinkel a réussi à se faire arrêter à Leipzig, où il croupit actuellement en prison, comme caution de la coopération de son père. Si celui-ci fait exactement ce qu'ils attendent de lui, son fils sera relâché. Voilà le marché.

» Dans quelques jours, Heinkel va remettre l'argent en liquide à Merten, au domicile du général à Bogenhausen. Une pièce a été spécialement décorée de svastikas et d'autres signes prouvant l'attachement du général au nazisme. Pendant que Merten sera sur place, la police va débarquer et arrêter Heinkel pour différents motifs, dont la vente d'objets nazis. Afin de sauver sa peau, Heinkel expliquera à la police que cet argent devait servir à soudoyer le professeur Hallstein.

– Et comment avez-vous découvert tout ça ? demandai-je.

– Je suis flic, Gunther. Et les flics enquêtent. Nous découvrons des choses que nous ne sommes pas censés connaître. Certains jours, je fais les mots croisés en vingt minutes. D'autres jours, je déterre des saloperies sur les gens comme vous et Heinkel.

– Pourquoi vous me racontez tout ça à moi et pas à Max Merten ? »

Schramma tira sur son cigare, ses étranges yeux bleus se plissèrent et je commençai à flairer la vilaine combine. Une habitude chez moi : j'ai toujours eu le sentiment, diffus et désagréable, que, sous des apparences contraires, j'étais un type de la pire espèce, ce qui me permettait de mieux comprendre mes semblables. C'est peut-être la qualité requise pour faire un bon flic.

« Parce que vous avez affirmé à Max Merten que le général Heinkel était réglo, c'est ça ? Hein ? La police ne va pas débarquer pour la simple et bonne raison que vous projetez de rafler le fric de la RDA. Vous allez vous pointer une heure ou deux avant Max Merten pour dépouiller ce général.

– Grosso modo. Et vous allez m'aider, Gunther. Après tout, il se peut que Heinkel ait de la compagnie. Un voleur qui agit seul est un homme qui se fait prendre.

– Il n'y a rien de pire qu'un escroc, si ce n'est un flic pourri.

– C'est vous qui vivez sous une fausse identité, Gunther, pas moi. À mon sens, c'est vous le pourri dans l'histoire. Alors, épargnez-moi vos leçons de morale. S'il le faut, je réglerai cette affaire tout seul. Évidemment, ça voudra dire que vous êtes en prison ou, au mieux, en cavale. Mais je préférerais mille fois que vous soyez avec moi, pour couvrir mes arrières.

– Je commence à comprendre ce qui est arrivé à Paul Herzefelde en 1932. C'est vous qui faisiez raquer cet escroc, hein ? Kohl, c'est ça ? Herzefelde l'avait deviné ? Oui, ça colle. Alors, vous l'avez tué. Et vous avez rejeté la faute sur les nazis, en prétextant qu'il était juif. Malin. Je vous ai mal jugé, Schramma. Vous devez être sacrément doué pour jouer les bons flics si vous avez réussi à donner le change durant toutes ces années.

– Franchement, ce n'est pas très difficile de nos jours. Dans la police, c'est comme partout en Allemagne. On manque un peu de personnel à cause de la guerre. Ils ne peuvent pas se montrer trop regardants sur les gens qu'ils reprennent. Vous, en revanche, vous êtes vraiment un type futé. Vous avez tout compris en quelques minutes seulement.

– Si j'étais vraiment futé, je ne serais pas assis dans cette voiture, en train de discuter avec une ordure de votre espèce, Schramma.

– Vous vous rabaissez, Gunther. Ce n'est pas tous les jours qu'on résout un meurtre vieux de vingt-cinq ans. Croyez-le si vous voulez, c'est ce que j'aime chez vous. Raison supplémentaire pour vous embarquer avec moi. Vous ne raisonnez pas comme une personne normale. Si vous avez survécu aussi longtemps dans la peau de quelqu'un d'autre, c'est que vous savez anticiper. Analyser les situations. J'ai besoin de ce genre d'expérience. Maintenant et plus tard. Je ne peux plus faire confiance à personne à Munich ; la plupart de mes jeunes collègues d'Ettstrasse sont trop honnêtes, ça leur jouera des tours. Et à moi, surtout.

– Tant mieux. Ça me ferait mal de penser que nous avons perdu une guerre uniquement pour que des salopards de votre espèce conservent leur uniforme.

– Continuez à la ramener si ça vous fait plaisir. Je sais comment fermer votre clapet : l'argent. Vous ne le regretterez pas, Gunther. Je vous refilerai dix pour cent. Mille marks. Ne me dites pas que vous ne sauriez pas quoi en faire. J'ai l'impression que le destin vous suit pas à pas depuis un certain temps, avec un tuyau de plomb à la main. »

Comme pour illustrer son propos, un pistolet automatique apparut dans son énorme paluche. Le canon s'enfonça dans mon foie, que je ne pouvais me permettre de perdre, en dépit des dégâts que je lui infligeais depuis des années en buvant plus que de raison.

« Ne faites pas trop le malin avec moi, Gunther. » D'un mouvement de tête, Schramma montra la façade de l'hôpital. « Sinon, il y aura un autre cadavre sans visage dans cette morgue puante. »

5

Un ciel d'étain écrasait le paysage plat et uniforme. Pour une ville de Bavière, Munich était, étonnamment, aussi plate qu'un matelas, aussi confortable, et il n'y avait pas de quartier plus confortable que Bogenhausen, sur la rive est de l'Isar. La maison du général Heinkel était une villa blanche de trois étages et d'une trentaine de fenêtres aux persiennes vertes, nimbée d'un calme de conte de fées. On entendait couler la rivière dans les canalisations et, dans la petite église devant laquelle Schramma avait garé la BMW, l'écho d'un organiste qui répétait une cantate de Bach. « Ô jour propice, temps favorable », peut-être, mais ce n'était pas ainsi que je voyais les choses. Une clôture de piquets verts descendait en pente douce jusqu'à un alignement désordonné d'arbres à feuilles caduques qui bordaient l'Isar. De l'autre côté de la rue pavée se dressait un modeste hôpital militaire destiné aux soldats estropiés ou affreusement défigurés par la guerre. Je le compris car, alors que nous attendions assis à l'intérieur de la voiture dans un silence pesant, nous vîmes une quinzaine d'entre eux franchir en groupe le portail pour effectuer leur promenade de l'après-midi. Un des hommes nous jeta un coup d'œil en passant, même si, en vérité, on avait du mal à croire que c'était volontaire vu qu'une grande partie de son visage faisait face à la direction opposée. Derrière lui marchait un type qui semblait porter d'épaisses lunettes de peau rose : résultat, sans doute, d'une opération chirurgicale imposée par de graves brûlures au visage. Un troisième homme muni d'un seul œil, d'une seule jambe, d'un seul bras mais de deux béquilles, était apparemment le chef, et je songeai à ce célèbre tableau de Pieter Bruegel : *La Parabole des aveugles*. Je frémis en songeant à ma bonne fortune relative. Homère avait raison : parfois, les morts étaient les plus chanceux.

« Nom d'un chien ! s'exclama Schramma en rallumant son cigare. Regardez-moi ce monstre. Et moi qui vous trouvais moche, Gunther. »

Il sortit une flasque en argent dont il vida une bonne partie du contenu.

« Un peu de respect.

– Pour qui ? Pour ce défilé de gueules cassées ? Mieux vaut eux que moi.

– Dans ce cas précis, je suis obligé d'être de votre avis. Eux plutôt que vous. » Sa compagnie devenait insupportable. « Qu'est-ce qu'on attend, d'ailleurs ? Vous ne me l'avez toujours pas dit.

– On attend que l'argent pointe le bout de son nez. Et à partir de ce moment-là, on entre en scène, mais pas avant. Alors, arrêtez de jacasser et rincez-vous le gosier. »

Il me tendit la flasque, sur laquelle étaient gravés ces mots : « Merci, Christian Schramma, d'être notre témoin de mariage. Pieter et Johanna. 25.11.1947. » Je faillis éclater de rire en imaginant Schramma dans le rôle. Je bus une gorgée de schnaps. Bon marché, bienvenu malgré tout. L'alcool est le meilleur complice de tous les crimes ou presque.

« Je disais juste que je trouvais ça un peu choquant, reprit Schramma. Voir ces types se balader dans la rue et faire peur aux chevaux. Ils devraient agiter un drapeau rouge ou je ne sais quoi, comme on faisait dans le temps pour signaler l'arrivée d'un train.

– La mer est toujours belle jusqu'à ce que la marée redescende, dis-je. On découvre alors toutes les horreurs qu'elle cache. C'est un peu comme ça en Allemagne. Plus qu'ailleurs. Et on ne devrait pas être étonné quand on voit la réalité. Voilà ce que je dis.

– Je suis plus darwiniste, il me semble. J'ai tendance à croire en une Allemagne où seuls les plus forts survivront.

– J'ai déjà entendu ça.

– Oh, pas sur un plan politique ! La politique est morte dans ce pays. Je ne parle pas de la survie des plus forts uniquement, mais aussi des meilleurs. Les meilleurs pour fabriquer les meilleures voitures, les meilleures machines à laver, les meilleurs aspirateurs. Ça paraît tellement évident que je me demande pourquoi Hitler n'y a pas pensé lui-même. L'Allemagne, la machine à produire et la principale puissance économique de l'Europe. Ajoutez à cela un nouveau réalisme. Les valeurs humaines auront un rôle à jouer, évidemment, mais pendant un certain temps, il faudra accorder la priorité aux chiffres si on veut retrouver la place qu'on mérite, tout en haut. »

Je bus une seconde gorgée de schnaps et lui rendis sa flasque.

« C'est le discours que vous avez prononcé au mariage ou à Bretton Woods ?

– Allez vous faire foutre, Gunther. » Schramma but une autre lampée et fit circuler l'alcool dans sa bouche comme un gargarisme. Il en avait bien besoin, vu le cigare qu'il fumait. « Dès que j'aurai gagné suffisamment de fric avec cette combine, je m'offrirai une part du miracle économique. Je me lancerai dans les affaires, pour mon propre compte.

– Et le coup d'aujourd'hui, c'est quoi ? *Pro bono publico* ?

– Je vais devenir fabricant. J'ai l'intention d'acheter une petite usine que je connais qui fabrique des couverts.

– Qu'est-ce que vous y connaissez ?

– Rien. Mais je sais me servir d'un couteau et d'une fourchette.

– Ça m'étonne.

– Sérieusement. C'est ça qui donnera à l'Allemagne l'avantage sur l'Angleterre, par exemple. La ligne du bas sur le bilan. Les Rosbifs croient à tort que la victoire leur a donné le droit de mettre la main sur ces valeurs humaines. Voilà pourquoi ils ont créé leur État-providence, mais l'histoire prouvera qu'ils n'en ont pas les moyens. Vous verrez ce que je vous dis. »

Schramma se considérait peut-être comme le nouveau Paul Samuelson, mais peu importe, car j'avais cessé de l'écouter après quelques minutes. Voilà sans doute un bon conseil à suivre avec tous les économistes. Au bout d'un moment, un homme vêtu d'un imperméable et coiffé d'une toque en astrakan gravit la pente qui montait de la rivière et franchit le portail de la maison blanche.

« C'est parti », dit Schramma.

Il m'avait déjà donné un foulard afin que je dissimule mon visage. Cette fois, il sortit un Walther PPK, actionna la culasse, abaissa le chien pour éviter tout risque et me le tendit. Mais avant de le lâcher, il me fit un bref discours.

« Pour votre gouverne, je suis obligé d'arroser quelqu'un sur ma part, et cette personne sait qui vous êtes.

– Oh ? Et de qui s'agit-il ?

– Sachez simplement que si vous me doublez, vous la doublez elle aussi. Alors, ne jouez pas au malin, Gunther. Je vous ai recruté pour veiller sur mes arrières, pas pour me tirer une balle dans le dos. C'est bien compris ?

– Compris. »

Évidemment, je n'en pensais pas un mot. Je savais maintenant qu'il y avait une balle dans la chambre du pistolet : impossible d'actionner la culasse d'une arme automatique sinon. Mais ça pouvait être une balle à blanc. De la manière dont je voyais les choses, il prenait un risque en me confiant une arme chargée, alors pourquoi le ferait-il ? Qu'est-ce qui m'empêchait de le délester des dix mille marks une fois qu'il aurait détroussé le général ?

Une balle à blanc présentait le même intérêt à ses yeux : personne ne discutait face à un pistolet. Et si je devais ouvrir le feu, la détonation serait presque aussi efficace qu'une véritable balle mais moins dangereuse pour lui. Bien entendu, j'aurais pu éjecter le projectile dans ma paume pour être fixé, mais bizarrement, cela nous arrangeait tous les deux que je fasse comme si l'arme était chargée pour de bon, même si ce n'était pas le cas. Naturellement, une idée m'avait effleuré : il ne m'avait pas demandé de l'accompagner pour surveiller ses arrières, mais pour savoir s'il pouvait me faire confiance, ou même me faire jouer le rôle du coupable idéal. Je me disais que j'avais plus de chances de sortir indemne de cette histoire si je laissais croire à Schramma que j'étais convaincu d'être gagnant.

Il lâcha le pistolet et je m'empressai de le fourrer dans la poche de mon manteau.

Nous descendîmes de voiture et je franchis la clôture à sa suite. Nous contournâmes la maison pour atteindre la porte de derrière. L'organiste avait attaqué une autre cantate que les corbeaux semblaient apprécier plus que moi, à les entendre faire les chœurs. Quelques lumières s'étaient allumées dans la maison, mais seulement au deuxième étage.

Schramma s'arrêta à côté d'une brouette appuyée contre le mur et jeta un coup d'œil à travers la vitre de la porte de derrière, qui n'était pas verrouillée. Quelques secondes plus tard, nous étions à l'intérieur. Il flottait une forte odeur de pomme et de cannelle, comme si quelqu'un avait fait cuire un strudel, mais cela ne m'ouvrait pas l'appétit. En fait, j'avais un peu la nausée. Je n'avais pas pu m'empêcher de remarquer que la crosse du .38 que Schramma tenait dans la main était entourée de ruban adhésif, comme s'il avait l'intention de le laisser sur place, ce qui n'augurait rien de bon pour personne, surtout pas pour moi. Vous ne prévoyez pas d'abandonner une arme si vous ne l'avez pas utilisée. Je songeai avec effroi au guêpier dans lequel je m'étais laissé entraîner. Mais avais-je vraiment le choix ? Christof Ganz débutait à peine dans la vie, et ce n'était pas comme si je disposais d'autres nouvelles identités. Pas même en Allemagne. Pour le moment, au moins, mon pied était bien coincé entre les mâchoires d'acier du piège de Schramma.

Celui-ci balança son cigare mâchonné sur la table de la cuisine, releva son foulard devant sa bouche et son nez, dans le style hors-la-loi, et me fit signe de l'imiter. Sans bruit, nous empruntâmes un couloir faiblement éclairé en direction d'une pièce située sur le devant de la maison, d'où s'échappaient des voix d'hommes.

6

À l'intérieur de la salle à manger, le général, un homme de petite taille avec une moustache cirée à la Guillaume II et portant un gilet en cuir vert, faisait face à un individu en imperméable, plus jeune que je ne l'avais supposé, qui arborait cette barbichette blonde qu'affectionnaient les léninistes en herbe. L'argent, la totalité des dix mille marks, était étalé sur la table recouverte d'une nappe à carreaux rouge et blanc, sous le portrait, dans le style Renaissance flamande, d'une jeune femme tenant à la main une lettre en papier vélin pliée.

« Qui êtes-vous, nom d'un chien ? bredouilla le général. Que signifie cette intrusion ?

– Le pistolet et le masque devraient vous mettre sur la voie, général, répondit Schramma. J'ai l'intention de voler cet argent. Mais si vous faites scrupuleusement ce qu'on vous demande, on ne vous fera aucun mal. » Il fit un pas sur le côté et désigna la porte avec le canon de son arme. « Descendez. Immédiatement. »

Le général s'avança vers la porte, mais le deuxième homme ne bougea pas, comme si Schramma ne s'était pas adressé à lui.

« Vous aussi », ajouta l'inspecteur.

L'homme à l'imperméable fronça les sourcils ; il semblait surpris.

« Moi ? »

Schramma appuya le canon du .38 sur le front de l'homme avec lequel il repoussa ensuite la toque en astrakan sur l'arrière du crâne, à la manière d'une kippa. Il le fouilla rapidement pour s'assurer qu'il n'était pas armé et rétorqua : « Vous voulez un ordre écrit ? Oui, vous aussi. »

L'homme jeta à l'inspecteur un regard haineux et amer, comme s'ils se connaissaient, et peut-être aurait-il ajouté quelque chose sans le pistolet que Schramma tenait dans la main. Des gens avaient été abattus pour moins que ça. Le général le savait, pensai-je. Et peut-être avait-il remarqué lui aussi que la crosse, et la détente sans doute, était entourée de ruban adhésif. Alors, il se mordit la lèvre, sagement, songeai-je, et nous précéda. Je fermai la marche, dans le rôle du postillon idiot qui sait qu'il fait office de figurant.

Je suivis les trois hommes dans l'escalier en bois qui craquait. À l'extrémité d'un long couloir de pierre se dressait une imposante porte métallique munie de deux poignées. Sous un judas figurait le mot PANZERLIT. Il s'agissait d'un ancien abri antiaérien.

« Ouvrez, ordonna Schramma au général.

– Qu'allez-vous faire ? » demanda celui-ci en baissant une des poignées. Il ouvrit la porte et alluma la lumière, dévoilant une vaste cave à vin. Une puissante odeur de moisissure et d'humidité se répandit dans l'atmosphère. À vue d'œil, il y avait là presque mille bouteilles. Jamais je n'avais vu un abri antiaérien aussi bien fourni.

« Je vais vous enfermer ici pour vous empêcher d'appeler la police, expliqua Schramma. Entrez. Tous les deux.

– N'espérez pas vous en tirer comme ça », dit l'homme à la toque.

Il l'ôta d'un mouvement brusque et la serra entre ses mains comme s'il allait se mettre à prier.

« Ah bon ?

– Vous commettez une grave erreur. Savez-vous à qui appartient cet argent ? Aux services de renseignement extérieur du ministère de la Sécurité d'État d'Allemagne de l'Est.

– Fermez-la et entrez dans cette cave, ordonna Schramma.

– La Stasi vous retrouvera. Vous en êtes conscient ? Croyez-moi, cet argent va vous causer de nombreuses insomnies.

– Peu importe. Je ne dors pas beaucoup. »

Les deux hommes pénétrèrent dans la cave et se tournèrent vers Schramma, qui les avait suivis à l'intérieur. Avec son index, il se boucha une oreille. J'eus alors la certitude qu'il allait les abattre tous les deux. Instinctivement, je reculai d'un pas, tandis qu'il en faisait un en avant – pour être certain de ne pas rater sa cible, devinai-je –, et dans la seconde qui suivit, il tira sur le général à bout pourtant. Avant qu'il fasse subir le même sort au deuxième homme, je compris que je risquais d'être la troisième victime. Dans l'intervalle entre les deux détonations, je reculai de nouveau, prestement, refermai la porte métallique et la coinçai à l'aide d'une grande hache que quelqu'un avait abandonnée par terre.

J'arrachai mon masque et inspirai une grande bouffée d'air brûlé. J'avais les oreilles qui bourdonnaient à cause des coups de feu, et quelques secondes s'écoulèrent avant que j'entende Schramma tambouriner à la porte en beuglant. J'apercevais à travers le judas son œil brillant fixé sur moi, semblable à une topaze. Je parvins à coincer l'autre poignée avec une demi-brique. L'odeur de strudel qui flottait dans la maison à notre arrivée avait été remplacée par celles de la poudre et de la mort.

« À quoi vous jouez, Gunther ? Laissez-moi sortir !

– J'aime mieux pas.

– Ne faites pas l'idiot. On n'a pas de temps à perdre. Il faut filer d'ici, au cas où quelqu'un aurait entendu les coups de feu.

– Justement, puisque vous en parlez… » J'éjectai le chargeur du Walther et inspectai rapidement les munitions. J'avais vu juste : des balles à blanc. « Pourquoi les avez-vous tués ? Ça ne s'imposait pas.

– À quoi bon courir le risque qu'ils nous identifient ?

– Oh, je comprends. Mais j'ai la désagréable impression que vous alliez me tuer moi aussi. Et pourquoi pas ? Je ne vaux pas plus qu'une branche de céleri.

– Qu'est-ce qui vous fait croire ça ?

– Premièrement, vous êtes un flic corrompu qui sait maquiller une scène de crime. Deuxièmement, l'arme que vous m'avez donnée est chargée à blanc.

– Évidemment. Je voulais voir si je pouvais vous faire confiance. Écoutez-moi, Gunther. Laissez-moi vous parler de ces deux Schleus que je viens de buter. Celui à la toque appartenait à la Stasi. L'autre était un criminel de guerre nazi. Il a réussi à passer entre les mailles du filet pendant des années. Personne ne les regrettera. Ils ont eu ce qu'ils méritaient.

– Il m'est arrivé, plusieurs fois, de tirer sur des individus qui eux aussi l'avaient mérité. Du moins, c'est ce que je me suis dit sur le coup. Maintenant, je m'aperçois qu'on le mérite tous. Moi, probablement. Vous, très certainement.

– Oubliez ça. Ils sont morts maintenant. Bon, écoutez… Dix pour cent du gâteau, peut-être que ce n'était pas juste. Si on disait la moitié, hein ? Je vous donne la moitié du fric. Si vous me laissez sortir d'ici. Qu'est-ce que vous en dites, Gunther ?

– Rien.

– Je vous trouverai une place dans ma fabrique de couteaux.

– Vous n'avez rien qui m'intéresse, Schramma. »

L'œil bleu collé au judas disparut.

« Si vous regardez par le judas, vous verrez que je vide mon arme avant que vous ouvriez la porte. Ça vous va ?

– Toujours pas. Je parie que vous planquez un troisième flingue dans une de vos poches. Celui avec lequel vous vouliez m'abattre, avant de le mettre dans la main du type de la Stasi. »

L'œil réapparut dans le judas.

« Réfléchissez, Gunther. Vous ne pouvez pas appeler les flics. Qui croiront-ils, à votre avis ? Moi, un des leurs, avec trente ans de service ? Ou vous, un type qui vit sous une fausse identité ? On peut encore sortir d'ici tous les deux, ni vu ni connu.

– Exact. Et je ne préviendrai pas la police, bien évidemment.

– Alors, qu'est-ce que vous comptez faire ? Vous ne pouvez pas me laisser ici.

– Bien sûr que si. Quelqu'un finira par venir. Peut-être.

– Le général vit seul.

– Dans ce cas, priez pour qu'il y ait un tire-bouchon quelque part. Tout ce vin. Ce serait dommage de ne pas en profiter. Il peut s'écouler un long moment avant que quelqu'un vienne vous libérer. »

À travers le judas, l'œil bleu s'étrécit.

« Vous, priez pour que je ne sorte jamais d'ici ! hurla Schramma. Car je vous tuerai, Gunther. »

Mes oreilles bourdonnaient encore comme une sonnette d'alarme. Qui me mettait en garde : plus je restais ici, plus je risquais d'avoir de graves ennuis (même si le fait de partir ne signifiait pas pour autant la fin de mes problèmes). Un vague plan prenait forme dans mon esprit, mais il allait à l'encontre de tous mes instincts.

« C'est une mauvaise idée, je sais. Mais c'est vous qui m'avez mis dans cette position. Et puis, on sait vous et moi que vous aviez l'intention de me tuer moi aussi. D'où le ruban adhésif autour de la crosse de votre arme. Pour pouvoir l'abandonner sur place et faire croire que j'avais été abattu en essayant de détrousser ces deux individus. Alors, je me dis que je me suis acheté un moment de répit. Avec dix mille marks, je peux quitter Munich. Le temps que quelqu'un vous retrouve ici, je serai loin de cette ville. Voire de ce pays. Inquiétez-vous plutôt de ce qui va se passer si les flics débarquent et vous découvrent avec deux macchabées et l'arme du crime. Même les flics de Munich seront capables de faire le rapprochement. On est en présence d'un mystère de chambre close, où le seul mystère, c'est comment vous avez pu être assez idiot pour vous retrouver pris au piège.

– Détrompez-vous, Gunther. En dépit des preuves du contraire, je connais mon travail. Ils me croiront.

– Vous êtes doué, je l'avoue. Très convaincant. Je parie que vous pourriez vendre un steak à un boucher. Mais je cours le risque. C'est ma spécialité à moi. »

7

Je glissai le pistolet dans ma ceinture, remontai au rez-de-chaussée en courant, remplis mes poches de billets et ressortis prudemment de la maison à la façade blanche. Personne en vue et, à en croire mes oreilles, l'organiste continuait à jouer du Bach, comme si de rien n'était. C'est peut-être pour cette raison que les gens aiment sa musique. Je ne retournai pas à la voiture. Elle ne m'appartenait pas. Je descendis la pente entre les arbres, et j'empruntai la rue qui conduisait au pont Max-Joseph afin de traverser l'Isar. Je m'arrêtai au milieu et contemplai l'eau tumultueuse couleur café pour tenter d'effacer de mes pensées ce qui venait de se produire. Rien de tel que le spectacle et le son d'une rivière ou d'un fleuve en crue pour aider l'esprit à évacuer tout ce qui l'afflige, et si ça ne suffit pas, vous pouvez toujours vous y noyer. Ayant vérifié que j'étais seul sur le pont, je balançai le Walther dans l'eau et repartis vers l'ouest, jusqu'au Englischer Garten. Je ne savais pas d'où venait ce nom. Pour moi, ce grand espace vert n'avait rien de particulièrement anglais, n'était le nombre de personnes à l'aspect snobinard qui montaient de grands chevaux ou promenaient de gros chiens. Mais peut-être ce nom était-il dû à la présence d'une pagode chinoise. J'avais entendu dire qu'un jardin anglais se devait d'en posséder une. Quoi qu'il en soit, il y avait à côté de cette pagode un *Biergarten*, où j'engloutis rapidement une bière afin de me détendre un peu. On approchait de l'heure à laquelle j'embauchais à l'hôpital Schwabing, mais avec dix mille marks en poche et deux cadavres dans mon sillage, j'estimais avoir des choses plus urgentes à faire si je voulais éviter de finir en prison. Je marchai jusqu'à une station de taxis et demandai à un chauffeur de me conduire dans Kardinal Faulhaber Strasse, en plein centre. Une fois arrivé à destination, je parcourus la rue dans les deux sens en examinant les plaques de cuivre sur les portes, jusqu'à ce que, à côté d'une banque, je trouve celle que je cherchais, aiguillé par Schramma : *Pr Max Merten, avocat.* Faire confiance à un avocat ne pouvait s'apparenter à un plan, et cela allait à l'encontre de mon instinct, je l'ai dit (certains des plus grands criminels de guerre que j'avais rencontrés étaient des avocats et des juges), mais je ne voyais pas d'autre solution. En outre, cet avocat-ci était bien placé pour s'occuper de mon affaire.

Il y avait un ascenseur, mais il ne fonctionnait pas, alors j'empruntai le large escalier de marbre jusqu'au troisième étage, où je m'arrêtai une minute pour reprendre mon souffle. Je devais donner l'impression d'être calme – même si je ne l'étais pas – avant d'annoncer à un avocat que je n'avais pas revu depuis les années d'avant-guerre que nous étions désormais liés par un double meurtre. Une femme, dont je devinais qu'il s'agissait de la secrétaire de Merten, s'apprêtait à rentrer chez elle. En me voyant pénétrer dans le cabinet, elle grimaça légèrement, se doutant que j'allais la retarder. Ses cheveux d'un jaune éclatant, dressés sur sa tête telle une ruche, semblaient faire office de contrepoids à sa poitrine exceptionnelle et appétissante. Traitez-moi de cynique si vous le voulez, mais je pressentais qu'elle n'avait pas été engagée pour ses qualités de dactylo avant tout.

« Que puis-je faire pour vous ?

– J'aimerais voir le Pr Merten.

– Je crains qu'il soit sur le point de partir.

– Je suis sûr qu'il acceptera de me recevoir. Je suis un vieil ami. »

Je n'avais pas revêtu ma plus belle tenue et je constatais le scepticisme sur le visage de la secrétaire.

« Puis-je avoir votre nom ? »

Je rechignais à lui donner mon véritable nom, et ne voyais pas l'intérêt de lui décliner ma nouvelle identité qui ne dirait rien à Merten. Je ne voulais pas non plus citer le nom de Schramma, pour la bonne raison qu'il était à présent un meurtrier. Même la plus loyale des secrétaires pourrait trouver à redire.

« Dites-lui simplement que je suis de l'Alex, à Berlin. Il comprendra.

– L'Alex ?

– Puisque vous posez la question, c'était le Präsidium de la police. Semblable à celui que vous avez ici, à Munich. Mais en plus grand, et en mieux. Du moins, jusqu'à ce que Karl Marx débarque en ville. J'étais policier, c'est comme ça qu'on s'est connus. »

Quelque peu rassurée de savoir que j'avais été policier, la secrétaire de Merten alla chercher son patron. Elle disparut dans un bureau, me laissant seul avec le vaste panorama qui s'étendait derrière la fenêtre de coin. Le cabinet de Merten se trouvait face à l'église orthodoxe grecque de Salvatorstrasse. Construite en briques rouges dans le style gothique, elle faisait tache dans cette rue uniformément baroque. J'étais encore en train de la contempler quand la secrétaire revint m'annoncer que son patron allait me recevoir. Elle me fit entrer, puis referma la porte sur moi, tandis que Max Merten contournait son bureau pour me saluer.

« Bon sang, je ne pensais pas vous revoir un jour. Bernie Gunther ! Ça remonte à quand ? Quinze ans ?

– Au moins.

– Mais vous n'êtes plus dans la police, apparemment. Vous n'avez pas la tête de l'emploi. Pas avec cette barbe.

– Ça fait un bail que je n'ai pas porté d'insigne.

– Asseyez-vous, Bernie. Allumez une cigarette. Vous voulez boire quelque chose ? » Il consulta sa montre. « Oui, c'est l'heure. » Il se dirigea vers un énorme buffet Biedermeier, d'où il sortit une carafe de la taille d'un lampadaire. « Schnaps ? C'est ça ou rien, j'en ai peur. Je ne bois que ça. Et tout ce qui contient de l'alcool.

– Schnaps, alors. »

Max Merten était beaucoup plus imposant que dans mon souvenir : plus grand, plus large, plus gros, il parlait d'une voix plus forte aussi, et son abondante chevelure argentée semblait appartenir à un lion de pierre. Seules ses mains étaient petites. Il ne paraissait pas plus jeune que moi, et pourtant il l'était. D'au moins dix ans. Il portait un épais costume en tweed d'excellente qualité, idéal pour affronter l'hiver munichois, et même s'il ne lui allait pas très bien – le pantalon remontait jusque sous la poitrine, telle une ceinture de sauvetage –, il avait davantage besoin d'un dentiste que d'un bon tailleur. Une de ses dents de devant était en or, mais les autres faisaient peine à voir, peut-être à cause du grand nombre de cigarettes qu'il fumait. L'odeur âcre du tabac égyptien flottait dans la pièce. J'étais moi-même un gros fumeur, mais Max Merten aurait pu à lui seul fumer pour toute l'Allemagne de l'Ouest. Les cigarettes, provenant du paquet de Finas posé sur le bureau, arrivaient entre ses épaisses lèvres roses en une chaîne presque ininterrompue, tel un bâton de relais dans une course sans fin. Il me tendit un verre, avant de me conduire vers de confortables fauteuils installés près de la fenêtre. Ayant tiré les épais rideaux, il s'assit face à moi.

« Eh bien, qu'est-ce que vous devenez ?

– J'essaye d'éviter les ennuis.

– Sans y parvenir, vous connaissant.

– D'où ma présence ici, Max. J'ai besoin d'un avocat. Et peut-être que vous aussi.

– Oh. Voilà qui n'annonce rien de bon.

– Vous avez engagé un inspecteur de police pour un travail. Christian Schramma.

– Exact.

– Il devait se renseigner sur les antécédents d'un éventuel donateur du parti politique que vous avez créé. Le GVP.

– Le GVP. En effet. Le général Heinkel. Je voulais savoir d'où venait cet argent.

– Eh bien, Schramma m'a engagé à son tour. Façon de parler. Disons plutôt qu'il ne m'a pas trop laissé le choix.

– Pour enquêter sur l'origine de cet argent.

– C'est ce que je croyais. En vérité, il voulait que je l'aide à le voler. Là encore, je n'ai pas eu le choix. Sachez que je vis ici, à Munich, sous un faux nom. Pour des raisons évidentes.

– La guerre.

– Exact.

– Que s'est-il passé, au juste ? Vous n'êtes pas un voleur. »

Je lui racontai tout ce qui était survenu au domicile du général. Après quoi, je déposai l'argent sur le bureau, la totalité des dix mille marks.

« Donc, le général Heinkel est mort. »

J'acquiesçai.

« Qui est cet autre homme qui a été assassiné ?

– Je ne connais pas son nom. Mais je pense qu'il travaillait pour les services de renseignement est-allemands. La Stasi.

– Que vient faire la RDA dans cette histoire ?

– Vous deviez vous rendre au domicile du général demain matin, n'est-ce pas ? Pour récupérer l'argent.

– Oui.

– La Stasi projetait d'envoyer la police locale sur place pour arrêter le général. Celui-ci, afin de se disculper, aurait affirmé que cet argent devait servir à vous soudoyer, vous et votre ami le professeur Hallstein.

– Pourquoi le général aurait-il fait une chose pareille ?

– D'après Schramma, la Stasi détient son fils dans une prison de Leipzig. Selon moi, ce type des services est-allemands était de mèche avec Schramma. Mais Schramma l'a doublé.

– Je vois. Tout cela est très préoccupant.

– Pour moi aussi.

– J'ignorais que Christian Schramma était un homme aussi dangereux.

– Les policiers possèdent des armes. Et ils côtoient toutes sortes de sales individus. Ça les rend dangereux.

– Et Schramma est toujours là-bas, dites-vous ? Enfermé dans la cave du général, avec les deux cadavres ?

– Exact. » Je bus une gorgée de schnaps et pris une cigarette. « Étant donné que c'est vous qui l'avez engagé au départ, je pensais que vous sauriez peut-être quoi faire maintenant. Si je ne vivais pas sous une fausse identité, et si votre ami n'était pas lui-même un flic avec des années de service derrière lui, j'aurais appelé la police et je les aurais laissés se débrouiller. J'espérais que vous le feriez à ma place.

– Vous avez eu raison de venir me trouver, Bernie. D'après ce que vous me racontez, cette affaire sera vite résolue : deux cadavres, le meurtrier et l'arme du crime enfermés dans la même pièce. Néanmoins, l'expérience m'a appris que même les affaires les plus évidentes ont la sale manie de vous filer entre les doigts. Et puis, il y a la police de Munich, évidemment. Si Schramma est corrompu, on peut supposer qu'il n'est pas le seul. Ses collègues feront semblant de croire à son histoire et ils le relâcheront. Voilà pourquoi nous devons bien réfléchir avant d'appeler qui que ce soit. Peut-être serai-je obligé d'informer le ministère de la Justice de Bavière.

– À vous d'en décider. Seulement, n'oubliez pas une chose : si je devais avoir besoin d'un avocat, je n'ai pas les moyens de vous payer. J'espère que le fait de venir ici vous raconter tout ce qui s'est passé suffit à vous convaincre de me défendre gratuitement.

– Oh, assurément. Et je vous en suis reconnaissant. Au plus haut point. Vous auriez pu aisément disparaître avec cet argent sans que je le sache.

– Je suis content que vous voyiez les choses ainsi, Max.

– D'ailleurs, que voulez-vous que je fasse de tout cet argent liquide ?

– À vous de voir. Moi seul sais qu'il est ici.

– Combien y a-t-il, au fait ?

– Dix mille marks.

– Je vais devoir le remettre à la police, je pense. »

Je tirai longuement sur ma cigarette et plissai les yeux à cause de la fumée. Si cela me donnait un air méfiant et pensif, c'était voulu.

« J'ai l'impression, dit Merten, que vous avez quelques idées concernant cet argent.

– Si vous le remettez à la police, vous serez obligé de dire d'où il provient. Ou qui vous l'a donné. Dans un cas comme dans l'autre, cela peut s'avérer gênant. Je vous conseille plutôt de l'utiliser pour financer le GVP. Comme vous en aviez l'intention. De toute façon, vous ne pouvez pas le rendre à la RDA.

– Si je garde cet argent pour le GVP, cela entraîne une autre question : que faire de Christian Schramma ? Nous ne pouvons pas le laisser là-bas, si ? Maintenant que ces deux hommes sont morts, il est peu probable que la police débarque au domicile du général demain. Schramma, ou quelqu'un d'autre, n'étant pas non plus là pour les informer, il risque de rester enfermé un bon moment. Le général vivait en reclus. Je ne sais même pas s'il avait une femme de ménage.

– J'ai aussi une idée, concernant Schramma.

– Je vous écoute.

– Vous l'avez engagé. Vous pouvez vous débarrasser de lui… Non, non, pas de cette façon.

– Comment alors ?

– On retourne là-bas et vous le persuadez de la fermer.

– Maintenant ?

– Maintenant.

– Oui, vous avez raison, évidemment. Inutile de tergiverser, en espérant que le problème se réglera tout seul. La procrastination est l'alliée préférée du diable. Et vous pensez réellement qu'il faut le laisser filer ?

– Vous avez tout compris.

– Il a abattu deux personnes de sang-froid.

– Le dénoncer à la police ne les ressuscitera pas. En revanche, on risque d'avoir des ennuis. Une fois qu'il sera au poste, impossible de deviner ce qu'il va raconter. À des gens qui sont ses amis. Ils refuseront de nous croire.

– C'est vrai. N'empêche, ça ne me plaît pas. Vous dites qu'il a encore une arme sur lui ?

– Mmmm.

– Supposons qu'il nous tire dessus au moment où on le laisse sortir de la cave ? Ou bien qu'il nous oblige à revenir ici pour prendre l'argent, comme il en avait l'intention, avant de nous tuer tous les deux ?

– Je crois connaître un moyen d'éviter cela.

– Comment ?

– Vous avez un appareil photo ?

– Oui.

– Parfait. Voici ce qu'on va faire… »

8

À bord de la Mercedes de Merten, nous suivîmes Maximilianstrasse, et après avoir traversé l'Isar, nous prîmes la direction du nord dans Möhlstrasse. Merten ne s'étant jamais rendu au domicile du général, je lui indiquai la route. Il neigeait de nouveau et dans la lumière des phares, les flocons ressemblaient aux bulles à l'intérieur d'un verre de bière blanche.

« Je vous suis très reconnaissant, avoua Merten.

– De rien, Max.

– Je me fiche de ce que vous avez pu faire pendant la guerre. Franchement, ça ne me regarde pas. Mais je suis censé représenter la justice bavaroise. Alors, il serait peut-être préférable que j'en sache un peu plus sur votre situation actuelle. Si je dois être votre avocat, dites-moi au moins si vous êtes recherché pour un motif quelconque. Je ne parle pas de la raison évidente.

– À savoir ?

– Vos activités passées dans le SD[1].

– Il n'y a rien à savoir, en réalité. Je sais l'impression que ça donne… le fait que j'utilise un nom d'emprunt… quoi qu'il en soit j'ai la conscience tranquille. »

Je n'en étais pas totalement convaincu, mais à cet instant, je ne me sentais pas enclin à lui raconter ma vie.

1. *Sicherheitsdienst* : service de sécurité de la SS.

« Le fait est que je suis un prisonnier évadé. En m'enfuyant, j'ai tué un homme dans un camp en RDA. Un Allemand. S'ils m'attrapent, ils me couperont la tête. Mais la Stasi aimerait sans doute mieux me faire assassiner discrètement. »

Ça au moins, c'était vrai.

« Très bien, dans ce cas. Pendant un moment, j'ai pensé que… vous voyez ce que je veux dire. Un tas d'histoires circulaient à l'Alex au sujet du célèbre Bernie Gunther. On racontait que Himmler vous avait un jour botté le cul. Que vous travailliez pour des gens comme Goebbels et Göring, mais surtout pour le général Heydrich.

– Malgré moi.

– Était-ce seulement possible ?

– Oui, si Heydrich en avait décidé ainsi.

– Je vois. Aux dernières nouvelles, on vous avait envoyé en Russie, au sein d'un bataillon de la police, au service de cet autre meurtrier, Arthur Nebe, qui commandait l'Einsatzgruppe B.

– Exact. Mais je n'ai assassiné personne.

– Oui, oui, évidemment. Mais lui, combien a-t-il tué de gens ? Cinquante mille ?

– Environ.

– Difficile de concevoir que deux ou trois ans plus tard, il participait au complot visant à éliminer Hitler.

– Personnellement, j'ai plus de mal à concevoir qu'il ait pu tuer cinquante mille personnes. Pourtant, il l'a fait. Nebe était pétri de contradictions. Mais c'était avant tout un opportuniste cynique. Un nazi pur et dur au début des années 1930. En 1938, il participe à un premier complot contre Hitler. Après la défaite miraculeuse de la France, c'est un nazi dévoué, prêt à tout pour faire son chemin, y compris à commettre des massacres. Et en 1944, voyant que le vent tourne, il participe au complot mal organisé par Stauffenberg. Si c'était un personnage de roman, personne n'y croirait.

– Oui, sans doute. Je peux m'estimer heureux. Sans vos judicieux conseils, j'aurais pu me retrouver dans la même position que vous, Bernie.

– Pourquoi dites-vous ça ?

– C'est vous qui m'avez dissuadé de rejoindre le Parti et la SS. Vous vous souvenez ? Juste avant la guerre, j'étais un jeune avocat au ministère de la Justice, ambitieux, obsédé par ma carrière. À cette époque, la SS et le parti nazi étaient le moyen le plus rapide de réussir. Au lieu de cela, je suis resté au ministère, Dieu merci. Si vous ne m'aviez pas fait changer d'avis, Bernie, j'aurais certainement fini au SD, à la tête d'un groupe d'action de la SS dans les pays baltes, chargé d'éliminer des femmes et des enfants juifs, comme un tas d'autres avocats que j'ai connus, et aujourd'hui, je serais un homme recherché, comme vous, ou pire. J'aurais pu connaître le même sort que ces hommes qui ont fini en prison, ou pendus à Landsberg. » Il secoua la tête, sourcils froncés. « Très souvent, je me demande comment j'aurais géré ce dilemme… Les massacres. Qu'aurais-je fait ? Aurais-je été capable de faire… ça ? Je préfère croire que j'aurais refusé d'exécuter ces ordres, mais si je suis vraiment honnête avec moi-même, je n'en sais rien. Je pense que mon désir de rester en vie m'aurait persuadé d'obéir, comme tous mes collègues. Car il y a dans ma profession une chose qui m'horrifie parfois. J'ai l'impression qu'aux yeux des avocats tout peut se justifier, ou presque, du moment que c'est légal. Mais vous pouvez légaliser tout ce que vous voulez quand vous collez une arme sur la tempe du Parlement. Même les massacres.

– Tournez à droite et gardez la rivière sur votre gauche.

– Bien.

– Comment s'est passée *votre* guerre, Max ?

– Sans incident, fort heureusement. J'ai été incorporé dans la Luftwaffe au début du conflit et j'ai servi pendant quelque temps dans une batterie antiaérienne à Brême, puis à Szczecin. C'était calme. Trop calme, à vrai dire. Je m'ennuyais à mourir. Alors, en 1942, je me suis engagé dans l'armée. Après une formation d'officier, j'ai été nommé capitaine, et je me suis dégoté une affectation tranquille dans un endroit chaud et ensoleillé. À vrai dire, et tout bien considéré, j'ai passé du bon temps.

– Tournez à gauche dans Neuberghauser Strasse et arrêtez-vous. On finira à pied. Mais mieux vaut d'abord s'assurer avant d'entrer que les flics ne sont pas déjà là. Et n'oubliez pas l'appareil photo. »

Merten alluma une cigarette avec le mégot de la précédente.

« Bonne idée. »

Il gara la Mercedes à bonne distance de la maison blanche et nous demeurâmes à côté de la voiture pendant plusieurs minutes, jusqu'à ce que j'acquière la certitude que les meurtres n'avaient pas encore été découverts.

« J'entrerai le premier, seul, dis-je. Au cas où. Attendez deux minutes. Je monterai au premier étage et j'allumerai une lumière, juste une seconde, pour signaler que vous pouvez me suivre. Inutile qu'on se fasse arrêter tous les deux. Si jamais la police me tombe dessus, rappliquez vite fait au Präsidium. J'y ai déjà passé une nuit et ça ne m'a pas plu.

– Merci, Bernie. Je vous suis reconnaissant. »

Je marchai vers la maison blanche, passai devant l'église et franchis la clôture. La porte de derrière n'était toujours pas verrouillée, et quelques minutes plus tard, Max Merten et moi nous tenions côte à côte dans la cuisine. Le cigare de Schramma était resté en équilibre sur le bord de la table, là où il l'avait laissé.

« C'est quoi, ce bruit ? demanda Merten. Vous entendez ?

– Sûrement Schramma qui crie à l'aide. »

Nous descendîmes à la cave, où je retrouvai son œil bleu collé au judas, comme précédemment.

« Laissez-moi sortir ! » brailla-t-il à travers la porte métallique.

Je m'approchai du judas pour le regarder. Il décocha un grand coup de poing dans la porte, en regrettant sans doute que ça ne soit pas mon visage, puis recula de quelques pas. Manifestement, il avait découvert un tire-bouchon car je remarquai au moins deux bouteilles ouvertes sur le sol.

« Je suis prêt à vous laisser sortir, dis-je. Mais à trois conditions.

– Lesquelles ?

– Premièrement, vous rédigez des aveux complets dans votre carnet. Je sais que vous en avez un dans la poche de votre veste. Je l'ai vu quand vous avez sorti le .38. Deuxièmement, vous ôtez le ruban adhésif qui entoure la crosse du pistolet et vous le déchargez. Je devine qu'il vous reste quatre balles. Vous déposerez chacune d'elles dans une bouteille de vin. Quand elles seront joliment recouvertes de vos empreintes, vous laisserez l'arme sur la table, en évidence.

– Et la troisième condition ?

– Ce sera un peu plus long. Je veux vous voir boire plusieurs bouteilles. Quand j'estimerai que vous êtes suffisamment ivre, et incapable de faire quoi que ce soit, j'ouvrirai la porte. Si tout se passe bien, le Pr Merten et moi, on vous ramènera à votre voiture dans une brouette et on vous déposera au Englischer Garten. Où vous pourrez cuver jusqu'à demain matin.

– Et ensuite ?

– Le marché est le suivant : on oublie votre rôle dans ces meurtres si vous oubliez mon existence. Et l'argent. Il servira à financer le GVP, finalement. Moi, je reprendrai mon boulot merdique à la morgue de l'hôpital, et vous pourrez continuer à faire respecter l'ordre et la justice dans cette belle ville. Tant que vous fermez votre grande gueule, personne ne saura que vous avez tué ces deux hommes. Mais si jamais un flic coiffé d'un chapeau ridicule me réprimande, ne serait-ce que pour avoir sifflé dans la rue, j'en conclurai que le marché est rompu et la police découvrira cette arme avec vos empreintes dessus et vos aveux. »

Je ne parlai pas de l'appareil photo. Des clichés montrant Schramma en compagnie de deux cadavres constitueraient un élément de persuasion amicale supplémentaire, en cas de besoin.

« Allez vous faire voir, Gunther. Et vous aussi, Merten. Allez vous faire voir tous les deux. Je sais que quelqu'un va venir ici, bientôt, et une fois qu'on m'aura libéré…

– Personne ne viendra. Le général vivait seul, vous l'avez dit vous-même.

– Quelqu'un va venir. *Les flics*. Demain. Eh oui ! Ils viendront parce que je les ai prévenus. Pour arrêter le général et Merten, comme je vous l'ai expliqué.

– Non. C'est ce que croyaient ces deux hommes que vous avez assassinés. Mais non. Vous espériez que leurs corps resteraient cachés là, le plus longtemps possible. Suffisamment longtemps pour vous permettre de prendre le large, en tout cas.

– Croyez ce que vous voulez. Je peux vous affirmer que les flics vont rappliquer demain. Et je leur raconterai que vous m'avez piégé. Je suis dans une situation délicate, je l'avoue. Mais à votre avis, qui croiront-ils ? Moi, un flic qui a vingt-cinq ans de carrière derrière lui ? Ou vous ? Un type qui vit sous un nom d'emprunt ?

– C'est juste. Mais réfléchissez. J'aurais pu vous laisser mourir de faim, pourtant je ne l'ai pas fait. Je suis revenu. Toutefois, je constate que vous n'êtes pas disposé à vous montrer raisonnable. Alors, je ne reviendrai plus. Je ne peux pas courir ce risque. Et cette fois, je prendrai soin d'éteindre toutes les lumières et de fermer toutes les portes à clé. Ici, à Bogenhausen, les gens sont discrets, ils ne se mêlent pas des affaires des autres. Il peut s'écouler plusieurs mois avant qu'on vous découvre. C'est moche de mourir de faim. Mais avec tout ce vin, peut-être que vous souffrirez moins. Je vous le souhaite. »

J'abaissai l'interrupteur du sous-sol, qui contrôlait également la lumière à l'intérieur de la cave, et poussai Max Merten vers l'escalier, comme si nous partions pour de bon.

« D'accord, d'accord ! s'écria Schramma. Vous avez gagné, Gunther. Je ferai ce que vous voulez, salopard. »

Je rallumai la lumière et revins à la porte de la cave, prêt à surveiller le long et laborieux processus destiné à m'assurer un semblant d'avenir.

9

Tout se déroula comme prévu, ou presque. Même avec quatre bouteilles de bon pinot noir dans le corps, Schramma parvint à sortir une arme d'une de ses poches pour essayer de me tuer. Celle avec laquelle il projetait de se débarrasser de moi depuis le début. Je fus obligé de le mettre K.-O. d'un uppercut. Après l'avoir photographié en compagnie des cadavres, nous le traînâmes jusqu'au rez-de-chaussée, puis dans le jardin, où nous le chargeâmes à bord de la brouette afin de le ramener à sa voiture. Il faisait nuit, il neigeait abondamment, et personne ne nous vit. D'ailleurs, dans ce quartier, nous aurions sans doute pu le transporter au beau milieu d'une journée d'été sans que quiconque s'en aperçoive.

Suivi par Merten, je franchis le pont au volant de la BMW, jusqu'au Englischer Garten, où je l'abandonnai en même temps que Schramma, dans un coin tranquille près du Monoptère, une sorte de temple grec niché sur un tertre et dédié à Apollon, un dieu très populaire à Munich.

« Et si jamais il meurt de froid ? s'inquiéta Merten.

– Ça m'étonnerait.

– Je n'aimerais pas avoir sa mort sur la conscience.

– Ne vous en faites pas, il s'en tirera. Quand je patrouillais dans les rues de Berlin, j'ai vu un tas d'ivrognes survivre à des nuits beaucoup plus froides. De plus, c'est mon idée, pas la vôtre. Alors, même s'il meurt, vous n'aurez rien à vous reprocher. Quant à moi, je pourrai vivre avec cette idée, vu le sort qu'il me réservait.

– J'ai besoin d'un remontant.

– Moi aussi.

– De préférence dans un endroit joyeux. La vision de ces deux cadavres me colle à la rétine. Allez, venez. C'est ma tournée. »

Merten nous conduisit au Hofbräuhaus, sur la Platzl, une brasserie de deux étages qui datait du XVIe siècle, et où Hitler avait fait un discours important, dans une salle du haut, mais plus personne n'en parlait. De nos jours, les gens préféraient y écouter une petite fanfare. Nous choisîmes une table dans un coin, près d'une fenêtre au rebord aussi large qu'un cercueil, et commandâmes des chopes de bière de la taille d'un porte-parapluie. J'essayai de compter les couches de fumée, non par simple curiosité, mais pour tenter de justifier ma propre tabagie. Il y avait longtemps que je ne m'étais pas senti aussi bien, assis là, à côté de Merten. Je parvins même à me convaincre que j'étais au mieux de ma forme. Cet homme fumait autant que la vallée de la Ruhr. Tout d'abord, nous nous contentâmes de boire et de fumer sans parler, puis, la musique et la bière aidant, je finis par dire : « En tant que Berlinois, j'estime qu'il y a un tas de trucs qui clochent à Munich, mais la bière n'en fait pas partie. Aucun endroit sur terre n'offre une bière pareille. Pas même Asgard. À un moment ou un autre, j'ai dû goûter toutes les bières. C'est un curieux passe-temps, je sais, mais c'est mieux que de collectionner les timbres. Et ça a meilleur goût.

– Berlin vous manque parfois, Bernie ?

– Bien sûr. Mais actuellement, Berlin ressemble à Amelia Earhart, n'est-ce pas ? Échoué sur une île, au milieu d'un vaste océan rouge hostile. Alors, on ne va pas regretter d'être ailleurs, hein ?

– Certes, mais il y a à Munich quelque chose qui n'est pas aussi bien qu'à Berlin. Sans que je puisse dire ce que c'est.

– Si Berlin est Amelia Earhart, Munich, c'est Charles Lindbergh : riche, secret, vaniteux, doté d'un passé pour le moins douteux. »

Merten sourit à son verre de bière, qui avait la couleur d'une bonne soirée, déjà consommée et bientôt balayée.

« J'ai une dette envers vous, dit-il.

– Vous l'avez déjà dit. Inutile de le répéter. Continuez à m'offrir des bières, c'est tout.

– J'aimerais vraiment vous aider, Bernie. En souvenir du bon vieux temps. Vous disiez que vous travailliez à la morgue de l'hôpital Schwabing ?

– J'ai dit ça ?

– Vous gâchez votre talent.

– De quel talent parlez-vous, Max ? Maquiller une scène de crime ? Assommer un homme d'un coup de poing ? Éviter de se faire descendre ?

– Je parle de votre métier de policier. Que vous avez exercé pendant de nombreuses années.

– C'est sans doute pour ça que je touche une retraite mirobolante.

– Il se trouve que j'ai entendu parler d'un travail, ici à Munich. Tout à fait dans vos cordes.

– J'ai déjà un travail dans mes cordes. Je m'occupe des morts. Jusqu'à présent, personne ne s'est plaint. Ils ne m'embêtent pas et je ne les embête pas.

– Je parle d'un travail régulier. Qui offre quelques perspectives.

– Tout le monde me propose du travail subitement. Écoutez, Max. Les flics ne sont pas des gens recommandables. Toutes nos qualités passent dans notre boulot, et la vie n'a droit qu'aux restes. Ne commettez pas l'erreur de me prendre pour un type bien. Vous seriez le seul.

– Vous voulez bien m'écouter, oui ou non ?

– Allez-y. Je vous écoute.
– Je parle d'un travail respectable.
– Dans ce cas, ce n'est pas pour moi. Cela fait des années que je ne suis plus respectable. Et sans doute ne le serai-je plus jamais.
– Il s'agit d'un poste dans les assurances.
– Les assurances. Des gens qui déboursent pour s'offrir la tranquillité d'esprit. J'avoue que je ne cracherais pas dessus. Hélas, je doute de pouvoir payer la prime.
– Munich Re est le plus gros cabinet d'Allemagne. C'est un ami à moi, Philipp Dietrich, qui dirige leur service des sinistres. Et justement, il cherche un nouvel enquêteur. Un expert. Je me dis que vous seriez parfait pour ce poste.
– Il est vrai que les risques, ça me connaît : j'en ai pris toute ma vie. Mais je ne connais rien au monde de l'assurance ; je sais seulement que je n'en ai aucune.
– Expert en sinistres, c'est juste une manière polie de désigner quelqu'un qui est payé pour découvrir si les gens mentent. Corrigez-moi si je me trompe, mais n'est-ce pas ce que vous faisiez à l'Alex ? Vous cherchiez la vérité, non ? Et vous étiez très doué pour ça, si j'ai bonne mémoire.
– Mieux vaut oublier ces souvenirs, si ça ne vous ennuie pas. Ils appartiennent à un homme qui portait un autre nom.
– La rumeur qui circulait à l'Alex, c'était que vous étiez le meilleur inspecteur de la commission criminelle. Un expert.
– J'ai vu un grand nombre de meurtres, en effet. Mais croyez-moi, si vous cherchez la vérité, n'interrogez jamais un expert, quel qu'il soit. Vous obtiendrez une opinion, ce qui n'a absolument rien à voir. En outre, les flics et les inspecteurs ne sont pas des experts, Max, ce sont des joueurs. Ils misent sur des probabilités, comme ce philosophe français, Pascal. Ce type est probablement

coupable, celui-ci est probablement innocent. Et ensuite, on laisse faire les avocats. Les seules personnes qui affirmeront toujours dire la vérité sont les prêtres et les témoins au tribunal, ce qui vous donne une idée de ce que vaut la vérité.

– J'aurais cru qu'il y avait plus d'avenir dans les assurances qu'à la morgue.

– Je n'en suis pas convaincu, Max. C'est là qu'on finira tous, tôt ou tard.

– Je parle sérieusement, Bernie. Accordez-moi quelques jours, le temps de parler de vous à Dietrich. Et laissez-moi vous offrir un nouveau costume. D'accord ? Pour un entretien d'embauche. C'est la moindre des choses, après ce que vous avez fait pour moi. Promettez-moi d'y réfléchir. Et donnez-moi une réponse demain matin. Mais pas plus tard. Vous connaissez le proverbe : le monde appartient à ceux qui se lèvent tôt.

– Bon, d'accord. Du moment que vous mettez de côté votre foutue reconnaissance. La bonté passe peut-être pour la chaîne dorée qui unit la société, mais moi, elle me mine. Je ne la supporte pas. Je ne la supporte plus. Je sais à quoi m'en tenir uniquement quand les gens sont cruels ou indifférents. Là, je ne suis jamais déçu. Alors, pour l'amour du ciel, ne soyez pas gentil avec moi. »

10

Le siège de Munich Re se trouvait à quelques minutes de marche seulement du Englischer Garten, dans Königinstrasse, non loin de l'Automobile Club d'Allemagne, à l'intérieur d'un bâtiment ancien de trois étages, couleur ocre, qui avait les dimensions et la forme d'une petite université, agrémenté de colonnes ioniques et d'une abondance de trompe-l'œil en stuc. Les portes en bois rustique et les hautes grilles en fer ressemblaient à un rêve d'assureur : tous les risques étaient couverts. Une horde de Gitans n'aurait pu s'y introduire de force. Une des deux ailes était en rénovation et plusieurs jardiniers déblayaient la neige devant la porte principale, pour éviter sans doute que quelqu'un glisse, tombe et réclame une indemnisation. La plupart des voitures garées devant étaient des Mercedes ou des BMW flambant neuves, sans la moindre éraflure. Manifestement, les conducteurs étaient très prudents dans ce quartier de Munich, contrairement au reste de la ville, et tous étaient assurés. Si vous m'aviez dit que ce bâtiment abritait le quartier général de la police, le tribunal correctionnel ou le palais d'un archevêque, je vous aurais cru ; et, à en juger par l'aspect luxueux de l'ensemble, j'en conclus qu'ils n'avaient pas mis la main à la poche depuis longtemps pour verser des indemnités.

Je me dirigeai vers l'entrée annexe, dans Thiemestrasse. Au-dessus d'une autre porte robuste jaillissait une tête de femme en pierre, méchamment défigurée par des éclats d'obus, comme tant d'autres à Munich. La porte s'ouvrait sur un hall d'accueil, où officiaient deux femmes au visage aussi figé que celui de la statue à l'extérieur. Derrière elles, j'aperçus deux extincteurs, un seau de sable, une lance d'incendie et une alarme conséquente. Rien qu'en entrant dans cet immeuble, je sentais que j'allais gagner au moins un an de longévité.

Herr Dietrich en personne descendit me chercher afin de me conduire dans son bureau au premier étage, ce que je trouvai correct de sa part. Il était grand et nettement en surpoids, et comme tout le monde dans ces locaux – moi y compris, grâce à Max Merten –, il portait un costume couleur granit, dont j'appris très vite qu'il reflétait son attitude vis-à-vis des requérants. Il avait de longues oreilles et une démarche soignée, efféminée, les poignets tendus vers le sol, comme s'il avançait sur une corde raide, à moins – plus vraisemblablement – qu'on ne lui ait recommandé de marcher et de ne pas courir, de crainte que son imposante masse grise cause un accident. Dans son bureau moderne qui surplombait un vaste jardin, il m'offrit un siège et me servit sa vision globale du monde, en même temps qu'un excellent café et un verre d'eau, sur un petit plateau en argent.

« Les assurances, c'est uniquement une question de statistiques, déclara-t-il. Et dans ce service, les statistiques correspondent, la plupart du temps, aux chiffres de la criminalité, car un grand nombre de nos clients sont des escrocs. Même si Herr Alzheimer n'aime pas m'entendre dire ça ouvertement. Herr Alzheimer est le président de Munich Re, et pour le moins un grand diplomate. Il n'est jamais bon d'évoquer tous les escrocs que nous assurons, mais il est de mon devoir d'appeler un chat un chat, même si certains affirment que c'est un chien ou un lapin. Ces individus semblent ne pas comprendre qu'en remplissant de fausses déclarations de sinistre ils commettent un délit grave. Si je vous répétais la moitié des mensonges choquants que certains de nos concitoyens les plus respectables tentent de nous faire avaler, vous diriez que j'exagère.

– Non, même si je le pensais. Car voyez-vous, il se trouve que je suis moi aussi un peu cynique sur les bords, Herr Dietrich.

– Le cynisme est une école philosophique respectable. Pour les Grecs de l'Antiquité, il n'y avait rien de honteux à se proclamer cynique. À mon humble avis, une bonne dose de cynisme ne peut pas faire de mal, Herr Ganz, et vous découvrirez très vite que Diogène est le saint patron des enquêteurs d'assurances. Tant que mon service continuera à penser de cette façon, cette société restera rentable. Mais n'allez surtout pas croire que nous sommes des gens sans cœur. C'est faux. En vérité, nous assurons un authentique service public. C'est ainsi que je vois les choses. En traquant les demandes d'indemnisations frauduleuses, nous pouvons proposer à nos clients honnêtes des primes bon marché. Hélas, je manque actuellement d'agents capables de flairer la malhonnêteté. J'ai besoin d'un enquêteur qui partage ma façon de penser.

» Je suis sûr que vous avez remarqué mes oreilles proéminentes, Herr Ganz, poursuivit Dietrich. Ici, on me surnomme Dumbo. Vous voyez ? Le petit éléphant dans le dessin animé de Walt Disney. La plupart des gens se moquent de mes oreilles. Et ça ne me gêne pas car, comme dans le cas de ce petit pachyderme, ces grandes oreilles sont ma chance. C'est grâce à elles que je dirige ce service. Certes, je ne sais pas voler, mais je bénéficie des conseils de Timothée la souris, qui murmure des choses que seules les grandes oreilles peuvent entendre. Des conseils qui s'insinuent directement dans mon subconscient. Timothée m'avertit quand elle sent quelque chose de louche dans une déclaration de sinistre. D'après M. Merten, vous étiez un excellent détective. Dans ce qui est aujourd'hui Berlin-Est. Raison pour laquelle vous ne pouvez pas fournir de références écrites.

– Oui, grosso modo, Herr Dietrich.

– Une chance, donc, que le Pr Merten soit disposé à se porter personnellement garant. À mes yeux, cela fait de vous un risque acceptable. Tout à fait acceptable même.

– Je vous remercie de cette confiance.

– Aimiez-vous votre travail dans la police ?

– Dans l'ensemble.

– Parlez-moi de ce que vous n'aimiez pas.

– Les horaires. Le salaire.

– Insuffisant ?

– Largement insuffisant par rapport aux horaires. Mais je savais à quoi m'attendre quand j'ai commencé, alors j'étais prêt à l'accepter. En revanche, convaincre une épouse de vivre de cette façon, c'est une autre paire de manches.

– La confiance, c'est une chose très simple. Pour faire confiance aux gens, il suffit d'ignorer votre instinct, votre expérience et de mettre de côté le scepticisme. En vérité, le seul moyen de savoir si vous pouvez faire confiance à quelqu'un ou pas, c'est de lui faire confiance. Généralement, les gens se comportent en êtres humains et vous laissent tomber. Évidemment, si vous savez déjà qu'ils vont vous laisser tomber, vous n'êtes pas déçu. »

Il sourit et des profondeurs de sa bedaine monta un bruit que je pris pour un signe d'approbation.

« Dites-moi, Herr Ganz. Êtes-vous en forme ?

– Bien sûr, mentis-je. Du moment que vous ne me demandez pas de danser autour d'un lampadaire en tenant un parapluie.

– Un objet dangereux. Chaque année, en Allemagne de l'Ouest, près de cent personnes sont grièvement blessées par quelqu'un qui manie un parapluie. »

Soudain, j'eus la vision fugitive du monde débordant de périls dans lequel il évoluait, où chaque geste effectué par un être humain s'accompagnait d'un risque inhérent. C'était comme avoir une conversation avec un savant atomiste : rien n'était trop infime pour être insignifiant.

« C'est une réalité ?

– Non, c'est une statistique, dit-il. Il y a une différence. On ne peut pas toujours évaluer le prix d'une réalité. J'ai une autre question à vous poser, Herr Ganz. Quelle est votre dose de cynisme ?

– J'ai vécu pendant vingt-cinq ans dans les rues de Berlin. C'est ce que vous voulez savoir ? »

Il sourit.

« Non, pas exactement. Donnez-moi un exemple de votre façon de penser.

– Dans quel domaine ?

– Je ne sais pas. Parlez-moi de politique. De l'Allemagne d'aujourd'hui. Du gouvernement. N'importe quoi.

– Il se pourrait que je sois un peu *trop* cynique à votre goût, Herr Dietrich. Je ne voudrais pas risquer de laisser filer ce poste.

– Vous pouvez parler librement. C'est votre façon de penser qui m'intéresse, pas ce que vous pensez.

– Bien. Allons-y. Nous vivons une époque d'amnésie internationale. Ce que nous avons été, ce que nous avons fait ? Tout cela n'a plus aucune importance maintenant que nous sommes du côté de la vérité, de la justice et de l'*American way of life*. Une seule chose compte de nos jours en Allemagne : les Américains ont placé un canari dans la mine de l'Europe afin d'avoir le temps de déguerpir si les Russes décident de franchir la frontière. Et ce canari, c'est nous. Cui-cui.

– Vous ne croyez pas que les Américains nous défendront ?

– Après ce qu'on a fait ? Vous le feriez, vous ? »

Herr Dietrich ricana.

« Vous êtes l'homme qu'il me faut, Herr Ganz. J'aime bien votre façon de penser. Le scepticisme est un élément essentiel dans ce service. Ne croyez pas ce en quoi on vous a dit de croire. Attendez-vous à l'inattendu. Telle est notre devise. Je me targue d'être un excellent juge de la nature humaine. Et je sens que nous sommes faits pour nous entendre. Quand pouvez-vous commencer ?

– Pourquoi pas le 1er février ?

– Parfait. Voilà qui est parler. Mais avant cela, je dois solliciter l'accord de Herr Alzheimer. C'est notre président, mais il s'intéresse particulièrement à mon service. Il voudra vous rencontrer personnellement. Vous n'y voyez pas d'inconvénient, Herr Ganz ? Vous sentez-vous prêt à être examiné à la loupe dans le bureau d'Alois Alzheimer ? »

Ayant décidé de jouer le jeu, je répondis que j'en serais honoré, et Dietrich me crut certainement car il décrocha aussitôt son téléphone. Quelques minutes plus tard, nous montions d'un étage, vers une atmosphère plus raréfiée. La moquette grise était plus épaisse. Il y avait plus de lambris sur les murs, et si c'était beau, je songeai que les risques d'incendie s'en trouvaient accrus. J'aurais pu signaler également l'absence de filet de sécurité dans la cage d'escalier. Quelqu'un pouvait facilement tomber du palier du troisième étage, surtout si on l'y aidait. Évaluer les risques avait toujours été chez moi une seconde nature.

D'après Max Merten, Munich Re avait assuré tous les camps de concentration nazis contre l'incendie, le vol et autres menaces. Ils avaient également traité avec la SS. Mais je n'allais certainement pas jouer les donneurs de leçons dans ce domaine. En outre, je croyais sincèrement ce que j'avais dit à Dietrich au sujet de l'amnésie internationale. Les agissements de l'Allemagne durant la guerre n'empêchaient personne de dormir. Sauf moi, peut-être.

Le bureau du président était un nid d'aigle, parfaitement adapté à un oiseau de proie géant, et le petit homme qui l'occupait avait le regard perçant d'un rapace. Alzheimer était un Bavarois d'allure prospère aux manières onctueuses, vêtu d'un costume gris sur mesure, le teint légèrement hâlé, les cheveux bruns et des sourcils plus foncés encore. Si Josef Goebbels était toujours vivant, il ressemblerait peut-être à Alois Alzheimer. Pendant que Dietrich faisait mon éloge, le président me jaugeait comme s'il calculait le nombre d'années qu'il me restait à vivre et le montant de ma prime annuelle. Pourtant Boucle d'Or elle-même aurait vu que je représentais un risque trop important. Malgré cela, le président de Munich Re approuva mon recrutement. J'étais désormais un expert en assurances qui touchait vingt-cinq marks par semaine, plus les primes. Rien de faramineux, néanmoins c'était beaucoup mieux payé que la morgue. Et comme disait ma mère : c'est bien de joindre les deux bouts, mais parfois, c'est chouette d'avoir de quoi faire un nœud. Tout cela, je le devais à Max Merten. En ressortant, j'étais presque content de moi. Travailler dans les assurances ne semblait pas moins obscur que ce que je faisais à l'hôpital, c'était donc tout aussi attirant. Peut-être plus. Le mot « assurances » lui-même incluait un élément de sécurité séduisant. J'imaginais mal un client mécontent me collant un pistolet sur la tempe pour contester une clause rédigée en minuscules caractères dans son contrat.

Je me trompais.

11

« Savez-vous où est la Glyptothèque, Christof ?

– Je sais où elle se trouve, dis-je à Dietrich. Mais je ne suis pas sûr de savoir ce que c'est.

– C'est le plus vieux musée de Munich, et le seul au monde entièrement consacré aux sculptures antiques. Un cambriolage y a été commis la nuit dernière, et j'aimerais que vous alliez voir ce qui a été volé. Autrement dit, je vous demande de vous renseigner pour savoir s'ils vont faire une déclaration à l'assurance. Dans ce cas, essayez de repérer des imprudences de leur part, ce genre de choses. Tout ce qui pourrait nous dispenser de payer. Quelqu'un a-t-il oublié de fermer une porte à clé ou laissé une fenêtre ouverte ? Vous voyez ?

– Je vois. »

En effet. Avant d'entrer à la commission criminelle, j'avais vu suffisamment de cambriolages pour avoir confiance en moi. J'éprouvais même un soupçon de nostalgie.

Située à environ trente minutes de marche, du côté nord de Königsplatz, la Glyptothèque avait été gravement endommagée en 1943 et en 1944. Aujourd'hui, les travaux de restauration étaient quasiment achevés, mais il restait un échafaudage sur une façade de l'aile ouest et je me demandais si l'effraction avait été commise à cet endroit. Derrière un portique de colonnes ioniques s'ouvraient les salles d'exposition qui tiraient leur lumière d'une cour centrale et, d'une certaine façon, ce lieu me rappelait le siège de Munich Re, ce qui nous renseignait davantage sur le commerce des assurances que sur les arts plastiques, en Allemagne du moins. Sur le fronton, une composition en marbre montrait une Athéna manchote donnant des ordres à un groupe de travailleurs qui semblaient totalement indifférents à sa protection. J'en déduisis qu'ils étaient syndiqués, et sans doute anglais, étant donné qu'ils se tournaient les pouces. Une voiture de police stationnait devant l'entrée. À l'intérieur trônaient un tas de statues grecques et romaines en marbre, trop volumineuses pour être volées ou déjà trop amochées pour que l'on sache si elles avaient été endommagées. Un flic en uniforme me demanda qui j'étais et je lui tendis une de mes cartes de visite toutes neuves, ce qui parut le satisfaire. Moi, en tout cas, elles me satisfaisaient : il y avait des années que je n'avais plus de cartes de visite et celles-ci étaient aussi rigides qu'un col de chemise amidonné.

Le flic m'expliqua que l'effraction avait eu lieu à l'étage du dessus. Remarquant au passage l'existence d'une sonnette d'alarme de la taille d'un gong et d'une échelle placée sous l'escalier, je grimpai au premier étage de l'aile ouest en suivant des bruits de voix et j'arrivai devant une succession de bureaux. Un inspecteur examinait une porte vitrée fêlée, qui semblait avoir été forcée, pendant qu'un de ses collègues écoutait un homme qui portait des lunettes et un bouc. Sans doute un employé du musée.

« C'est très étrange, disait-il, mais autant que je puisse en juger, rien n'a été volé. Juste quelques très petites pièces, apparemment. Quand je songe à tous les trésors qu'ils auraient pu emporter, ou vandaliser, j'en ai froid dans le dos. La Méduse Rondanini ou le Faune Barberini, par exemple. Bien qu'il ne soit pas très aisé de déplacer une sculpture telle que notre très cher Faune. Elle pèse plusieurs centaines de kilos.

– Des dégâts ont-ils été commis ? interrogea l'inspecteur.

– Uniquement sur mon bureau. Quelqu'un a forcé les tiroirs pour fouiller à l'intérieur.

– Sans doute des gamins qui cherchaient de l'argent. »

C'est à ce moment-là qu'ils remarquèrent ma présence. Je m'avançai en tendant ma carte et me présentai. Ils en firent autant. L'inspecteur se nommait Seehofer et le type du musée était le Pr Schmidt, sous-directeur adjoint.

« Vous vous êtes déplacé pour rien, Herr Ganz, dit Seehofer. Rien n'a été volé ni endommagé, semble-t-il. »

Je n'en étais pas convaincu.

« C'est par ici qu'ils sont entrés ? Les gamins ?

– Oui. Ils ont dû escalader l'échafaudage. »

Je m'approchai de la fenêtre.

« Vous permettez que je jette un coup d'œil ? demandai-je à l'inspecteur.

– Faites comme chez vous. »

Je glissai la tête au-dehors. Et remarquai des traces de pas récentes sur quelques planches entreposées à proximité. Des ouvriers peut-être, mais j'avais repéré une empreinte semblable sur le tapis, devant la porte du bureau. Celle d'un individu imposant, à l'évidence. Pas celle d'un enfant. Toutefois, je m'abstins de contredire l'inspecteur. Il était pour le moment préférable que je me range dans son camp.

J'interrogeai le Pr Schmidt :

« Vous recevez de nombreux visiteurs dans ce musée ?

– Nous sommes en février. C'est toujours calme à cette époque de l'année.

– Et l'alarme ? Pourquoi ne s'est-elle pas déclenchée ?

– Quelle alarme ? demanda Seehofer. Il y a une alarme ?

– Aucune idée », répondit le Pr Schmidt, comme s'il venait de se souvenir de son existence.

Manifestement, il avait omis d'en parler à l'inspecteur, qui sembla s'en agacer.

« Vous voulez bien me montrer où se trouve cette alarme, monsieur ? » demanda Seehofer, un peu trop tard pour inspirer confiance à n'importe quel enquêteur d'une compagnie d'assurances.

Nous redescendîmes, traversâmes le hall et nous arrêtâmes devant l'alarme fixée au mur, à un mètre environ au-dessus de nos têtes. De là où nous étions, elle n'allait pas nous apprendre grand-chose, et au bout d'un moment je me sentis obligé de prendre les choses en main. J'allai chercher l'échelle sous l'escalier.

« C'est moi a priori qui devrais m'en charger », dit Seehofer en me regardant monter à l'échelle qui, maintenant que je travaillais dans les assurances, me paraissait dangereusement instable sur le sol de marbre.

J'acquiesçai et redescendis sans un mot, bien content de ne pas prendre ce risque. Si je tombais d'une échelle, je pouvais dire adieu à mes vingt-cinq marks par semaine.

Seehofer monta donc à ma place et après avoir lancé plusieurs regards inquiets en direction du sol, il arriva enfin à la hauteur de la sonnette d'alarme, où ses talents d'inspecteur purent enfin s'exprimer.

« Tout s'explique, dit-il. On a coincé un morceau de carton entre la cloche et le battant.

– Surtout, n'essayez pas de le retirer, dis-je.

– Pourquoi donc ? » demanda-t-il, en ôtant le morceau de carton.

L'alarme se mit à sonner, si assourdissante que Seehofer faillit tomber de son échelle. Il s'empressa de redescendre.

« Pouvez-vous l'arrêter ? criai-je au Pr Schmidt.

– Je ne sais pas comment on fait, avoua-t-il.

– Qui le sait ?

– L'agent de sécurité.

– Où est-il ?

– Euh… je l'ai renvoyé en découvrant l'infraction. Il est rentré chez lui, j'imagine. »

Comme aucun de nous ne s'entendait penser, et encore moins parler, je me sentis obligé de prendre le morceau de carton que Seehofer tenait entre ses doigts nerveux et de remonter à l'échelle pour le replacer entre le battant et la cloche, non sans avoir pris la peine de le déplier pour constater qu'il s'agissait d'un paquet de cigarettes Lucky Strike.

Je redescendis. Et demandai :

« Que fait cette échelle sous l'escalier ?

– Elle était posée là hier toute la journée. Un des ouvriers s'en est servi pour remplacer les ampoules au plafond.

– Donc, elle a pu rester sans surveillance pendant un bon moment.

– Oui.

– Selon moi, l'individu qui s'est introduit ici la nuit dernière a visité le musée dans la journée et, voyant cette occasion qui s'offrait à lui, il a utilisé l'échelle pour bloquer la sonnette d'alarme avec un paquet de cigarettes. »

Seehofer murmura : « Lucky Strike. Ce n'est pas un coup de chance pour tout le monde. »

Une remarque qui ne fut pas du goût du Pr Schmidt, dont le sens de l'humour était inexistant ce matin, fort logiquement.

« C'est un geste improvisé, repris-je. Notre homme a vu qu'il pouvait bloquer le système et il a agi spontanément, en utilisant la première chose qui lui tombait sous la main.

– Il est d'autant plus surprenant que rien n'ait été volé, répondit Schmidt. Je ne vois pas des enfants se donner autant de mal.

– Puis-je examiner le contenu de vos tiroirs ? Si ça ne vous ennuie pas.

– Non, absolument pas. Mais vous ne trouverez rien d'intéressant. Juste du papier à en-tête du musée et des guides. Peut-être quelques babioles que tout le monde garde dans un tiroir. Je ne sais pas. En fait, ce n'est pas mon bureau. C'est celui du sous-directeur.

– On pourrait peut-être lui demander si quelque chose a disparu.

– Je crains que ça ne soit pas possible. Il est malade, depuis un long moment. À vrai dire, je ne pense pas qu'il reviendra un jour.

– Je vois. »

En traversant le hall en sens inverse, notre regard fut attiré par une imposante statue de marbre exposée dans une salle aussi vaste que le Panthéon, non parce qu'elle avait été endommagée, mais à cause de ce qu'elle représentait : un faune romain ou un satyre grec, grandeur nature, jambes écartées, l'une posée à angle droit sur la pierre qui lui servait de siège, et qui semblait mal en point après une longue nuit à la Hofbräuhaus. L'inconvenant personnage était extrêmement bien rendu, rien n'était laissé à l'imagination.

« La vache, commenta Seehofer. Un instant, j'ai cru que c'était vrai. C'est… très réaliste, n'est-ce pas ?

– Il s'agit du Faune Barberini dont je vous parlais, expliqua Schmidt. Une statue grecque. Sans doute restaurée par Bernin après avoir été gravement endommagée lors d'une attaque des Goths, il y a presque mille ans.

– L'histoire se répète, apparemment », dis-je, en me représentant ces ancêtres allemands livrant un combat à mort.

De retour au premier étage, j'examinai le bureau.

« Rien n'a été volé ici ? demandai-je. Une caisse contenant de l'argent, par exemple.

– Non. Pas même un rouleau de billets d'entrée.

– Dans ce cas, pourquoi fermez-vous la porte à clé ?

– L'habitude. Il m'arrive de laisser des objets de valeur. Un stylo en or. Un joli briquet. Mon portefeuille. Mais pas hier. J'avais tout emporté chez moi. C'est absolument extraordinaire. Tout semble normal. »

J'aurais pu être d'accord, si je n'avais pas repéré une chose qui n'aurait pas dû se trouver là, mais dans un cendrier : un cigare à moitié mâchonné, qui dépassait du bord du bureau, à angle droit, telle la jambe du Faune Barberini.

12

Qu'aurais-je dû faire ? Dire à l'inspecteur Seehofer qu'un policier que je connaissais avait tué deux personnes et s'était introduit par effraction dans le plus vieux musée de Munich, afin de voler… rien ? Un flic qu'il connaissait sans doute lui aussi ? Alors, je gardai le silence. Très souvent, c'est la meilleure chose à faire. Surtout quand vous venez d'être engagé et que vous essayez de faire bonne impression. La fréquentation de meurtriers et de policiers véreux n'est pas de nature à inspirer confiance aux dirigeants de n'importe quelle compagnie d'assurances. Cela ne m'empêchait toutefois pas de me demander ce que manigançait Schramma. Évidemment, le coupable était peut-être quelqu'un d'autre. Mais en mon for intérieur, je savais qu'il avait pénétré illégalement dans la Glyptothèque, tout comme j'avais su avec certitude que le Faune Barberini n'était qu'un homme. Si j'avais été inspecteur moi-même, et non simple expert en assurances, j'aurais sans doute fait analyser ce mégot de cigare, dans l'espoir d'établir un rapprochement avec celui qui avait été abandonné au domicile du général assassiné à Bogenhausen. La police avait découvert les deux cadavres à présent, et à en croire les journaux, ils n'étaient pas bavards. Ce qui revenait à dire qu'ils n'avaient pas la moindre idée de l'identité du coupable. Et cela me convenait très bien. Je n'avais aucune envie de revoir Schramma, avant longtemps. Ses manigances ne me concernaient pas. Et venir en aide à la police ne faisait pas partie de mes nouvelles attributions.

En vérité, ce travail chez Munich Re était ennuyeux, et certains jours, je passais le plus clair de mon temps à regarder par la fenêtre. Franchement, je n'aurais pas trouvé le temps plus long si j'avais essayé de calculer la vitesse à laquelle poussait l'herbe dans le jardin de derrière.

Une semaine ou deux s'écoulèrent de cette façon. Les dossiers de sinistres commençaient à s'accumuler sur mon bureau. J'étais censé les lire et chercher des éléments suspects avant de les remettre à Dietrich, accompagnés de mes recommandations. Des voitures incendiées volontairement, des explosions de canalisations sabotées (très fréquentes au début du printemps), des héritages familiaux perdus ou endommagés délibérément, de faux dommages corporels, des faillites frauduleuses. Pas de quoi provoquer le moindre haussement de sourcils, franchement. Après avoir écouté Dietrich parler de nos clients, j'étais pour le moins déçu. Je priais pour tomber sur quelque chose de louche, rien que pour tromper mon ennui. C'est ainsi qu'Arès, le dieu grec de la guerre, de la violence, du carnage et des assurances, répondit à mes prières en m'envoyant un dossier d'assurance vie croustillant.

Voici comment fonctionne ce type de souscription : une compagnie d'assurances et le souscripteur signent un contrat simple selon lequel, en échange du versement d'une prime annuelle, l'assureur promet de verser au bénéficiaire désigné une certaine somme d'argent en cas de décès ou de blessure grave de l'assuré. Après avoir passé des années à la Kripo, l'idée qu'une personne puisse tirer profit de la mort d'une autre me paraissait ridicule. Quel ignorant j'étais ! (L'assurance vie représentait une des branches les plus lucratives de Munich Re.) Toutefois, les vieilles habitudes ont la vie dure. Et je crois que le dicton est vrai : les inspecteurs de police sont des gens simples qui persistent à poser des questions évidentes, voire stupides, mais je me disais que j'étais fait pour ça et, je le répète, je m'ennuyais ferme. En outre, une importante somme d'argent était en jeu.

Un homme de trente-neuf ans était mort en passant sous le train de Rosenheim, à la gare de Holzkirchen. Il avait souscrit une assurance trois étoiles auprès de Munich Re au mois de juillet précédent, pour laquelle il versait quatre marks par mois. Décès, dommages corporels et perte de revenus. La veuve, âgée de trente et un ans, se nommait Ursula Dorpmüller. Elle vivait à Nymphenburg, au 11 de la Loristrasse, au dernier étage. Son époux, Theo Dorpmüller, possédait un bar-cabaret dans Dachauer Strasse, et la police affirmait qu'il était tombé sur la voie car il était ivre. Autrement dit, il ne faisait aucun doute à leurs yeux que la mort était accidentelle. Mais ce n'était pas eux qui allaient devoir s'acquitter de fortes indemnités. On avait retrouvé dans la poche du défunt une note correspondant à un dîner pour deux personnes au Walterspiel, ce qui excluait la thèse du suicide selon moi. Généralement, vous ne vous tapez pas la cloche quand vous avez décidé de vous supprimer. C'était d'ailleurs la seule véritable raison pour laquelle la police estimait qu'il était ivre. Sur la note du restaurant apparaissaient deux bouteilles de champagne et une bouteille d'excellent bourgogne. Peut-être était-il ivre, en effet, je n'en savais rien, mais si l'assurance payait, Ursula Dorpmüller toucherait vingt mille marks, de quoi faire d'elle une authentique veuve joyeuse. Avec une telle somme, vous pouviez vous offrir des tonnes de mouchoirs et un océan de condoléances les plus sincères. Ursula, hôtesse de l'air chez Trans World Airlines, avait un excellent salaire. Avant cela, elle avait exercé le métier d'infirmière. Au moment où son mari, Theo, avait trouvé la mort, elle était partie voir sa mère malade en Amérique. Tous les dimanches, elle jouait de l'orgue à l'église Saint-Bennon, située non loin de son appartement, et elle siégeait au comité du Magnolia Ball, un gala de charité organisé par le Club des femmes germano-américaines. Elle s'investissait également beaucoup dans une autre association qui venait en aide aux réfugiés est-allemands et hongrois. Bref, une femme bien sous tous rapports. Sans doute n'aurais-je pas signalé son cas à Dietrich si je n'avais pas déjà récemment entendu le nom de Dorpmüller, mais il me fallut plusieurs jours pour me souvenir dans quel contexte. Quand cela me revint enfin, j'allai immédiatement trouver Dietrich.

« Timothée la souris et moi avons quelque chose à murmurer à l'oreille de Dumbo.

– À quel sujet ?

– L'assurance vie des Dorpmüller. Il y a quelque chose qui ne me plaît pas.

– Pourtant, la veuve me fait l'impression d'être quelqu'un de bien.

– Oui, en effet. C'est précisément ce qui me déplaît chez elle. Cette femme est une sainte. C'est Hildegarde de Bingen. Et je vais vous dire une bonne chose : d'ordinaire, les saintes ne réclament pas vingt mille marks nets d'impôt.

– Je devine que vous ne vous fiez pas uniquement à votre instinct pour dire ça.

– Comme vous le savez, avant d'être engagé ici, je travaillais à l'hôpital Schwabing.

– Et c'est là, je suppose, que vous avez appris à vous soucier de votre prochain.

– Un jour, on m'a amené des victimes de l'explosion d'une bombe sur un chantier.

– J'ai lu ça dans le journal. Heureusement, personne n'était assuré chez nous.

– Eh bien, vous vous trompez. Parmi les blessés figurait l'homme qui est passé sous le train. Theo Dorpmüller.

– Ah. Il était dans un état grave ? »

Je revis l'homme en fauteuil roulant que j'avais conduit à la morgue avec Schramma, pour identifier Johann Bernbach.

« Quelques brûlures. Suffisamment sérieuses toutefois pour l'empêcher de travailler pendant une semaine.

– Mes oreilles commencent à s'agiter. Et Timothée pointe le bout de son nez.

– Voici où je veux en venir : il n'a pas sollicité de dédommagement pour perte de revenus. Cet homme a souscrit une assurance qui couvre le décès et les dommages corporels et il ne réclame pas un sou. Pourquoi ?

– Vous êtes certain qu'il s'agit bien du même homme ?

– Sûr et certain. Et je suis certain également qu'il y a une seule explication.

– Il ignorait qu'il avait souscrit une assurance chez nous. Sinon, il aurait certainement réclamé son dû.

– Exactement.

– Bon travail, Christof.

– Je pense que Timothée et vous devriez vous renseigner sur cette Ursula Dorpmüller.

– Impossible. Regardez ce bureau. C'est ça le problème dans ce métier : trop de paperasses. Je suis enchaîné à ce fauteuil comme ce type qui se fait manger le foie par un aigle. Je n'ai pas le temps d'enquêter sur elle. Mais vous, Diogène, vous pourriez vous en charger. Vous avez bâti votre théorie devant mes yeux, vous devez la suivre jusqu'au bout.

– Entendu. Mais comment dois-je procéder ?

– Faites croire à cette femme que nous allons lui verser l'argent de l'assurance sans problème. Vous voulez juste vérifier quelques détails. Faites-lui signer deux, trois documents sans intérêt. Réclamez une photocopie de son passeport. De son permis de conduire si elle en a un. De son certificat de naissance. De son certificat de mariage. Faites-la poireauter. Notre service comptabilité va bientôt remplir le chèque, et dès qu'il sera signé, vous le lui remettrez en personne. Simple formalité. C'est comme si les vingt mille marks étaient déjà sur son compte. C'est un peu long car il s'agit d'une somme importante. Soyez aussi gentil avec elle que si elle était votre mère. Caressez-la dans le sens du poil. Faites-lui l'amour s'il le faut. Mais en privé, traitez-la comme si c'était Irma Grese. Et voyez ce qu'elle cache dans son paquetage. »

Irma Grese était une gardienne de camp SS, pendue pour crimes de guerre par les Britanniques en 1945. Surnommée la « Jolie bête blonde de Belsen ».

« Je saisis l'idée générale. Ce n'est pas très beau, mais je sais exactement comment faire. Le bon flic et le méchant flic. Dr Jekyll et Mr Hyde.

– Oui, peut-être. Mais Timothée préfère ce personnage de Shakespeare, celui qui manipule Othello.

– Iago.

– Oui, voilà. Vous êtes de son côté sans l'être vraiment. Vous gagnez sa confiance en espérant la faire trébucher. »

Je fronçai les sourcils.

« Très bien. Si c'est ce que vous voulez. C'est vous le patron.

– Qu'y a-t-il ? Vous ne semblez pas convaincu par ma stratégie.

– Non, non, il ne s'agit pas de ça. Je réfléchissais.

– À quoi ?

– Premièrement, nous parlons d'un meurtre avec préméditation. Et d'un complot. Quelqu'un a poussé Dorpmüller sur les rails. Selon moi, il s'agit de la personne avec laquelle il a dîné. Un ami. Un très bon ami, vu le montant de l'addition.

– D'après la police, il était tard et Dorpmüller était seul sur le quai.

– Autrement dit, quelqu'un se croit tiré d'affaire.

– La veuve ?

– Elle possède un alibi en béton. Elle se trouvait en Amérique quand son mari a été tué.

– Oui, tout à fait. Ce qui signifie qu'elle a un complice. Un co-conspirateur.

– Exact.

– Là encore, je sens que votre esprit pervers me cache quelque chose, Christof.

– Écoutez, Herr Dietrich. Je travaille ici, chez Munich Re, depuis cinq minutes. Je ne veux empiéter sur les plates-bandes de personne.

– Ce n'est pas grave, elles sont certainement assurées.

– Pas contre ce genre de choses. Nul n'est assuré contre les propos dangereux d'un collègue.

– Allez, crachez le morceau. Vous vous êtes bien débrouillé jusqu'à présent.

– Soit. Est-ce que vous connaissez bien le courtier qui a vendu cette assurance à Dorpmüller ? »

Dietrich ouvrit le dossier et consulta les noms figurant sur le contrat.

« Friedrich Jauch. Il est entré chez nous il y a deux ans environ. Un gars intelligent. Bel homme. Il était commissaire-priseur chez Karl & Faber avant. D'ailleurs, il a postulé pour votre poste.

– Enquêteur ?

– Oui. Mais le service commercial ne veut pas le laisser filer, il est trop futé. Il leur rapporte beaucoup d'argent. Conclusion, la direction m'a obligé à rejeter sa demande de mutation.

– C'était quand ?

– Il y a un mois ou deux.

– Longtemps après qu'il a vendu cette police à Dorpmüller, donc ?

– Oui.

– Intéressant.
– Vous pensez qu'il pourrait être impliqué ?
– Si Dorpmüller ignorait qu'il possédait cette assurance, qui a signé le contrat ? Voilà ce que j'aimerais savoir. Je penche pour Frau Dorpmüller. Avec l'éventuelle complicité de ce Friedrich Jauch.
– Et ce n'est sans doute pas tout.
– Possible. Si quelqu'un a poussé Dorpmüller sur la voie, ce quelqu'un pourrait être Jauch. Voilà peut-être la raison pour laquelle il voulait travailler dans ce service : afin de pouvoir saboter une possible enquête. Réfléchissez. C'est un plan bien ficelé. Il se serait retrouvé en train d'enquêter sur une police d'assurance qu'il a lui-même vendue.
– Vous avez vraiment un esprit tordu, hein ? Maintenant que j'y repense, sa demande de mutation m'avait un peu surpris à l'époque. Car Munich Re n'était pas la seule à gagner de l'argent grâce aux talents de courtier de Friedrich Jauch. Lui aussi. Grâce aux commissions. En passant au service enquêtes, il aurait subi une forte baisse de salaire.
– Vous le lui avez fait remarquer ?
– Oui. Il m'a répondu qu'il en avait assez de serrer des mains et de sourire toute la journée. Il pensait qu'un poste d'expert lui conviendrait mieux.
– Comment a-t-il réagi quand vous avez rejeté sa demande ?
– Très bien. Ils ont su faire passer la pilule. Ils lui ont offert une voiture de fonction et ils ont augmenté son taux de commission. Il pouvait difficilement faire la fine bouche.
– Pas sans attirer l'attention, en tout cas.
– Évidemment, il existe une autre possibilité. Peut-être que Dorpmüller n'a pas trouvé le temps de faire valoir ses droits. Il était trop occupé.

– Vous n'y croyez pas vous-même. Et Timothée la souris non plus.

– Mais je *veux* y croire, dit Dietrich. Car vous ignorez une chose : Friedrich Jauch est presque un ami.

– Ce n'est pas comme si Dorpmüller craignait de faire augmenter sa prime en réclamant des dédommagements. Il était couvert pour ça aussi.

– Vous l'avez noté ? Vous apprenez vite, Christof.

– J'ai appris à ne pas porter ce genre d'accusations sans preuve. Et les preuves figurent noir sur blanc dans le dossier que vous tenez entre les mains. Je l'ai lu, de la première à la dernière page. Et j'ai l'impression de traîner quelque chose de répugnant sous ma chaussure.

– Alors, que suggérez-vous ?

– La veuve se prépare à être sur le gril. Après tout, c'est elle qui attend le gros lot. Pas Friedrich Jauch. Je pourrais le suivre deux ou trois jours ? Et voir ce que ça donne. S'ils sont complices, il va faire profil bas. En supposant qu'ils ont un peu de jugeote, ils seront convenus de n'avoir aucun contact tant que le chèque n'a pas été encaissé. Autrement dit, toute la confiance est de son côté à lui. Surtout une fois que la veuve aura l'argent. Par conséquent, on peut peut-être le débusquer comme un lièvre. » Tout en m'adressant à Dietrich, j'avais l'impression d'aiguiser mes talents de policier émoussés, comme on frotte une lame de rasoir contre un cuir à affilage. « Pour ce faire, j'ai besoin de vous.

– Je vous écoute.

– J'aimerais que vous demandiez au service comptabilité de rédiger un chèque de vingt mille marks à l'ordre d'Ursula Dorpmüller.

– Après tout ce que vous venez de dire ? Vous me décevez.

– Attendez. Demandez-leur d'antidater le chèque d'une semaine. Et de vous donner une photocopie.

– Que mijotez-vous ?

– J'aimerais tester ce dicton vieux comme le monde, selon lequel l'honneur n'existe pas entre voleurs, et encore moins entre meurtriers. »

13

Sans doute fallait-il un Allemand pour inventer l'idée d'archiduc. Un duc allemand qui ne se satisfaisait pas d'être un simple duc. Il en allait de même, pensai-je, avec les agents d'assurances allemands. D'après l'intitulé de ses fonctions, Friedrich Jauch était responsable en chef du secteur commercial, chargé du développement des nouvelles entreprises. Comme pour se conformer à son titre interminable, il était très grand, droit comme un i et mince. De fait, avec son costume gris clair et sa cravate verte, il faisait penser à un tremble. Je lui donnais dans les trente-cinq ans, mais avec ses cheveux blonds à la coupe adolescente et sa voix haut perchée, affublée d'un léger zozotement, il paraissait plus jeune. Suffisamment jeune et idiot pour trouver dans le meurtre une solution facile à un problème fort répandu : l'appât du gain. Nous nous étions vus deux ou trois fois déjà, mais ce jour-là, je me débrouillai de façon à provoquer une rencontre « fortuite » dans le vaste escalier de marbre qui descendait vers le hall majestueux du siège de Munich Re, deux jours seulement après avoir fait part à Dietrich de mes soupçons. Il s'apprêtait à sortir, vêtu d'un loden et coiffé d'un chapeau orné d'un demi-blaireau.

« Bonjour. Comment allez-vous ? lançai-je gaiement.

– Bien, merci. Alors, vous trouvez vos marques ? Comment ça se passe avec Dumbo ? Il est toujours aussi bougon ?

– Toujours.
– Il se considère comme l'unique rempart entre cette compagnie et la faillite.
– Ah, au fait, ça vous intéressera peut-être de savoir que nous avons versé l'argent de l'assurance vie à Frau Dorpmüller.
– Ah bon ? Bien. Parfait. Enfin, façon de parler… Il s'agissait d'une grosse somme, si je me souviens bien.
– Exact. J'ai examiné le dossier sous toutes les coutures, mais nous n'avons rien trouvé de suspect. Au grand dam de Dietrich, comme vous pouvez l'imaginer. Bref, j'ai apporté le chèque moi-même à la veuve. D'ailleurs, j'ai la photocopie sur moi. Si ça vous intéresse d'y jeter un coup d'œil. Si le chèque était à mon nom, je crois que je la ferais encadrer. »
J'ouvris la chemise que je tenais sous le bras et lui montrai la photocopie du chèque de vingt mille marks rédigé à l'ordre d'Ursula Dorpmüller, en espérant que Jauch remarquerait la date.
« Regardez ça, dis-je. Tout ce que je pourrais faire avec cet argent !
– C'est une grosse somme, en effet.
– Voilà pourquoi je ne faisais pas confiance à la poste. Je l'ai remis à la veuve en main propre. Chez elle, à Nymphenburg. Il y a quelques jours. Je suis encore en période d'apprentissage ici, je ne sais pas trop comment fonctionne la bureaucratie dans les assurances, mais je me suis dit que ça vous intéresserait de le savoir. »
Je refermai la chemise et le gratifiai de mon sourire le plus chaleureux, comme s'il était mon meilleur ami chez Munich Re.
« Merci beaucoup. Vous avez eu raison.
– C'est une très jolie femme. Frau Dorpmüller.
– Oui, sans doute.
– C'est ce que j'ai pensé. Parfois, je me demande si les jolies femmes sont conscientes de ce qu'elles provoquent

chez les hommes. En général, j'essaye de ne pas penser à elles. Dans mon intérêt et le leur. Les femmes de mon entourage n'ont jamais eu beaucoup de chance, d'une manière ou d'une autre. Ne pas approcher de la gent féminine est devenu pour moi comme une marque de bravoure.

– Vraiment ? Vous me surprenez. Peut-être êtes-vous plus dangereux que vous n'en avez l'air.

– J'espère. »

Son sourire était aussi fin qu'un parchemin. Les trembles sont adaptés à des climats plus froids et leur bois a la réputation de brûler difficilement, pourtant, en bavardant avec Friedrich Jauch, je vis son cou pâle virer au rouge écarlate comme si tout son corps s'embrasait. Manifestement, notre conversation produisait l'effet escompté. Mes derniers doutes s'étaient envolés. Du temps où j'étais flic à Berlin, j'avais interrogé certains Grands Maîtres du Mensonge, et Jauch n'en faisait pas partie. Sa culpabilité et sa cupidité le rendaient aussi transparent à mes yeux que ces poissons des profondeurs dépourvus d'hémoglobine. En vérité, je venais seulement d'apporter le chèque à Ursula Dorpmüller, chez elle, mais je voulais faire croire à Jauch qu'elle l'avait doublé en ne respectant pas leur arrangement. Et même s'ils étaient convenus de ne pas se voir pendant quelque temps, nul doute qu'il allait insister pour lui parler très vite. Et il l'accuserait certainement de mentir si elle affirmait qu'elle venait juste de recevoir le chèque. Dès que la graine du doute germerait dans son esprit, j'étais prêt à parier que leur complicité allait se défaire comme un pull bon marché.

« Merci de m'avoir tenu au courant, Christof. J'apprécie. Hélas, je n'ai pas le temps de bavarder. J'ai rendez-vous avec des clients. Pour leur vendre des assurances.

– Content d'avoir discuté avec vous. »

Je gravis l'escalier pour récupérer mon manteau que j'avais laissé sur le dossier d'un fauteuil sculpté à la main, puis je redescendis dans le hall et regardai Jauch sortir de l'immeuble et tourner à droite dans Königinstrasse. Je lui emboîtai le pas.

Cela faisait longtemps que je n'avais pas suivi de suspect et j'avais hâte de revivre cette expérience. J'avoue que cette filature me donna un coup de jeune ; j'avais l'impression d'être redevenu un inspecteur débutant, du temps de l'Alex, quand nos supérieurs nous dressaient tels des chiens de chasse. Le meilleur entraînement au monde, soit dit en passant. Une fois, j'avais suivi un homme pendant trois jours sans qu'il s'en aperçoive, et il n'avait même pas un *M* tracé à la craie dans le dos. Dans l'idéal, il m'aurait fallu un collègue pour filer Jauch, mais sans doute était-il trop préoccupé par le doute et les soupçons pour remarquer ma présence dans son sillage. En outre, j'avais fait ça des milliers de fois, alors que c'était probablement la première fois qu'il était pris en filature par un inspecteur aguerri. Et si j'avais vu juste, ce serait également la dernière fois.

Au coin de Galeriestrasse, il entra dans une cabine téléphonique pour passer un coup de fil. Il en ressortit après quelques minutes et rejoignit Ludwigstrasse, où il prit un taxi qui attendait à une borne. Règle numéro un si vous croyez être suivi : ne jamais prendre un taxi à une borne, sauf s'il est seul. Là, il y en avait trois. Autrement dit, je n'eus qu'à sauter dans le deuxième et demander au chauffeur de le filer. Au bout d'un moment, le premier taxi s'arrêta dans la partie sud du centre de Munich et Jauch descendit sur Sendlinger Tor Platz. Je demeurai assis dans le mien, pour observer. Ce secteur, qui partait de Marienplatz, au-delà de la Rindermarkt, presque entièrement détruit durant la guerre, était en pleine reconstruction, dans un style résolument nouveau, d'une modernité uniforme. De récentes démolitions avaient dévoilé la Löwenturm, une des tours des anciennes fortifications, et ouvert de vastes espaces dégagés. Il m'était facile, dès lors, de garder Jauch dans mon champ de vision. Tâche encore simplifiée par son *Gamsbart*, un chapeau tyrolien censé donner de la personnalité à celui qui le portait. Il aurait pu tout aussi bien arborer un drapeau nazi. Le voyant s'engouffrer dans une salle de cinéma, je le suivis.

Je souris à la caissière au visage de toucan derrière sa vitre et demandai :

« Cet homme qui vient d'entrer, avec ce chapeau ridicule, où est-il assis ? Je ne voudrais pas me retrouver derrière lui.

– À l'orchestre. »

Elle eut droit à un nouveau sourire.

« Donnez-moi une place au premier balcon, s'il vous plaît. Au cas où il le garderait sur la tête.

– Le film va bientôt commencer », m'annonça-t-elle en me tendant mon billet, avant de reporter son attention sur ses ongles et son numéro de *Film Revue*.

J'entrai et trouvai ma place quelques minutes seulement avant que les lumières s'éteignent, juste à temps pour repérer Jauch, assis seul au centre de l'orchestre, presque en dessous du premier rang de balcon où je me trouvais. Il déposa son chapeau sur le siège voisin, bien en évidence, comme un animal domestique adoré. Je me penchai en avant et appuyai mon menton sur le velours rouge de la balustrade. Dans cette position, je m'aperçus que je pouvais regarder alternativement l'écran (le film projeté était *La Croisée des destins*) et Friedrich Jauch sans bouger la tête. La salle était quasiment déserte. Un film sur l'Empire britannique ne passionnait pas le public allemand. J'allumai une cigarette et attendis que débute l'autre spectacle, celui que j'étais venu voir.

J'avais toujours aimé aller au cinéma, même à l'époque où le Dr Goebbels se prenait pour Louis B. Mayer. Se retrouver au milieu des autres spectateurs avait quelque chose d'irrésistiblement infernal. Il y avait l'obscurité et la fumée, évidemment, l'architecture grandiose, les rideaux dorés, le faux marbre et le velours rouge ; il y avait le paradoxe de l'anonymat au cœur d'un groupe de gens, sans oublier le drame qui se déroulait sur l'écran. On avait l'impression de voir les dieux lutter et merder méchamment. C'était comme si la vie avait été suspendue ou brutalement abrégée, dans quelque antichambre du purgatoire. Il y avait tout cela, et le fait que j'avais toujours voulu mourir dans un cinéma, pour la simple raison qu'un film m'éviterait de penser que j'allais rendre mon dernier soupir. Ava Gardner posant sur moi ses yeux émeraude, sans parler de la vision de sa généreuse poitrine enfermée dans une chemise de l'armée britannique un peu trop petite, valait mille fois mieux que le visage sinistre d'un prêtre débitant son laïus tout bas.

C'est seulement à cet instant que je m'aperçus qu'Ursula Dorpmüller me rappelait Ava. En la voyant dans son appartement de Nymphenburg, je n'avais eu aucun mal à imaginer le pauvre Jauch succombant au plan de cette séduisante sirène. Le plus étonnant, c'était qu'elle ait pu épouser un pignouf comme Theo Dorpmüller. Peut-être était-elle devenue la femme de ce pauvre type parce qu'il était plus facile de percevoir un fort capital d'assurance vie quand vous n'avez pas encore atteint la quarantaine. J'avais de la peine pour lui. J'avais même de la peine pour Friedrich Jauch. J'espérais qu'il avait bien profité du corps d'Ursula car là où il allait se retrouver, je doutais fort qu'il ait droit aux visites conjugales. Si, contrairement à la France et à la Grande-Bretagne, l'Allemagne n'appliquait plus la peine de mort, je savais, par expérience, que la prison de Landsberg n'était pas un camp de vacances.

Au bout d'un moment, je détachai mon regard de la poitrine d'Ava et découvris que le siège situé juste derrière Jauch était maintenant occupé par une silhouette enveloppée dans un manteau de fourrure et coiffée d'un foulard lilas. Quand Jauch se retourna pour prendre la main de sa maîtresse, j'eus la confirmation que j'attendais. Les deux amants n'auraient pas pu paraître plus coupables s'ils avaient été Ava Gardner et Frank Sinatra. Il ne me restait plus qu'à trouver un téléphone pour appeler Dumbo Dietrich.

J'empruntai l'issue de secours et dévalai l'escalier avant de me retrouver dans la rue. Si les flics faisaient vite, ils pourraient les arrêter tous les deux quand ils sortiraient du cinéma, l'un après l'autre, tels deux inconnus dans la nuit. Certes, j'avais des présomptions plus que des preuves, mais un inspecteur chevronné les ferait aisément craquer lors des interrogatoires. La seule question était de savoir qui craquerait en premier. J'avais ma petite théorie à ce sujet. Jauch ayant commis le meurtre, c'était lui qui avait le plus à perdre, et Ursula le dénoncerait. Elle ne pourrait pas s'en empêcher. Les femmes sont comme ça.

Sur le côté ouest de la Sendlinger Tor Platz, devant Nussbaumpark, se dressait la Matthäuskirche, une église protestante sans âme construite en 1953, dont la tour carrée de briques rouges semblait destinée à entraîner les pompiers, ou à les tuer plutôt. Si Dieu avait vu ça, il aurait pensé que les architectes allemands avaient perdu la raison. À proximité, une rangée de cabines téléphoniques possédait plus de caractère que cette église, et c'est de l'une d'elles que j'appelai Dumbo. Deux réfugiés est-allemands mendiaient devant l'église ; je leur lançai quelques pièces en sortant de la cabine. Ce qui me dérangeait, ce n'était pas de voir des réfugiés dans la rue, c'était leur regard à eux : un Allemand regardait un autre Allemand en ayant l'air de dire : *Pourquoi moi et pas toi ?* Le plus terrible, c'était qu'un grand nombre de ces jeunes gens blonds aux yeux bleus parvenaient à conserver l'aspect de la race supérieure.

Je m'empressai de regagner le cinéma, où j'achetai un autre billet, à l'orchestre cette fois-ci. Je poussai un soupir de soulagement. Les deux amants étaient à présent assis côte à côte, ignorant tout du drame qui allait détruire leur vie.

Ava fixa sur moi son regard vert et secoua la tête, comme pour dire : *Comment as-tu pu les trahir, espèce de salopard ? Ils n'avaient pas le choix. Ils avaient besoin de l'argent de l'assurance vie pour que leur amour s'épanouisse.*

Ou une connerie dans ce genre. Mais Ava était synonyme d'ennuis. N'importe qui pouvait s'en rendre compte. Voilà d'ailleurs sans doute pourquoi j'étais amoureux d'elle. Et dans notre intérêt à tous les deux, je m'étais juré de ne pas m'approcher d'elle.

14

Le temps s'écoula lentement, puis, vers la mi-mars, par une journée glaciale, je fus convoqué au dernier étage, pour un entretien avec M. Alois Alzheimer lui-même. Une convocation qui aurait presque nécessité une bouteille d'oxygène tant l'air était raréfié dans les hautes sphères de Munich Re. Quand j'entrai dans le bureau, Dietrich était déjà assis dans une bergère Biedermeier recouverte de cuir beige et, l'espace d'un instant, avant d'apercevoir la bouteille de Canadian Club dans la main d'Alzheimer, je crus que j'allais avoir des ennuis. Un réflexe naturel chez quelqu'un qui a autant de choses à cacher que moi.

« Ah, le voici ! dit Alzheimer en me versant une rasade de whisky dans un verre en cristal de la taille d'un bocal de poisson rouge. L'homme qui nous a fait économiser vingt mille marks. »

Tout dans cette pièce fleurait la qualité. Il y avait tellement de lambris aux murs qu'on avait l'impression d'être un havane dans une cave à cigares, alors que la moquette grise sous mes pieds avait la douceur d'une alèse. Dans la cheminée se consumait tranquillement une bûche grande comme un mortier de tranchée. À côté d'un encrier en porcelaine de Meissen et d'une impressionnante photo d'Alzheimer en compagnie de Konrad Adenauer dans un cadre en argent se trouvait un radio-réveil RCA Victor, et parmi les nombreux volumes reliés en cuir sur l'étagère, je remarquai un téléviseur portatif Slim Jim et un projecteur de diapositives Argus. De l'autre côté de la porte, les doigts de la secrétaire du P-DG s'activaient sur le clavier d'une machine à écrire électrique IBM qui crépitait comme une mitrailleuse. Manifestement, Alzheimer était un homme aux goûts simples, qui se contentait sans doute de ce qu'il y avait de mieux.

Je me tournai vers Dietrich, qui avait déjà un verre à la main.

« Ils ont fini par avouer ?

– La police vient de nous en informer. Ils ont tout reconnu, l'un et l'autre.

– Ça aura été plus long que je le croyais, dis-je en levant mon verre à cette nouvelle. De mon temps, on obtenait des aveux en moins de quarante-huit heures. Et je ne parle pas d'interrogatoires musclés. Si vous maintenez quelqu'un éveillé pendant vingt-quatre heures, avec une lampe de bureau braquée sur le visage, il oublie très vite même les histoires les mieux apprises.

– Hélas, de nos jours, les criminels ont des droits, soupira Alzheimer.

– Et n'oubliez pas que Frau Dorpmüller a fait une crise cardiaque, ajouta Dietrich. La police a dû attendre qu'elle sorte de l'hôpital pour l'interroger. »

Je grimaçai et j'éclatai de rire.

« Vous pensez qu'elle jouait la comédie ? me demanda Alzheimer.

– Il existe un tas de manières de simuler une crise cardiaque. Surtout quand vous êtes une infirmière expérimentée comme elle l'a été. Je pense qu'elle essayait de gagner du temps, pour inventer une histoire crédible. Ou attendre le moment propice pour s'enfuir. Les deux probablement. D'ailleurs, je m'étonne qu'elle soit encore entre les mains de la police.

– En effet, dit Dietrich. Elle a été infirmière.

– Par curiosité, dit Alzheimer, comment monteriez-vous une mascarade de ce genre ? Il me semble que c'est une chose que nous devrions connaître dans notre profession, vous ne croyez pas, Philipp ? »

J'hésitai un instant à leur raconter toute l'histoire. Ce n'était pas un des plus glorieux épisodes de ma carrière d'inspecteur berlinois, mais parmi tous les gens qui avaient survécu à la guerre, rares étaient ceux qui n'avaient rien à cacher. D'après Max Merten, Alois Alzheimer et l'ancien président de Munich Re, Kurt Schmitt, avaient été de proches amis d'Hermann Göring, et tous les deux avaient été arrêtés par les Américains après la guerre. On racontait même que Schmitt avait appartenu à la SS, ce n'était donc pas le moment d'avoir honte de mes propres antécédents. Je bus une gorgée de whisky et m'apprêtai à entrouvrir la porte de la très ancienne crypte de la famille Gunther.

« Un jour, confiai-je, j'ai été obligé d'arrêter un médecin parce qu'il était quaker. Ce devait être en 1939. Cet homme était un pacifiste, voyez-vous. Alors qu'il se trouvait derrière les barreaux, il a fait une crise cardiaque. Très convaincante. Nous l'avons conduit à l'hôpital, où les médecins ont confirmé notre diagnostic. Mais en réalité, il avait simulé un infarctus. En fait, tout est une question de respiration. Vous inspirez très vite par la bouche, pas par le nez, vous hyperventilez et vous vous empoisonnez par un excès de CO2. Vous risquez alors de vous évanouir, comme lui. Quand vous revenez à vous, vous faites semblant de mélanger les mots, vous vous plaignez d'une douleur dans le bras et la gorge, vous pouvez même feindre une paralysie des paupières ou de la langue. Quand il est arrivé à l'hôpital, un collègue et ami lui a administré de l'adrénaline pour maintenir l'illusion. Du moins jusqu'à ce que l'épouse du médecin, qui avait décidé qu'elle ne l'aimait plus, ou qu'elle n'aimait plus les quakers, nous montre un article qu'il avait rédigé sur la façon de simuler une crise cardiaque afin d'échapper au service militaire, et qu'il avait distribué à des étudiants de l'université Humboldt de Berlin. Heureusement pour lui, nous n'étions pas encore en guerre, il a donc échappé à la peine de mort, et j'avoue que j'étais soulagé. Il a écopé de deux ans de prison. Je n'ai jamais appartenu au parti nazi, mais j'ai combattu dans les tranchées durant la Première Guerre, et j'ai toujours méprisé le pacifisme. Quand il est question de guerre, j'ai tendance à raisonner en termes simples : "Mon pays, bien ou mal". »

Ignorant cette allusion au parti nazi (personne ne parlait des nazis, sauf en cas d'absolue nécessité, surtout à Munich), Alzheimer dit :

« J'apprécie grandement votre franchise. Je l'admire, même. J'ignorais qu'une telle chose fût possible. Et vous, Philipp ? »

Dietrich sourit.

« Moi aussi. Mais je ne suis pas surpris. Vous savez combien je suis cynique. Néanmoins, les gens sont prêts à tout pour gagner de l'argent facilement. N'empêche, Friedrich Jauch m'a étonné. Je l'ai reçu plusieurs fois chez moi, et j'avoue que je me sens trahi.

– Nous aussi, Philipp, nous aussi. Une carrière prometteuse s'ouvrait devant lui. Nul doute qu'ils le regretteront au service commercial.

– Dire que je lui ai proposé un poste dans mon service. Moi qui me targuais de savoir juger les gens.

– C'est quand même vous qui avez déniché Herr Ganz, non ? souligna Alzheimer.

– Oui, c'est vrai.

– Un motif de satisfaction en soi, quand on voit la manière dont il s'est pris de passion pour son métier. Une porte s'ouvre, une autre se ferme. Ça tombe à point. Herr Ganz, vous devez absolument rédiger un article sur cette fausse crise cardiaque pour le magazine de la compagnie. Vous ne croyez pas, Philipp ?

– Oui, absolument, monsieur.

– D'ailleurs, je me demande s'il ne pourrait pas nous apprendre d'autres choses. Eh bien, Herr Ganz ? Qu'avez-vous à enseigner à deux vieux bonshommes comme Dietrich et moi ? »

Je bus une gorgée de whisky, laissai Alzheimer remplir à nouveau mon verre et allumai une de ses cigarettes.

« Je n'aurais pas le culot de vous apprendre votre métier, monsieur.

– Faites donc. C'est en commettant des erreurs qu'on apprend.

– Eh bien, vous devriez peut-être faire relire tous les nouveaux contrats d'assurance vie par une tierce personne. Ursula Dorpmüller payait les primes de l'assurance de son mari en liquide, voilà pourquoi il ignorait son existence. Vous pourriez donc aussi envisager d'instaurer un système de prélèvements. Afin d'éviter les escroqueries.

– Voilà deux excellentes idées, dit Alzheimer. Je commence à me demander pourquoi nous n'avons pas recruté un ex-inspecteur plus tôt. Êtes-vous croyant, Herr Ganz ?

– Non, pas vraiment.

– Tant mieux. Cela me permet de vous parler franchement. En tant qu'homme d'affaires, il m'a toujours semblé que chaque société avait besoin de son propre Jésus. Pas nécessairement à la direction, mais un homme qui agit, qui accomplit des miracles, si vous préférez. Et je ne suis pas loin de penser que vous pourriez être cet homme, Herr Ganz. Vous n'êtes pas d'accord, Philipp ?

– Si, monsieur.

– Je n'ai fait que mon travail. »

Mais le président refusait qu'on le prive de cette occasion de parler et de se montrer généreux.

« Philipp, nous devrions trouver le moyen de récompenser sa vigilance. Sans lui, cette compagnie serait plus pauvre de vingt mille marks. Et nous aurions toujours un meurtrier parmi nos employés.

– Je suis de votre avis, monsieur. Une augmentation de salaire peut-être ?

– Oui, voilà, une augmentation. Disons cinq marks de plus par semaine. Et puisque Friedrich Jauch ne travaille plus pour nous, remercions Herr Ganz en lui attribuant sa voiture de fonction. Plus des notes de frais. Qu'en dites-vous, Herr Ganz ? Vous savez conduire, je suppose ?

– Oui. Et je vous remercie. Une voiture sera la bienvenue. Surtout avec ce temps. »

Nos regards se tournèrent vers la fenêtre et la neige qui tombait de nouveau dans la grisaille extérieure. À travers les vitres, on avait l'impression d'être devant un téléviseur mal réglé. Mais la perspective de ne plus être obligé de marcher ni de prendre le tramway pour travailler nous remplissait de joie, moi et mes chaussures en cuir.

« Dites-moi, parlez-vous d'autres langues ?

– Le russe, le français – couramment –, l'anglais et un peu l'espagnol.

– Vous ne parlez pas grec, par hasard ?

– Non.

– Dommage. Car je voudrais vous charger d'un déplacement professionnel en Grèce. Une sorte de récompense, pour le travail effectué. L'occasion pour vous de loger dans un bel hôtel, sous des cieux plus cléments. Peut-être même pourriez-vous profiter d'un ou deux jours de congé, tout en effectuant une enquête de routine pour Munich Re. Sachez, si vous l'ignorez, que l'assurance maritime représente une part importante de notre activité. Hélas, Walther Neff, notre expert dans ce domaine, est tombé malade. Comme je vous le disais, il s'agit d'une affaire assez banale. Un navire allemand, le *Doris*, a sombré au large des côtes grecques à la suite d'un incendie. Nous avons sur place un homme, Achilles Garlopis, qui connaît bien les bateaux et qui se chargera du gros du travail. Dietrich vous expliquera en détail ce qu'il reste à faire. Mais nous avons besoin d'envoyer une personne sur place très vite afin de vérifier deux ou trois choses. Le propriétaire a-t-il engagé son propre expert, par exemple ? Pour veiller à ce que tout se déroule sans incident, conformément à notre politique, et autoriser des dépenses, évidemment, dans l'attente d'un règlement définitif. Une personne digne de confiance. *Une personne de nationalité allemande.*

– Tout ce que je sais, monsieur, c'est qu'il suffit d'une petite fuite pour faire couler un gros bateau. Après le *Titanic* et le *Gustloff*, je suis même surpris que quelqu'un accepte encore de les assurer.

– Voilà pourquoi l'assurance maritime rapporte autant d'argent. Plus les risques sont élevés, plus les primes le sont aussi. En outre, ce ne sont pas les bateaux qui nous inquiètent dans ce cas précis, Herr Ganz, ce sont les Grecs eux-mêmes. La réalité, c'est que dès qu'il est question d'argent – notre argent, en l'occurrence –, on ne peut pas se fier aux Grecs. Ces baiseurs de chèvres sont certainement la race la plus dépensière d'Europe. Le mensonge et la malhonnêteté sont enracinés en eux. Quand Ulysse rentre à Ithaque, il est tellement habitué à mentir qu'il ment à sa propre femme, il ment à son vieux père, il ment même à la déesse Athéna. Qui est elle-même une manipulatrice. C'est plus fort qu'eux. Les risques de fraude sont infinis. Mais avec un homme aussi perspicace que vous, Munich Re a une chance de régler ce litige de manière satisfaisante. »

Il me resservit une rasade de Canadian Club, mais un peu moins généreuse, comme s'il avait évalué, judicieusement, ma limite. Ce que je n'avais jamais su faire. J'étais touché de voir qu'il veillait sur moi. Mais plus tard, afin de fêter ma promotion, j'achetai ma propre bouteille de whisky.

« Nous vivons une époque intéressante, reprit Alzheimer en s'asseyant sur le bord de son bureau, dans une posture indiquant que j'étais censé l'écouter.

Munich Re se développe en Europe grâce à ce nouveau traité qu'Adenauer et Hallstein vont signer à Rome dans quelques semaines. Il en résultera une diminution progressive des droits de douane à travers une nouvelle zone d'échanges commerciaux qui comprendra la Belgique, le Luxembourg, les Pays-Bas, l'Allemagne de l'Ouest et la France. Je pense donc que votre connaissance du français nous sera utile. Évidemment, les Français pensent devenir la puissance dominante en Europe, mais l'avenir prouvera que leurs tentatives ridicules pour conserver leurs misérables colonies en Indochine et en Algérie constitueront un lourd handicap économique. Et l'Allemagne moderne se trouvera aux commandes. De nouveau. Sans avoir recours à l'armée, cette fois. Il suffira de quelques nouvelles lois européennes. Un changement appréciable, vous ne trouvez pas ? Beaucoup plus économique pour toutes les parties concernées. »

J'aurais presque pu lever mon verre à cette bonne nouvelle. Ce traité pouvait être considéré, supposais-je, comme une déclaration de bonne intention : l'Allemagne ferait de son mieux pour être gentille avec tout le monde et, afin de gagner de l'argent, tous les autres feraient de leur mieux pour essayer d'oublier ce que l'Allemagne avait fait durant la guerre. La bureaucratie et le commerce seraient la nouvelle méthode employée par mon pays pour conquérir l'Europe ; les avocats et les fonctionnaires seraient ses fantassins. Mais connaissant Adenauer, il s'agissait en réalité d'un coup d'État mené par un groupe de politiciens qui ne croyaient pas en la démocratie. On nous entraînait vers un système soviétique sans que personne comprenne ce qui se tramait. Le Vieux aurait certainement pu donner une leçon à Hitler. Ce ne serait pas des hommes en arme qui dirigeraient le monde mais des hommes d'affaires du style d'Alois Alzheimer et de Philipp Dietrich, avec leurs règles à calcul, leurs tables de mortalité et leurs épais ouvrages remplis de nouvelles lois obscures, rédigées en trois langues différentes.

Évidemment, les propos d'Alzheimer sur les Grecs étaient impardonnables. Sa seule excuse, comme je n'allais pas tarder à le découvrir par moi-même, c'était leur véracité.

15

Un DC-6B me conduisit de Francfort à l'aéroport Hellinikon d'Athènes. Un vol de neuf heures et demie, en comptant une escale pour ravitaillement. Il ne faisait pas très chaud à Athènes au mois de mars, mais beaucoup plus qu'à Munich. Je fus accueilli dans le hall par un gros type qui brandissait une pancarte MUNICH RE. Il arborait une moustache tombante et un nœud papillon qui aurait pu paraître élégant s'il n'avait été vert et, pire encore, assorti à son costume en tweed (et vaguement à ses dents aussi). L'impression générale – outre que le costume avait été confectionné par un apprenti taxidermiste – était celle d'un Irlandais jovial dans un film sentimental de John Ford. Impression renforcée par le trèfle en émail épinglé à son revers, dû, m'expliqua-t-il par la suite, à la passion qu'il éprouvait depuis toujours pour l'équipe de football locale, le Panathinaïkos.

« Le vol s'est bien passé, monsieur ? me demanda Achilles Garlopis, représentant de Munich Re à Athènes.

– L'avion ne s'est pas écrasé, si c'est ce que vous voulez savoir. Après neuf heures à bord, je me sens comme Amy Johnson.

– Ce n'est pas un mode de locomotion civilisé, dit-il en prenant poliment ma valise. Ce n'est pas naturel. Le bateau et le train sont des moyens de transport plus adaptés à l'être humain. Vous ne trouverez pas un seul Grec pour vous contredire, Herr Ganz. Après tout, c'est un compatriote, Icare, qui le premier a tenté de conquérir le ciel, et voyez ce qui lui est arrivé. »

Garlopis réussissait à faire passer Icare pour un des frères Wright, mais son allemand était impeccable.

« Les dieux détestent les aviateurs autant qu'ils détestent le blasphème. Moi-même, monsieur, je ne manque jamais de respect aux dieux. Je suis un authentique païen. » Il ricana. « Je sacrifierais des poulets si les prêtres ne s'y opposaient pas. Pour une religion fondée sur les massacres, le christianisme a une étrange attitude vis-à-vis des animaux, je trouve.

– Ça ne m'empêche pas de dormir la nuit, répondis-je, sans le prendre trop au sérieux pour le moment.

– Comment va M. Neff, monsieur ? Il a fait une crise cardiaque, n'est-ce pas ?

– Vous le connaissez ?

– Oui. Il est venu ici plusieurs fois. Nous sommes de vieux amis, Walther et moi.

– Il se rétablit, je crois. Mais il y a quelque temps, il était mal en point. »

Garlopis se signa à la manière orthodoxe grecque et embrassa son pouce.

« Je prierai pour lui. Transmettez-lui mes amitiés quand vous le verrez. »

Il me conduisit jusqu'à sa voiture, une Oldsmobile bleu ciel ornée de bandes blanches latérales et équipée de pneus à flanc blanc. Il remarqua mon étonnement en voyant cette grosse voiture américaine, alors qu'il déposait ma valise dans le coffre aussi grand qu'une chambre à coucher.

« Elle n'est pas à moi. Je l'ai empruntée à mon cousin Poulios, qui travaille chez Lefteris Makrinos, un loueur de voitures dans la rue Tziraion. Il vous fera un très bon prix sur n'importe quelle automobile, y compris celle-ci.

– Je préférerais quelque chose d'un peu moins voyant. Un tank Sherman, par exemple.

– Oui, bien sûr, je comprends très bien. Mais c'est tout ce qu'il pouvait me prêter aujourd'hui, pendant que ma voiture est en réparation. Rassurez-vous, votre hôtel est beaucoup plus discret. Le Mega, sur la place de la Constitution. Moins bien que le Grande-Bretagne, mais moins cher aussi. La plupart des chambres, dont la vôtre, ont une baignoire et une douche. J'ai un autre cousin qui y travaille ; il a veillé à ce qu'on vous donne la meilleure chambre, au meilleur prix. Vous serez comme un coq en pâte. Il est tout proche du bureau de poste de la rue Nikis, où vous pourrez envoyer des télégrammes au siège pour dix drachmes le mot, à n'importe quelle heure, tous les jours de la semaine. Pour le reste, vous pouvez me contacter à mon bureau de la rue Stadiou, au numéro 50, à côté du cinéma Orpheus. »

Garlopis me remit sa carte de visite et glissa son embonpoint derrière le grand volant blanc de l'Oldsmobile, tandis que j'allumai une cigarette avant de m'installer à côté de lui sur le siège en cuir blanc. Sur le tableau de bord bleu se trouvaient une petite icône dans un cadre en argent et une statuette en plâtre représentant une chouette.

« Pourquoi y a-t-il des serviettes de toilette sur la banquette arrière ?

– L'habitude, monsieur. Il fait très chaud parfois. Et je transpire beaucoup. Alors, ça protège le cuir. »

Il mit le contact et me sourit.

« Le nouveau moteur Rocket. Vif, ardent, puissant quand il le faut, et économique quand vous le souhaitez. J'éprouve, j'avoue, un enthousiasme absurde et puéril pour cette voiture. Depuis tout petit, j'adore tout ce qui est américain. Quel pays ça doit être pour fabriquer de telles voitures ! Au volant de celle-ci, je n'ai aucun mal à m'imaginer à bord d'une fusée s'envolant vers la lune.

– La nourriture ne vous plairait pas, dis-je en regardant son tour de taille. Il n'y a rien. »

Garlopis enclencha la marche avant et nous démarrâmes en douceur. Il appuya sur un bouton pour abaisser les vitres.

« Vitres électriques ! Merveilleux, non ? Quand on voit une voiture comme ça, on pense à l'Amérique et à l'avenir. Là-bas, le rêve américain, ce n'est pas un rêve du passé. Voilà la différence avec les Britanniques, les Français ou les Grecs. On rêve toujours au passé, eux rêvent à l'avenir. À des lendemains meilleurs. Et je suis sincèrement convaincu qu'ils se préparent à nous garantir ce même avenir, à nous tous, en utilisant la force armée. Sans l'OTAN, on serait tous en train de jouer de la balalaïka.

– Oui. Sans doute.

– Je peux vous assurer qu'il y a beaucoup de voitures américaines à Athènes. Et elles ne sont pas toutes aussi voyantes que vous le croyez.

– J'en aimerais mieux une autre quand même.

– Très bien, monsieur. »

Garlopis demeura silencieux, occupé à conduire et à jouer avec les vitres électriques. Finalement, il aborda un autre sujet.

« Puisque vous avez parlé de nourriture, dit-il par-dessus le bruit du moteur Rocket, sachez que le meilleur restaurant d'Athènes est le Floca, dans la rue Venizelos. Ils vous feront un très bon prix si vous dites que vous êtes mon ami. Ne comptez pas plus de vingt-cinq drachmes pour un bon repas.

– Encore un cousin à vous ?

– Mon frère, monsieur. Un homme très talentueux en cuisine, mais malheureux dans la vie. Sa femme est une gorgone qui terrifierait le Colosse de Rhodes. Mais ne confondez pas le Floca avec Adam, le restaurant d'à côté. C'est un mauvais restaurant. Ça me fait de la peine de dire ça car j'ai aussi un cousin qui travaille là, et les histoires qu'il me raconte vous feraient dresser les cheveux sur la tête. »

Je souris et sortis le coude par la vitre pour essayer de me détendre un peu après le vol, mais la conduite erratique du Grec rendait la chose compliquée. J'espérais que nous n'aurions pas besoin de la protection de l'icône.

« Vous parlez un allemand parfait, Herr Garlopis.

– Mon père était allemand, monsieur. De Berlin. Garlopis est le nom de jeune fille de ma mère. Mon père est venu en Grèce en tant que correspondant étranger d'un journal allemand, il a épousé ma mère et il est resté ici, quelque temps du moins. Il s'appelait Göring, mais on a changé de nom durant la guerre, pour des raisons évidentes. Ma mère avait huit tantes et oncles, et tous mes cousins viennent de son côté à elle. Vous êtes originaire d'Allemagne, n'est-ce pas ?

– Oui. De Berlin, au départ.

– Vous voyagez beaucoup, Herr Ganz ? »

Je pensai à mes récents séjours en Italie, en Argentine, à Cuba et dans le sud de la France, sans oublier les dix-huit mois passés dans un camp de prisonniers soviétique, et secouai la tête.

« Très peu.

– Je ne suis pas non plus un grand voyageur. Je suis allé au siège deux fois. Et une fois à Salzbourg. Mais il y a quelque chose que je n'ai pas aimé.

– Oh ? Quoi donc ?

– Les Autrichiens, surtout. Un peuple froid et désagréable. Hitler était autrichien, n'est-ce pas ?

– On ne cesse de le répéter en Allemagne, en espérant que les gens s'en souviendront. Les Autrichiens, surtout. Mais apparemment, ce n'est pas le cas.

– Vous m'étonnez, dit Garlopis, sur le ton de celui qui n'est pas du tout étonné. Puis-je vous demander quelles autres langues vous parlez, à part l'allemand ?

– Pourquoi ?

– Pardonnez-moi de dire ça, monsieur, mais si vous vous retrouvez seul, et si vous avez besoin d'aide, il serait préférable que vous parliez anglais. Ou même français. Non que les Allemands soient détestés ici. Ou que les Anglais soient très appréciés. Loin de là. Disons que, si peu de temps après la guerre, certains sont jaloux du miracle économique allemand, monsieur. Ils estiment que notre propre économie a connu un développement… moins miraculeux, disons. Qu'elle a stagné. Personnellement, je pense que la réussite de l'Allemagne est bonne pour toute l'Europe, y compris la Grèce, quand bien même cela peut paraître injuste à ceux d'entre nous qui ont horriblement souffert de la brutalité des nazis. Seule une Allemagne forte peut empêcher l'Europe de devenir communiste, comme cela a failli arriver à la Grèce juste après la guerre. Alors, je vous en conjure, parlez anglais chaque fois que vous le pouvez. Et faites preuve d'une certaine prudence avant de dévoiler vos origines. Dire que vous êtes suisse vaudra toujours mieux que d'avouer que vous êtes allemand. Après la terrible guerre civile que nous avons subie, Athènes est une ville remplie de dangers, monsieur, même pour un Grec.

– C'est ce que je vois. » Je touchai le gros œil bleu attaché à la clé de contact par une chaînette. « C'est une protection contre le mauvais œil, n'est-ce pas ?

– Oui, monsieur. J'estime qu'on n'est jamais trop prudent dans le monde des assurances, pas vous ? Je suis un farouche partisan de la limitation des risques en tout genre.

– Et la chouette ? »

Il prit un air penaud.

« La déesse Athéna est souvent accompagnée d'une chouette, qui traditionnellement symbolise le savoir et la sagesse. Deux choses dont on n'a jamais trop, n'est-ce pas ? J'ai également dans ma poche une pièce en argent, une tétradrachme, qui représente elle aussi une chouette, pour me porter bonheur.

– Et l'icône ?

– C'est saint Georges. Il veille sur moi, et sur ce pays, depuis ma naissance. »

Je lançai ma cigarette d'une chiquenaude.

« Parlez-moi de ce bateau qui a coulé. Le *Doris*. Il me semble qu'ils étaient moins bien préparés que vous à affronter un désastre, monsieur Garlopis.

– Droit au but. J'aime ça. Si je peux me permettre, c'est votre côté allemand, et tout à votre honneur. Pardonnez-moi si je parle trop. C'est mon côté grec. Je tiens ça de ma mère.

– Ne vous excusez pas. J'aime bavarder moi aussi. C'est mon côté humain. Mais dans l'immédiat, j'aimerais parler de ce bateau. Après tout, c'est pour cette raison que je suis là.

– Vous le savez, je pense, ce bateau est allemand, comme son propriétaire. Il est assuré pour une valeur de trente-cinq mille marks. Soit deux cent cinquante mille drachmes. Siegfried Witzel est un spécialiste de la plongée qui réalise des films sous-marins. L'un d'eux, *Le Moine du philosophe*, sur les phoques moines de Méditerranée, déjà décrits par Aristote, a remporté un prix au Festival de Cannes. Ne me demandez pas pourquoi. Tout ce que je sais sur les phoques moines, c'est qu'ils sont très rares. Le *Doris* a coulé lors d'une expédition destinée à retrouver des antiquités grecques : des statues, des poteries, ce genre de choses. Beaucoup moins rares, du moins en Grèce. Le bateau avait quitté Le Pirée, le principal port d'Athènes, et il voguait vers l'île d'Hydra quand il a pris feu au large des côtes de Dokos, une autre île située à proximité. Les garde-côtes du Pirée enquêtent sur ce naufrage, de même que le ministère de la Marine marchande, ici à Athènes, mais comme tous les organismes grecs, ils sont lents et bureaucratiques, pour ne pas dire sclérosés. Et pour être franc avec vous, monsieur, ils ne font pas preuve d'un enthousiasme débordant, hélas, pour enquêter sur la disparition d'un navire allemand. Ce qui n'est peut-être pas surprenant si l'on songe que durant la guerre, la Grèce a perdu 429 navires, la plupart coulés par les Allemands. Cela étant dit, les garde-côtes grecs, en tant que pur organisme d'investigation, sont réputés pour leur lenteur. Ils enquêtent encore sur la disparition du *Lycia*, un navire britannique échoué au large de Katakolon en février dernier, et de l'*Irene*, un caboteur grec qui a sombré au sud-est de la Crête en septembre.

– Autrement dit, on est livrés à nous-mêmes. Au niveau de l'enquête.

– Oui, on peut dire ça. Malheureusement.

– Parlez-moi de ce Witzel.

– Il est possible que les dieux aient coulé son bateau parce qu'ils étaient en colère après lui, mais je doute que leur colère ait été aussi forte que la sienne envers moi. Disons, pour résumer, que c'est un homme au caractère très violent. Un individu grossier, désagréable et impatient. À côté de lui, Achille apparaît comme un modèle d'élégance.

– Pourquoi dites-vous cela ?

– J'ai essayé de lui expliquer qu'il ne se passerait rien avant l'arrivée d'une personne envoyée par le siège afin de traiter le sinistre, mais il n'était pas disposé à m'écouter, moi un pauvre Grec. Depuis, j'ai subi plusieurs menaces.

– De la part de Witzel ?

– Oui. Il est très costaud, très athlétique. Comme on peut s'y attendre chez un plongeur professionnel. Il ne supporte pas les imbéciles, apparemment, et encore moins les imbéciles grecs comme moi. Franchement, je me réjouis que vous soyez là pour vous occuper de lui. Entre Allemands. Poséidon lui-même trouverait cet homme effrayant. D'autant plus qu'il porte une arme à feu.

– Oh ?

– Et un couteau à cran d'arrêt.

– Intéressant. Quel genre d'arme à feu ?

– Un pistolet automatique. Dans un holster en cuir. Beaucoup de Grecs ont des armes sur eux, évidemment. À cause des nazis. Et des Turcs ottomans avant cela. En Crête, il n'est pas rare que les hommes possèdent des armes à feu. Mais les Crétois font leurs propres lois.

– Witzel est allemand. Pas grec.

– Oui, mais ça se voit moins que vous, monsieur. Il parle couramment notre langue. Ce qui n'est pas surprenant si l'on pense qu'il vivait déjà ici avant la guerre.

– D'après mon expérience, le fait de porter une arme a tendance à calmer les gens. Vous ne pouvez pas vous permettre de perdre votre calme quand vous avez un flingue dans votre poche. La police n'aime pas ça.

– J'ai pensé que je devais vous prévenir.

– Vous avez bien fait. Je ne l'oublierai pas si je décide de revoir ses indemnités à la baisse. Que pouvez-vous me dire de plus sur lui ?

– Il a perdu son toit en même temps que son gagne-pain, étant donné qu'il affirme qu'il vivait sur son bateau. Ce qui peut expliquer son comportement. Toutefois, j'ai découvert qu'il pouvait se montrer aussi évasif que coléreux. Par exemple, selon moi, il n'a pas fourni d'explication satisfaisante concernant les causes de l'incendie survenu à bord du *Doris*. J'ai pourtant insisté. Il faut bien écrire quelque chose dans le rapport. Compte tenu de la somme en jeu. Par ailleurs, il est aussi demeuré très vague à propos de la société qui avait affrété son bateau pour partir à la chasse aux antiquités.

– Ces recherches étaient peut-être illégales ?

– Non. Toutes les autorisations avaient été délivrées, au plus haut niveau. Et je pèse mes mots. Le permis d'exploration avait été signé par M. Karamanlis en personne, rien que ça. »

Konstantinos Karamanlis était le Premier ministre grec.

« M. Witzel semble croire que cela le dispense de fournir des explications. Comme si Karamanlis était Zeus lui-même.

– Pensez-vous que cette demande d'indemnités soit frauduleuse ? Qu'il aurait pu couler délibérément son bateau pour toucher l'argent de l'assurance ?

– Ce n'est pas à moi de le dire, monsieur. Je ne suis pas enquêteur. Juste un modeste agent.

– Peut-être, mais avant de m'envoyer ici, Alois Alzheimer, le P-DG de Munich Re, vous a décrit comme notre expert maritime sur place. »

C'était un mensonge, évidemment, mais un peu de flatterie ne pouvait pas faire de mal.

« Vraiment ? M. Alzheimer a dit ça ?

– Oui.

– Voilà qui fait plaisir, monsieur. Penser qu'un homme comme M. Alzheimer sait qu'un homme comme moi existe. Oui, ça fait vraiment plaisir.

– Je débute dans ce métier, monsieur Garlopis. Je ne connais rien aux bateaux. Et encore moins à la Grèce. Je suis ici pour remplacer M. Neff. Par conséquent, votre opinion au sujet de ce qui est arrivé au *Doris* est plus importante que vous le pensez. Si vous me conseillez d'autoriser le paiement, je suivrai votre avis. Mais si vous me dites que quelque chose pue dans cette histoire, nous essaierons de trouver d'où vient cette mauvaise odeur. Trente-cinq mille marks, c'est une grosse somme, en effet. Des gens tuent pour moins que ça, croyez-moi.

– C'est très aimable de votre part, monsieur Ganz. Et j'apprécie votre franchise. » Garlopis émit un petit rire. « Chaque chose, ou presque, possède une explication logique, paraît-il. Je veux bien l'admettre. Mais j'ai été marin pendant plusieurs années, et je peux vous assurer que les hommes qui prennent la mer, surtout ici en Grèce, emportent avec eux un tas de croyances pour le moins irrationnelles. Notre façon d'expliquer tout ce qui se passe dans ce pays ne serait sans doute pas très appréciée par nos supérieurs, là-bas à Munich.

– Dites toujours.

– Vous allez vous moquer de moi et me prendre pour un idiot crédule.

– Non. En tout cas, je ne le dirai pas. »

Garlopis poursuivit sur sa lancée et très vite, j'eus l'impression d'avoir en face de moi un des hommes les plus superstitieux que j'aie jamais rencontrés, ce qui ne le rendait pas moins sympathique. À mon grand étonnement, il croyait que des êtres surnaturels vivaient encore dans les montagnes, les ruines et les forêts. Idem pour la mer car il croyait également à l'existence des Néréides – ces nymphes aquatiques qui obéissaient aux ordres de Poséidon – et semblait tout à fait prêt à les rendre responsables de toutes sortes de drames. Je trouvais cela surprenant de la part d'un agent d'assurances, et me demandais comment réagirait M. Alzheimer si je lui expliquais dans un télégramme que le *Doris* avait été coulé par une nymphe des mers.

« Parfois, ajouta Garlopis, c'est une explication qui en vaut bien une autre. Les eaux qui entourent ces îles sont étranges et traîtresses. Tous les bateaux qui disparaissent ne sont pas forcément répertoriés. Pardonnez-moi, monsieur, si je fais remarquer que vous autres, Allemands, commettez l'erreur de croire que tout, absolument tout, a une explication logique.

– Exact. Mais ce sont les Grecs qui ont inventé la logique, non ?

– Certes, mais pardonnez-moi encore une fois si je dis que ce sont les Allemands qui ont poussé la logique au niveau le plus extrême. À l'image du Dr Goebbels, par exemple, quand il a fait son discours en faveur de la guerre totale. En 1943, n'est-ce pas ? Oui, oui, je sais. Vous allez me répondre qu'il faisait écho aux théories de von Clausewitz. N'empêche, on ne peut nier que c'est cette mentalité qui a contraint l'Allemagne à détruire inutilement des vies, à provoquer un carnage d'une ampleur inégalée, alors qu'en réalité… vous auriez dû vous rendre. »

Difficile de dire le contraire. Pour un homme aussi superstitieux, Achilles Garlopis était également très cultivé.

« Toutefois, dans ce cas précis, reprit-il, je suis certain que nous trouverons une meilleure explication concernant le naufrage du *Doris*, une explication qui contentera M. Alzheimer et M. Dietrich.

– Espérons. Car à mon avis, le seul monstre auquel croit M. Alzheimer, c'est probablement Mme Alzheimer.

– Vous l'avez rencontrée ?

– J'ai vu une photo d'elle sur son bureau. Et je pense qu'elle est restée congelée pendant des millions d'années avant qu'il fasse sa connaissance. »

Garlopis sourit.

« J'ai pris la liberté de convoquer M. Witzel au bureau demain matin, à dix heures. Vous pourrez l'interroger et forger votre propre opinion. Je passerai vous chercher à votre hôtel à neuf heures, nous irons à pied. Faut-il qu'on vous réveille par téléphone, monsieur ?

– Pas besoin du téléphone, monsieur Garlopis. J'ai ma vessie. »

16

L'hôtel Mega était situé sur la place de la Constitution, ainsi baptisée en référence à la Constitution que le premier roi grec, Otton, avait été contraint d'accorder aux leaders de la révolte populaire survenue en 1843. Il se dressait face au Old Royal Palace, qui abritait maintenant le Parlement, et à l'hôtel de Grande-Bretagne, beaucoup plus agréable que le mien. Après que Garlopis m'eut déposé, je fis le tour de la place bordée d'arbres pour détendre mes jambes, voir une petite partie d'Athènes et aspirer une bonne bouffée de monoxyde de carbone local. Le côté est de la place, plus haut que le côté ouest, était dominé par une volée de marches en marbre qui menaient au Parlement, comme s'il fallait fournir un effort pour accéder à la démocratie. Devant ce bâtiment couleur citron, deux soldats, qu'on nommait des evzones, se ridiculisaient pour la plus grande joie d'un groupe de touristes américains dans ce qu'on appelait la « relève de la garde ». Habillés en Pierrot, ils en faisaient des tonnes, alors qu'ils se livraient à un minimum de mouvements, mais avec une régularité d'horloge. Je me disais que ce n'était pas plus grotesque, finalement, que tout ce qu'exécutaient les soldats de la Nationale Volksarmee devant la Nouvelle Garde sur Unter den Linden, dans ce qui était désormais Berlin-Est. Et pourtant, comme beaucoup de choses en Grèce, ça l'était. Traitez-moi de xénophobe si vous voulez, mais il y avait quelque chose de fondamentalement comique dans le spectacle de ces deux hommes, très grands l'un et l'autre, coiffés d'un fez, vêtus d'un kilt blanc, chaussés de sabots en cuir rouge ornés de pompons noirs, qui marchaient au pas et lançaient la jambe en l'air avec une hésitation presque attrayante. De fait, on avait l'impression qu'ils essayaient de parodier le rituel, ce qui le rendait encore plus amusant et photogénique.

J'achetai des Lucky, un plan de la ville et le *Athens News*, le seul journal en langue anglaise (il n'y avait pas de journal allemand), et rapportai tout ça au bar du Mega pour boire un verre, fumer et m'informer de ce qui se passait dans la vieille capitale grecque. Un avocat avait été assassiné à Glyfáda. On déplorait une vague de cambriolages à Maroússi. Certains représentants des forces de l'ordre, affectés au quartier général de la police, avaient été arrêtés pour avoir touché des pots-de-vin. D'après la division des Affaires internes, quatre-vingt-seize pour cent de la population grecque estimait que sa police était corrompue. Un Allemand nommé Arthur Meissner allait être jugé pour crimes de guerre. Exception faite de la musique joyeuse que diffusaient sans interruption des haut-parleurs situés au-dessus du bar, je me sentais comme à la maison.

Bien plus que je ne l'aurais cru.

« Vous aimez ces cigarettes ? me demanda une voix qui parlait allemand.

– J'en fume depuis si longtemps que je ne fais même plus attention au goût, sauf quand je suis obligé de fumer autre chose.

– Donc, vous fumeriez d'autres cigarettes si elles vous plaisaient davantage ?

– Je ferais un tas de choses, si ça me plaisait davantage. Mais je n'ai pas encore trouvé. »

L'homme assis à l'autre extrémité du bar était allemand, ou peut-être autrichien, et devait avoir entre quarante-cinq et cinquante ans. Mince, avec un nez étroit et crochu, un front haut et des yeux couleur d'huître, il arborait une petite moustache et un bouc, et autant que je pouvais en juger, il n'était pas très grand. Il portait une veste décontractée en shetland et un pantalon en velours côtelé. Jamais je n'avais vu une pomme d'Adam aussi prononcée ; elle se soulevait et retombait au-dessus du col de sa chemise en vichy comme une balle de ping-pong sur un stand de tir à la foire. Il parlait d'une voix douce de baryton, nasale, teintée d'une forte dose de patience. Le grognement sourd d'un léopard domestiqué.

« Je lis un journal en anglais et je me suis adressé au barman dans cette langue. Qu'est-ce qui vous a fait deviner que j'étais allemand ?

– Vous n'êtes pas anglais et vous n'êtes pas américain, ça s'entend quand vous parlez. Et si vous fumez des Lucky, ça veut dire que vous êtes un Allemand vivant en zone américaine. Munich, probablement. Francfort, peut-être. L'étiquette à l'intérieur de votre veste indique Hugo Boss, j'en conclus qu'ils ont enfin été dénazifiés. Tant mieux. Ce pauvre gars n'était qu'un simple tailleur. Qui essayait de survivre. Autant vouloir dénazifier les portiers de l'hôtel Adlon.

– Vous auriez dû être policier. »

Il sourit.

« Non, pas vraiment. Je plaisantais. En réalité, je vous ai vu arriver tout à l'heure. Je vous ai entendu parler allemand avec l'autre type. Celui qui conduit une voiture américaine tape-à-l'œil. S'il n'y avait pas eu la guerre, j'aurais pu être un tas de choses. Hongrois, peut-être. J'ai de la chance d'être autrichien, sinon je vivrais sous le joug de ces foutus communistes, et je me gratterais le cul avec une faucille et un marteau. Je m'appelle Georg Fischer. Je travaille pour l'industrie du tabac. Et au risque de ressembler à une saleté de publicité, goûtez-moi ça, l'ami. »

Il fit glisser un paquet de cigarettes sur le marbre du comptoir.

« Ce sont des grecques, ou des turques, selon votre point de vue.

– Karelia. On dirait que ça vient de la Baltique.

– Heureusement, elles n'ont pas ce goût-là. S'il y a une chose que je déteste, ce sont les clopes russes. »

Ses paupières battirent lentement : elles ressemblaient à des versions miniatures de son crâne presque chauve.

« C'est certain.

– Karelia est la plus ancienne et la plus importante manufacture de tabac grecque. Elle est située à Kalamata, dans le Sud. Mais le tabac vient des côtes de la mer Noire. Du Sokhoum. Les feuilles ressemblent un peu à celles d'un cigare. Il est doux sur la langue, frais dans la gorge. »

J'allumai une cigarette et exprimai mon approbation, sincère, d'un hochement de tête.

« La vie est pleine de surprises. Je m'appelle Christof Ganz. Et merci.

– Non, merci à vous. C'est bon de pouvoir parler allemand, Herr Ganz. Même si, parfois, dans cette ville, ce n'est pas une bonne idée. Mais on ne peut vraiment pas en vouloir aux Grecs, après l'enfer que nous avons infligé à ce foutu pays pendant la guerre. Difficile à concevoir maintenant. J'ai entendu dire que durant la première année de l'occupation nazie, des corps d'enfants gisaient sur le trottoir devant cet hôtel. Vous imaginez ?

– Je préfère éviter. J'essaie de ne plus penser à la guerre, autant que possible. Et puis, on a payé depuis, vous ne croyez pas ? Du moins, la moitié d'entre nous ont payé. La moitié Est. Et je crois qu'ils vont payer jusqu'à la fin de leurs jours.

– Vous avez peut-être raison. » Il regardait fixement, droit devant lui, le bar où s'alignaient de si nombreuses bouteilles qu'il ressemblait à un orgue de cathédrale. « J'ai un peu le mal du pays parfois.

– Vous êtes là depuis pas mal de temps, apparemment.

– Mon ami, je suis là depuis si longtemps que j'ai pris l'habitude de casser la vaisselle quand je suis de bonne humeur.

– Et quand vous êtes de mauvaise humeur ?

– Qui peut être de mauvaise humeur dans un pays comme celui-ci ? Les Grecs sont peut-être des bons à rien, mais en été, c'est le plus beau pays du monde. Et les femmes sont très gentilles. Même les plus jolies. »

Je repoussai le paquet de cigarettes vers lui.

« Gardez-les, dit-il. J'en ai une valise pleine dans ma chambre.

– Vous disiez être autrichien ?

– Je viens d'un village nommé Rohrbrunn, près de la frontière avec la Styrie, dans ce qui était la Hongrie, et qui s'appelait alors Nádkút. Mais j'ai vécu à Berlin pendant presque deux ans. Avant la guerre. Et vous, Herr Ganz, dans quelle branche êtes-vous ?

– Les assurances.

– Vous en vendez ? Ou bien vous faites les chèques ?

– Ni l'un ni l'autre. Je suis enquêteur. Je vous offre un verre ? »

Fischer adressa un signe de tête au barman.

« Un Calvert avec de la glace. »

Je commandai un autre gimlet.

« Les assurances, voilà une activité allemande respectable, dit Fischer. On a tous besoin de ce genre de business, qui permet de faire une pause et de respirer un peu, surtout après tout ce qui s'est passé. »

Il ne précisa pas sa pensée, mais il était autrichien, aussi n'était-ce pas nécessaire. Je comprenais ce qu'il voulait dire. N'importe quel Allemand aurait compris.

« C'est seulement quand il y a une pause qu'on peut s'entendre penser.

– Il ne se passe pas grand-chose dans le milieu des assurances, et ça me plaît. C'est la seule façon de contrôler sa vie.

– Je vois très bien ce que vous voulez dire. Dans le tabac, c'est un peu pareil. C'est un métier stable. Banal. Constant. Inoffensif. Pas de culpabilité. Il y aura toujours des fumeurs non ? Ma société s'apprête à exporter ses cigarettes en Allemagne.

– Vous venez de gagner un client.

– Mais il faut attendre que les Grecs adhèrent à cette nouvelle Communauté économique européenne.

– Vous avez d'autres tuyaux ? À part éviter de parler allemand ? »

Il trinqua de loin avec le whisky qu'il avait commandé.

« Un seul. Ne buvez pas l'eau du robinet. Ils vous diront que vous ne craignez rien. Qu'elle est produite par les Américains. Et c'est vrai. Ulen & Monks possèdent le barrage de Marathon. Mais à votre place, je m'en tiendrais à l'eau en bouteille. Sauf si vous voulez maigrir rapidement. »

Je levai mon verre à sa santé. Il me tendit sa carte de visite.

« Voilà un bon conseil, dis-je.

– Si vous avez des ennuis, ou si vous avez besoin de mon aide, appelez ce numéro. On doit s'entraider entre Allemands, non ? Que dit le proverbe ? Pris ensemble, pendus ensemble. »

17

« Quel est ce film qu'ils projettent de l'autre côté de la rue ? »

Garlopis s'approcha de la fenêtre de son bureau pour voir l'affiche placardée sur la façade du cinéma Orpheus. Il était passé me chercher à mon hôtel une heure plus tôt et nous attendions l'arrivée de Siegfried Witzel, notre client sinistré. Il était en retard.

« *L'Ogre d'Athènes*. Vous aimez le cinéma, Herr Ganz ?

– Oui.

– C'est un film très populaire en Grèce en ce moment. C'est l'histoire d'un petit homme tranquille que l'on prend pour un meurtrier nommé Drakos. Il profite de cette confusion pour régner sur le monde de la pègre, jusqu'à ce que les criminels s'aperçoivent de leur erreur. »

Cela ressemblait beaucoup au portrait de Hitler.

« Ce n'est pas un film pour moi. Je préfère les westerns.

– Oui, il y a dans les westerns quelque chose d'agréablement intemporel. » Il consulta sa montre. « Un concept que connaît bien M. Witzel, apparemment. Je me demande où il est. »

Devant le cinéma, un prêtre vêtu d'un surplis noir nettoyait son scooter. La ville entière était envahie par ces milliers d'insectes bruyants aux couleurs vives. Je le regardai astiquer la carrosserie rouge aux formes arrondies et grimaçai en entendant passer un de ses congénères dans la rue, pendant que, du coin de l'œil, je voyais

M. Garlopis se demander s'il devait m'apporter son aide dans mon combat contre le vacarme d'Athènes. Quand enfin il se décida à fermer la fenêtre, je faillis pousser un soupir de soulagement.

« Athènes paraît très bruyante à côté de Munich, dis-je.

– Oui. Les dieux sont les amis du silence. Voilà pourquoi ils ont choisi de vivre dans les montagnes. Et pourquoi les riches veulent les imiter, je suppose, en construisant des maisons sur les collines. »

Sur les murs figuraient une grande carte de la Grèce et plusieurs photos de l'équipe de football du Panathinaïkos, passée et présente. Par la porte ouverte, j'entendais le bruit des doigts d'une secrétaire qui s'activaient sur les touches d'une grosse machine à écrire.

« Depuis combien de temps travaillez-vous pour Munich Re, Herr Garlopis ?

– Cinq ou six ans. Pendant la guerre, je servais d'interprète, et ensuite, j'ai travaillé dans l'agence de recouvrement de mon cousin. Mais c'est un métier parfois dangereux. Les dettes sont toujours un sujet ultrasensible. » Il consulta sa montre de nouveau et fit claquer sa langue.

« Qu'est-ce qu'il fabrique ?

– Herr Witzel vient de loin ? m'enquis-je.

– Je ne sais pas. Il est resté très flou au sujet de son adresse. Étant donné que son bateau lui servait également de domicile, m'a-t-il expliqué, il dormait par terre, chez différents amis en ville. Mais compte tenu de son caractère, j'ai du mal à croire qu'il ait des amis. Voulez-vous un café grec, Herr Ganz ?

– Non merci. Si je bois un seul café de plus, je vais m'envoler par la fenêtre. A-t-il un avocat ?

– Il ne m'en a pas parlé.

– Il nous faudra une adresse précise si on décide de lui verser les trente-cinq mille marks. Notre service comptabilité ne se contentera pas de : “Chez ma petite amie à Athènes.”

– C’est ce que je lui ai dit.

– Puis-je voir le dossier du bateau ? »

Je revins vers le bureau et Garlopis me tendit les documents relatifs au *Doris*. Pendant que je les survolais, il résuma les caractéristiques du navire :

« Le *Doris* était une goélette à deux mâts de trente mètres de long, avec un barrot de huit mètres et demi et un tirant d’eau maximal de trois mètres huit. Il était doté d’un unique moteur diesel de six cents chevaux, avec une vitesse de croisière de douze nœuds. Construit en 1929, sous le nom de *Carasso*, il possédait cinq cabines et était entièrement en bois, voilà sans doute pourquoi le feu s’est propagé si violemment. »

Le dossier contenait une photo en couleurs d’un navire en pleine mer, propulsé par huit voiles environ. Pour quelqu’un qui comme moi ne connaissait rien aux bateaux, il était assez beau, et à en croire les documents que j’avais sous les yeux, il avait été réarmé récemment. Je n’aurais su dire s’il était en état de naviguer, mais sur une mer aussi calme et bleue que celle de la photo, il en donnait l’impression.

« Witzel a dressé la liste de différentes choses qui se trouvaient à bord et qui ont disparu, ajouta Garlopis. Du matériel de plongée, des caméras, des meubles, des effets personnels. Pour plus de vingt mille drachmes en tout. Heureusement pour lui, il semblerait qu’il ait soigneusement conservé les factures. »

Quelques minutes plus tard, des pas résonnèrent dans l’escalier qui menait au bureau de Garlopis.

« C’est sûrement lui, dit-il. N’oubliez pas : évitez de le provoquer. Il est sans doute armé. »

Un homme grand et barbu, aux épais cheveux ondulés, aussi dorés qu’un champ de blé balayé par le vent et des yeux aussi bleus que ceux de Thor, apparut sur le seuil et s'inclina avec raideur. Il avait un visage rond, hâlé, une lèvre inférieure charnue et sur le front, au-dessus d'un nez légèrement cassé, une boule de muscles rageurs. Il me rappelait fortement un tableau de Dürer que j'avais vu un jour, représentant un bourgeois anonyme : autoritaire, méfiant, sévère. Witzel avait un visage très allemand. Il portait une veste de style marin, en cuir marron clair avec des poignets et un col en tricot, un pantalon de toile beige, des bottes de polo marron et une casquette en daim assortie. Il avait au poignet une Rolex Submariner dont le bracelet était en caoutchouc noir, et tenait entre ses doigts fortement jaunis une cigarette mentholée. Il dégageait un puissant parfum d'after-shave qui changeait agréablement des bouffées d'odeurs corporelles qui s'accrochaient au costume vert de Garlopis, en plus de la naphtaline.

« Herr Witzel, ravi de vous revoir, dit le Grec. Je vous présente Herr Ganz, il travaille au siège à Munich. Herr Ganz, voici Herr Witzel. »

Nous échangeâmes une poignée de main ferme dans un silence rempli de méfiance, tels deux joueurs d'échecs sur le point de s'affronter. D'un mouvement du poignet, il retourna ma main sous la sienne, comme pour signifier qu'il avait l'intention d'avoir l'avantage au cours de cette conversation. Je n'y voyais aucun inconvénient : après tout, il s'agissait d'une simple histoire d'assurance.

« Je vous en prie, messieurs, asseyez-vous », dit Garlopis.

Witzel prit place devant le bureau, croisa les jambes nonchalamment et lança un paquet de Spud et des clés sur une carte nautique de la Grèce et du Péloponnèse ; c'est alors que je remarquai, au creux de son oreille, un petit appareil auditif de la taille d'une pastille de menthe. Et je m'interrogeai au sujet de toutes ces clés rassemblées sur un anneau, accompagnées de ce porte-bonheur en forme d'œil que tout le monde semblait posséder en

Grèce, à part moi, et d'un petit gouvernail en cuivre. Pour quelqu'un qui affirmait dormir par terre chez des amis…

« Afin de pouvoir traiter votre dossier, Herr Witzel, dis-je, je vais avoir besoin de détails supplémentaires concernant votre activité et ce qui est arrivé à votre bateau. Je sais qu'il y a urgence pour vous, mais je vous demande d'être patient. J'ai de nombreuses questions à vous poser. À l'issue de notre conversation, j'espère être en mesure de vous faire un chèque partiel, une avance destinée à couvrir vos frais immédiats.

– Vous m'en voyez ravi. »

En disant cela, Witzel foudroya Garlopis du regard, comme s'il lui reprochait de ne pas avoir fait la même chose plus tôt.

« Vous êtes un plongeur professionnel, n'est-ce pas ?

– Exact.

– Comment en êtes-vous arrivé à exercer ce métier ?

– Pendant la guerre, j'étais dans la marine allemande. J'appartenais à la division Brandenburg, plus connue sous le nom de "guerriers de l'océan". Avant cela, j'avais suivi une formation avec la DECIMA MAS italienne, les plus grands spécialistes du combat sous-marin. » Il tapota l'oreille qui accueillait l'appareil auditif. « C'est comme ça que j'ai endommagé mon tympan. Une mine a explosé alors que j'étais sous l'eau. Après la guerre, j'ai acheté le *Doris* et je m'y suis installé pour réaliser des films sous-marins, ma passion depuis toujours.

– Compte tenu des circonstances, c'est une décision courageuse. Pour un Allemand, s'entend.

– Pas vraiment. Je n'ai rien fait durant la guerre dont je puisse avoir honte. »

Manifestement, Witzel ignorait la notion de responsabilité collective.

« En outre, je parle couramment le grec et l'italien, et j'ai toujours pris soin de montrer aux Grecs que je n'étais pas un nazi, loin de là. »

Je hochai la tête consciencieusement, tout en me demandant comment on faisait pour apporter ce genre de preuves.

« Par conséquent, j'ai toujours vécu sur mon bateau sans rencontrer le moindre problème. Si ce n'est celui de tout réalisateur : le manque d'argent. Faire des films, ça coûte cher. Surtout sous l'eau.

– Quel était le but exact de ce voyage ? Ce n'est pas très clair.

– Il s'agissait d'un voyage privé. Voyez-vous, j'avais découvert quelques petites pièces en marbre et en bronze au cours d'une plongée au large de l'île de Dokos, sur ce qui pourrait être l'épave d'une très ancienne trière grecque. Et je me suis dit que je pourrais peut-être gagner un peu d'argent grâce à cette découverte. Alors, j'ai contacté le Musée archéologique du Pirée, dans le but d'organiser une expédition pour trouver d'autres objets. Habituellement, je ne fais pas ce genre de choses, mais j'avais besoin de fric. Comme je vous le disais, ça coûte cher de faire des films. Bref, ils m'ont répondu qu'ils ne disposaient pas des fonds nécessaires pour les opérations de ce type – il faut dire que la Grèce ne manque ni de bronzes ni de marbres antiques –, mais si je trouvais un musée allemand disposé à investir, ils se chargeraient de fournir toutes les autorisations nécessaires, en échange de la moitié des pièces retrouvées. C'est ce que j'ai fait. Le professeur Buchholz est un éminent helléniste, et le vieil ami d'un ami à moi, quelqu'un que j'ai connu à l'université à Berlin. Voilà, c'est aussi simple que ça. Tout allait comme sur des roulettes jusqu'à ce que mon bateau coule.

– Vous êtes berlinois ?

– Oui. De Wedding.

– Moi aussi. Quelle matière avez-vous étudiée ?

– Le droit, à Humboldt. Pour faire plaisir à mon père, évidemment. Une histoire très allemande. Mais il est mort au cours de mes études, et j'ai bifurqué vers la zoologie.

– Comme Humboldt.

– Exactement. »

Witzel écrasa sa cigarette et un accrocha aussitôt une autre à sa lèvre inférieure, comme à une patère. De mon côté, je dépliai la carte maritime, l'orientai face à lui et contournai le bureau pour regarder par-dessus son épaule.

« Peut-être pourriez-vous me montrer où a coulé le *Doris* ?

– Bien sûr. »

Witzel se pencha vers la carte et fit glisser son index le long des côtes grecques, à une cinquantaine de kilomètres à vol d'oiseau au sud du Pirée. Dans cette position, j'avais une vue plongeante sur ce qui ressemblait à un pistolet automatique, glissé dans un holster en cuir sous son bras gauche. Pourquoi un homme qui explorait les fonds sous-marins à la recherche de bronzes antiques avait-il besoin de porter une arme ? Mystère.

« C'est à peu près à cet endroit qu'on a découvert l'incendie, dit-il. 37 degrés 30 de latitude nord, 23 degrés 40 de longitude est, au large de la côte est du Péloponnèse. Il était tard, il faisait nuit, alors on a envoyé un SOS. Et tout en combattant le feu, on a essayé de rejoindre la terre ferme. Mais très vite, on a compris qu'on devait sauter dans le canot de sauvetage. Le *Doris* était entièrement en bois, voyez-vous. Il a coulé à environ deux cent cinquante mètres de fond. Impossible de plonger à cette profondeur, malheureusement, sinon j'aurais loué du matériel pour aller récupérer une partie de mes effets personnels restés à bord.

» Grâce au canot de sauvetage, on a accosté à Hermione. Moi, deux membres de l'équipage et le Pr Buchholz. Là, on a contacté les garde-côtes locaux pour leur dire que ce n'était pas la peine de chercher le *Doris*, il avait déjà sombré. »

Je repliai la carte.

« Concernant l'incendie… Avez-vous une idée de la cause ?

– L'huile a pris feu dans le moteur. Ça ne fait aucun doute. Le moteur était un diesel américain à deux temps, un Winton, révisé récemment et a priori très fiable. Mais le chantier naval Adrianos, au Pirée, là où j'emmenais toujours mon bateau, a fait faillite, et j'ai dû trouver quelqu'un d'autre à Mégare. À mon avis, ils ont utilisé une huile bon marché, à faible viscosité, pour faire des économies, au lieu de choisir une huile plus chère, de meilleure qualité. Et elle n'a pas supporté la forte température. C'est typique des Grecs. Il faut les surveiller à chaque instant, sinon ils vous arnaquent. Évidemment, savoir ce qui s'est passé, c'est une chose ; le prouver, c'en est une autre. Vous seriez surpris de voir à quelle vitesse ces salopards resserrent les rangs quand un non-Grec les accuse d'incompétence. Surtout un Allemand. Je n'ai pas honte de le dire : on a énormément à se faire pardonner dans ce pays.

– Oui, sans doute. Ce chantier naval auquel vous avez fait appel, comment s'appelle-t-il ?

– Je crois que c'est le chantier naval de Mégare, tout simplement.

– Les antiquités que vous avez découvertes, où sont-elles aujourd'hui ?

– Elles étaient sur le bateau. Le *Doris* me servait de maison. J'y conservais tous mes objets précieux. Mon matériel de plongée, mes caméras, etc.

– Je remarque que vous n'avez pas indiqué la valeur de ces antiquités. D'ailleurs, elles ne figurent pas sur la liste de toutes les choses dont vous réclamez le remboursement.

– En effet.

– Pourtant, elles devaient posséder une certaine valeur si elles ont motivé une expédition d'exploration.

– Oui, sans doute. Mais ça n'a plus aucune importance, hein ? Je n'ai pas le moindre document prouvant que je les ai eues en ma possession.

– Oh, ça ne devrait pas poser de problème, dis-je, avec obligeance. Ce Pr Buchholz pourrait certainement nous indiquer leur valeur, non ? Je suppose que vous lui avez montré ces pièces quand vous cherchiez à financer l'expédition. Pour l'allécher. On lui posera la question. De toute façon, j'aurai besoin de lui parler, au cas où il déciderait de se retourner contre vous, pour une raison quelconque.

– Pourquoi ferait-il ça ?

– Oh, je ne sais pas. Mais rassurez-vous, vous êtes couvert là aussi.

– Il ne se retournera pas contre moi.

– Vous semblez sûr de vous. Puis-je vous demander pourquoi ?

– Il ne le fera pas. Croyez-moi.

– Avait-il souscrit une assurance lui aussi ?

– Je n'en sais rien. Si c'est le cas, ça ne me concerne pas.

– C'est ce que vous croyez. Mais s'il se retourne contre son assurance, ils peuvent facilement se retourner contre Munich Re. Je ne ferais pas mon travail si je n'essayais pas de l'interroger. Ne serait-ce que pour confirmer ce que vous dites. Où puis-je le joindre ?

– Je ne sais pas.

– Vous aviez bien son adresse… quand il est arrivé en Grèce.

– Je crois qu'il logeait à l'hôtel Acropolis, ici à Athènes.

– Peut-être y est-il toujours.

– Peut-être. Mais à mon avis, il est retourné en Allemagne.

– Peu importe. Je pourrai aisément le contacter là-bas. Moi-même, je rentre en Allemagne dès que j'aurai réglé votre affaire.

– Donc, vous allez la régler ? ironisa-t-il. Au lieu de me poser un tas de questions idiotes.

– Je m'étonne de vous entendre dire ça, compte tenu de la somme qui est en jeu.

– Écoutez… Au sujet des antiquités, on oublie ça, d'accord ? Je ne souhaite pas faire jouer l'assurance. Je n'ai pas envie que le musée du Pirée me harcèle pour obtenir la moitié de leur valeur. Vous pouvez comprendre ça, non ?

– Oui, je comprends. Mais ça ne change rien. Ils pourraient décider de poursuivre votre compagnie d'assurances. »

Jusqu'à présent, je n'avais guère vu transparaître ce caractère irascible dont m'avait parlé Garlopis, mais cela n'allait pas tarder. Witzel commençait déjà à grimacer et à secouer la tête, ce qui rendait nerveux mon acolyte grec.

« C'est quoi, ce bordel ? Je m'attendais à me faire balader par ce type. Une saleté de Grec. » D'un mouvement du menton, il désigna Garlopis. « Mais pas par un compatriote ! Je vous ai dit tout ce que je savais.

– C'est peut-être ce que vous croyez. Mais mon métier consiste à découvrir les choses que vous ignorez. À mettre les umlauts sur les *a*. Vous êtes un homme cultivé, je suis sûr que vous comprenez.

– Épargnez-moi votre condescendance, Herr Ganz.

– Il se pourrait même que grâce à votre coopération, je rassemble suffisamment de preuves pour attaquer en justice le chantier naval de Salamine, pour négligence.

– Je ne veux attaquer personne, moi. Écoutez-moi bien, mon vieux. Je vis ici. Imaginez ce qui va se passer si je commence à porter plainte contre ces gens. Nous autres, Allemands, on a déjà mauvaise réputation, pas la peine d'en rajouter.

– Oui, je comprends votre point de vue. Mais je me contente de faire mon travail. Je défends les intérêts de mon employeur. Et les vôtres.

– Je suis un bon client. Je paie mes primes en temps et en heure. Et je n'ai jamais rien réclamé. Vous devez le savoir. Le problème avec les gratte-papiers de votre espèce, Herr Ganz, c'est que vous croyez pouvoir malmener les gens aussi facilement que ce Pelikan dans votre main.

– Je ne malmène personne. Même quand j'en ai envie. Mais si cela m'arrivait, mieux vaut être menacé par un stylo que par une arme, comme celle que vous portez sous le bras. »

Witzel eut un sourire penaud.

« Oh, ça.

– Oui, ça. Franchement, cela m'amène à m'interroger sur vous. Rares sont les clients qui se promènent avec une arme à feu, Herr Witzel.

– J'ai un permis, je vous rassure. Quand vous traînez dans les ports le soir, il est bon d'avoir sur soi un flingue, ou un couteau. Comme d'autres se promèneraient avec un stylo. Les pêcheurs ne sont pas des tendres. Et il n'y a pas qu'eux. Huit ans après une guerre civile aussi violente que celle d'Espagne, il vaut mieux être prudent sur une île inconnue ou dans une grande ville. Cinquante mille personnes ont été tuées dans ce pays.

– Je suis votre raisonnement.

– Ce n'est pas un raisonnement, c'est une réalité. À prendre ou à laisser.

– Ce que j'aimerais prendre, c'est votre adresse actuelle. Ou le nom et les coordonnées de votre avocat, si vous en avez un. Sans oublier l'adresse du Pr Buchholz, s'il vous plaît.

– Je ne peux pas vous donner mon adresse pour la bonne raison que je loge chez des amis. Autrement dit, je ne suis jamais deux fois de suite au même endroit. Tant que votre foutue compagnie ne m'a pas versé l'argent qui me revient, je ne peux pas m'offrir une chambre d'hôtel.

– Dans ce cas, vous devriez engager un avocat pour défendre vos intérêts. Afin que nous puissions vous contacter.

– Très bien. Si vous pensez que c'est nécessaire.

– Et le Pr Buchholz, où puis-je le trouver ?

– Quelque part à Munich. Mon carnet d'adresses se trouvait à bord du *Doris*, hélas.

– Tant pis. Si c'est un helléniste de renom, comme vous le dites, on devrait pouvoir le retrouver facilement. »

J'ouvris ma mallette et en sortis le chèque certifié d'un montant de vingt-deux mille cinq cents drachmes, au nom de Siegfried Witzel, que j'avais fait établir avant de quitter Munich.

« C'est quoi, ça ? demanda-t-il.

– Une avance pour vous dépanner en attendant le règlement du dossier. Vous pouvez vous offrir un hôtel maintenant.

– Pas trop tôt.

– Mais avant de vous remettre ce chèque, il me faut une pièce d'identité. »

Il me tendit son passeport, et c'est ainsi que j'appris son âge : quarante-trois ans. Il faisait plus.

La vision du chèque sembla l'amadouer légèrement ; il essaya même de sourire.

« Écoutez, Herr Ganz. Entre Allemands, je vous demande d'oublier les antiquités qui se trouvaient à bord du *Doris*. Je vous donne ma parole que personne ne réclamera des indemnités. Surtout pas moi ou le professeur. Quand un bateau fait naufrage, les gens ne se comportent pas toujours très bien, et je dois avouer que le professeur et moi n'avons pas eu une attitude exemplaire. À vrai dire, nous avons échangé quelques paroles cinglantes avant de nous séparer, à Poros. Je ne suis pas d'un tempérament très calme, comme vous l'avez peut-être constaté.

Quand il a fallu abandonner le bateau, j'ai ordonné à chacun de transporter quelque chose d'important à bord du canot. J'ai demandé au professeur de prendre de l'eau, une lampe torche et le pistolet lance-fusées. Ce qu'il n'a pas fait. J'étais en colère, et encore plus quand j'ai découvert qu'il avait fourré certaines des antiquités dans ses poches. J'aurais sans doute passé l'éponge s'il avait pensé à prendre le lance-fusées, la lampe et l'eau. Il faisait nuit quand on a abandonné le *Doris*. Impossible de savoir combien de temps on allait rester à bord de ce canot. Grâce au lance-fusées et à la lampe, on aurait pu se signaler. Bref, j'ai été brutal avec lui. Je l'ai un peu giflé et je l'ai traité de voleur. Une bagarre s'est ensuivie, et les antiquités sont tombées à l'eau. Par conséquent, je doute qu'il se fasse un plaisir de répondre à vos questions. Il risque de raccrocher dès qu'il entendra mon nom. À votre place, je m'éviterais cette peine.

– Merci pour votre franchise extrêmement louable.

– Je vais trouver un avocat et je vous recontacterai.

– Il y en a un très bon à l'étage du dessous, intervint Garlopis. Herr Trikoupis. Je vous le recommande. »

Witzel esquissa un sourire. Il glissa le chèque dans sa poche, reprit ses cigarettes, ses clés, et sortit.

18

« *Votre franchise extrêmement louable* » ? M. Garlopis ricana dans sa barbe. « J'avoue mon étonnement quand je vous ai entendu prononcer ces mots, monsieur. Je ne vais pas vous apprendre votre métier, mais s'il vous plaît, dites-moi que vous ne croyez pas à son histoire.

– Non, évidemment, répondis-je en prenant mon manteau. Tout ce que vous m'avez dit à son sujet, depuis le début, semble parfaitement exact. J'ai connu des serpents moins fuyants que Herr Witzel.

– Je suis soulagé d'entendre ça. J'ai eu du mal à ne pas éclater de rire quand il a essayé de vous dissuader de ne pas contacter le Pr Buchholz. Même un cyclope verrait les incohérences de son histoire. Et vous avez remarqué qu'il ne vous a pas contredit quand vous avez parlé de porter plainte contre le chantier naval de Salamine, alors qu'il disait qu'il était à Mégare. Je devine que c'était délibéré de votre part. Un coup de maître, monsieur. Je vous tire mon chapeau. Et la manière dont vous avez amené le pistolet. Personnellement, je n'aurais jamais osé l'évoquer. Décidément, il y a plus de trous dans son récit que dans le programme politique du gouvernement actuel. »

Je sortis sur le palier et, penché au-dessus de la rampe en fer forgé, je vis Witzel arriver au rez-de-chaussée.

« C'est pour cette raison que je vais le suivre. D'après mon expérience, c'est parfois le meilleur moyen de savoir si quelqu'un vous a dit la vérité. » Je repensai à la manière dont j'avais suivi Friedrich Jauch à Munich. Cela m'avait plutôt réussi. Peut-être que la filature de Witzel se révélerait aussi productive. « J'aimerais au moins savoir où il vit maintenant, et avec qui. Cela pourrait nous en apprendre un peu plus.

– Pardonnez-moi, monsieur. Vous ne connaissez pas la ville. Vous risquez de vous perdre.

– C'est ça qui est bien quand on file quelqu'un : impossible de se perdre. Il va forcément me conduire quelque part, et même si je ne sais pas où, je pourrai probablement y retourner.

– Sérieusement, monsieur. Désolé d'insister, mais ce n'est pas une bonne idée. Je n'imagine pas Herr Neff suivant un de nos clients. Supposons que Witzel vous repère ? Avez-vous oublié qu'il est armé ?

– Ne vous inquiétez pas. »

Je souris. La partie de moi-même qui était toujours inspecteur de police se réjouissait d'avance. J'avais pris plaisir à suivre Jauch, un plaisir presque enfantin.

« Vous ne voulez pas que je vous conduise, monsieur ? Je suis garé juste au coin de la rue. Et entièrement à votre disposition.

– Avec la voiture de votre cousin ? Autant le prendre en filature avec une escorte de motards. Vous allez rester ici et essayer d'organiser un rendez-vous avec quelqu'un du Musée archéologique, cet après-midi. Et voyez si vous ne pouvez pas en apprendre davantage sur ce bateau. Vous disiez qu'il s'appelait le *Carasso* avant ? Pourquoi a-t-il changé de nom ? Et à quelle date ? Le ministère de la Marine marchande, au Pirée, doit détenir ce genre d'informations.

– Nouveau propriétaire, nouveau nom. C'est généralement comme ça que ça se passe. Tout le monde ne croit pas qu'un nouveau nom porte malheur. Même si ça semble être le cas ici. Le fameux registre de Poséidon. »

Il secoua la tête, un peu honteux. « Pure superstition, évidemment. Mais parfois, il faut reconnaître que ces vieilles légendes ne sont pas sans fondement.

– N'empêche, j'aimerais en savoir plus.

– Certainement, monsieur. Je m'en occupe tout de suite. J'ai un cousin au ministère et il me doit un service. C'est quelqu'un d'insupportable, vaniteux au possible, mais il pourra sans doute m'aider. J'insisterai s'il le faut. Sans moi, il serait toujours concierge à l'École rurale américaine de Thessalonique. »

Je dévalai l'escalier et débouchai dans la rue, juste à temps pour voir Witzel marcher vers l'ouest dans la rue Stadiou, vers la place de la Constitution, en suivant le flot grondant de la circulation athénienne. Je cherchais un taxi et, n'en voyant pas, je me demandais si j'avais bien fait de me passer de Garlopis et de son Oldsmobile bleu ciel, garée devant un fleuriste, juste derrière une Simca vert pistache à côté de laquelle s'était arrêté Witzel. Alors qu'il en ouvrait la portière, je traversai rapidement la rue et, en anglais, je proposai cent drachmes au jeune prêtre qui astiquait son scooter pour qu'il suive la Simca avec moi derrière. Un billet se dressait déjà dans ma main. Il s'en saisit sans un mot, ôta la béquille de son engin, le mit en marche et me fit signe de monter. Une minute plus tard, zigzaguant au milieu des embouteillages suffocants, nous étions lancés à la poursuite de la Simca qui roulait dans Mitropoleos en direction de l'ouest.

« Vous êtes américain ? demanda le prêtre, qui se nommait Demetrius.

– Suisse ! criai-je. Comme le fromage.

– Pourquoi vous suivez cet homme ?

– Il a volé de l'argent à un de mes amis. Je veux savoir où il habite pour aller chercher la police.

– La police locale ? Ils sont pires que les voleurs. Vous feriez mieux d'aller à l'église pour demander à Dieu de vous rendre cet argent.

– Espérons que nous ne serons pas obligés d'en arriver là. Il paraît qu'il réclame souvent une contrepartie. Votre âme immortelle, par exemple. »

Blasphémer n'est jamais une bonne idée quand vous roulez dans les rues d'Athènes à l'arrière d'un scooter. Je me raidis et fermai les yeux lorsque nous frôlâmes dangereusement les roues d'un camion frigorifique. Puis je fus violemment secoué lorsque le scooter roula sur un nid-de-poule. Craignant une chute, je m'accrochai à la soutane du prêtre, qui sentait fortement l'encens et la cigarette, offrant un contraste marqué avec la fumée bleue malodorante qui envahissait les rues. Mais le scooter poursuivit sa route, à une trentaine de mètres derrière la Simca. Je découvrais que cet engin constituait le moyen de locomotion idéal pour suivre quelqu'un dans le chaos et l'anarchie des embouteillages d'Athènes, même s'il mettait mes nerfs à rude épreuve. Demetrius était à son affaire ; il trouva même le temps de désigner un bâtiment sur notre gauche.

« Là, c'est la vieille cathédrale métropolitaine d'Athènes où j'exerce. Venez donc nous faire un petit coucou, un jour, à moi et à sainte Philothée, dont le reliquaire est conservé ici. Elle a été battue à mort par les Turcs pour avoir donné refuge à quatre femmes échappées d'un harem.

– Un tas de types prennent tout ça un peu trop à cœur de nos jours. Surtout quand ils ont bu un ou deux verres de trop. En tout cas, c'est mon point de vue. Mais soyez gentil, regardez devant vous. Vous me servirez de guide plus tard. Encore mieux : je vais en profiter pour me confesser maintenant. Comme ça, on fera d'une pierre deux coups. »

La Simca bifurqua brutalement dans la direction de l'Acropole et nous la suivîmes. Witzel était aussi enragé au volant que dans la vie. À deux reprises, il sortit le bras par la vitre pour montrer ses cinq doigts à des automobilistes. Un geste obscène appelé la *moutza*, m'expliqua Demetrius. Sans préciser ce qu'il signifiait. Inutile. Dans n'importe quelle culture, ce genre de geste est rarement une invitation à danser la valse.

Witzel tourna à gauche devant les ruines antiques et nous l'imitâmes. Il emprunta une rue étroite qui gravissait la colline en haut de laquelle apparaissaient nettement l'Acropole et je ne sais quoi d'autre. La Simca s'arrêta devant un café, Witzel en descendit et continua à pied. Je ne compris pas immédiatement qu'il stationnait car il s'était garé à la grecque, à mille lieues de la manière dont les gens garaient leurs voitures en Allemagne, c'est-à-dire correctement, légalement, en faisant preuve d'une certaine considération pour les autres.

Sans avoir besoin que je lui dise quoi que ce soit, Demetrius demeura un peu en retrait, sans couper le moteur, et je me cachai plus ou moins derrière lui pour éviter que Witzel me voie. Heureusement, le jeune prêtre était aussi grand qu'une colonne dorique, et aussi large. Entre ses jambes, le scooter rouge ressemblait à une cerise à l'eau-de-vie.

Je mis pied à terre. Mes jambes tremblaient. Il paraît qu'on apprend tous les jours, eh bien je venais d'apprendre que j'aimais encore moins me retrouver à l'arrière d'un scooter que sur le dos d'un cheval sauvage. Demetrius caressa sa barbe et promit de m'attendre le temps de fumer la cigarette que je lui avais offerte, alors je lui en donnai une autre, à mettre sur son oreille, et lorsque Witzel fut quasiment hors de vue, je lui emboîtai le pas.

Nous étions dans un quartier paisible aux rues étroites et sinueuses, bordées de petites maisons en stuc blanc immaculées et de cafés déserts, le genre d'endroit qui existe seulement sur une île grecque, pense-t-on, et non pas au pied de l'Acropole. Des fenêtres s'échappait un son de bouzouki semblable à des signaux électriques envoyés par quelque voyageur frénétique. Devant moi, une poignée de touristes japonais ayant bravé le froid matinal achetaient des souvenirs. Witzel ne leur prêta aucune attention, comme presque tout le monde en Europe. Ils avaient de la chance, en ce sens. Pour l'unique raison que leurs crimes contre l'humanité avaient visé des Chinois, des Britanniques et des Australiens dans de lointaines contrées comme Nankin ou la Birmanie, ils pouvaient visiter les sites touristiques de Grèce sans craindre de se faire agresser, contrairement à moi.

Witzel s'arrêta un instant pour allumer une de ses insupportables cigarettes mentholées, ce qui me permit de gagner un peu de terrain et, caché à l'entrée d'une boutique qui vendait des reproductions en plâtre du Parthénon, je l'observai pour savoir où il allait. Peu de temps après, il s'arrêta de nouveau, devant une maison de deux étages délabrée, dont la façade s'ornait d'une lanterne presque opaque et de persiennes en piteux état. Il sortit une clé avec laquelle il ouvrit la porte étroite et haute. On apercevait un drapeau grec à la fenêtre du dernier étage et derrière une grille en fer forgé, un mauvais œil avait été peint par-dessus une vieille blessure dans un tronc d'arbre noueux qui se grattait contre le mur tel un chien galeux. J'examinai attentivement la maison, en notai l'adresse, qui fort heureusement était indiquée sur une plaque derrière la lanterne, et décidai de rejoindre le prêtre et son scooter. Je sentais que je n'apprendrais rien de plus en restant là, à contempler cette maison qui semblait repliée sur elle-même. J'avais l'intention de retourner plus tard au 11 de la rue Pritaniou afin de surprendre Siegfried Witzel, lorsque j'aurais rassemblé plus d'informations sur le *Doris* et l'expédition organisée par le ministère de la Marine marchande et le Musée archéologique du Pirée. De quoi contredire l'histoire à dormir debout qu'il avait concoctée pour toucher l'argent de l'assurance. J'avais hâte. Mais alors que je redescendais la pente douce, je fus obligé de m'arrêter un instant devant le café Scholarhio.

C'est un des miracles de l'existence : la plupart du temps, vous ne remarquez pas les battements de votre cœur. En ce sens, c'est comme voyager sur un bateau. Quand la mer devient agitée, vous ne pouvez pas vous empêcher de le remarquer. Mon cœur venait de s'emballer, tel un batteur de jazz virtuose, juste pour le plaisir peut-être. Puis il s'arrêta durant une fraction de seconde, me sembla-t-il, une interruption inquiétante qui m'obligea à prendre appui contre le mur blanchi à la chaux du café – comme si le pont du bateau avait tangué sous mes pieds – avant de repartir, si brutalement que je faillis tomber à genoux, ce que j'envisageais de faire maintenant car c'était la position idéale pour réciter une prière. Mais je demeurai muet, même à l'intérieur de mon crâne, de peur d'entendre Dieu se moquer de ma couardise de mortel. Une douleur me vrilla le dos, comme sous l'effet d'un tour d'écrou infernal, puis elle se répandit dans ma poitrine tremblante. Des gouttes de sueur perlaient sur mon visage et sur mon torse, semblables à des écailles de crocodile, et ma respiration s'accéléra. Je pensai à Walther Neff et à la crise cardiaque qui l'avait envoyé à l'hôpital, à moi à Athènes pour le remplacer, et l'ironie de la situation faillit m'arracher un sourire : j'allais mourir en Grèce en faisant son travail, alors qu'il se rétablissait tranquillement au pays. Mais je sus immédiatement ce que je devais faire. D'un pas titubant, j'entrai dans le café, commandai un double cognac et allumai une cigarette, en prenant soin au préalable d'arracher le filtre pour que ce soit plus efficace. Les vieux remèdes étaient souvent les meilleurs. Durant les deux guerres, une cigarette forte et une dose d'alcool avaient réussi à calmer mes nerfs, surtout quand les obus tombaient de tous les côtés, comme les pierres pendant une lapidation. Une fois les nerfs maîtrisés, les balles ne pouvaient plus vous toucher, et si elles vous atteignaient quand même, vous vous en fichiez.

« Tout va bien ? » demanda Demetrius quand je le rejoignis. C'était un bel homme, qui ressemblait à un Raspoutine ayant appris la propreté, du moins avant que Ioussoupov l'invite à dîner dans son palais. « Je vous trouve un peu pâle. Même pour un Suisse.

– Ça va, répondis-je, un peu essoufflé. Si ce n'est que j'ai failli succomber à une crise cardiaque, je me sens aussi bien que d'habitude. Mais peut-être que vous devriez recueillir ma confession : je ne suis pas sûr que le scooter me convienne. Alors, merci beaucoup, Demetrius, mais je vais prendre un taxi pour rentrer. Ou bien je vais marcher. Si je dois mourir à Athènes, je préfère que cela n'arrive pas à un moment où je tremble pour ma vie. »

19

Telesilla, la secrétaire rousse et pas vilaine d'Achilles Garlopis, possédait des yeux verts étroits, un trait accentué par ses sourcils épais et la largeur de son nez, et peut-être aussi par le fait de me savoir allemand. Elle connaissait la raison de ma présence, mais cela ne l'empêchait pas de me regarder avec ce qui ressemblait à de la méfiance, et expliquait peut-être son évidente réticence à me laisser attendre le retour de Garlopis dans son bureau. Il s'était rendu au ministère, au Pirée, m'expliqua-t-elle, et elle me proposa un café, que je refusai par respect pour mon cœur défaillant. Elle referma un meuble de classement que Garlopis avait laissé ouvert et retourna s'asseoir devant sa machine à écrire, dans la pièce voisine, sous une grande photo du roi Paul Ier vêtu d'un uniforme de l'armée britannique, arborant plus d'étoiles qu'un grand-amiral russe. Assis dans le fauteuil de son patron, je me retrouvai face à un groupe de photos disposées sur le bureau et montrant un Garlopis plus jeune en compagnie d'une femme enrobée et d'enfants qui l'étaient encore plus. Un tendre tableau en léger contraste avec le récent numéro de *Playboy* que je découvris sous le buvard. Je le feuilletai négligemment, ignorant quelques articles sans doute très intéressants sur le jazz, le Mexique et les femmes dans le milieu des affaires, pour m'intéresser à Miss Janvier, une rousse voluptueuse nommée June Blair, qui réussissait la prouesse de promettre beaucoup tout en ne dévoilant presque rien de ce qui lui valait d'être élue playmate du mois. On en voyait probablement davantage sur n'importe quelle plage allemande, songeai-je, même en hiver, et cela m'amena à penser qu'il fallait posséder une forme de génie pour convaincre des hommes d'acheter un magazine comme celui-ci. Le génie américain, probablement. Au bout d'un moment, je fermai les yeux. J'étais fatigué après être rentré de l'Acropole à pied, et il n'est pas impossible que je me sois assoupi un instant. D'après mon expérience, il n'y avait rien de tel qu'un fauteuil de bureau pour vous donner envie de faire une sieste. Surtout quand l'image harmonieuse de Miss Janvier était encore imprimée sur vos paupières.

Un peu plus tard, j'entendis le pas lent d'un homme corpulent qui montait l'escalier et, ouvrant les yeux, j'en conclus que Garlopis était enfin rentré.

« Alors, monsieur, comment ça s'est passé ? demanda-t-il, essoufflé. Vous avez découvert où il habitait ? »

Je me levai pour lui laisser son fauteuil de capitaine et j'allai m'asseoir sur le siège disposé face au bureau, là où, imaginais-je, Telesilla prenait des notes en sténo sous le regard lubrique de son employeur. À la réflexion, elle présentait certains points communs avec la playmate à la chevelure de feu cachée sous le buvard. Garlopis avait peut-être acheté le magazine pour cette raison, d'ailleurs. Ou bien Telesilla occupait ce poste depuis janvier seulement.

« Dans la vieille ville, au pied de l'Acropole. Rue Pritaniou, au numéro 11. Je ne saurais dire s'il vit seul ou pas. Mais au moins, maintenant, on sait où le trouver. Et vous ? Vous avez vu votre cousin au ministère ?

– Oui. » Garlopis ajusta son nœud papillon et s'autorisa un sourire. « Et j'ai appris une nouvelle… intéressante, pour ne pas dire plus. En ce sens qu'elle nous fournit un éventuel mobile pour l'incendie volontaire. Je dis bien éventuel. À vous de trancher, évidemment. Mais les gens ont de la mémoire dans ce pays. C'est indispensable, avec tous nos siècles d'histoire. »

Il trouva une cigarette, agita une boîte d'allumettes, l'alluma et sortit une feuille de papier de sa poche. « Comme on le savait déjà, le *Doris* a d'abord été enregistré sous le nom de *Carasso*. J'ai découvert que le précédent propriétaire était un marchand juif de Salonique, qui est, vous ne l'ignorez pas, notre deuxième plus grande ville, et s'appelle Thessalonique aujourd'hui. Ce marchand juif, un certain Saul Allatini, achetait et revendait du café. Avant la guerre, Thessalonique accueillait un grand nombre de juifs. Sans doute autant que n'importe quel endroit ailleurs en Europe, exception faite de la Pologne. Des juifs sépharades principalement, venus d'Espagne, mais aussi beaucoup de ceux qui avaient fui les persécutions des musulmans dans l'Empire ottoman. La Grèce, contrairement à la plupart des pays, je suis fier de le dire, leur a accordé la nationalité grecque et ils ont prospéré. Résultat, la majorité des habitants de Thessalonique, soixante mille personnes au moins, étaient juifs.

» Je ne veux pas vous mettre dans l'embarras, monsieur, en vous racontant l'histoire à pleurer du calvaire des juifs de Grèce, vu que vous êtes allemand et tout ça, alors, en résumé, sachez simplement que la plupart des juifs de Thessalonique ont été déportés à Auschwitz en 1943 et gazés. Pendant ce temps, leurs biens ont été confisqués et vendus par le gouvernement de collaborateurs de Ioánnis Rállis. C'est ainsi que les trois bateaux du malheureux M. Allatini – ses deux navires de commerce et son yacht privé, le *Carasso* – ont été cédés à des Grecs et à des Allemands pour une bouchée de pain. Je devrais plutôt dire à *un* Allemand. Le *Carasso* a été acheté par Siegfried Witzel, qui l'a rebaptisé le *Doris*, et l'a conduit au Pirée, où il est resté après la guerre. »

Garlopis s'interrompit pour tirer sur sa cigarette plusieurs fois.

« Les juifs qui ont survécu aux camps – moins de deux mille, dit-on – ont découvert, en revenant à Thessalonique, que leurs maisons et leurs terres appartenaient désormais à des Grecs chrétiens qui les avaient achetées en toute bonne foi aux Allemands. Les tentatives de restitution ont rapidement échoué quand un gouvernement de droite, anticommuniste, soutenu par les Britanniques, est arrivé au pouvoir. Ces gens-là se désintéressaient du cas des juifs, et puis, peu de temps après, le pays a sombré dans la guerre civile. Une guerre qui a duré trois ans. Depuis, personne ne veut rouvrir ses plaies en essayant de déterminer qui possède quoi. En tout cas, le ministère n'a trace d'aucune demande de restitution du *Doris* de la part de la famille Allatini. Du moins, mon cousin n'a rien trouvé.

» À la décharge de mon pays, je dois préciser que cette situation regrettable est compliquée par le fait qu'un grand nombre de propriétés achetées par les juifs bien avant la guerre avaient précédemment appartenu à des musulmans, avant la prétendue diaspora consécutive à la guerre gréco-turque de 1919 à 1922. De nombreux musulmans ont été obligés de vendre leurs terres à bas prix et d'émigrer en Turquie, alors que de nombreux Turcs, parmi lesquels des milliers de juifs, étaient obligés de quitter leurs foyers en Turquie pour se réfugier à Thessalonique. Vous voyez que rien n'est simple dans cette partie du monde. Un peu à l'image du statut des frises en marbre du Parthénon, volées par les Turcs et vendues au Britannique lord Elgin pour soixante-dix mille livres durant la guerre d'indépendance menée par les Grecs contre l'Empire ottoman. Mon opinion, pour ce qu'elle vaut, c'est que la Grèce devrait donner l'exemple aux Britanniques et rendre, autant que faire se peut, leurs biens aux juifs, quel que soit le coût. En attendant, cette situation provoque une forte amertume chez les juifs qui vivent encore dans ce pays.

– Suffisante pour que quelqu'un incendie un bateau ?
– C'est une possibilité, admit Garlopis. Je ne peux pas répondre à cette question.
– Cela pourrait expliquer pourquoi Herr Witzel éprouve le besoin de porter une arme. Peut-être a-t-il déjà été menacé. »

Garlopis hocha la tête et écrasa sa cigarette dans un cendrier en terre cuite *Hellas*.

« Dans ce contexte, reprit-il, il est peut-être bon de souligner qu'à cause de la guerre civile, le *Doris* n'a jamais été assuré contre les actes terroristes. Si on pouvait prouver que le bateau a été attaqué pour des raisons politiques, par des activistes juifs, cela entrerait dans la catégorie des clauses d'exclusion pour risque de guerre.
– Witzel a donc tout intérêt à prétendre que le bateau a pris feu à cause d'une négligence humaine.
– Exactement, monsieur.
– Quelle est la version des garde-côtes au sujet de cet accident ? Y a-t-il un moyen de prouver que le bateau a réellement coulé au large, comme l'affirme son propriétaire ?
– J'ai peur que non, monsieur.
– Dommage qu'on ne puisse pas interroger ce Pr Buchholz, afin de confirmer la version de Witzel.
– Voilà pourquoi, après ma visite au ministère, rue Kolokotronis, j'ai poussé jusqu'au Musée archéologique et pris rendez-vous avec le directeur adjoint, le Pr Lyacos. À quinze heures, précisément. » Garlopis consulta sa montre. « Puisque nous serons sur place, nous devrions en profiter pour aller chez Vassilenas.
– C'est quoi, ça ?
– Le meilleur restaurant du Pirée, monsieur.
– Au fait, vous n'auriez pas un cousin dans la police d'Attique, par hasard ? J'ai relevé le numéro d'immatriculation de la voiture de Witzel.
– Non, monsieur, malheureusement. »

Nous marchâmes jusqu'à l'Oldsmobile, devant laquelle une clocharde avait pris position, convaincue sans doute que le propriétaire était un riche Américain. Sachant ce que voulait dire vivre dans la rue, je lui donnai vingt lepta, et montai à bord. Même la petite monnaie, en aluminium, était percée.

« Je vous avais demandé de vous débarrasser de cette voiture, il me semble. Impossible de se déplacer discrètement avec ce paquebot. Et c'est un aimant à mendiants.

– Oui, vous avez raison, bien sûr, répondit Garlopis en démarrant. Je vais le faire. Dès que mon cousin sera revenu au bureau.

– C'est-à-dire ?

– Il a pris deux jours de congé, monsieur. Alors, après-demain peut-être. Au fait, si je peux me permettre… Ne donnez pas d'argent aux mendiants. Ça les encourage. Ce sont essentiellement des Hongrois. Des réfugiés de la terrible insurrection ratée de l'année dernière. Il y a beaucoup de travail pour eux en Grèce, dans les champs de coton, mais ils ne voudront pas se fatiguer si des gens comme vous leur donnent de l'argent. C'est mauvais pour eux et c'est mauvais pour nous. Si vous voulez mon avis, ils sont trop fiers.

– Les dieux punissent uniquement la fierté excessive, n'est-ce pas ? L'hubris ? Qui mène à la némésis.

– Oui, c'est tout à fait exact, monsieur. Et vous faites bien de me le rappeler. Sans ma propre hubris, je serais peut-être encore marié… à Mme Némésis.

– Que s'est-il passé, sans vouloir être indiscret ?

– En un mot : Telesilla. Voilà ce qui s'est passé. C'est toujours le même problème avec les hommes dans mon genre. J'avais la tête à l'envers. Pourtant, il n'y a rien eu entre elle et moi, sachez-le. Mais j'ai imaginé des choses et, malheureusement, dans un moment de pur délire, j'ai laissé croire à ma pauvre épouse que j'étais amoureux de Telesilla. Elle-même n'avait absolument rien à se reprocher, et elle est toujours heureuse en mariage. En outre, c'est une très bonne secrétaire. Voilà pourquoi je n'ai pu me résoudre à la renvoyer. Et puis, ça ne servirait à rien maintenant. » Garlopis sourit tristement. « Et vous, monsieur ? Y a-t-il une Frau Ganz ?

– Non. Ce chapitre de ma vie est refermé. Pour toujours, je pense. Surtout maintenant que je travaille dans les assurances. Ça ne se voit peut-être pas quand on me regarde, mais j'ai eu une vie intéressante. C'est une des raisons pour lesquelles j'apprécie ce nouveau métier. C'est comme un banc tranquille au fond d'une église déserte. »

20

Quelques heures plus tard, après un excellent déjeuner en effet, nous nous rendîmes au Musée archéologique du Pirée. Cette ville, construite par Thémistocle au début du Ve siècle avant Jésus-Christ, accueillait presque un demi-million de personnes. Grand centre de cabotage maritime, c'était également le cœur industriel de la Grèce avec ses filatures, ses minoteries, distilleries, brasseries, savonneries et autres usines d'engrais chimiques. Comme l'indiquait l'odeur. Située à une vingtaine de minutes en voiture d'Athènes, la ville ne possédait plus aucun monument ancien important, grâce aux Spartiates qui avaient détruit les fortifications d'origine et aux Romains qui avaient détruit quasiment tout le reste. Voilà ce qui est réconfortant dans l'histoire : vous découvrez que les coupables ne sont pas toujours les Allemands. À côté du musée se trouvait une sorte de chantier de construction envahi par un assortiment de torses en marbre archaïques, qui me donnaient l'impression d'être revenu à la morgue de l'hôpital Schwabing. Mais l'intérieur du bâtiment d'un étage abritait de nombreux trésors, parmi lesquels une statue en bronze d'Athéna de la taille d'une girafe. Elle tendait une main dans un geste de supplication, comme si elle faisait la manche, et exception faite du casque d'hoplite porté d'un air canaille, elle me rappelait la femme à qui j'avais donné quelques lepta un peu plus tôt.

Nous trouvâmes le Pr Stavros Lyacos, directeur adjoint du musée, au sous-sol, près des laboratoires chargés d'entretenir les objets en terre cuite, en métal et en pierre. Dans son bureau, un énorme œil de marbre était accroché au mur et devant lui se prélassait une déesse grecque de la fertilité, plus séduisante que son homologue allemande de Willendorf, atteinte d'obésité morbide. Le Pr Lyacos lui-même avait plus de charme. Grand et mince, il avait une petite bouche pincée, des yeux perçants aux paupières lourdes et un nez pointu, à la Pinocchio, sur lequel étaient perchées des lunettes demi-lunes qui lui donnaient un air méticuleux. Il portait un ample costume gris en flanelle avec une veste croisée aux revers aussi larges que des cimeterres, et un nœud papillon bleu à rayures. L'œillet rouge qu'il arborait à la boutonnière donnait l'impression qu'il se rendait à un mariage et puisque de toute évidence ce n'était pas le cas, je devinais un homme qui possédait chez lui un grand miroir, et pour qui cet œil en marbre fixé au mur symbolisait une sorte de déclaration. Le Pr Lyacos m'écouta poliment, en tirant sur sa pipe en merisier, tandis que je me présentais et lui expliquais la nature de ma mission. Après quoi il alla chercher un dossier dans le classeur disposé entre un lion en marbre sans tête et le buste d'un jeune homme privé de la majeure partie de son appareil génital, ainsi que – mais c'était sans importance dans ces circonstances tragiques – de ses deux mains. Lyacos ne parlait pas l'allemand et très peu l'anglais, et après notre entrevue, Garlopis me confia qu'il s'exprimait dans un grec plein de mots anciens, ce qui était toujours révélateur de l'homme cultivé.

Il avait rencontré Siegfried Witzel et le Pr Buchholz, nous confirma-t-il. L'un et l'autre parlaient couramment le grec et ils détenaient des autorisations en bonne et due forme, ce qu'il prouva en revenant avec un dossier rempli de documents officiels en tout genre. Ceux-ci indiquaient que l'expédition des deux Allemands avait reçu l'aval du ministre de l'Intérieur en personne, Dimitrios Makris, sous la forme d'une lettre manuscrite, rédigée sur une feuille à en-tête du Parlement, ainsi que le consentement et l'approbation du ministère des Travaux publics. Les documents portaient également des tampons du ministère de la Marine et des garde-côtes du Pirée. Apparemment, le Pr Buchholz s'était montré charmant, allant jusqu'à offrir au Pr Lyacos un exemplaire dédicacé de son ouvrage sur l'art hellénique, que le directeur adjoint du musée aurait peut-être lu s'il n'avait été écrit en allemand. Quand je lui demandai s'il avait gardé le livre, il hocha la tête et le sortit aussitôt d'un tiroir de son bureau pour le déposer devant moi. Publié par C. H. Beck et abondamment illustré, l'ouvrage s'intitulait : *Hellénisme : grandeur et décadence d'une civilisation*. Il était effectivement dédicacé par le professeur Philipp Buchholz, qui avait écrit, en allemand et en grec : *Pour Stavros Lyacos, en remerciement de son aide et de son assistance généreuses.* Lyacos me précisa ensuite les conditions de l'arrangement : tous les objets découverts seraient partagés entre les deux musées, priorité étant donnée au musée du Pirée sur celui de Munich.

« Dites-moi, professeur. Ces autorisations sont-elles accordées si vite en temps normal ? demandai-je, ayant relevé les dates très rapprochées sur les documents officiels. Tout cela semble s'être déroulé avec une étonnante rapidité, surtout dans un pays comme la Grèce, si je peux me permettre. »

Il n'y avait là rien d'inhabituel, telle fut la réponse du directeur adjoint. Il fallait préciser que le ministère de l'Intérieur avait des oursins dans les poches dès qu'il était question de financer des recherches archéologiques. Il s'agissait de la première coopération gréco-allemande dans ce domaine depuis 1876, lorsque la Société archéologique grecque avait travaillé avec

Heinrich Schliemann sur le site des tombes royales de Mycènes, et peut-être espéraient-ils connaître le même succès. N'était-ce pas Schliemann qui avait découvert le célèbre masque d'or d'Agamemnon, aujourd'hui exposé au Musée archéologique national d'Athènes ? Les deux Allemands s'étaient montrés très respectueux et arrangeants, conclut Lyacos.

Je me tournai vers Garlopis et secouai la tête.

« Je ne vois rien qui cloche, dis-je. Tout me semble en ordre. »

Garlopis traduisit ce que je venais de dire à l'intention du Pr Lyacos.

« Peut-être pas tout, dit Garlopis en traduisant ce que disait Lyacos. Mais nous sommes en Grèce, alors comment pourrait-il en être autrement ?

– C'est-à-dire ? »

Le directeur adjoint tira sur sa pipe, visiblement embarrassé. Finalement, il se lança. Garlopis traduisit :

« Il ne souhaite pas dire du mal d'un spécialiste aussi éminent que le Pr Buchholz. Toutefois, les petits objets découverts sur le site de l'épave par Herr Witzel ont été identifiés par le professeur comme appartenant à l'helladique tardif, alors que d'après lui, ils étaient beaucoup plus anciens. Probablement de la fin de l'âge du bronze. Mais il arrive souvent que des spécialistes de l'Antiquité soient en désaccord sur ce genre de choses.

– Malgré tout, dis-je, il semble avoir été un peu étonné.

– Oui, je crois. Surtout que figurent dans l'ouvrage du Pr Buchholz des objets datant de l'âge du bronze correctement identifiés. »

Pour le prouver, Lyacos tourna plusieurs pages et montra une photo représentant un trépied en bronze, une bague en or et la statuette d'une déesse serpent.

« Là », dit-il.

J'acquiesçai et fermai le livre.

« Comment fait-on pour obtenir la permission de quelqu'un comme M. Makris si on veut rechercher ce genre d'objets ? »

Garlopis traduisit ma question et répondit que Lyacos ne savait pas.

« Il est sûr ? »

Les deux Grecs bavardèrent presque une minute, en riant à plusieurs reprises. Finalement, Garlopis dit :

« Il pense que le ministre de l'Intérieur a toujours fait ce que lui demandait Konstantinos Karamanlis. Et je dois avouer que je suis d'accord avec lui. M. Makris a épousé la nièce de M. Karamanlis, Doxoula. Les deux hommes sont donc très proches. Et à partir du moment où quelqu'un comme M. Makris a donné son autorisation, tout le monde au gouvernement a suivi. »

Distraitement, je rouvris le livre consacré à l'hellénisme. C. H. Beck était une des maisons d'édition les plus prestigieuses d'Allemagne. Je lus la courte biographie du Pr Buchholz qui figurait sur la page de garde.

Je découvris alors ce que ma bêtise m'avait empêché de remarquer plus tôt : le Pr Buchholz était le directeur adjoint de la Glyptothèque de Munich.

C'était sûrement une coïncidence si ma première mission en tant qu'expert pour le compte de Munich Re m'avait conduit à enquêter sur une effraction dans ce musée, mais une sacrée coïncidence. Fut un temps où j'étais intimement convaincu qu'un bon inspecteur de police était simplement un individu qui collectait les coïncidences – activité tout à fait respectable depuis Pascal et Jung –, dans le but de les rassembler jusqu'à ce qu'elles forment quelque chose de plus cohérent et concomitant. Évidemment, sur une longue période de temps, le hasard suivant son cours, il n'était pas étonnant que de nombreuses coïncidences surgissent. Mais ici, la question était la suivante : les quelques semaines écoulées depuis l'effraction commise à la Glyptothèque pouvaient-elles s'apparenter à une longue période de temps, suffisante pour écarter toute coïncidence ?

Ou bien, pour formuler les choses de manière moins mathématiquement naïve, y avait-il anguille sous roche ?

21

« Malgré notre passé maritime, nous autres, Grecs, parlons plus facilement de rats que d'anguilles, dit Garlopis alors que nous ressortions du musée.

– Rats ou anguilles, peu importe. Ils puent autant quand ils ne sont pas à leur place.

– Mais pour répondre à votre question précédente, j'avoue que je ne crois pas beaucoup aux coïncidences. Et je peux m'appuyer sur la tragédie grecque pour l'affirmer. Ce que vous, Allemands, appelez des coïncidences, des Grecs comme Sophocle ont tendance à y voir la main des Parques. Les divines tisseuses d'une tapisserie qui dicte le destin des hommes.

– Ce sont toujours les femmes qui scellent le sort des hommes. D'après mon expérience, en tout cas. »

Nous atteignîmes la voiture qui, comme précédemment, avait attiré non pas un mais deux mendiants, et comme précédemment, je distribuai quelques pièces trouées. Si les dieux me regardaient, j'espérais qu'ils récompenseraient mon geste charitable, et qu'une muse, ou je ne sais comment Garlopis aurait appelé ça, me fournirait une inspiration divine pour établir le lien, s'il existait, entre la Glyptothèque de Munich et le musée du Pirée.

« Oui, je pense que vous avez raison, dis-je. Au sujet des coïncidences. En tout cas, cette histoire me démange et je crois que je n'ai pas fini de me gratter. Quoi qu'il en soit, j'ai décidé d'attendre un peu avant de régler le sinistre de Herr Witzel. Il y a trop de choses qui clochent. Du moins, c'est ce que je dirai à Dumbo au siège. Il faudra que j'envoie un télégramme dans la journée. Mais je n'ai pas l'intention d'en informer ce cher Siegfried Witzel. Pas maintenant. Pas sans avoir enfilé un gilet pare-balles.

– Vous m'en voyez soulagé, monsieur. Moi-même, je préfère me trouver loin de cet homme lorsqu'il apprend une mauvaise nouvelle.

– Cela étant dit, monsieur Garlopis, je suis curieux de voir sa réaction quand on le surprendra à l'adresse de la rue Pritaniou. Où on va se rendre de ce pas. Si vous êtes partant, bien sûr. Qui sait ? Peut-être qu'avec un peu de chance, on tombera sur le professeur, enfermé dans sa chambre. Et il nous expliquera ce qui est réellement arrivé au *Doris*. Plus sérieusement, je sens qu'en nous voyant débarquer comme ça, Witzel va se trahir ou commettre une erreur. »

Achilles Garlopis mordit son poing, se signa et grimaça.

« C'est ce qui m'inquiète, monsieur. Écoutez… maintenant que vous connaissez son adresse, pourquoi ne pas lui écrire pour lui annoncer que vous suspendez le règlement ? De toute évidence, cet homme est dangereux.

– Que dire ? Vous avez peut-être raison. Vous attendrez dans la voiture si vous préférez. J'irai seul. Dans ce cas, peut-être que je serai franc avec lui. Ce ne sera pas la première fois que j'annonce une mauvaise nouvelle.

– Si je peux me permettre… Vous n'avez pas peur ?

– Depuis que les Ruskoffs ont la bombe ? En permanence. Mais de Witzel ? Non. Et puis, décevoir les gens, c'est ma spécialité. J'ai une longue pratique derrière moi. »

Nous regagnâmes le centre d'Athènes et la vieille ville au pied de l'Acropole. La Simca verte était là. J'ordonnai à Garlopis de se garer ailleurs. Il emprunta plusieurs rues et monta sur le trottoir derrière une voiture de police vide, face à l'ancien marché romain, m'expliqua-t-il, mais s'il m'avait annoncé que c'était le Parthénon, je n'aurais pas vu la différence. Dernièrement, j'avais négligé mes cours sur l'âge du bronze.

« Restez là et surveillez la voiture, dis-je à Garlopis. Si des mendiants hongrois se pointent, vous pourrez les chasser avant que je revienne.

– Et si vous ne revenez pas ? »

Je montrai la voiture de police.

« Vous préviendrez les flics.

– Et s'ils repartent avant votre retour ? Hein ? Je me sentirai obligé d'aller vous chercher, *tout seul*. Alors, non, il vaut mieux que je vous accompagne. Comme ça, je serai sûr que tout va bien. Ou pas. Et je ne serai pas confronté à un choix aussi difficile. Au moins, on aura l'avantage du nombre.

– Supposons qu'il nous abatte tous les deux, dis-je, alors que nous nous éloignions de la voiture.

– Ne plaisantez pas avec ça, s'il vous plaît. Je vais être franc, Herr Ganz, même si j'ai un peu honte de l'avouer : je suis un lâche. Toute ma vie, j'ai été indigne de mon prénom, Achilles. Voilà pourquoi je préfère qu'on m'appelle Garlopis. Je ne suis pas, et ne serai jamais, un héros. Le courage est une qualité admirable, mais j'ai l'impression qu'il y a beaucoup plus de courageux que de lâches dans les cimetières. Surtout en Grèce, où les héros sont souvent aussi pénibles et combatifs que les dieux eux-mêmes. Il me semble que les héros finissent souvent très mal. »

Garlopis ne cessa de bavarder pendant que nous gravissions la colline avant de tourner au coin de la rue Pritaniou, et il continua tandis que nous restions une dizaine de minutes à observer la maison située au numéro 11, cachés derrière une petite église. La rue était déserte. À croire que le rocher qui supportait la citadelle au sommet était un volcan sur le point d'entrer en éruption. Mon compagnon grec était nerveux, évidemment. Non sans raison. C'était moi le fautif. Je prenais des risques qui commençaient à paraître inutiles. Garlopis, lui, se comportait comme on est en droit de l'attendre de la part d'un agent d'assurances : avec la plus grande prudence, rechignant à quitter la sécurité de son bureau et la présence réconfortante de sa voluptueuse secrétaire aux cheveux de feu. Me concernant, on pourrait dire que les vieilles habitudes avaient la vie dure. Ça me faisait bizarre de me conduire en policier à nouveau, de sentir le trottoir sous mes Salamander pendant que je surveillais le domicile d'un suspect. Le pistolet de Witzel ne m'inquiétait pas. Quand vous avez passé toute votre vie en compagnie des armes, elles deviennent moins intimidantes. D'ailleurs, c'est sans doute une des raisons pour lesquelles des gens se font parfois tuer.

Finalement, nous approchâmes de la vieille et haute porte en bois. Il n'y avait ni sonnette ni heurtoir, et au moment où je m'apprêtais à frapper, je remarquai que la grille en fer forgé, juste à côté, n'était pas fermée à clé, contrairement à ma précédente visite. Elle donnait sur une étroite volée de marches en pierre qui plongeait sous les branches d'un olivier et remontait sur le côté de la maison. Songeant que ce passage pouvait nous permettre d'espionner Witzel avant d'annoncer notre présence, je franchis la grille, entraînant dans mon sillage un Garlopis réticent. J'aurais pu le laisser dans la rue, mais il offrait une cible trop visible si quelqu'un ouvrait les volets du dernier étage. Avec son costume vert on pouvait le prendre pour Poséidon habillé d'un manteau d'algues, mais en y regardant de plus près, il ressemblait surtout à un type qui fait le guet pour un cambrioleur.

En haut de l'escalier, nous tombâmes sur un mur blanchi à la chaux dans lequel se découpait une porte en bois apparemment verrouillée. En m'accrochant au rebord, je me hissai à la force du poignet pour voir ce qu'il y avait de l'autre côté. Je découvris un jardinet dont la porte était fermée par un simple loquet, un chat endormi, une fontaine sans eau et plusieurs pots de terre cuite fendus où s'étiolaient des plantes desséchées. Si quelqu'un vivait ici, il négligeait sa maison. Une mobylette rouillée et à moitié démembrée gisait sous une vigne dont les raisins étaient quasiment fossilisés. J'escaladai le mur et, après m'être épousseté, j'allai ouvrir à Garlopis. Son teint avait pris la couleur de son costume. Le chat se leva, s'étira, puis s'en alla.

Ignorant ce qui devait être la porte de la cuisine, je descendis quelques marches de bois qui menaient à une porte-fenêtre aux vitres opacifiées par la poussière. Un des battants était entrouvert. Songeant au pistolet de Witzel, je le poussai lentement vers l'intérieur avant de pénétrer dans la maison. Sous l'escalier, un gros sac en plastique contenait des éponges. Une radio était allumée, en sourdine. Il flottait dans l'air des odeurs de cigarette et d'ouzo, d'après-rasage Sportsman et de quelque chose de plus âcre, un combustible peut-être. Un canapé canné de style Louis XV couvert de taches laissait échapper la moitié de son rembourrage, qui traînait sur le sol tel un pénis de taureau. Une carte maritime Imray était étalée sur une table en Formica, à côté d'une bouteille de Tsantali, d'un paquet de Spud et du chèque que j'avais remis à Witzel dans le bureau de Garlopis. Un des murs accueillait une collection de masques en plâtre bon marché, du genre de ceux que l'on peut acheter dans n'importe quelle boutique de souvenirs locale, représentant une variété de visages grimaçants, gris et vert, qui avaient peut-être un rapport avec la tragédie grecque. En tout cas, ils affichaient une certaine ressemblance avec l'homme allongé par terre, dont le visage se distinguait par ses orbites vides, sa bouche béante, sans oublier une expression de douleur abrégée. Abrégée par la mort, s'entend. Siegfried Witzel avait été abattu de deux balles. Chacune ayant traversé un œil.

Garlopis plaqua la main sur sa bouche et s'empressa de tourner la tête.

« *Gamiméno kólasi !* s'exclama-t-il. *O ftochós.*

– Si vous devez vomir, allez dehors, dis-je.

– Comment peut-on faire une chose pareille ?

– Je ne pense pas que ce soit à cause de son eau de toilette. Même si elle sent très fort. Quelqu'un devait avoir ses raisons. »

Une des balles était ressortie par l'arrière du crâne pour frapper un cadre fixé au mur contenant la photo d'un cheval de course. Le verre, brisé, était légèrement taché de sang et de matière grise. Je m'accroupis près du corps afin de l'examiner. L'autre balle, la seconde sans doute, avait été tirée à bout portant, alors que la victime était déjà allongée par terre, à en juger par la quantité de sang et de matière gélatineuse jaillie de l'orbite. De toute évidence, il s'agissait d'un acte entièrement gratuit, un geste de pur sadisme destiné à accroître le châtiment et l'humiliation. Car si Siegfried Witzel avait de la famille quelque part, ils auraient du mal à encaisser ce spectacle. Cercueil fermé, donc. Pas de baiser d'adieu pour Siegfried. À moins de lui mettre des lunettes noires.

J'enfonçai mon index dans le sang qui maculait le tapis persan mité, puis dans la bouche du mort.

« Le sang est sec, mais le corps n'est pas encore froid, déclarai-je. À mon avis, il est mort depuis deux heures au maximum. »

J'ouvris sa veste. Si le holster était toujours là, le pistolet avait disparu, et quand je soulevai le bras lourd et musclé du mort pour repérer des signes de rigidité et de lividité cadavériques, je constatai que la Rolex Submariner était toujours accrochée à son poignet.

« Je pense, ajoutai-je, que nous pouvons écarter l'hypothèse du crime crapuleux. Il porte encore sa montre de plongée. Vous aviez peut-être raison au sujet des juifs, Garlopis. Il pourrait en effet s'agir d'une vengeance. Mais ce n'est pas mon problème. Laissons à la police locale le soin de découvrir le mobile. Ce qui veut dire qu'on doit filer d'ici. Les flics seraient trop contents de pouvoir coller le meurtre d'un Allemand sur le dos d'un autre Allemand. »

Je parlais tout seul : Garlopis était ressorti dans le jardin, où il fumait une cigarette pour calmer ses nerfs.

J'essuyai mes doigts sur le jean du mort et, instinctivement, je fouillai ses poches. Toutes. Une pratique courante chez les jeunes flics qui patrouillaient dans les rues de Berlin pour améliorer leur maigre salaire et que j'avais abandonnée seulement quand j'avais été nommé inspecteur. Mais les vieilles habitudes avaient la vie dure. Les poches de Witzel ne contenaient que deux jeux de clés, celles de la Simca, et certainement celles de la maison. S'il avait possédé un portefeuille, je ne le voyais pas. Je me redressai et regardai autour de moi encore une fois. J'avisai par terre une douille en cuivre, provenant d'une arme automatique. Du 9mm sans doute. Comme j'en avais vu des milliers. Je la laissai retomber sur le sol et m'approchai de la table. La carte étalée dessus était différente de celle que nous avions déroulée dans le bureau de Garlopis. Celle-ci représentait les golfes Saronique et Argolique, et portait des indications à l'encre. Il y avait du sang également. Toutefois, ça ne ressemblait pas à des éclaboussures provenant de la boîte crânienne de Witzel. Cette grosse tache unique semblait être tombée sur la carte étanche alors que quelqu'un était penché dessus.

Je lançai à Garlopis :

« Le point positif, c'est qu'on peut souffler maintenant. Mon travail est terminé. Avec tout le respect que je dois à votre pays, je vais pouvoir aller visiter le Parthénon et rentrer à Munich. Même si j'avais décidé de l'indemniser, il n'y a plus personne pour encaisser le chèque. Ce n'est pas notre faute si Siegfried Witzel ne nous a pas donné le nom d'un parent ou de son avocat. Dumbo sera ravi, évidemment. Sans parler de M. Alzheimer. Ces gars-là adorent garder leur argent. Ça va égayer leur week-end. »

Garlopis ne répondit pas. Par la porte-fenêtre ouverte je le voyais dans le jardin, raide, les bras le long du corps, semblable à une statue ; il semblait sous le choc, hébété, comme si la mort de Witzel l'ébranlait plus qu'on ne l'aurait imaginé. Mais peut-être était-ce juste le fait de voir un cadavre. Et je ne pouvais pas lui en vouloir. Même au pays d'Œdipe et de Jocaste, tout le monde n'était pas en mesure de supporter la vision d'un homme sans yeux.

« Qu'est-ce qui vous arrive ? demandai-je, espérant lui faire retrouver un peu de sa bonne humeur. Vous n'aimiez pas ce type. Au moins, maintenant, vous n'aurez plus peur qu'il vous tire dessus. On n'est pas responsables de ce qui s'est passé. Affaire classée. Vous allez pouvoir retourner reluquer votre secrétaire. Je vous comprends. Elle est très jolie. D'ailleurs, peut-être que je vais la reluquer une minute ou deux moi aussi, si vous n'y voyez pas d'objection. »

J'allumai une cigarette et m'approchai de la porte-fenêtre. Je me figeai en découvrant un bras terminé par un revolver pointé sur la tête du Grec. Je me retournai pour essayer de repérer l'arme de Witzel avant de décider ce que j'allais faire, mais me transformai en œuf en gelée lorsque je découvris un Smith & Wesson chargé braqué sur moi. Je savais qu'il était chargé car j'avais une vue directe sur l'intérieur du canon. Je laissai la cigarette tomber de ma bouche. Je ne voulais surtout pas que cet homme pense que je ne le prenais pas au sérieux. D'autant que le corps allongé par terre était là pour me rappeler les dégâts que pouvait causer une arme de gros calibre à bout portant.

Je n'aurais su dire si j'étais soulagé ou inquiet de voir qu'elle était tenue par un policier en uniforme.

22

Après nous avoir fouillés, les flics nous firent asseoir sur le canapé éventré. Ils étaient trois et apparemment, ils nous avaient entendus franchir le mur de derrière et s'étaient cachés dans la cuisine, guettant le meilleur moment pour intervenir. Garlopis parlait trop, en grec, alors je lui ordonnai, en allemand, de se taire, en attendant de savoir si la police avait l'intention de nous traiter en suspects ou pas. C'est dans la Bible, donc ça doit être vrai. : « Celui qui retient sa langue est un homme prudent. » Proverbes 10-19. Le chef était un grand type au teint mat et aux pommettes saillantes qui lui donnaient à la fois un air de boxeur, de parrain de la mafia et de révolutionnaire mexicain, mâtiné de Stanley Kowalski. Du moins, jusqu'à ce qu'il chausse une paire d'épaisses lunettes, légèrement teintées. Il perdit alors son allure de brute épaisse à moitié demeurée pour incarner un homme réfléchi et intelligent.

« Vous trouvez quelque chose intéressant ? »

Son allemand n'était pas aussi bon que celui de Garlopis, mais il se débrouillait très bien quand même car après tout, ce n'est pas la mer à boire quand vous ne faites pas très attention à la grammaire. Il tenait nos portefeuilles dans ses mains, il connaissait donc nos noms.

« Uniquement le type allongé par terre. Et vous, évidemment.

– Où vous logez, Herr Ganz ?

– Au Mega. Sur la place de la Constitution.

– Vous auriez dû descendre au Grande-Bretagne. Mais je suppose que les deux sont assez proches de l'ancien immeuble de la Gestapo de la rue Merlin. »

Je souris, m'efforçant de goûter sa plaisanterie.

« Son cousin travaille au Mega, dis-je en regardant Garlopis. Alors, disons que je n'ai pas eu de chance.

– Qu'est-ce que vous deux vous faites ici ?

– Si je vous disais qu'on vendait une assurance, vous penseriez sans doute que je suis moqueur, et je ne pourrais pas vous en vouloir. Pourtant, ce n'est pas très loin de la vérité. Je suis expert en sinistres. La victime est un Allemand nommé Siegfried Witzel. Il possédait un bateau, le *Doris*, assuré auprès de ma compagnie pour un montant de presque deux cent cinquante mille drachmes. Vous trouverez dans mon portefeuille une carte de visite qui confirmera ce que je vous dis. Vous pouvez envoyer un télégraphe au siège, à Munich. Ils se porteront garants de moi et de M. Garlopis. Le bateau de Witzel a pris feu et a coulé. Il a fait une déclaration de sinistre et je venais lui annoncer qu'il y avait selon moi quelque chose de louche dans son histoire.

– Vous escaladez toujours les murs pour rentrer chez vos assurés ?

– Oui, quand je sais que la personne en question est armée. Franchement, je voulais savoir avec qui il était avant de lui faire coucou. D'autant que j'étais porteur d'une mauvaise nouvelle. Au vu de ce qui s'est passé ici, je dirais que ma prudence n'était pas superflue, vous ne croyez pas ?

– Vous parlez grec ?

– Non. »

Garlopis en profita pour reprendre la parole. Dans sa langue. Les Grecs ont un mot pour ça, paraît-il. En fait, ils ont même plusieurs mots. Trop. Et Achilles Garlopis ne faisait pas exception. Ce type pouvait parler pendant des heures sans s'arrêter, comme un Belge pouvait faire du vélo. Alors, je lui ordonnai de la fermer, encore une fois.

« Pourquoi vous lui demandez de se taire ?

– Toujours pour la même raison. Parce qu'il parle trop.

– Tout citoyen a le devoir d'aider la police. Peut-être qu'il veut juste être utile.

– Exactement, dit Garlopis.

– Je vois en quoi cela pourrait vous aider, dis-je au policier. Mais vous êtes suffisamment intelligent, je pense, pour comprendre qu'il n'en va pas de même pour nous. Vous êtes un homme très occupé et vous devez résoudre une affaire de meurtre. Et dans l'immédiat, en l'absence d'autres suspects, vous vous dites peut-être qu'on pourrait faire l'affaire.

– Je pense surtout que vous avez intérêt à nous dire tout ce que vous savez sur cet homme.

– Oh, oui, bien entendu. Je sais ce que je dois dire. Simplement, je ne sais pas si je dois le dire. Question de prudence. »

Le policier alluma une cigarette et souffla la fumée dans ma direction, ce qui me déplut.

« Parlez-vous anglais ? demanda-t-il. Mon anglais est meilleur que mon allemand.

– Vous vous débrouillez très bien, répondis-je en anglais. Vous étiez déjà flic pendant la guerre ?

– Pour le moment, c'est moi qui pose les questions, d'accord ?

– Oui, bien sûr. Tout ce que vous voulez, capitaine.

– Lieutenant. Alors, pourquoi aviez-vous décidé de rejeter sa demande d'indemnisation ?

– Il y avait trop d'incohérences dans son récit. Sans oublier l'arme qu'il avait sur lui.

– Nous n'avons pas trouvé d'arme. Pas encore.

– Il ne porte pas de holster parce que son portefeuille est trop lourd. Je pense qu'il avait peur de quelqu'un. Et ce n'était pas de Munich Re.

– De qui, alors ?

– C'est évident. De celui qui l'a tué, par exemple.

– Très drôle.

– Sauf votre respect, c'est vous qui devez répondre à cette question, pas moi. Mais Garlopis ici présent m'a appris que le bateau, le *Doris*, avait été confisqué par les nazis à des juifs durant la guerre et vendu à Witzel. Ces juifs, ou des proches, ont peut-être décidé que, puisqu'ils ne pouvaient pas récupérer leur bien légalement, ils allaient se venger. Parfois, la vengeance est la meilleure des compensations. Mais dans mon métier, je me désintéresse généralement du mobile. Quand je découvre la preuve d'une escroquerie, je rejette la demande d'indemnisation et j'encaisse les agressions verbales. C'est aussi simple que ça. Dans la plupart des cas, je n'ai pas besoin de chercher bien loin. Les gens préfèrent souvent que ce soit leur compagnie d'assurances qui perde de l'argent, plutôt qu'eux. Mon travail consiste à empêcher que ça arrive. Voilà pourquoi je m'apprêtais à dire non à M. Witzel. En revanche, je ne dirais pas non à une cigarette. »

Après un moment de réflexion, le lieutenant ordonna à un de ses hommes de nous débarrasser de nos menottes, et je récupérai mes Karelia. Il n'y a rien de pire que de ne pas pouvoir fumer parce que votre paquet a été confisqué par une personne dépositaire de l'autorité. Je pense que ce flic le savait. Et plus longue est la privation, plus la première cigarette vous semble bonne. La cigarette de la liberté. Garlopis était d'accord avec cette observation empirique ; je le voyais à la façon dont il aspirait sa première bouffée. Certes, nous n'étions pas encore tirés d'affaire, mais la tension commençait doucement à retomber. Autant que cela soit possible dans une pièce où gît un cadavre énucléé, face à quelqu'un qui braque une arme sur vous.

« Vous voulez bien demander à vos hommes de ranger leurs flingues ? J'ai bu un bon vin à midi et je ne voudrais pas qu'il se retrouve sur le tapis. Nous ne sommes pas armés et vous connaissez notre identité. On ne risque pas de s'enfuir. »

Le lieutenant dit quelque chose et les deux autres rengainèrent leurs armes.

« Merci.

– Parlez-moi un peu de cette police d'assurance.

– Si le bateau a été attaqué et coulé pour des raisons politiques par des activistes juifs, nous entrons dans la catégorie des clauses d'exclusion pour risques de guerre, qui ne peuvent être assurés, selon les termes du contrat. Et je pense qu'il voulait nous empêcher de découvrir la vérité.

– Vous allez devoir remplir des tonnes de paperasses, une fois de retour chez vous, pour étayer votre théorie.

– Ici aussi. Si vous regardez sur cette table, vous trouverez un chèque certifié de ma société correspondant à un remboursement provisoire. »

Le lieutenant enjamba prudemment le corps de Witzel, marcha jusqu'à la table et examina le chèque sans y toucher.

« Vous disiez que vous ne vouliez pas payer.

– En effet. Mais vous serez d'accord pour dire qu'il y a une sacrée différence entre le montant imprimé sur ce chèque et deux cent cinquante mille drachmes.

– Vous savez ce que je crois ? demanda le flic en se retournant vers moi. Je crois que vous avez déjà côtoyé des morts, monsieur Ganz.

– Après la guerre qu'on vient de vivre, ça ne serait pas surprenant.

– Non, je ne parle pas de ça. Je vous ai observés tous les deux, de l'escalier. J'ai entendu ce que vous avez dit. Garlopis, lui, s'est comporté comme une personne normale. En voyant le corps, il s'est senti mal et il est sorti prendre l'air. Mais vous… non. D'après ce que vous m'avez raconté, je devine que vous avez examiné le corps comme je l'aurais fait. Un cadavre sans yeux, cela ne vous faisait ni chaud ni froid. Vous cherchiez des indices. Et puis, votre commentaire sur la vitesse à laquelle sèche le sang. Ce comportement me dit quelque chose.

– Quoi donc ?

– Je me dis que vous êtes, ou que vous avez été, flic.

– Je vous le répète, je suis expert auprès d'une compagnie d'assurances. Alors, oui, on peut dire que je suis une sorte de flic. Un flic qui rentre chez lui à dix-sept heures.

– Vous me prenez sans doute pour un imbécile, monsieur Ganz. Sachez que vous commettez une grave erreur. À qui croyez-vous avoir affaire, hein ? Je fais ce boulot depuis vingt ans. Je flaire un flic comme un éléphant flaire un point d'eau. Alors, ne m'obligez pas à vous frapper pour obtenir des réponses franches. Si je vous frappe, je peux vous assurer que vous m'écrirez une lettre de remerciements après. En grec.

– On m'a déjà frappé.

– Je n'en doute pas. Mais croyez-moi, j'ai frappé suffisamment de voyous dans ma vie pour reconnaître ceux qui vont répliquer et ceux qui vont apprendre à aimer ça. Métaphoriquement parlant, évidemment. Car en vérité, je n'ai pas besoin de lever la main sur vous. Nous savons, vous et moi, que je peux vous garder aussi longtemps que je le souhaite. Je peux vous jeter en prison, avec votre ami, ou confisquer votre passeport. Ici, c'est la Grèce, pas l'assemblée générale des Nations unies.

– Bon, d'accord. J'ai été flic. Et alors ? Avec tous ces hommes morts à la guerre, les sociétés allemandes ne peuvent pas se permettre d'être trop regardantes quand elles engagent quelqu'un. J'ai l'impression qu'elles sont prêtes à recruter toute personne capable de faire le boulot. Y compris un flic idiot à la retraite, comme moi.

– Ça, je n'y crois pas. Vous n'avez jamais été un flic idiot.

– Disons que je suis toujours vivant.

– Quel genre de flic étiez-vous ?

– Le genre honnête. La plupart du temps.

– Qu'est-ce que ça signifie ?

– Je vous le répète : je suis toujours vivant. Ça en dit suffisamment long.

– Ça me dit aussi que vous avez une certaine habitude du meurtre.

– Comme tous les Allemands. En tant que Grec, vous devriez le savoir.

– Exact, mais étant donné qu'il y a un Allemand mort au sol, j'ai la folie de croire qu'un ex-flic allemand comme vous pourrait m'aider à résoudre cette affaire. Est-ce déraisonnable ?

– Pourquoi voudrais-je vous aider ?

– En refusant, vous devenez un obstacle. Et nous avons des lois contre l'entrave à l'exercice de la justice.

– Citez-en une.

– Allons, monsieur Ganz. Vous êtes sur une scène de crime. Vous avez du sang sur les doigts et vos empreintes se trouvent sur la douille que vous avez manipulée. Et vous n'êtes pas entré par la porte. Alors, en attendant que je trouve mieux, vous êtes tout ce que j'ai. Vous connaissiez même la victime. Vous êtes allemand vous aussi. Et on a retrouvé sa carte dans votre portefeuille. Par conséquent, je pourrais être tenté de vous qualifier de suspect. Qu'est-ce que vous en dites ?

– J'en dis que vous êtes arrivés les premiers.

– Avez-vous déjà entendu parler du meurtrier qui revient sur les lieux du crime ?

– Oui. J'ai entendu parler du Père Noël aussi, mais personnellement, je ne l'ai jamais vu.

– Vous pensez que ça n'arrive pas ?

– Je pense que ça aide pas mal d'écrivains à se sortir du pétrin. Mais il faudrait que je sois sacrément stupide pour revenir ici si j'avais tué cet homme.

– Beaucoup de criminels sont stupides.

– Exact. Néanmoins, je n'ai jamais compté là-dessus quand j'étais flic. En plus, ça la fout mal quand la police n'arrive pas arrêter ces types. C'est mauvais pour la réputation des flics, partout.

– Bien. Partons du principe que ce meurtrier n'est pas stupide. Pourquoi, selon vous, a-t-il tiré dans les yeux de cet homme ? Qu'est-ce qui pousse quelqu'un à faire ça ?

– Comment puis-je le savoir ?

– Faites-moi plaisir. J'ai ma petite théorie, mais j'aimerais savoir ce qu'en pense un ex-inspecteur de police. » D'une pichenette, il lança sa cigarette par la porte-fenêtre. « J'ai raison, n'est-ce pas ? Vous étiez inspecteur ?

– Oui. Exact. Il y a longtemps.

– Où ? Que faisiez-vous ?

– J'ai travaillé à la commission criminelle de Berlin pendant presque dix ans.

– Quel était votre grade ?

– Commissaire. L'équivalent de capitaine, je suppose.

– C'est donc vous qui dirigiez les enquêtes pour homicide ?

– Oui, on peut dire ça. Mais à cette époque, en Allemagne, il n'y avait qu'une seule personne qui dirigeait tout. Elle s'appelait Adolf Hitler.

– Très bien. On avance. Alors, commissaire Ganz, pourquoi a-t-on tiré dans les yeux de M. Witzel, à votre avis ?

– Je n'en sais pas plus que vous. Je dirais que ça ressemble peut-être à une vengeance. Le meurtrier est sans doute un sadique qui prend plaisir à tuer les gens et à les humilier également.

– Je suis d'accord. Au sujet du sadisme. J'ai une autre question. Witzel était-il, par hasard, un juif allemand ?

– Non. Je suis sûr que non.

– Puis-je vous demander comment vous le savez ?

– Il nous a confié qu'il était dans la marine allemande durant la guerre. Ce qui paraît peu probable s'il avait été juif.

– Je vois. Écoutez, *Herr Kommissar*. Je pense qu'on peut peut-être s'entraider. Je suis le lieutenant Leventis et je m'engage à vous éviter la prison, à tous les deux, si vous me remettez votre passeport et si vous m'apportez votre coopération. Dans un rôle purement consultatif, évidemment.

– Évidemment.

– Deux têtes réfléchissent mieux qu'une seule. Surtout une tête grise comme la vôtre, commissaire.

– N'allez pas croire que mes cheveux gris me rendent plus intelligent, lieutenant. Ils me donnent l'air plus vieux, c'est tout. Et fatigué. Voilà pourquoi je travaille dans les assurances.

– Si vous le dites. Mais ne vous y trompez pas, commissaire, la Grèce n'a jamais été un pays fait pour les jeunes. Contrairement à l'Allemagne. Ici, les vieilles têtes ont toujours compté plus que les autres.

– Entendu. J'accepte. » Je me tournai brièvement vers Garlopis. « Mais Cerbère n'avait-il pas trois têtes ? »

Garlopis grimaça et redressa son nœud papillon.

« Vous ne comptez pas sur mon aide, j'espère. Sincèrement, monsieur. Je ne pourrais pas. Surtout maintenant, avec ce cadavre couché à mes pieds. Je crois vous avoir avoué que j'étais un froussard. Je vous ai peut-être induit en erreur. En vérité, je suis un abject lâche. Le genre d'homme qui donne une mauvaise image des lâches. Je suis entré dans les assurances car le recouvrement de dettes était un métier trop dangereux. Les gens menaçaient de me frapper. Mais ça me semble risible maintenant, à côté de ce qui est arrivé à ce pauvre Witzel. Et je vous signale que Cerbère a été tué par Héraclès.

– Dans certaines versions seulement. Et je ne pourrai pas aider le lieutenant sans votre précieuse collaboration, Garlopis.

– En effet, ajouta le lieutenant. Vous parlez l'allemand couramment, je crois. Bien mieux que je parle anglais. Alors, vous allez nous aider. C'est ça ou un séjour au camp de Chaïdari, où l'un de vous deux se sentira comme chez lui. Pendant la guerre, c'était un camp de concentration dirigé par la SS et la Gestapo. On vous placera en détention provisoire, le temps que je rassemble assez de preuves pour vous inculper du meurtre de Herr Witzel. »

Garlopis ricana nerveusement.

« Il n'y a aucune preuve.

– Exact. Ça signifie que l'enquête peut prendre du temps. Plusieurs mois peut-être. Le Bloc 15 est toujours en activité à Chaïdari, pour placer à l'isolement les détenus gauchistes.

– Il a raison, intervins-je. Mieux vaut l'aider en étant libre que de se retrouver enfermé.

– C'est tomber de Charybde en Scylla, soupira Garlopis. Choisir entre la peste et le choléra. Ce qui, pardonnez-moi, n'est pas vraiment un choix.

– Bien. La question est réglée, dit le lieutenant Leventis. Vous allez venir avec moi tous les deux. Il y a au siège de la police quelques photos que j'aimerais montrer au commissaire. »

23

Nous fîmes un détour avant de nous rendre au quartier général de la police. La gendarmerie d'Athènes était située dans l'avenue Mesogeion, au cœur d'un grand parc. C'était un bâtiment de trois étages, entouré d'arbres et de pelouses, coiffé d'un toit de tuiles rouges et percé d'une succession de fenêtres et portes cintrées, peintes de manière patriotique en bleu et blanc, assorties aux drapeaux qui flottaient mollement de part et d'autre de la porte principale. Le lieutenant Leventis se gara devant une rangée de palmiers courtauds qui ressemblaient à des ananas géants et entra, un court instant, dit-il, pour remettre les douilles que nous avions découvertes sur le lieu du crime à ses spécialistes en balistique. Étant donné que j'étais menotté à Garlopis sur la banquette arrière, il ne craignait pas que l'un de nous deux s'échappe. En outre, Garlopis ne donnait pas l'impression d'être un spécialiste de la course à pied.

Au bout d'un moment, je demandai : « C'est quoi, cet endroit ?

– La gendarmerie. Ils ont des liens avec l'armée. Leventis, lui, fait partie de la police, c'est différent. Mais ils coopèrent, évidemment. Du moins, c'est ce qu'on raconte. Ici, à Athènes, le siège de la police se trouve au mégaron Pappoudof, juste en face de l'hôtel de Grande-Bretagne, au coin de l'avenue Kifissias et de la rue Panepistimiou. C'est là où il va nous emmener ensuite, je pense. » Il regarda sa montre. « J'espère que ça ne sera pas trop long. Je m'inquiète pour la voiture. Si jamais il lui arrive quelque chose, mon cousin ne sera pas content.

– Inquiétez-vous plutôt pour nous.

– Pourquoi ? Le lieutenant a dit que nous n'avions rien à craindre, tant qu'on coopérait. Mais il parlait de vous, évidemment. Je ne crois pas être très utile.

– Vous m'aidez à l'aider, c'est suffisant. Je ne voudrais surtout pas qu'il y ait de malentendus entre lui et moi.

– Ah, ça m'inquiète que vous soyez inquiet. Puis-je vous demander pourquoi vous vous inquiétez ?

– Les flics sont prêts à dire n'importe quoi pour vous inciter à coopérer, surtout dans une affaire de meurtre. Croyez-moi, difficile de faire plus confiance aux flics qu'à leurs clients. Il pourrait très bien nous enfermer dans une jolie cellule bien tranquille, là-bas dans ce camp dont il a parlé.

– Il n'y a pas de "jolies cellules" au camp de Chaïdari. C'est la prison la plus tristement célèbre de Grèce. Beaucoup de héros de la résistance grecque y ont été torturés et assassinés. Et de nombreux juifs, évidemment. Mais pour eux, c'était davantage un camp de transit, vers un endroit plus horrible encore. De Thessalonique à Auschwitz.

– Voilà qui est rassurant. J'espère me tromper. Dites-moi, quel genre d'homme est ce lieutenant ?

– Leventis ? Il m'a fait l'impression d'être quelqu'un d'honnête. Un peu plus qu'un lieutenant de police lambda, peut-être. Je ne suis pas absolument certain qu'il soit du genre à se laisser soudoyer. Mais je ne l'ai rien vu écrire pour l'instant, ça veut dire qu'il peut encore nous relâcher tous les deux sans fournir d'explications. En échange d'une rétribution adaptée.

– J'aime vous entendre dire “tous les deux”. Cela me rassure sur notre association professionnelle. Mais comment fait-on pour soudoyer un flic en Grèce ?

– Le mieux, c'est l'argent, monsieur.

– Vraiment ? J'ai l'impression que vous avez déjà fait ce genre de choses.

– Oui, mais pas pour des faits importants. Surtout des infractions au code de la route. Et une fois pour un cousin accusé d'avoir volé le sac à main d'une dame. Mais là, c'est différent. Il me semble. Vous avez beaucoup d'argent ?

– Ça dépend du policier en question, non ? J'ignore comment ça se passe en Grèce, mais généralement, on ne soudoie pas la police en Allemagne de l'Ouest car si ça tourne mal les Allemands ne peuvent pas se cacher derrière leur sens de l'humour.

– Les policiers grecs n'ont pas le sens de l'humour non plus. Sinon, ils ne seraient pas devenus policiers. En revanche, ils aiment l'argent. En Grèce, tout le monde aime l'argent. Ce sont les Grecs qui ont inventé l'usage de l'argent, et les vieilles habitudes ont la vie dure. Surtout dans la police d'Attique. »

Le lieutenant Leventis réapparut sur le perron de la gendarmerie et revint vers la voiture. Garlopis l'observait en plissant les yeux.

« Il y a une chose qui indique qu'il n'est pas corrompu : il s'est rasé ce matin. Et puis, il porte une chemise propre. Cette voiture dans laquelle on est assis est une Ford Popular, la voiture la moins chère d'Europe. Autres détails : il porte une montre russe bon marché et il fume des Santé, une marque de cigarettes pour femmes. En Grèce, personne ne fume ces cigarettes, sauf pour essayer de faire des économies.

– Peut-être qu'il aime bien la femme dessinée sur le paquet.

– Non, monsieur. Si je peux me permettre, voilà un homme qui fait attention à ses dépenses. En outre, il marche trop vite pour quelqu'un qui accepte des pots-de-vin. On voit qu'il poursuit un but. J'ai tendance à penser que la corruption se déplace beaucoup plus lentement dans un pays comme celui-ci.

– Vous auriez dû être flic, vous aussi.

– Oh, non. Très peu pour moi. En plus d'être un froussard, j'ai toujours eu des problèmes de pieds. Et vous ne pouvez pas entrer dans la police si vous avez des problèmes de pieds. Rester debout à ne rien faire toute la journée, c'est très dur pour les pieds. »

Le lieutenant reprit le volant et nous pénétrâmes dans le centre de la ville. Sans encombre. Pour circuler à Athènes, je conseille de se faire conduire par un policier, même à bord d'une Ford Popular.

Le mégaron Pappoudof, situé en retrait de l'avenue, derrière de hautes grilles en fer forgé, faisait face au côté nord du Parlement et au coin nord-est de la place de la Constitution. Dominé par l'église Saint-Isidore, perchée sur le plus haut rocher d'Athènes et qui surplombe la ville telle une riposte chrétienne à l'Acropole, le bâtiment de quatre ou cinq étages, avec son fronton à colonnes, était l'équivalent athénien du Präsidium de la police à Munich, ou de l'ancien Alex à Berlin. Leventis s'arrêta au coin, et après avoir ôté nos menottes, il nous fit franchir la grille et gravir les marches de marbre jusqu'à l'entrée principale. Pénétrer en ce lieu était presque un soulagement après le vacarme et l'odeur des bus qui ramenaient chez eux les Grecs après le travail. Nous nous retrouvâmes immédiatement face à un portrait du roi Paul, qui tenait une paire de gants blancs, au cas où il serait obligé de serrer la main de quelqu'un ou d'accepter un pot-de-vin. Nous montâmes jusqu'au troisième étage.

Les quartiers généraux de la police sont identiques partout dans le monde : impersonnels, défraîchis, malodorants, animés. Je me sentais déjà chez moi. Néanmoins, j'aurais été heureux de pouvoir regagner mon hôtel pour prendre un bain et boire un verre, même s'il ne valait pas le Grande-Bretagne. Le panneau situé dans le couloir, à côté du bureau du lieutenant, était entièrement rédigé en grec, mais je savais exactement ce qu'il disait car ils avaient le même à l'Alex vingt ans plus tôt. Quelle que soit la langue, le crime ne varie guère. Garlopis et moi étions assis devant un bureau en bois de mauvaise qualité, sous l'œil attentif d'un policier qui fumait, appuyé contre le mur peint en vert, pendant que Leventis cherchait des dossiers dans un classeur métallique cabossé. C'était une vaste pièce au sol recouvert de linoléum, vert également. Un ventilateur immobile était fixé au plafond, et au-dessus d'une fontaine à eau était accroché un autre portrait du roi, affublé d'un monocle. Je me sentais de plus en plus chez moi. Curieusement, qu'importe son origine, la royauté parvient toujours à se donner un petit côté allemand. Sans doute à cause de l'écouvillon de grenadier prussien qu'ils s'enfilent dans le cul avant de poser.

« Vous aimez la Grèce, Herr Ganz ? demanda Leventis en feuilletant ses dossiers.

– Ça m'a l'air très bien.

– Et nos femmes ?

– Elles aussi m'ont l'air très bien.

– Et notre vin ?

– Je l'aime bien. Du moins, une fois que j'ai réussi à faire abstraction du goût. Ça ressemble plus à de la sève qu'à du vrai vin. Mais l'effet semble identique, et après la première bouteille, on ne remarque quasiment plus la différence. »

Garlopis sourit.

« Excellent, dit-il. Très drôle. »

Je n'étais pas sûr que Leventis écoutait réellement, mais je poursuivis malgré tout :

« Il paraît que les Romains faisaient leur vin de la même manière. Voilà sans doute ce qui explique le déclin et la chute de leur empire. »

Il ne réagit pas, et au bout d'un moment, je demandai :

« Vous savez pourquoi nous étions dans cette maison de la rue Pritaniou. Mais vous, lieutenant, que faisiez-vous là-bas ?

– Ce matin, une voisine a signalé avoir entendu une dispute, suivie de deux coups de feu. Des policiers en patrouille ont découvert le corps et m'ont appelé. La voisine, occupée à faire le ménage dans l'église du Saint-Sépulcre située juste en face, affirme avoir vu deux hommes ressortir de la maison un peu avant midi, mais elle n'a pas été capable de nous fournir un signalement utile.

– Savez-vous à qui appartient cette maison ?

– La voisine pense que Witzel habitait là à l'insu du propriétaire. D'ailleurs, celui-ci est probablement mort. Nous enquêtons. »

Leventis revint s'asseoir à son bureau en souriant, et cette fois, il n'y avait nulle trace de cruauté dans son sourire, ce qui était un changement agréable. Mais cela ne voulait pas dire qu'il en avait fini avec ses menaces.

« Tout ce que je vais vous dire est confidentiel, reprit-il. Je n'aimerais pas que ça se retrouve dans la presse. Je serais obligé de penser que ça vient de l'un de vous deux, et de vous envoyer au camp de Chaïdari. Mon supérieur, le capitaine Kokkinos, insisterait.

– On ne répétera pas un seul mot de tout ce que vous dites, lieutenant, répondit Garlopis. N'est-ce pas, Herr Ganz ? Vous avez notre parole. Et permettez-moi d'ajouter que nous sommes très heureux de coopérer avec vous et avec le capitaine Kokkinos, de la manière qui conviendra. »

Leventis l'ignora, comme il aurait ignoré un moustique, ou le vacarme incessant de la circulation.

Garlopis poursuivit malgré tout :

« Si j'ai pu donner l'impression que je rechignais à coopérer, je tiens à lever immédiatement ce malentendu. Nous ferons tout pour que ce meurtrier soit arrêté, et vite. Je dis bien, tout. Y compris nous acquitter d'une légère amende ou verser des dédommagements pour être entrés illégalement dans cette maison. Une somme en liquide, bien évidemment. Du montant que vous estimerez approprié. Et que vous pourrez remettre au propriétaire lorsque vous l'aurez identifié.

– Ce ne sera pas nécessaire », répondit Leventis. Il savait parfaitement ce qu'on lui proposait, mais choisit de faire comme s'il n'avait rien entendu. « Bien, venons-en à notre affaire. Il y a une semaine environ, un avocat a été retrouvé assassiné. Dans la banlieue de Glyfáda. Le Pr Samuel Frizis.

– Oui, je crois avoir lu ça dans le *Athens News*, dis-je.

– En effet. Mais le journal n'a publié aucun détail. Nous les avons tenus volontairement secrets. Car figurez-vous que le Pr Frizis a été tué d'une balle dans chaque œil, exactement comme notre ami Siegfried Witzel.

– Arrêtez de dire “notre ami”. On ne l'aimait pas beaucoup, ni l'un ni l'autre, n'est-ce pas, Garlopis ?

– Oh, que non. C'était un individu très désagréable. Au caractère épouvantable. Nous avions toujours peur qu'il nous tire dessus. Ce qui ne manque pas d'ironie, quand on y réfléchit. Vu ce qui s'est passé. Mais la vie est parfois comme ça, non ? »

Leventis me tendit un paquet de photos en couleurs provenant d'un des dossiers. Elles montraient un homme mort, allongé sur un canapé à l'aspect pelucheux. Plusieurs clichés d'autopsie offraient un spectacle peu ragoûtant. Tout le sang de sa tête s'était échappé par ses orbites noircies et répandu sur une épaule de sa veste en tweed, alors que l'autre demeurait immaculée. Sur la table basse en marbre, devant le canapé, trônait une statuette en bronze de la déesse Artémis brandissant une lance. On avait presque l'impression que c'était elle qui avait ainsi mutilé l'avocat. Cruel, je tendis une des photos à Garlopis, qui s'empressa de détourner le regard.

« Le meurtrier a utilisé des balles de 9mm sans rebord, effilées, exactement semblables à celles que vous avez découvertes par terre dans la maison de la rue Pritaniou. Je suis prêt à parier que les experts en balistique de la gendarmerie découvriront qu'elles ont été tirées par la même arme. Très certainement un pistolet Luger, m'ont-ils dit. Nous n'avons rien trouvé d'intéressant dans la liste des clients de Frizis, ni dans son carnet de rendez-vous. Ce nouveau meurtre est donc une aubaine pour nous, étant donné qu'il est très certainement lié au précédent. Même si j'ignore de quelle manière.

» Sur le lieu du crime, vous avez suggéré que Witzel avait pu être assassiné par des juifs désireux de se venger de la confiscation de leurs biens par les nazis. Je dois vous signaler qu'il est fort peu probable que le Pr Frizis ait été tué par des juifs, étant juif lui-même. Et jusqu'à ce que Witzel soit assassiné à son tour, nous avions envisagé la possibilité que le Pr Frizis ait été tué *parce qu'il était juif*. En effet, je suis au regret de vous dire que ce pays devient très antisémite. Quoi qu'il en soit, le meurtre de Siegfried Witzel contredit cette théorie.

– Quel genre d'avocat était ce Frizis ? demandai-je.

– Sans doute un très bon avocat puisqu'il pouvait se permettre d'habiter à Glyfáda, répondit Garlopis. C'est le quartier le plus cher de la ville. Tout le monde à Athènes rêve de vivre là.

– C'était peut-être un bon avocat, mais il n'était pas particulièrement honnête, souligna Leventis.

– Ce n'est pas moi qui affirmerai le contraire, dis-je. D'après mon expérience, un bon avocat n'est jamais totalement honnête. Mais il existe un moyen plus simple de se débarrasser d'un avocat : il suffit de ne pas le payer. C'est très efficace. »

Leventis ôta ses lunettes et leva le doigt.

« Hélas, j'ai une autre théorie. Elle concerne l'identité du meurtrier, pas le mobile. C'est peut-être un peu tiré par les cheveux, mais vous me direz ce que vous en pensez, commissaire. Avant toute chose, il faut que je vous raconte une histoire. »

24

« Je ne suis pas juif, mais je suis né à Salonique. J'y ai passé toute mon enfance entouré de camarades juifs à l'école, jusqu'à treize ans, lorsque mon père a trouvé un poste à la Banque de crédit commercial, ici à Athènes. D'une certaine façon, j'ai toujours considéré Salonique comme ma véritable patrie. Chaque fois que j'y retourne, j'ai l'impression d'avoir vécu une autre vie, d'être deux personnes en une. J'ai été un enfant à Salonique et un adulte à Athènes, et tous deux n'ont aucun lien entre eux. Quand je suis là-bas, je ne peux m'empêcher de penser que la vie, ça ne consiste pas seulement à comprendre qui on est, et ce qui nous motive ; c'est également comprendre pourquoi nous ne sommes pas là où on devrait être. Se dire que les choses auraient pu être très différentes. Je ne connais pas de meilleur antidote à la nostalgie. »

J'acquiesçai, sans rien dire. L'histoire de ce lieutenant grec ressemblait à la mienne sur ce point, et l'espace d'un instant fugace, je ressentis une proximité intense, presque métaphysique, avec cet homme que je connaissais à peine.

Il se massait le menton d'un air songeur, semblait ailleurs, comme si son esprit l'avait ramené à Salonique. Ses cheveux étaient bruns et brillants, striés de quelques touches de gris, et dans la lumière qui entrait par la fenêtre haute, ils prenaient l'aspect d'une peau de maquereau. Je lui donnais quarante-cinq ans. Sa voix, pareille à du miel sombre, comptait beaucoup sur ses mains velues quand il s'exprimait, comme s'il essayait de négocier le prix d'un tapis. La veste de son uniforme était parfaitement taillée et je ne remarquai pas immédiatement la largeur des épaules qu'elle dissimulait. Des épaules puissantes, capables sans doute d'exercer une grande violence : de vraies épaules de flic.

« Enfant, je voulais jouer au basket dans l'équipe d'Aris Thessalonique et ressembler à mon héros, Fédon Matthéou. Je ne rêvais pas de devenir policier à Athènes.

– Un très grand joueur, confirma Garlopis. Le patriarche du basket grec.

– Et me voici là. Très loin de chez moi.

– Je comprends ce que vous voulez dire, lieutenant, dis-je, espérant nous ramener sur la voie de son histoire.

– Salonique a été fondée par le beau-frère d'Alexandre le Grand, Ptolémée Ier, et elle était destinée à devenir le principal port de Macédoine, mais elle a aussi joué un rôle central pour la Grèce, la Serbie, la Bulgarie et même l'Empire austro-hongrois. Toutefois, pendant cinq siècles, ce sont les Turcs ottomans qui ont contrôlé la ville et lui ont donné un statut quasi autonome, ce qui a permis aux juifs de devenir le groupe dominant. Au début du siècle, sur les cent vingt mille personnes qui vivaient à Salonique, entre soixante et quatre-vingt mille étaient juives. C'était sans doute une des plus importantes communautés de juifs européens en dehors de la Pologne. En tout cas, c'était la plus ancienne. On peut dire sans exagérer que Salonique était la Jérusalem des Balkans, peut-être même la Mère d'Israël, étant donné que nombre de ses habitants vivent aujourd'hui en Palestine.

» Je ne vous ferai pas perdre votre temps, commissaire, en essayant de vous expliquer comment, au fil des siècles, un grand nombre de juifs de la diaspora, fuyant une succession de persécutions, se sont retrouvés à Salonique. Je ne vous raconterai pas non plus ce qui s'est passé entre les deux guerres et comment Salonique est devenue

Thessalonique, et grecque. Mais dans cette très ancienne ville où le changement constituait un mode de vie, tout a basculé quand l'armée allemande a débarqué et, je suis désolé de le dire, ce changement-là avait le visage de la mort. L'empressement avec lequel les nazis ont mené des actions contre les juifs de Salonique était stupéfiant, même aux yeux des Grecs qui, grâce aux Turcs, s'y connaissent en persécution. Les lois de Nuremberg ont été immédiatement appliquées. D'éminents citoyens juifs, parmi lesquels des amis de mon père, ont été arrêtés, leurs biens confisqués, avant que l'on construise un ghetto. Tous les juifs ont été victimes de violences, et parfois même d'exécutions sommaires. Mais évidemment, le pire était à venir.

» Après une série de désastres militaires pour l'Axe, Hitler a réorganisé le front des Balkans et décidé, dans le même temps, de "pacifier" Salonique et l'arrière-pays. *Pacifier.* Vous autres, Allemands, vous avez toujours eu un talent particulier pour les euphémismes. Autre exemple : "populations déplacées". Les juifs de Salonique ont très vite compris que ces mots avaient un sens tout à fait différent dans la bouche d'un Allemand. La décision a été prise au plus haut niveau : les juifs de Salonique seraient déportés à Riga et à Minsk, pour être ensuite "déplacés" dans les camps de la mort polonais. La communauté juive de la ville était désormais placée sous le contrôle direct de la SS et du SD, en la personne d'un officier nommé Adolf Eichmann. Avec d'autres membres du SD et quelques officiers de l'armée allemande, il s'est installé confortablement dans une villa confisquée à un juif. La villa possédait une cave qui leur servait de salle de torture. Là, on interrogeait de riches juifs pour leur faire avouer où ils avaient caché leur fortune. Parmi eux se trouvait un banquier du nom de Jaco Kapantzi, un des hommes les plus riches de Salonique. Il a rendu fous de rage ces sadiques en refusant obstinément de leur dire où se trouvait son argent. Alors, ils ont décidé de le transférer au Bloc 15 du camp de Chaïdari, à Athènes. Là-bas, un célèbre tortionnaire SS, Paul Radomski, pourrait s'occuper de lui nuit et jour.

» Mais il a dû se passer quelque chose dans le train qui le conduisait à Athènes car le capitaine du SD, furieux, a abattu Kapantzi, encore en pyjama et robe de chambre, devant plusieurs passagers. Peut-être avait-il tenté de s'enfuir, peut-être avait-il fait une remarque déplacée, je ne sais pas exactement. Mais sans doute avait-il compris que sa seule chance d'échapper à de nouvelles tortures, c'était de provoquer le capitaine chargé de l'escorter pour qu'il le tue. Alors qu'il tenait encore son arme à la main, et que le corps se vidait de son sang sur le sol, l'officier a demandé aux passagers si quelqu'un avait vu quelque chose, et bien évidemment, personne n'avait rien vu. Il est descendu à l'arrêt suivant, et il est retourné à Salonique. Lorsque le train est arrivé à Athènes, le corps de Kapantzi gisait toujours sur le sol du wagon. Désormais, la responsabilité incombait à la police locale.

» À l'évidence, un meurtre avait été commis, et je faisais partie des inspecteurs chargés de l'enquête. Bien entendu, nous savions tous que cet homme avait été tué par l'officier du SD, et pour cette raison, nous n'avions aucune chance de l'appréhender. Autant essayer d'arrêter Adolf Hitler lui-même.

» Néanmoins, il fallait bien jouer le jeu, et j'ai réussi à retrouver un des passagers. J'ai fini par le persuader de rédiger un témoignage, que je promettais de garder sous le coude jusqu'à la fin de la guerre. Dès lors, j'ai entrepris d'enquêter discrètement sur ce jeune capitaine du SD qui avait assassiné froidement Jaco Kapantzi, au cas où, un jour, je serais en mesure de le faire traduire en justice.

» Cela vous paraîtra peut-être curieux, commissaire. Je devine votre question : “À quoi bon ?” Après tout, qu'est-ce que le sort d'un homme, alors que plus de soixante mille juifs grecs sont morts à Auschwitz et à Treblinka ? Pour paraphraser Staline : c'est ce qui différencie une tragédie d'une statistique. Mais surtout, le meurtre de Jaco Kapantzi était mon affaire, mon enquête, et j'en suis venu à penser qu'il est bon dans la vie d'avoir un objectif plus grand que soi. Et avant que vous laissiez entendre que je pourrais avoir quelque chose à y gagner, de l'avancement par exemple, je vous assure que non. Même si personne ne saura ce que j'ai fait, je veux le faire quand même, pour la Grèce, et parce que je crois que c'est bon pour mon pays. »

Voilà bien longtemps que je n'avais pas nourri ce genre de pensées, mais je m'apercevais que j'étais encore capable de les apprécier dans le cœur d'un autre homme, même si c'était un flic qui menaçait de me jeter en prison.

« Comme si tout cela ne suffisait pas, mon père avait travaillé pour Jaco Kapantzi avant d'aller vivre à Athènes. De fait, c'était M. Kapantzi qui, généreusement, avait aidé mon père a décrocher ce poste ; il lui avait même prêté l'argent du déménagement. Alors, on pourrait dire que je prenais cette affaire à cœur. »

Leventis alluma une cigarette. Sa voix s'était faite plus grave, donnant l'impression qu'il puisait au plus profond de lui, et je compris qu'il valait mieux éviter d'avoir cet homme pour ennemi.

« En Grèce, reprit-il, il n'existe pas de délai de prescription pour le meurtre. Et le dossier Jaco Kapantzi n'a jamais été refermé. Je ne connaîtrai jamais les noms des hommes qui ont participé à l'assassinat de mes compatriotes à Auschwitz et à Treblinka, d'autant que ces crimes ont été commis à des centaines de kilomètres au nord d'ici. Mais je connais le nom de ce capitaine du SD qui a abattu Jaco Kapantzi à bord d'un train grec. Il s'appelait Alois Brunner. Un autre officier allemand, un capitaine de l'armée, a assisté à cette scène, mais nous ne connaîtrons jamais son identité, je suppose. Je sais, par mon témoin, qu'il se disait à la fois étonné et amusé par le geste de Brunner. Il a suggéré qu'ils descendent du train l'un et l'autre. On raconte que tous les inspecteurs de police ont une affaire qui tout au long de leur vie les empêche de dormir. Je suis sûr que vous avez la vôtre, commissaire. La mienne se nomme Alois Brunner.

» On ne sait pas grand-chose sur lui. Le peu que j'ai appris m'a demandé presque dix ans d'enquête. Brunner n'avait que trente et un ans quand il a assassiné Kapantzi. Né en Autriche, il a été recruté très tôt par le parti nazi, et après avoir rejoint le SD en 1938, il a été affecté à l'Office central pour l'émigration juive à Vienne, où il est devenu le proche collaborateur d'Eichmann, responsable du meurtre de milliers de juifs. Après son séjour à Salonique, Brunner a été nommé commandant du camp d'internement de Drancy, près de Paris. C'était en juin 1943.

» J'ignore ce que vous savez à propos de tout cela, *Kommissar*. Sans doute plus que vous ne voulez l'admettre, si j'en juge par l'attitude de vos compatriotes. Mais si vous l'ignorez, sachez que c'est à Drancy que soixante-sept mille juifs français ont été enfermés avant d'être déportés dans les camps d'extermination. Il y a sept ans, j'ai passé de courtes vacances à Paris, et j'ai réussi à retrouver une personne passée par Drancy, une juive allemande qui s'était cachée dans le sud de la France jusqu'à son arrestation. Elle s'appelait Charlotte Bernheim et elle avait réussi, par miracle, à survivre à Drancy et à Auschwitz avant de rentrer en France. Elle se souvenait très bien de Brunner : petit, frêle, maigre, pas vraiment le stéréotype de la race supérieure. Elle m'a expliqué qu'il semblait avoir une détestation physique des juifs. Un jour, elle a vu un prisonnier le toucher par accident. Brunner a sorti son pistolet et l'a abattu. Une balle dans chaque œil. C'est ce détail qui a attiré mon attention, car Jaco Kapantzi avait été tué de la même manière.

» Vous commencez à comprendre d'où vient mon intérêt pour les meurtres du Pr Frizis et de Siegfried Witzel. Évidemment, je me suis intéressé à Frizis seulement en découvrant le corps de Witzel et une probable connexion allemande. Et puis, vous avez indiqué que le bateau de Witzel avait été confisqué à un juif de Salonique, ce qui a décuplé ma curiosité. Sans oublier le *modus operandi* du meurtrier, bien entendu. Cela ressemble de plus en plus à une sorte de signature. Vous imaginez l'importance que peut avoir pour moi l'idée que Brunner serait de retour en Grèce. J'aimerais tellement arrêter cet homme et le voir condamné à mort. Oui, nous exécutons encore nos meurtriers, contrairement à vous, Allemands de l'Ouest, qui paraissez maintenant d'une sensibilité extrême. Je donnerais n'importe quoi pour que ce monstre ait la fin qu'il mérite. De nos jours, le peloton d'exécution a remplacé la guillotine. Mais pour un individu comme Brunner, je serais prêt à lancer une pétition pour qu'on la réhabilite.

» Mais revenons-en à mon récit. En septembre 1944, Brunner a été transféré de Drancy au camp de concentration de Sered en Tchécoslovaquie, où il a reçu l'ordre d'éliminer tous les juifs encore présents à l'intérieur du camp – soit environ treize mille personnes –, avant l'intervention de l'Armée rouge en mars 1945. Je n'ai trouvé aucun rescapé de Sered qui se souvienne de Brunner. Vous autres, Allemands, vous avez fait du trop bon travail. Après la guerre, Brunner a disparu. On a même cru pendant quelque temps qu'il était mort, exécuté par les Alliés à Vienne en mai 1946. Mais il s'agissait en fait d'un autre Brunner. Un certain Anton Brunner qui, coïncidence, avait travaillé lui aussi pour Eichmann dans la capitale autrichienne. Des amis au sein des services de renseignement grecs, la NIS, soupçonnent fortement la CIA et le BND, le service fédéral de renseignement allemand, d'avoir créé cet écran de fumée afin de protéger Alois Brunner, employé par les services secrets germaniques après la guerre. Eh oui, il n'y a pas que les compagnies d'assurances allemandes qui emploient d'anciens nazis.

– Je n'ai jamais été nazi, dis-je.

– Non, bien sûr, répondit Leventis, mais je voyais bien qu'il ne me croyait pas. Ce qui est certain, en revanche, c'est que Brunner est toujours vivant et qu'il entretient de solides relations à l'intérieur du gouvernement allemand. Toujours d'après mes sources au sein de la NIS, Brunner travaillerait incognito pour le BND. Entre-temps, un tribunal français a jugé Brunner par contumace en 1954 et l'a condamné à mort. Il fait partie des criminels de guerre les plus recherchés au monde. »

Le lieutenant Leventis ouvrit un autre dossier, d'où il sortit une photographie en noir et blanc, qu'il me tendit.

« Un ami à la NIS s'est procuré ce cliché auprès de son homologue des services de renseignement français. C'est une des rares photos montrant Alois Brunner, ici à l'été 1944, en France. »

J'avais devant les yeux un homme qui posait devant une barrière en bois dans un champ, vêtu d'un manteau en cuir fermé par une ceinture, tenant un chapeau et des gants dans la main gauche. Rien, pas même un insigne à son revers, ne permettait d'identifier un officiel du parti nazi. C'était un beau manteau en cuir. J'avais possédé un modèle semblable, avant qu'un Russe, gardien dans un camp de prisonniers, me le vole. L'homme sur cette photo granuleuse n'avait pas une tête de boucher, mais ils n'ont jamais le physique de l'emploi. J'avais rencontré suffisamment de meurtriers dans ma carrière pour savoir qu'ils ressemblaient à Monsieur Tout le Monde. Ce ne sont pas des monstres, ils n'ont rien de diabolique, ce sont des gens qui habitent à côté de chez vous et vous saluent dans l'escalier. Ce type filiforme, le front haut et le nez fin, aux cheveux bruns bien coupés, affichait un air presque affable. Il aurait pu envoyer ce portrait à sa petite amie ou à sa femme, à supposer qu'il en ait eu une. Au dos, on pouvait lire, en français : Alois Brunner (?), né le 8 avril 1912, photographié en août 1944 (?). Document de la Direction centrale des renseignements généraux.

« Alois Brunner aurait aujourd'hui presque quarante-cinq ans, reprit Leventis. Le même âge que moi. C'est peut-être aussi pour ça que je m'intéresse à lui. »

Le lieutenant poursuivit son récit, mais à présent je l'écoutais d'une oreille distraite. Mon attention restait fixée sur cet homme fluet, en noir et blanc. Je sus immédiatement que je l'avais déjà vu, mais ce n'était pas durant la guerre, et il ne s'appelait pas Alois Brunner. J'en étais certain. D'ailleurs, j'avais toujours sa carte de visite dans ma poche. L'homme sur la photo était cet Austro-Hongrois représentant en cigarettes qui m'avait abordé au bar de l'hôtel Mega.

25

Une radio de la police émettait quelque part, ou peut-être percevais-je vaguement des paroles ânonnées, presque inaudibles à travers le vacarme de mes pensées. Des hommes, et quelques femmes, se succédaient dans le bureau du lieutenant, tels les membres d'équipage d'un bateau, pour lui remettre des rapports, qu'il ignorait la plupart du temps. Finalement, il se leva pour aller fermer la porte en verre dépoli. Sans ses lunettes, Leventis avait l'air un peu hébété, mais dès qu'il les chaussait, plus rien n'échappait à ses yeux. Ils avaient vu les miens s'attarder un peu trop longtemps sur Brunner. L'homme avec qui j'avais discuté au bar de mon hôtel était un criminel de guerre. Et pas n'importe lequel : un des criminels de guerre les plus recherchés en Europe. Quel choc de constater que je n'étais pas le seul Allemand à avoir un passé. Toutefois, je ne pouvais pas avouer que j'avais rencontré cet homme avant d'en savoir plus. D'autant qu'il avait été le collègue d'Adolf Eichmann. J'avais croisé Eichmann une ou deux fois, et c'était également une chose que je n'avais pas très envie d'avouer. Surtout pas à un flic grec que je connaissais à peine. Si j'aimais bien Leventis, je ne lui faisais pas confiance.

« Vous reconnaissez cet homme, *Kommissar* ?

– Non.

– Vous sembliez le connaître, pourtant.

– Je voulais être sûr que je ne l'avais pas déjà vu, justement. N'oubliez pas que je suis un ex-flic. Les vieilles habitudes ont la vie dure. Je suis resté en poste quelque temps à Paris durant la guerre, et je me disais que j'avais pu être en contact avec cet homme, votre Brunner. Mais les dates ne collent pas. En juin 1943, j'étais déjà retourné en Allemagne, hélas. Et puis, les gens sont différents quand ils ne sont pas en uniforme. Ils se comportent aussi différemment. Ce type donne l'impression d'être en vacances.

– Vous pourriez m'aider à le retrouver.

– Je me suis déjà engagé à le faire, si je peux.

– Oui, mais peut-être avez-vous dit ça afin de récupérer votre passeport et d'échapper à la prison. Selon moi, *Kommissar*, vous avez le devoir moral de m'aider.

– Pourquoi donc ?

– Vous avez un rôle à jouer pour redorer le blason de votre pays. Durant les semaines et les mois qui ont suivi l'invasion de la Grèce par les Allemands, ceux-ci ont systématiquement affamé la population de cette ville. Des dizaines de milliers de personnes sont mortes. Des corps d'enfants gisaient devant les portes de ce bâtiment, et nous ne pouvions rien faire. Et aujourd'hui, plus de dix ans après la fin de la guerre, l'Allemagne n'a toujours pas versé un centime de réparation au gouvernement grec. Mais il ne s'agit pas uniquement d'une question financière, n'est-ce pas ? L'Allemagne est riche maintenant, grâce à ce que vous appelez votre "miracle économique". Je crois que le meilleur moyen pour effacer la culpabilité collective, c'est l'action individuelle. La vôtre en l'occurrence. Du moins, c'est ainsi que je vois les choses. Ce serait un acte d'expiation plus valorisant qu'un vulgaire virement bancaire, *Kommissar*, pour racheter ce que vous autres, nazis, avez fait à la Grèce.

– Pendant des années, j'ai réussi à ne pas être un nazi, dis-je. C'était difficile, parfois dangereux, surtout dans la police. Vous ne pouvez pas imaginer. Et voilà qu'en venant ici, je découvre que je l'ai toujours été. La prochaine fois, j'entrerai dans votre bureau en uniforme de la SS, avec un monocle et une cravache, en chantant le *Horst-Wessel-Lied*.

– Bonne idée. Dans les tragédies grecques, la mort s'habille toujours en noir. Plus sérieusement, Herr Ganz, la plupart des Grecs ne font aucune différence entre un Allemand et un nazi. La notion même de "bon Allemand" nous paraît étrange. Et peut-être qu'elle le sera toujours.

– Alors, c'est peut-être un Grec qui a tué Siegfried Witzel, finalement. Parce qu'il était allemand. Peut-être qu'on l'a bien cherché. Tous.

– Vous ne trouverez personne en Grèce pour affirmer le contraire. Toutefois, il me semble qu'en tant qu'Allemand, justement, vous pourriez avoir une approche particulière de cette affaire, différente de la mienne. N'oublions pas que deux hommes ont été assassinés à Athènes. Dont votre client. »

Une partie de moi-même seulement écoutait ce que disait Leventis ; mon esprit essayait encore de comprendre pourquoi Alois Brunner avait engagé la conversation avec moi au bar de l'hôtel Mega. S'était-il servi de moi pour localiser Siegfried Witzel, afin de l'assassiner ? Voilà qui expliquerait pourquoi Witzel portait une arme et rechignait à donner son adresse : il avait peur. Essayant toujours de gagner du temps, je dis :

« Je vous aiderai, lieutenant. Croyez-moi. »

Alors que je prononçais ces paroles, mes doigts tenaient, dans la poche de ma veste, la carte de visite que m'avait remise Brunner. Alias Georg Fischer, comme il se faisait appeler maintenant. Que se passerait-il si j'appelais ce numéro ? D'ailleurs, ce numéro existait-il vraiment ? Qui avait informé Brunner que je logeais au Mega ? Que je pourrais le mener jusqu'à Witzel ? Certainement pas Garlopis, même si dans cette

Oldsmobile bleu ciel ridicule, on pouvait aisément le suivre à la trace. Quelqu'un en Allemagne avait peut-être dit à Brunner que je me rendais à Athènes. Quelqu'un chez Munich Re. Alzheimer en personne ? Après tout, il connaissait Konrad Adenauer : il avait sur son bureau une photo les montrant ensemble. Et si Alzheimer connaissait le Vieux, peut-être connaissait-il également quelqu'un au BND[1]. Mais on aurait pu penser que Brunner m'attendait.

« Puisque vous avez parlé de devoir moral, lieutenant, permettez-moi de faire remarquer que ça marche dans les deux sens. Si j'accepte de vous aider, j'aurai besoin d'une sorte de document écrit stipulant que vous tiendrez parole et que vous nous laisserez partir. Car supposons que Brunner n'ait rien à voir dans cette histoire, ou qu'il ait déjà quitté la Grèce ? Je n'aimerais pas découvrir que vous êtes plus attaché à vos statistiques qu'à notre innocence.

– Je comprends. » Leventis se pencha en avant, par-dessus son bureau, et pointa sur mon front un index semblable au canon d'un fusil. « Mais avant cela, il faut cracher au bassinet. Montrez-moi que vous jouez franc-jeu. Ensuite seulement, nous parlerons immunité.

– Une suggestion entre inspecteurs, peut-être ?

– Éventuellement.

– Laissez-moi réfléchir.

– Je peux peut-être vous aider. Un interprète allemand est actuellement jugé à Athènes pour crimes de guerre.

– Oui, Arthur Meissner. J'ai lu un article à ce sujet dans le journal. Vous avez raison, il sait peut-être des choses. Il connaissait peut-être Brunner.

– Il se trouve que oui. Il connaissait tous les nazis qui ont mis la main sur la Grèce : Eichmann, Wisliceny, Felmy, Lanz, Student. Mais la loi grecque m'interdit de

1. Bundesnachrichtendienst : Service fédéral de renseignement.

l'interroger maintenant qu'il est jugé. Et de lui proposer toute forme d'arrangement.

– Il pourrait me parler. Puisque je ne suis pas grec.

– C'est exactement ce que je pensais.

– Où est-il ?

– À la prison Avéroff.

– Pardonnez-moi de dire ça, lieutenant, mais un simple interprète ne correspond pas à l'idée que je me fais d'un criminel de guerre. Mon chef à la police de Berlin, le général Arthur Nebe, un homme obnubilé par sa carrière, commandait une unité qui avait massacré plus de quarante-cinq mille personnes. Voilà ce que j'appelle un criminel de guerre.

– Pour être totalement franc avec vous, Herr Ganz, Meissner a surtout eu la mauvaise idée de coopérer de manière un peu trop enthousiaste avec l'occupant. C'est plus un collaborateur qu'un authentique criminel de guerre. Mais en Grèce, la différence est subtile. Trop subtile pour la plupart des gens, étant donné qu'aucun criminel de guerre allemand n'a jamais été jugé pour les crimes commis ici dans ce pays. Eh oui. Aucun. Quelques-uns ont été jugés pour avoir exécuté des otages dans le sud-est de l'Europe, mais ces procès ont eu lieu en Allemagne. Et la plupart des accusés ont déjà été libérés, à la demande des Américains et des Britanniques qui, au début de la guerre froide, ont établi la République fédérale grecque pour servir de rempart face à l'Union soviétique. Parmi ces hommes se trouvait Wilhelm Speidel, le gouverneur militaire de la Grèce à partir de 1943, à l'origine de nombreuses directives autorisant les massacres, dont celui de Kalavryta. Il a été libéré de la prison de Landsberg en 1951. Après avoir été condamné à vingt et un ans de prison.

– C'est véritablement scandaleux, dit Garlopis. N'est-ce pas, Herr Ganz ?

– Par conséquent, *Kommissar*, le procès d'Arthur Meissner est, pour nous, ce qui se rapproche le plus d'un procès pour crimes de guerre. Peut-être que vous comprenez mieux maintenant pourquoi je disais que vous aviez le devoir moral de m'aider à retrouver Brunner. »

Ce fut Garlopis qui répondit :

« Je comprends parfaitement pourquoi vous avez formulé la chose en ces termes, lieutenant. Et permettez-moi d'ajouter qu'en tant que Grec amoureux de son pays, je ferai tout mon possible pour seconder Herr Ganz, comme il le jugera bon. »

Résistant à l'envie d'ordonner à Garlopis, une fois de plus, de la fermer, je glissai une cigarette entre mes lèvres – la dernière du paquet que m'avait donné Alois Brunner – et l'allumai, ce qui me laissa le temps d'analyser ma situation un peu plus en détail. Je n'avais nullement l'intention de faire ce que suggérait Leventis. Rester à l'écart de ses anciens camarades demeurait la priorité absolue pour Bernhard Gunther. Et je n'avais pas de temps à consacrer à mon devoir moral. Mais je devais embobiner le lieutenant, lui laisser croire que j'allais l'aider, sans trop m'impliquer. Après tout, à l'instar de Brunner, je vivais sous une fausse identité. Avec un faux passeport.

« Qu'a-t-il fait au juste ? demandai-je. Ce Meissner ?

– Nous avons la preuve qu'il a confisqué pour lui-même des biens appartenant à des Grecs, juifs ou non. Les autres chefs d'inculpation – le viol et le meurtre – semblent plus difficiles à établir.

– Un arrangement est-il possible ? Seriez-vous prêt à prendre sa défense devant le tribunal s'il fournissait des informations permettant de capturer Alois Brunner ?

– Je devrai en référer au procureur. Mais oui, peut-être.

– Il me faudra autre chose qu'un "peut-être" si je vais parler à Meissner. Même s'il ne peut pas fournir d'informations sur Brunner, il pourrait nous livrer quelqu'un d'aussi important. Allons, lieutenant. Cet homme a besoin d'une assurance vie.

– Je dirai ceci : si nous capturons une baleine de la taille de Brunner, plus personne ne s'intéressera à un sprat comme Meissner. Et s'il nous aide à réaliser cette prise, je ne serais pas étonné qu'on le relâche.

– Alors, laissez-moi m'entretenir avec Meissner, en privé. Dans sa cellule. Rien que lui et moi. Je parviendrai peut-être à le convaincre de parler. »

Leventis consulta sa montre.

« Si on fait vite, on a une chance de tomber sur Papakyriakopoulos. C'est l'avocat de Meissner. Tous les vendredis après-midi, après une semaine passée au tribunal, il va boire un verre dans un vieux bar, le Brettos. À dix minutes de marche d'ici. Je doute qu'il accepte de me parler, mais peut-être qu'il vous lâchera quelque chose. »

26

Le Brettos était situé dans un quartier de ruelles très touristique baptisé Plaka. Si l'extérieur n'avait rien d'exceptionnel, tout le mur du fond, à l'intérieur, ressemblait à un gratte-ciel de bouteilles d'alcool brillamment éclairées, et du fait de la proximité de l'Acropole, on avait l'impression de se trouver dans le plus vieux bar du monde. L'image d'Aristote et d'Archimède partageant des martinis frappés en cherchant la simplicité limpide et ultime d'un aphorisme alcoolisé après une longue journée de débats philosophiques vous venait aisément à l'esprit.

Assis sur un tabouret haut devant un comptoir de marbre, sous un tonneau de brandy, le Pr Papakyriakopoulos, l'avocat d'Arthur Meissner, était un trentenaire à l'air malin, affublé d'une moustache bien taillée, de petits yeux sombres de marsupial et d'un profil de panneau « Danger ». Après avoir fait les présentations, le lieutenant Leventis s'éclipsa, nous confiant le soin, à Garlopis et à moi, de commander une tournée et de plaider notre cause pour obtenir une entrevue avec Arthur Meissner au tribunal, où il était jugé, ou à la prison Avéroff, où il était en détention provisoire. Leventis préférait nous attendre au café d'en face. L'avocat grec m'écouta poliment lui présenter les grandes lignes de ma mission. Il but une gorgée d'une boisson qui avait l'aspect et l'odeur d'un médicament, alluma un cigarillo et m'exposa, dans un anglais parfait, la situation de son client.

« Mon client n'a aucune importance dans le tableau d'ensemble. Toute sa défense repose là-dessus. Il était un moins-que-rien.

– Un moins-que-rien à la manière d'Ulysse ? Afin de duper le cyclope ? Ou dans un sens plus existentiel ? Autrement dit, était-ce un moins-que-rien astucieux ou un moins-que-rien modeste, mal défini ?

– Vous êtes allemand, Herr Ganz ? À quelle catégorie apparteniez-vous ? »

Papakyriakopoulos faisait partie de cette race d'avocats que je détestais le plus : les fuyants. Aussi insaisissables qu'une otarie qui tient un poisson vivant entre ses pattes.

« Excellente question. La première catégorie, je dirais. J'ai dû beaucoup ruser pour rester en vie, quand les nazis étaient au pouvoir. Et tout autant après.

– Dans le cas d'Arthur Meissner, c'était le genre de moins-que-rien existentiel que vous décrivez, Herr Ganz. Si vous le rencontriez, vous verriez un homme simple, incapable de concevoir le moindre stratagème. Vous verriez un homme qui n'a jamais pris aucune décision, qui n'a jamais donné aucun conseil, n'a commis aucun crime, n'a jamais appartenu à une organisation d'extrême droite, qui n'était pas antisémite et ne savait rien, ou presque, en dehors de ce qu'on lui disait en allemand et qu'il devait traduire en grec simultanément, et qui aujourd'hui a tout oublié. Je suis certain que M. Garlopis ici présent vous expliquera qu'il est quasiment impossible pour un interprète de se souvenir de ce qu'il a dit quelques minutes plus tôt.

– Oh, oui, c'est exact, monsieur, confirma Garlopis. À moins de prendre des notes. Personnellement, cela m'arrive souvent quand je fais de la traduction simultanée, mais je les jette ensuite. D'ailleurs, j'arrive à peine à me relire, tellement il faut écrire vite.

– Vous voyez ? dit l'avocat. Parole de spécialiste. J'aurais pu faire appel à vous l'autre jour, monsieur

Garlopis, pendant le procès. En tant qu'expert. La vérité, c'est que durant presque toute la période de l'occupation où mon client a travaillé pour les nazis, il n'entretenait aucune relation avec ces hommes à qui il servait d'interprète ; il savait uniquement qu'ils portaient des uniformes nazis et détenaient un droit de vie et de mort sur tous les citoyens grecs, lui y compris, bien entendu. En d'autres termes, Arthur Meissner n'est qu'un bouc émissaire qui paie les faiblesses passées et actuelles de la nation grecque. En admettant qu'il connaissait cet Allemand que recherche le lieutenant Leventis, il porterait préjudice à sa défense. Il n'a fait qu'obéir aux ordres en espérant rester en vie, et les prétendues preuves de sa culpabilité ne sont que des conjectures, voire des ouï-dire sans aucune valeur. Néanmoins, c'est un citoyen grec loyal et je lui ferai savoir dès demain que vous êtes disposé à l'aider. Peut-être acceptera-t-il de vous rencontrer. Peut-être pas. Mais puis-je vous demander ce qui vous motive ?

– Le lieutenant semble penser que, en tant qu'Allemand, il me revient un devoir moral d'assister la police dans son enquête. Sincèrement, je ne suis pas convaincu. Je travaille pour une compagnie d'assurances, mais avant la guerre, j'étais policier. Je suis venu ici, en Grèce, à la suite d'une demande d'indemnisation déposée par un assuré allemand nommé Siegfried Witzel. Celui-ci a été retrouvé assassiné ce matin, dans des circonstances qui conduisent Leventis à penser que sa mort pourrait être liée à un meurtre commis durant la guerre, et à celui, plus récent, d'un avocat d'Athènes.

– Le Pr Samuel Frizis.

– Oui. Vous le connaissiez ?

– Très bien.

– Si j'aide Leventis dans son enquête – en persuadant Arthur Meissner de se confier à moi par exemple, sous le sceau du secret –, il pourrait accepter de dire un mot en faveur de votre client devant le tribunal.

– Samuel Frizis était un ami. Nous avons fait notre droit ensemble. Et naturellement, j'aimerais voir son meurtrier derrière les barreaux. Voilà qui éclaire d'un jour nouveau l'affaire en question. Stavros Leventis est un homme bien. Un idéaliste. Mais vous, quel genre de policier étiez-vous, si vous me permettez cette question ?

– J'étais enquêteur. Commissaire à la police criminelle de Berlin.

– Au risque de paraître facétieux, je dirais que tous les policiers allemands en poste à Berlin semblaient être des criminels. L'expérience de mon client est là pour en témoigner.

– Il y a une part de vérité là-dedans.

– Heureux de l'entendre. »

Il but une gorgée d'ouzo et je crus le voir capter le regard d'une femme tenant une valise à la main, arrêtée sur le seuil du bar, comme si elle hésitait à entrer. Une femme qui méritait le coup d'œil assurément, et plus que ça.

« Je lis énormément de choses sur l'histoire de l'Allemagne, Herr Ganz. Toute cette période me fascine, et pas uniquement à cause de cette affaire. Corrigez-moi si je me trompe, mais d'après ce que je sais, la police criminelle de Berlin est passée sous le contrôle de l'Office central de la sécurité du Reich en 1939. Vous étiez donc sous le commandement de la SS. Et vous collaboriez fréquemment avec des membres de la Gestapo. C'est exact ? » Il marqua un temps d'arrêt. « Si je vous parais trop curieux, c'est que j'aimerais savoir à qui j'ai affaire, précisément. Et comment vous pourriez m'aider à bâtir une défense efficace. Ainsi, je sais qu'un grand nombre de membres de la Kripo ont été contraints, concrètement, d'adhérer au SD. Autrement dit, quand vous portiez l'uniforme, vous ne faisiez qu'obéir aux ordres. Comme mon client. »

Je me tournai vers Garlopis.

« Allez donc faire un petit tour.

– Un petit tour ? Mais je n'ai pas fini mon verre… Oh, j'ai compris. Oui, oui, bien sûr, monsieur. » Garlopis se leva précipitamment. « Je vous attends au café d'en face avec le lieutenant Leventis. »

Il quitta le bar tel un écolier honteux à qui on a dit d'aller jouer ailleurs. Je me promis de me racheter ultérieurement.

« Vous êtes bien informé, maître… Je ne me risquerais pas à prononcer votre nom.

– J'essaie. Où avez-vous fait votre service ? Pas en Grèce, je présume. Vous ne seriez certainement pas revenu.

– En France, en Ukraine, en Russie. Mais pas en Grèce, non. Je n'étais pas membre du parti, sachez-le. Et je pense que vous avez raison : l'Allemagne s'est comportée de manière épouvantable dans ce pays. L'homme que recherche Leventis, celui qui a commis un meurtre durant la guerre, il appartenait au SD. Voilà pourquoi l'inspecteur est persuadé que je peux l'aider.

– Il faut un renard pour attraper un renard, hein ?

– Oui, si vous voulez. Si je joue cartes sur table avec vous, c'est pour que vous sachiez que j'en ferai autant avec Arthur Meissner.

– J'apprécie votre franchise. Et je vous le répète : je ferai tout pour envoyer le meurtrier de Samuel Frizis derrière les barreaux. Toutefois, établir un lien avec un meurtre commis durant l'occupation me paraît très compliqué. Il y en a eu tellement.

– Certes, mais je suis convaincu, et Leventis aussi, que la capture de ce renard ôterait une bonne partie de la pression qui pèse sur les épaules de votre client. Pour ne pas dire la totalité.

– Idée intéressante. »

Le Pr Papakyriakopoulos adressa un signe de tête à la femme toujours plantée à l'entrée du bar, comme si elle attendait sa permission. Et elle entra.

« Quel avocat était-il ?

– C'était mon ami. Mais pas un très bon avocat. Pour être plus précis, c'était le genre d'avocat qui donne une mauvaise image des avocats. Le genre d'avocat prêt à tout, qui s'intéresse plus à l'argent qu'à la justice. Pas insensible à la corruption.

– Quitte à se mettre dans de sales draps ?

– Au risque de se faire tuer, vous voulez dire ? Je ne sais pas. Peut-être. Tout dépend de l'ampleur de la corruption

– Avait-il des liens avec des Allemands ?

– Comme moi, il ne parlait pas un traître mot de votre langue. Et il a vécu à Athènes toute sa vie.

– Pourtant, il était juif, non ?

– Quelqu'un l'a caché, pendant presque deux ans. C'était fréquent. Les juifs n'ont jamais été mis au ban, jusqu'à récemment, quand nos gouvernements ont commencé à pencher de plus en plus à droite. Notre nouveau Premier ministre, Karamanlis, est un populiste qui parle de la destinée européenne de la Grèce. Ne me demandez pas ce que ça signifie. Il se voit comme la version grecque de votre chancelier Adenauer. »

La femme qui venait d'entrer dans le bar nous avait rejoints, et Papakyriakopoulos descendit de son tabouret pour l'embrasser de façon amicale. Ils discutèrent une ou deux minutes dans leur langue, puis l'avocat fit les présentations.

« Herr Ganz, voici Mlle Panatoniou. Avocate elle aussi, mais elle travaille pour un ministère. Herr Ganz est agent d'assurances, il vient d'Allemagne.

– Enchantée, Herr Ganz. »

Elle avait prononcé ces mots en allemand, je crois, mais je m'en aperçus à peine car j'avais l'impression que ses yeux pénétraient en moi et se baladaient à l'intérieur de mon crâne pour ramasser des choses qui ne lui appartenaient pas et tripoter tout ce qu'ils trouvaient. Mais je m'en fichais. J'ai tendance à laisser les femmes curieuses fouiller comme bon leur semble dans les tiroirs et les placards de mon esprit. Évidemment, c'était peut-être un effet de mon imagination, qui s'emballe souvent quand une jolie et voluptueuse jeune femme s'approche de moi. Je lui serrai la main. Ils recommencèrent à parler en grec, puis Papakyriakopoulos repassa à l'anglais.

« J'ai été ravi de vous rencontrer, Herr Ganz. Je transmettrai votre proposition à mon client. Où logez-vous ?

– Au Mega. »

Manifestement, il voulait Mlle Panatoniou pour lui seul, et je ne pouvais pas le lui reprocher. Chaque élément de sa personne était défini à la perfection. Chaque hanche, chaque épaule, chaque jambe, chaque sein. Elle me faisait penser à ces schémas accrochés au mur des boucheries, qui indiquent la provenance des différents morceaux, et je sentis naître mon appétit rien qu'en la regardant. Je finis mon verre d'un trait et sortis rapidement avant de la mordre.

Garlopis était parti chercher l'Oldsmobile, et après une brève discussion avec le lieutenant, à l'issue de laquelle j'acceptai de le laisser veiller sur mon passeport et lui consentit à ne pas me jeter en prison tout de suite, je pris un taxi pour rentrer à mon hôtel. Contrairement aux chauffeurs de taxi berlinois qui ne veulent jamais vous conduire où que ce soit, les chauffeurs grecs avaient toujours un tas de bonnes idées à vous proposer, après avoir balayé l'épineux problème consistant à vous conduire à destination. Celui-ci voulait m'emmener au Temple de Zeus, où il m'attendrait pour pouvoir me ramener à mon hôtel, et peut-être qu'il pourrait passer me chercher plus tard pour me faire découvrir une boîte de nuit, le Sarantidis, où, pour une somme modique, de ravissantes jeunes femmes sauraient me distraire. Contre toute logique, estimait-il, je déclinai son offre sympathique et rentrai directement au Mega. Là je pris un bain bienvenu, avant d'appeler le numéro qui figurait sur la carte de visite de Fischer – 80227 –, mais il était en dérangement. Du moins, c'est ce que je crus comprendre en écoutant l'opératrice grecque. Après un certain temps passé en Grèce, je décrétai que la guerre de Troie n'était pas la seule qui avait duré dix ans, le récit d'Homère également.

27

Si le capitaine Alois Brunner était de retour en Grèce, ce n'était pas mon problème, quoi qu'en dise le lieutenant Leventis, avec un certain talent, il fallait le reconnaître. Mais le devoir moral, c'était bon pour les philosophes et les instituteurs, pas les agents d'assurances débutants comme moi. Je ne désirais qu'une seule chose : rentrer à Munich, les poches pleines de notes de frais, avant de réussir à m'attirer plus d'ennuis que je ne pouvais raisonnablement en gérer. À cette fin, j'avais besoin, et vite, que Dumbo Dietrich déniche le professeur Buchholz à Munich pour connaître sa version des faits survenus à bord du *Doris*. Car il paraissait désormais évident que le naufrage de ce bateau et le meurtre de Siegfried Witzel étaient intimement liés, et seul Buchholz était probablement capable d'éclairer ce mystère. S'il était toujours en vie. Or je nourrissais quelques doutes à ce sujet. Et donc, dès le lendemain matin, je me rendis au bureau pour envoyer un télégramme à Munich Re, et par la même occasion je m'excusai auprès du pauvre Garlopis de la manière dont je lui avais parlé au Brettos.

« Ce n'est rien, monsieur. Je ne vous en veux absolument pas. Je sais, pour avoir souvent parlé avec la police, que n'importe quelle situation peut vite se transformer en tragédie, comme on dit chez nous. Ce flic pourrait transformer votre vie en enfer, si vous ne faites pas attention. La vôtre et la mienne.

– Laissez-moi vous offrir un verre quand même, je me sentirai mieux.

– D'accord, mais juste un. Et vite. Je ne voudrais pas être saoul avant le déjeuner.

– Je dirais la même chose si ce n'était pas de la nourriture grecque.

– Vous n'aimez pas la nourriture grecque.

– Rarement. Le déjeuner ressemble un peu trop au dîner à mon goût. Mais après quelques verres, c'est beaucoup moins important. »

Nous nous rendîmes au bar du Mega, non parce qu'il était plus agréable que les autres, mais parce que je continuais à guetter Georg Fischer et parce qu'après avoir déjeuné liquide, j'avais l'intention de remonter dans ma chambre pour lire le journal et faire une sieste, comme tout bon salarié. Après avoir bu son verre, Garlopis se leva pour prendre congé, pendant que je commandais un autre gimlet.

« Il faut que je retourne au bureau, dit-il. Au cas où le siège aurait décidé de répondre à votre télégramme.

– Bonne idée. Moi, j'attends ici.

– Herr Ganz ? » Garlopis m'adressa un sourire poli. « Pardonnez-moi de vous demander ça… Vous parvenez à faire votre travail en buvant des cocktails dans la journée ?

– J'ai toujours eu des habitudes décalées, mon ami. Quand j'étais inspecteur, il nous arrivait de débarquer sur une scène de crime en pleine nuit et d'aller boire un coup à six heures du matin. Le métier de flic, ça change votre vie. Pas dans le bon sens. Plus de dix ans après mon départ de la commission criminelle, mon foie continue à se comporter comme s'il vivait à proximité d'un insigne et d'un flingue. En outre, c'est la seule de mes mauvaises habitudes qui ne me met pas dans le pétrin. »

Garlopis se mordit la lèvre en entendant le mot « flingue » et me laissa entre les mains de Charles

Tanqueray. J'attendis un bon moment, sans voir apparaître l'homme qui se faisait appeler Georg Fischer, alors je tentai d'interroger le barman, en anglais.

« L'autre jour, j'étais là. Vous vous souvenez ?

– Oui, monsieur. Je me souviens.

– Il y avait un autre homme au bar. Il parlait très bien grec. Vous vous souvenez également de lui ?

– Oui. Un Allemand lui aussi, je crois. Comme vous.

– Vous l'aviez déjà vu ici ?

– Possible.

– Avec quelqu'un ?

– Je ne m'en souviens pas.

– Qu'est-ce que vous pouvez me dire sur lui ?

– Il a appris à parler grec dans le Nord. Pas ici, à Athènes. Ah, oui, ça me revient maintenant. Un jour, il est venu ici avec d'autres types. Ils parlaient français et arabe. Des Égyptiens, peut-être. L'un d'eux avait un journal. *Al-Ahram*. Un quotidien égyptien. L'ambassade d'Égypte n'est pas loin d'ici, en face du Parlement. Certains de ces gars viennent parfois boire un verre.

– Autre chose ? N'importe quoi. »

Le barman secoua la tête et se remit à essuyer les verres, une tâche pour laquelle il était sans doute plus doué que pour préparer des cocktails. Alors que je m'apprêtais à quitter le bar, elle entra : Elli Panatoniou, la probable sirène de Papakyriakopoulos.

Personne ne m'avait mis en garde contre cette femme, ni attaché au mât de mon bateau, mais lorsque je la vis pour la seconde fois, la partie de mon cerveau allouée habituellement à la réflexion semblait avoir été affectée par un puissant aphrodisiaque. En temps normal, j'aurais mis cette réaction sur le compte de l'alcool, d'autant que je tenais encore un verre dans la main, mais impossible de nier l'influence de son parfum, de la lueur dans son regard et du plateau généreusement garni qu'elle portait devant elle. Elle avait toujours sa mallette. Elle vint vers moi telle la flèche de Zénon, en ce sens que certaines parties de son corps semblaient figées, alors que d'autres étaient en perpétuel mouvement. Il existait des petites poitrines et des grosses poitrines (qui s'apparentaient à des plaisanteries, à en croire le dessinateur humoristique de *Playboy*), il existait des poitrines hautes, avec des tétons presque invisibles, et des poitrines tombantes capables de nourrir tous les pensionnaires d'une maternité, des poitrines qui vous faisaient penser à votre mère, et d'autres qui vous faisaient penser à Messaline, à Salomé, à Dalila et aux ursulines de Loudun, il existait des poitrines disgracieuses, et d'autres qui semblaient conçues pour faire tomber la cigarette coincée entre vos lèvres, à l'image de celle de Mlle Panatoniou, une poitrine parfaite qu'aurait pu admirer des jours durant toute personne qui aimait dessiner des paysages impressionnants comme les collines de Rome ou les hauteurs d'Abraham. Rien qu'en la regardant, vous aviez envie de monter une expédition, tels Mallory et Irvine, afin de conquérir ses sommets. Au lieu de cela, je descendis poliment de mon tabouret, en m'obligeant à réprimer ce que j'appelais, de manière risible, ma libido. Parvenant à détacher mon regard du chemisier blanc tendu, je lui serrai la main. Elle faisait de gros efforts pour donner un aspect accidentel à sa présence dans ce bar, mais en vérité, elle était moins étonnée de me voir là que je ne l'étais-moi-même de me trouver dans ce lieu à l'heure du déjeuner. Cela étant dit, je suis un sale type du genre soupçonneux depuis qu'ils ont commencé à vendre des billets de loterie perdants. Néanmoins, quand je décide de jouer les idiots, rien ne peut m'arrêter. D'autant qu'en la voyant là devant moi, tenant sa main dans la mienne, j'avais le plus grand mal à me servir de mon cerveau.

« En voilà une surprise, mademoiselle…

– Panatoniou. Mais vous pouvez m'appeler Elli.

– Christof Ganz. Elli, c'est le diminutif d'Elisabeth ? Ou bien portez-vous le nom de la déesse nordique qui a vaincu Thor à la lutte ?

– Je m'appelle Elisabeth. Mais pourquoi se sont-ils battus ?

– Ils étaient allemands. Nous sommes comme les Anglais. Nous n'avons pas besoin d'une raison pour nous battre. Quelques verres, quelques mètres de terrain vague et une dose de mythologie à la noix.

– Ce n'est pas ce qui manque en Grèce. Ce pays est rongé par la mythologie. Et la majeure partie a été écrite après 1945. »

Elle portait un tailleur noir à la coupe parfaite, avec une veste cintrée, dont les revers représentaient des claviers de piano, et une jupe fourreau aussi moulante que ses gants assortis. Elle était grande et ses cheveux châtain foncé n'avaient rien à envier à ceux de Raiponce pour la longueur. J'envisageais sérieusement d'en faire une échelle pour monter l'embrasser.

« Vous êtes venue ici pour me voir ou bien vous aimez ce bar, tout simplement ? »

Elle nous adressa, à moi puis au bar, un regard cinglant rempli de pitié, et s'assit sur un tabouret, en se dandinant afin de trouver la meilleure position, ce qui me permit d'admirer son postérieur aux courbes parfaites.

« Mon patron a rendez-vous avec quelqu'un à l'étage. Je lui apporte des documents dont il prétend avoir besoin. Nous travaillons tous les deux pour le ministère de la Coordination économique, rue Amerikis. Cet hôtel est fréquenté depuis toujours par des journalistes et des fonctionnaires du gouvernement, pour toutes sortes de raisons, dont aucune n'est respectable. C'est aussi pratique que le Grande-Bretagne, mais beaucoup moins cher.

– Je suis donc à ma place. Les choses chères ne m'intéressent pas.

– Comment avez-vous choisi cet hôtel, d'ailleurs ?

– C'est mon collègue.

– Il doit vraiment vous détester. Au cas où vous ne le sauriez pas, c'est le genre d'hôtel dans lequel on ne dort pas beaucoup. Ce n'est pas vraiment un asile de nuit, mais si un homme veut retrouver sa maîtresse pendant une heure ou deux, sans écorner son image, il l'amène ici. Autrement dit, c'est suffisamment cher, sans être trop cher. Et quand un membre du Parlement veut discuter avec un autre membre du Parlement, en secret sans que ce soit vraiment un secret, si vous voyez ce que je veux dire, il lui donne rendez-vous ici, au bar. D'où la présence de mon patron. Il veut faire croire au Premier ministre qu'il envisage de changer de camp, ce qui n'est évidemment pas le cas. Cet hôtel ressemble à un tama, un "tambour parlant".

– Le Premier ministre ne risque-t-il pas de flairer le piège ?

– Bien sûr que si. C'est un moyen pour mon patron d'envoyer un message important à Karamanlis sans lui adresser de note écrite, et sans qu'on puisse lui en tenir rigueur plus tard. Une note officialiserait son mécontentement. Une rencontre dans cet hôtel est un simple indice courtois.

– J'ignorais que la politique grecque était aussi subtile.

– Vous avez sûrement entendu dire que la guerre était la poursuite de la politique par d'autres moyens. Oui, forcément, vous êtes allemand. Eh bien, la politique, c'est une autre façon d'être grec. C'est ce que pensait Aristote, et il savait de quoi il parlait. Il a inventé la politique. À votre place, j'émigrerais au Grande-Bretagne. C'est beaucoup plus confortable. Mais pas avant de m'avoir offert un verre. »

Je fis signe au barman et Elli lui dit quelques mots en grec. Jusqu'alors, elle s'était adressée à moi en allemand.

« Vous parlez très bien grec. Pour une Allemande. »

Elle rit.

« Oh, vous êtes trop gentil. Pour un Allemand.

– Non, non, sincèrement. Votre allemand est parfait. Surtout votre accent. Ce qui veut dire que vous n'avez aucun accent. Et puis, l'allemand est une plus belle langue quand elle est parlée par une jolie femme. »

Elle accusa ce coup à la mâchoire sans rien dire, ce qui était la meilleure chose à faire. Je n'avais pas été capable de m'adresser à une femme depuis bien longtemps, et encore moins de lui faire des compliments. Ma bouche était trop petite pour mon esprit, comme si ma langue était devenue trop encombrante, trop pataude, comme un gros chien qui bave.

« Mon père travaillait pour la Norddeutscher Lloyd, dit-elle. La compagnie maritime. Avant la guerre, il était second à bord du SS *Bremen*. Quand le navire a pris feu et coulé en 1941, il est rentré au pays. Il m'a appris l'allemand car il était persuadé que vous alliez gagner la guerre et régner sur l'Europe.

– Et que s'est-il passé, en réalité ? Je devrais m'en souvenir, pourtant.

– Vous avez peut-être perdu la guerre, mais… ça ne s'est jamais vu, je crois… vous allez remporter la paix, on dirait. L'Allemagne va réussir à régner sur l'Europe malgré tout, dans le cadre de cette nouvelle CEE. La Grèce est impatiente d'y participer. Nous essayons d'être de bons Européens depuis la chute de Constantinople. Et dans l'ensemble, nous y arrivons, je suis heureuse de le dire. Sinon, je porterais sans doute un voile pour masquer mon visage.

– Ce serait une tragédie.

– Non, mais ce serait une épreuve. Pour moi. En Grèce, "tragédie" est synonyme de meurtre en général. Nous avons quasiment inventé le concept du noble héros vaincu par un défaut de caractère.

– En Allemagne, on connaît bien ça aussi.

– Ici, c'est la Grèce, Herr Ganz. Nous n'oublierons jamais rien.

– Pourtant, vous voulez rejoindre notre club ?

– Évidemment. Nous avons inventé l'hypocrisie, souvenez-vous. De fait, j'espère faire partie de la délégation grecque qui ira à Bruxelles faire du forcing auprès des Allemands et des Français l'an prochain. Mon français est correct. Je le dois à ma mère qui est à moitié française. Mais vous vous trompez au sujet de mon allemand. Je commets un tas de fautes.

– Je peux peut-être vous aider.

– J'ignorais que l'on pouvait s'assurer contre ce genre de fautes.

– Même si c'était le cas, je ne pourrais rien pour vous, Elli. Je ne vends pas d'assurances. J'enquête sur les sinistres. Mon travail consiste à décevoir les gens. Mais seulement quand eux m'ont déçu avant. Il y a dans le principe de l'assurance quelque chose qui fait ressortir ce qu'il y a de pire chez l'être humain. Certaines personnes savent flairer la malhonnêteté. J'en fais partie, je crois.

– Papakyriakopoulos a dit que vous aviez été policier. À Berlin. Et non pas professeur d'allemand.

– Exact. Mais je serais ravi de vous faire la conversation. En allemand ou en français. Nous pourrions nous voir de temps en temps autour d'un café ou d'un verre. Ici, par exemple, puisque c'est un endroit très couru. Quand vous ne serez pas trop occupée, évidemment.

– Celle-ci, on ne me l'avait jamais faite.

– Ça signifie que vous êtes d'accord ?

– Vous m'amusez, Herr Ganz.

– La prochaine fois, je porterai un canotier et une canne, s'il le faut.

– Je vous en crois capable. Si vous pensiez que ça pourrait me plaire. »

Elle aurait dû dire non, évidemment. Au moins, m'obliger à faire plus d'efforts pour avoir le plaisir de sa compagnie. Elle aurait pu me demander comment on disait « insistant » en allemand, et je ne lui en aurais pas tenu rigueur car elle aurait eu raison. Je me montrais insistant. Alors, je relâchai la pression un instant, curieux de voir sa réaction.

« Et votre père ? Vous ne parlez pas allemand avec lui ?

– Il est mort, hélas.

– Désolé.

– Mais vous avez peut-être raison. Nous pourrions éventuellement nous voir. Pour une petite conversation.

– Ce sont les meilleures.

– Vous n'aimez pas parler ?

– Ça dépend.

– De quoi ?

– De la personne à qui je parle. Dernièrement, j'ai perdu l'habitude d'être bavard.

– J'ai du mal à le croire.

– Pourtant, c'est vrai. Mais avec vous, je pourrais faire une exception.

– Bizarrement, je ne me sens pas flattée.

– Vous ne savez pas ? Rien de tel que de parler une langue étrangère avec un autochtone pour progresser. Dites-vous que vous êtes le cheval et moi l'empereur Charles Quint. »

Je continuais à la tester. L'insulte était délibérée.

Elle rit.

« N'avait-il pas une mâchoire incroyablement large ?

– Si. En ce temps-là, vous ne pouviez pas être roi si vous n'aviez pas une caractéristique bizarre. Surtout en Allemagne.

– Ce qui explique le physique de nos rois. Eux aussi sont allemands. Originaires du Schleswig-Holstein. Personne en Grèce n'a une aussi grande bouche. Mais il se trouve que vous avez raison : il n'est pas facile de parler allemand en Grèce. Pour des raisons évidentes.

– Le lieutenant Leventis se débrouille très bien. Presque aussi bien que vous. On pourrait l'inviter à participer à notre petit cours.

– Le lieutenant Leventis ? » Elle sourit. « Je ne pourrais pas le rencontrer sans que la moitié des Athéniens le sachent et en tirent des conclusions erronées. Sans parler du fait que nous avons des idées politiques totalement opposées. Nous passerions notre temps à nous disputer. Il est plus à droite que moi. Mais ne le répétez à personne. J'essaie de cacher mes opinions. Konstantin Karamanlis ne porte pas la gauche dans son cœur.

– Il n'y a pas de pellicule dans ma caméra, Elli. La politique ne m'intéresse pas. Et en Grèce, elle dépasse mon entendement. Surtout à gauche.

– Ça pourrait marcher, dit-elle, essayant une fois de plus de se convaincre. Pourquoi pas ? Je pourrais peut-être même réussir à comprendre un peu mieux le peuple allemand.

– Je connais ce sentiment.

– Vous croyez que c'est impossible ?

– Je ne sais pas. Mais quand vous penserez nous avoir compris, dites-le-moi. J'aimerais bien recueillir quelques indices moi aussi.

– Mon père disait que seuls les Autrichiens sont réellement faits pour être allemands. Il disait aussi que les Allemands, de leur côté, faisaient d'excellents Anglais, même si les uns et les autres rêvaient secrètement d'être italiens. C'était leur grand drame. Mais il aimait beaucoup les Allemands.

– Ça devait être un type formidable.

– Oui. »

Le barman lui apporta quelque chose de vert et froid dans un verre et elle trinqua avec moi en souriant.

« À la nouvelle Europe, dit-elle. Et à mes progrès en allemand. »

Je trinquai à mon tour.

« Vous croyez réellement à cette CEE ?
– Bien sûr. Pas vous ?
– J'aimais bien la vieille Europe. Avant que les gens commencent à parler d'une nouvelle Europe, la dernière fois. Et la fois d'avant.
– C'est uniquement en tirant un trait sur le concept d'États-nations que nous pourrons mettre fin au fascisme et à la guerre.
– Moi qui ai participé aux trois dernières, je lève mon verre à cette idée.
– Trois ?
– La guerre froide est une réalité, hélas.
– Nous n'avons rien à craindre des Russes. J'en suis convaincue. Ils nous ressemblent. »

Je ne relevai pas. Les Russes ne ressemblaient à personne. N'importe qui en Hongrie ou en Allemagne de l'Est vous l'aurait dit. Si un jour les Martiens traversaient l'espace pour envahir notre planète, avec leurs plans de conquête et de migration, ils se sentiraient chez eux dans la Russie soviétique.

« Si nous nous voyons pour des séances de conversation, évitons de parler de politique, dit-elle. Et ne faisons pas ça ici.
– Votre patron, hein ?
– Quoi, mon patron ?
– Il pourrait vous voir. »

Elle me regarda d'un air vide, comme si elle ne comprenait pas de quoi je parlais. Mais c'était peut-être à cause de mon allemand.

« Ici, précisai-je. Avec moi. En train de bavarder.
– Oui. En effet. Ça ne serait pas bien.
– Proposez un autre endroit, alors. Plutôt chic. Je peux faire des notes de frais et je n'ai personne à inviter à dîner ce week-end à part M. Garlopis. Le représentant de Munich Re à Athènes. Mais c'est un homme. Et il a un gros appétit. J'y gagnerai au change. Je suis si seul

ces temps-ci que je suis surpris de voir quelqu'un dans le miroir le matin.

– Si c'est ce Garlopis qui vous a pris une chambre au Mega, je vous conseille de le renvoyer. Je parie qu'il a un cousin qui travaille dans l'hôtellerie.

– Oui. Comment le savez-vous ?

– En Grèce, tout le monde a un cousin. C'est ainsi que fonctionne le pays. Croyez-moi sur parole. »

J'hésitais. Assis là, dans ce même bar où je m'étais déjà laissé duper par un menteur, je n'étais pas certain de croire ce qu'elle me disait, mais elle avait l'air d'une fille bien, et les filles bien ne croisent guère mon chemin. Cela étant dit, la vérité est rarement plaisante, alors, quelle importance qu'elle soit ici pour telle ou telle raison ? Les mensonges sont souvent le lubrifiant qui empêche le monde de se gripper et de cesser de tourner. Si tout le monde devenait subitement honnête, une nouvelle guerre mondiale éclaterait avant la fin du mois. Et si Mlle Panatoniou voulait me faire croire que cette rencontre était purement accidentelle, c'était son affaire. En outre, je ne voyais pas quel intérêt elle avait à me mener en bateau. Elle n'avait pas de contrat d'assurance chez Munich Re, je n'étais pas riche, je n'avais pas d'amis influents. Je n'avais même plus de passeport. Et je n'allais pas me persuader qu'elle était de ces femmes attirées par des hommes plus âgés car elles étaient en quête d'une figure paternelle. J'étais attiré par elle, certes, et alors ? Elle était très séduisante. Mais l'inverse ? Je n'y croyais pas. Aussi, pendant qu'elle était aux toilettes je fouillai sa mallette et, à mon grand étonnement, je découvris un objet plus mortel que quelques rapports critiques sur l'économie grecque. J'avais côtoyé les armes toute ma vie, et la seule chose qui me déplaisait en elles, c'était de les trouver cachées dans le sac d'une dame. Voilà que, soudain, tout le monde en ville semblait posséder une arme sauf moi. Celle-ci, un pistolet semi-automatique calibre 25 à six coups, était encore enveloppée dans l'emballage sulfurisé d'origine, sans doute afin de ne pas tacher l'intérieur du sac avec de la graisse. On les appelait des « *mouse guns* », des pistolets souris, car ils étaient petits et mignons. À en croire la rumeur. Je voyais les choses différemment. Découvrir qu'une femme possédait un Beretta 950, c'était comme découvrir qu'elle était le chat et moi la souris. Je supposais qu'il y avait suffisamment de mites dans cet hôtel pour faire des trous dans mes vêtements, je n'avais pas envie d'en avoir un autre dans le ventre.

Quand elle revint au bar, embaumant le savon et encore un peu plus le parfum, j'envisageai d'évoquer le Beretta, mais décidai de m'abstenir. Qui pouvait lui reprocher de se balader avec un flingue ? De l'avis général, les Grecs n'aimaient pas qu'on leur dise non, alors peut-être avait-elle besoin de défendre cette magnifique poitrine. Je me disais que tout se passerait bien entre nous tant que je n'essayais pas d'y toucher ; d'ailleurs son « petit » pistolet m'empêcherait certainement de me ridiculiser. Tant mieux. Je commandai donc une autre tournée et tout en faisant semblant de regarder le barman, j'essayai de reluquer du coin de l'œil le décolleté de Mlle Panatoniou, en toute discrétion, pour éviter qu'elle m'abatte comme le porc que j'étais sans doute. En mars 1957, voilà à quoi ressemblait ma vie sexuelle.

28

Le lundi 25 mars, l'Allemagne de l'Ouest, la France, la Belgique, l'Italie, le Luxembourg et les Pays-Bas signèrent le traité de Rome, donnant naissance à la Communauté économique européenne. De quoi faire oublier, sans doute, un traité de paix qui avait mené à la guerre, et empêcher l'éclatement d'une autre, comme me l'avait expliqué Elli Panatoniou. Mais quatre ans seulement après la fin de la guerre de Corée et après un autre conflit, plus bref encore, conclu récemment en Égypte, j'avais beaucoup de mal à croire que cette CEE annonçait une nouvelle ère de paix en Europe. Une guerre était si facile à déclencher, et si difficile à arrêter. Cette communauté d'intérêts économiques individuels paraissait presque sans rapport avec ce dont les gens, les vrais, avaient besoin.

Autre événement, plus important pour Garlopis et moi, Philipp Dietrich appela l'agence de Munich Re à Athènes, comme convenu avec Telesilla. Pendant que je prenais le coup de fil dans le bureau de Garlopis, j'observai celui-ci flirter avec sa secrétaire, tel un collégien obèse. Je n'entendais pas ce qu'il disait, mais la rouquine riait et, en dépit de ce qu'il m'avait affirmé, j'avais l'impression qu'ils étaient plus proches qu'il ne voulait me le faire croire. Mais cela ne me regardait pas. Il pouvait tout aussi bien draguer Jocaste, je m'en fichais.

« J'ai reçu votre télégramme, dit Dietrich. Cet inspecteur grec, ce Leventis, m'a l'air d'être un emmerdeur de première. Vous êtes sûrs de ne pas avoir besoin d'un avocat, Garlopis et vous ?

– Non merci. Je pense que nous n'avons rien à craindre pour l'instant. Si on lui met des avocats dans les pattes, il va nous jeter en prison, et je risque d'y rester plusieurs mois. De plus il serait dans son bon droit. Presque. Pour le moment, on est en liberté tous les deux. Tant que je joue les détectives pour l'aider à découvrir le meurtrier.

– Mais est-ce possible ?

– Je n'en sais rien. En tout cas, je peux lui faire croire que j'essaie. Ça devrait suffire. Ce n'est pas un mauvais bougre. D'après ce que j'ai découvert depuis mon arrivée ici, les Grecs en ont bavé pendant la guerre. Il estime que j'ai une dette envers lui. Parce que je suis allemand, sans doute. »

J'avais décidé de ne pas mentionner Alois Brunner. Les criminels de guerre nazis constituaient encore un sujet très sensible en Allemagne, pour la simple et bonne raison que tout le monde, ou presque, en avait connu un. Personnellement, j'en avais même connu plusieurs.

« Mais que s'est-il passé, nom d'un chien ?

– Garlopis et moi, on s'est rendus à une adresse où était censé habiter l'assuré, pour lui annoncer notre intention de rejeter sa demande d'indemnisation en attendant les résultats de l'enquête. Witzel portait une arme et, compte tenu des circonstances, on craignait pour notre sécurité, alors on est entrés par la porte de derrière. Et c'est là qu'on a découvert son corps. Quelqu'un l'avait abattu.

– Bon sang.

– Ensuite, les flics ont surgi et nous ont arrêtés tous les deux. On était au mauvais endroit au mauvais moment, voilà tout. Une histoire vieille comme le monde. Un tribunal bavarois aurait refermé le dossier en cinq minutes.

Mais le fait que je sois allemand n'arrange pas les choses ici. Avec leur amour de l'ironie cosmique, les Grecs seraient ravis s'ils pouvaient coller ce meurtre sur le dos d'un autre Allemand.

– J'en suis sûr. Les Allemands meurtriers, ça fait fureur ces temps-ci. Vous ne pouvez pas aller dans un cinéma sans tomber sur un nazi narquois qui torture une jolie fille. Écoutez, Christof, faites ce que vous jugez bon. M. Alzheimer est ravi de la manière dont vous avez géré cette affaire jusqu'à maintenant. »

Je n'en doutais pas une seule seconde. Économiser trente-cinq mille marks aurait fait sourire n'importe qui, même un nazi narquois.

« Nous regrettons, néanmoins, que cela se soit révélé plus compliqué que prévu. Et que vous ayez des ennuis avec la police.

– Ne vous inquiétez pas pour moi, patron. Je suis capable de me débrouiller. C'est un des rares avantages d'être allemand : on est habitués à subir les pressions de la police.

– N'empêche, si vous changez d'avis au sujet de l'avocat, notre service juridique me dit de vous recommander le cabinet Latsoudis & Arvaniti, au Pirée. Ils sont très efficaces. Nous les avons déjà engagés. »

Je pris un crayon et un papier pour noter, au cas où. Puis j'inscrivis le nom de Buchholz, et je le soulignai, comme pour inciter Dietrich à en venir au fait. J'ajoutai celui de Walther Neff, pour penser à demander, un peu plus tard, des nouvelles de mon collègue malade.

« J'ai l'impression que vous aurez besoin d'eux quoi qu'il en soit, ajouta Dietrich, compte tenu de ce que j'ai découvert ici à Munich. Je crois que ça ne va pas arranger notre affaire.

– Vous avez parlé au professeur Buchholz ?

– Oui.

– Et qu'a-t-il dit ?

– Pas grand-chose. Du moins, rien de compréhensible, étant donné qu'il a fait une crise cardiaque avant Noël qui l'a laissé paralysé de la moitié du corps. Il peut à peine parler. Il est à l'hôpital Schwabing, mais les médecins ne sont pas optimistes. »

Je traçai un petit rectangle autour du nom de Buchholz. Un rectangle en forme de cercueil, un modèle rudimentaire du genre de ceux qu'ils envoyaient par centaines sur le front de l'Ouest avant un assaut sur les tranchées ennemies, histoire de redonner le moral aux soldats.

« Mais ce n'est pas tout, reprit Dietrich. Je me suis également rendu à la Glyptothèque, dont il était le directeur adjoint. Là, ils m'ont affirmé qu'ils n'avaient jamais entendu parler d'une expédition en Grèce. Ni d'un accord conclu avec ce musée du Pirée. Franchement, je ne vois pas comment Buchholz pourrait même commander un taxi pour rentrer chez lui, et encore moins affréter le *Doris*. J'ai par ailleurs interrogé son épouse, qui m'a montré son passeport. Le professeur n'a pas quitté l'Allemagne depuis plus d'un an. Le dernier tampon de la douane grecque remonte à juin 1951. Conclusion, soit Witzel a menti, soit quelqu'un s'est fait passer pour Buchholz. Ce pauvre gars est un légume.

– C'est peut-être pour cette raison que quelqu'un l'a choisi sur l'étal.

– Que voulez-vous dire ?

– Vous vous souvenez de cette effraction au musée ?

– Oui, je m'en souviens.

– La police n'a jamais retrouvé le coupable. Ils ont accusé des enfants. Déjà, à ce moment-là, j'avais des doutes.

– Vous pensez que ces deux affaires sont liées ?

– Des gamins se seraient introduits dans le bureau du directeur adjoint sans toucher à la caisse ? Il y a quelque chose qui ne colle pas. Je crois plutôt que quelqu'un s'intéressait à son papier à en-tête. Aux cartes de visite.

Et à quelques petits objets en marbre que personne ne prendrait la peine de réclamer.

– Dans quel but ?

– Cette personne voulait peut-être persuader les autorités grecques qu'elle organisait une véritable expédition destinée à repêcher d'autres objets d'art anciens, plus volumineux, plus précieux. Quelques documents officiels, venus d'Allemagne, et quelques babioles en bronze et en marbre serviraient à donner du crédit à cette histoire. Et je pense que votre première hypothèse est sans doute la bonne. Soit il y a eu une invasion locale de profanateurs de sépultures, soit quelqu'un s'est fait passer pour le professeur Buchholz. La question est : qui ? Si j'arrive à le découvrir, la police grecque me laissera peut-être rentrer à la maison. De votre côté, voyez ce que vous pouvez dénicher sur Siegfried Witzel. Dossier militaire. Épouses. Le film sous-marin qu'il a réalisé. N'importe quoi.

– Entendu.

– Au fait, comment va Neff ?

– C'est complètement fou. Il a signé une décharge pour sortir de l'hôpital et depuis, il a disparu. La police le recherche. Sans résultat pour l'instant.

– Bizarre.

– Encore plus que vous l'imaginez. Sa femme pense qu'un flic du Präsidium est venu rendre visite au professeur chez lui, la veille de sa crise cardiaque, et pourtant, ils semblent ne rien savoir. »

Je n'avais jamais rencontré Walther Neff, mais sa disparition soudaine me mettait mal à l'aise, comme si, d'une manière ou d'une autre, elle avait un lien avec ce qui s'était passé à Athènes.

« Juste pour savoir, dans quel hôpital était-il soigné ?

– Le Schwabing. Comme Buchholz.

– Que pense sa femme de tout ça ?

– Pas grand-chose. Elle semble aussi perplexe que nous tous. Faites attention à vous, Christof. Et si vous avez besoin de quoi que ce soit, dites-le-moi. »

Je voulus ajouter quelque chose, mais un *clic* m'indiqua que Dietrich avait raccroché. Ce qui n'avait rien d'étonnant.

29

« Vous connaissiez bien Walther Neff ?

– Il est venu en Grèce plusieurs fois, répondit Garlopis.

– Ce n'est pas ce que je vous demande.

– Je le connaissais assez bien, oui. Plus qu'il le croyait, peut-être.

– Que pensiez-vous de lui ? »

Garlopis semblait gêné. Il ouvrit le tiroir de son bureau et le referma, sans raison apparente. La veille, je m'étais entretenu au téléphone avec Dietrich, et ce matin j'étais de retour dans les locaux de Munich Re à Athènes.

« Vous pouvez parler librement, dis-je. Je ne le connaissais pas, alors je me fiche que vous ayez une bonne ou une mauvaise opinion de lui. Je veux seulement en savoir plus.

– Je crois qu'il n'aimait pas beaucoup les Grecs. Ni les gens en général, d'ailleurs. Sauf les Allemands.

– Vous voulez dire qu'il était resté un peu nazi.

– On pourrait dire ça, oui. Une ou deux fois, il a incidemment fait des réflexions sur les juifs, responsables selon lui des malheurs qui s'étaient abattus sur eux. Un jour, il est tombé sur un vieux numéro de *Time* qui montrait Ben Gourion en couverture. Son visage était un masque de haine. Je n'avais jamais vu une haine si viscérale. Mais pourquoi vous me demandez ça ?

– Il a disparu de l'hôpital à Munich. Il a signé une décharge et il s'est enfoncé dans l'obscurité, si je puis dire. La police le recherche. Mais… je pense qu'ils ne le retrouveront pas. Ce genre de choses arrive fréquemment en Allemagne, hélas.

– Pourquoi ?

– Parce que le fantôme de quelqu'un reconnaît quelqu'un d'autre, qu'il a croisé durant la guerre. Des millions de personnes sont mortes, mais les gens oublient que beaucoup d'autres ont survécu. Trente mille déportés sont ressortis de Dachau. Trente mille témoins des exécutions massives. Mais il y a certainement, aujourd'hui en Allemagne, autant de gens qui ne sont pas ce qu'ils prétendent être.

– Ils vivent sous de fausses identités ? À cause de ce qu'ils ont fait durant la guerre ?

– Exactement. Selon moi, Walther Neff avait un passé secret, comme bon nombre de mes compatriotes. Peut-être vivait-il déjà sous un nom d'emprunt. Quelqu'un a découvert la vérité et menacé de s'en servir. Alors, Neff a fichu le camp avant d'avoir de nouveaux problèmes. De nos jours, c'est une histoire courante.

Était-il possible que Neff ait simulé une crise cardiaque après avoir lu l'article que j'avais rédigé sur le sujet, à la demande d'Alzheimer, pour le journal interne de la compagnie ?

« Je croyais qu'Adenauer menait une politique d'amnistie et d'intégration, dit Garlopis. Que de nombreux criminels de guerre nazis avaient été libérés. Quelque chose comme trente-cinq mille personnes, c'est bien ça ? Alors, pourquoi avoir peur d'être dénoncé, maintenant que votre gouvernement a mis fin à la dénazification ?

– Pour un tas de raisons. L'amnistie ne s'applique qu'en Allemagne. Elle ne s'appliquerait pas si un nazi venait s'installer ici, par exemple. Sans parler des journaux de centre gauche, évidemment, qui peuvent pourrir la vie des anciens nazis. En Allemagne, tout le monde ne soutient pas la politique du Vieux. Et puis, il ne faut pas oublier les forces de défense israéliennes. Personne ne peut dire de quoi elles sont capables. Il y a cinq ans, le parti d'extrême droite Herout a tenté d'assassiner Adenauer. Alors, j'imagine qu'il est préférable parfois de changer de nom et de disparaître. Comme cet Alois Brunner que traque le lieutenant Leventis. »

Garlopis demeura muet un instant. Puis il se leva et alla fermer la porte du bureau voisin, dans lequel Telesilla tapait du courrier.

« Je ne prétends pas que tous les Allemands sont mauvais, dit-il. Loin de là. Comme vous le savez, mon père lui-même était allemand.

– Qu'est-il devenu, d'ailleurs ?

– Il est mort il y a quelques années. Pendant qu'il prenait son petit déjeuner.

– Vous l'avez fini à sa place, je suppose. »

Garlopis grimaça.

« Pardon, Achilles. C'était une remarque déplacée. Je vous demande pardon. Ma seule excuse, c'est d'être berlinois. Nous sommes cruels de nature, étant donné que nous avons été les derniers païens d'Europe. Allez-y, racontez-moi votre histoire. C'est pour ça que vous avez fermé la porte, n'est-ce pas ?

– Oui. » Garlopis se ressaisit. « Il y a quelques années… durant l'été 1954, je crois, j'ai accompagné M. Neff sur l'île de Corfou, pour régler un sinistre maritime. Corfou est très appréciée des Italiens, du fait de sa proximité avec les côtes de leur pays. Les Italiens faisaient partie des forces de l'Axe, comme vous le savez, et pourtant, personne en Grèce ne leur en tient aujourd'hui rigueur. Contrairement à vous, les Allemands, ils n'ont jamais été des occupants très zélés. Et puis, évidemment, beaucoup d'entre eux ont été victimes à leur tour des nazis. En un sens, cela a joué en leur faveur.

» Un soir, nous étions attablés à la terrasse d'un café de la vieille ville, et un homme assis à une autre table ne cessait de regarder Neff. Celui-ci essayait de l'ignorer, mais au bout d'un moment, l'homme s'est approché et s'est présenté. Il disait être italien et venir d'un petit village près de Bologne : Marzabotto, je crois. Il a accusé Neff d'être un ancien SS et d'avoir participé au massacre de deux mille civils à la fin de 1944. Neff a nié, bien entendu, affirmant qu'il n'avait jamais appartenu à la SS. Mais l'homme n'en démordait pas, et il a commencé à dire à toutes les personnes présentes dans le café qu'il y avait parmi nous un criminel de guerre nazi. Neff, troublé et furieux, est parti précipitamment, m'obligeant à lui courir après. Par la suite, il a affirmé qu'il n'avait jamais mis les pieds en Italie, mais à ce moment-là, je savais que c'était un mensonge. D'abord, il parlait un peu italien. Ensuite, il m'avait confié un jour qu'il adorait Bologne. Aussi, je savais que cet homme dans le café disait la vérité. Autre détail, Neff enquêtait sur des sinistres survenus en Grèce et en France, jamais en Italie. Et une fois où il faisait très chaud, il avait ôté sa chemise, et j'avais lu les lettres AB tatouées à l'intérieur de son bras gauche. Plus tard, en lisant un article dans un magazine, j'ai compris qu'il s'agissait de son groupe sanguin, et que tous les Waffen-SS portaient un tatouage de ce type. »

Il alluma une cigarette et ajouta prudemment : « Je suppose que cela pourrait aider à identifier Brunner, si Leventis réussit à mettre le grappin dessus.

– Oui, vous avez sans doute raison. »

C'était un moment gênant, mais moins désagréable que la fois où, alors que l'Armée rouge n'était plus qu'à quelques jours de Königsberg et d'une reddition allemande inévitable, j'avais brûlé le tatouage indiquant mon groupe sanguin. Jugeant préférable de changer de sujet, je dis :

« Justement, ça me fait penser que je dois parler au lieutenant Leventis. Sans vouloir vexer votre cousin, je m'installe à l'hôtel de Grande-Bretagne cet après-midi.

– Ne vous excusez pas. Je dois avouer que le Mega n'est plus ce qu'il était. Mon cousin lui-même le reconnaît. Évidemment, c'est beaucoup moins cher, mais c'est Munich Re qui paie, je suppose, alors autant loger au Grande-Bretagne ? J'aurais dû y penser avant. Il faut dire que M. Neff préférait le Mega. C'est pour cette raison que je vous avais pris une chambre là-bas.

– Il vous avait dit pourquoi il aimait cet hôtel ?

– Le Grande-Bretagne vient à peine de terminer des travaux d'agrandissement. Ils ont ajouté quatre étages, et il n'a rouvert que récemment. Mais d'après mon cousin, M. Neff était en cheville avec la direction du Mega qui lui permettait de gonfler ses notes de frais. Par ailleurs, mon cousin avait l'impression que M. Neff connaissait certains des habitués. »

À la lumière des révélations concernant le passé de Waffen-SS de Neff, je me demandais si Alois Brunner ne figurait pas parmi ces connaissances, mais je ne voyais aucune raison d'évoquer devant Garlopis ma rencontre avec Brunner au bar du Mega. Cela ne servirait qu'à l'effrayer, comme moi. Je récupérai mon manteau et me dirigeai vers la porte.

« Vous allez quelque part ?

– Je me dis que je pourrais marcher jusqu'au mégaron Pappoudof pour informer de vive voix Leventis de mon changement d'hôtel. Histoire de donner l'impression que je le prends au sérieux. Les policiers aiment ce genre d'attentions.

– Vous le prenez vraiment au sérieux, n'est-ce pas ?

– Bien sûr. Je tiens à repartir d'ici sain et sauf.

– Vous m'en voyez ravi. Je n'aimerais pas finir au camp de Chaïdari au milieu de tous ces horribles criminels.

– J'ai connu beaucoup de criminels, et je peux vous assurer que, à l'exception des individus de l'acabit d'Alois Brunner, la plupart sont des gens ordinaires, comme vous et moi. Simplement, ils manquent d'imagination. Un crime est commis quand quelqu'un croit avoir une bonne idée et n'a pas assez de jugeote pour envisager les raisons qui font qu'en définitive il s'agit d'une mauvaise idée.

– N'empêche, je préfère éviter si possible de me retrouver là-bas. Pour mes enfants, vous comprenez. Ils vont au lycée Léonin, un des meilleurs établissements d'Athènes. Même s'il est vu d'un mauvais œil par certains parents qui ne sont pas à la hauteur des critères moraux imposés par les moines qui dirigent cette école. C'est la seule raison pour laquelle ma femme n'a pas encore divorcé. Voulez-vous que je vous accompagne, monsieur ?

– Non. Je préfère que vous restiez ici et que vous appeliez le Pr Lyacos au Musée archéologique du Pirée pour lui demander un rendez-vous. Il faut que je lui parle du Pr Buchholz. Et contactez cet avocat, Papakyriakopoulos, pour savoir si Arthur Meissner a accepté de me rencontrer. Je serai de retour dans une heure. Du moins, je l'espère.

– Bravo, monsieur. Nous ferons de vous un véritable Grec. Vous avez prononcé ce nom à la perfection.

– Je suis allemand, monsieur Garlopis. On a nous aussi quelques mots très compliqués, alors on est entraînés. Certains mots allemands sont si longs qu'ils sont partagés en différents fuseaux horaires. »

30

Dans son bureau du mégaron Pappoudof, j'annonçai au lieutenant Leventis que je changeais d'hôtel.

« Vous êtes venu jusqu'ici uniquement pour me dire ça, *Kommissar* ? Vous émigrez à l'hôtel de Grande-Bretagne ? Je suis déçu.

– J'ai pensé que ça pourrait vous intéresser, au cas où vous voudriez m'offrir un petit déjeuner, un matin. Vous pourrez sans doute apercevoir ma chambre de la fenêtre de votre bureau.

– Espérons qu'il n'y a pas de cadavre à l'intérieur.

– Seulement celui de ma vie amoureuse, sans doute. Quand ils auront retrouvé le corps, vous pourrez m'arrêter de nouveau.

– À quoi bon se donner cette peine ? Vous restez mon suspect numéro un dans l'affaire Witzel.

– Manifestement, vous êtes fâché avec les chiffres. Vous m'avez déjà livré le nom de votre suspect numéro un. Au mieux, j'arrive en troisième position.

– Qui est le numéro deux ?

– Garlopis.

– Ce n'est pas très loyal de votre part, *Kommissar*.

– Non, en effet. Mais il habite en Grèce, et moi en Allemagne. Et j'ai l'intention d'y retourner un jour. Voilà pourquoi je suis venu noter le numéro de ma chambre sur votre mouchoir, avec du rouge à lèvres.

– Avez-vous autre chose à me dire ?

– Absolument rien.

– Je vous le répète, *Kommissar* : j'avance à l'aveuglette et je compte sur vous pour me servir de chien. Alors, aboyez un peu, d'accord ? »

J'allumai une cigarette et soufflai la fumée vers le plafond haut. Le ventilateur ne tournait pas, signe que c'était encore, officiellement, l'hiver à Athènes. Leventis se renversa contre le dossier de son fauteuil, sans me quitter des yeux, attendant que j'ajoute quelque chose. Comme rien ne venait, il hocha la tête.

« Vous ne parlez pas quand vous n'avez rien à dire. Soit. Peu de gens savent en faire autant, à bon escient. Surtout ici. Vous possédez un certain talent dans ce domaine.

– Je n'apprends jamais rien en m'écoutant parler.

– Vraiment ? Alors, peut-être que je peux, moi, vous apprendre quelque chose d'intéressant.

– Ça changera.

– N'oubliez pas votre position, Ganz. » Il agita son index dans ma direction comme s'il sermonnait un vilain collégien. « Je vous trouve un peu trop impertinent pour un suspect.

– C'est ma façon d'être. Ça ne plaît pas à tout le monde. En particulier aux flics. Écoutez-moi, Leventis. J'ai promis de vous aider, pas de vous tresser une couronne d'olivier. Et nous savons tous les deux que je fais un piètre suspect. Puisque je suis arrivé sur le lieu du meurtre *après* le meurtre. Tout comme Garlopis. Il est temps de le reconnaître, monsieur le flic, ou sinon, vous êtes plus stupide que je le croyais.

– Je ne m'appelle pas monsieur le flic. Mon nom est Stavros P. Leventis. En revanche, vous pouvez m'appeler lieutenant. Et dans ce bureau, je ne suis pas obligé de reconnaître quoi que ce soit. Je laisse ça aux autres. Qu'y a-t-il de stupide là-dedans ?

– Rien. Le P, c'est pour quoi ?

– Patroclus. Mais gardez-le pour vous.

– Je m'en voudrais d'ébruiter un tel secret. Eh bien, qu'avez-vous de si intéressant à me dire, Pat ?

– La nuit dernière, la police municipale a arrêté un cambrioleur nommé Tsochaztopoulos. Mais tout le monde l'appelle Choc.

– Je comprends pourquoi.

– Il dirige tout un réseau de monte-en-l'air à travers la ville. Et c'est là que ça devient intéressant.

– J'attendais.

– Il affirme avoir été recruté pour cambrioler le bureau de Frizis à Glyfada. Il devait subtiliser le dossier d'un client sans laisser aucune trace, afin que l'avocat ne se rende compte de rien. Il dit qu'il a été payé pour faire ce travail par un type rencontré dans une boîte de nuit. Chez Lapin[1], à Kastella.

– Idéal pour les rendez-vous manqués. Cet homme, il a un nom ?

– Spiros. C'est tout.

– Ah, voilà qui réduit les recherches. Et ce client, il s'appelait comment ? »

Leventis sourit, patiemment.

« Choc devait chercher le dossier d'un certain Fischer. Georg Fischer. Il a fait le travail qu'on lui demandait. Il est entré et sorti ni vu ni connu. Quelques heures plus tard, il a remis le dossier à Spiros et il a touché son argent.

– Tout le monde était content, donc.

– Il se trouve que l'agenda de Frizis mentionnait un rendez-vous avec un certain Fischer quelques jours avant son assassinat.

– Rien d'étonnant, si c'était un client.

– Fischer est un nom allemand.

– Exact.

– J'espérais que vous auriez une théorie à ce sujet.

1. En français dans le texte.

– C'est le quatrième nom allemand le plus répandu. Là aussi, ça réduit les recherches.

– Allons, Ganz. Vous pouvez faire mieux que ça. Dans quel camp êtes-vous ?

– Dans quel camp ? Je ne connais même pas le nom des équipes qui sont sur le terrain. Et si je les connaissais, je ne pourrais certainement pas les prononcer.

– Vous savez quoi ? Je crois que j'ai laissé mon sens de l'humour dans un autre uniforme.

– Le propre ?

– Je ne voudrais pas être obligé de vous botter le cul, Ganz. J'aurais peur d'attraper la gangrène. Quel genre d'inspecteur étiez-vous ?

– Je portais une chemise et une cravate, j'allais au boulot tous les jours, j'avais un insigne, et parfois, on me laissait arrêter des criminels. Mais mes chefs s'en foutaient pas mal, ils étaient trop occupés à commettre des crimes de leur côté. Oh, rien de grave. Des crimes contre l'humanité, ce genre de broutilles. Écoutez, Pat… lieutenant… je gagnais ma vie et j'essayais de la protéger, je ne prêchais pas la première croisade. Laissez-moi vous poser une question. Avez-vous fait voir au dénommé Choc votre photo de Brunner ? Celle que vous m'avez montrée ?

– Oui. Il est certain que ce n'est pas l'homme qui l'a engagé pour ce travail.

– Hmmm.

– Qu'est-ce que ça signifie ?

– Hegel l'a expliqué un jour. C'est comme ça qu'on dit "Je réfléchis" en allemand. »

Au bout d'un moment, je secouai la tête, pour lui faire comprendre que j'avais fini de réfléchir.

« Vous en savez plus que vous ne le dites, je le sais. Ça se voit sur votre visage.

– Vous comprenez maintenant pourquoi j'ai renoncé au métier de criminel pour devenir flic. Bon, d'accord.

Peut-être que je sais quelque chose. Mais ne vous mettez pas en colère quand je vous le dirai. Je viens juste de faire le rapprochement. Je vous en dirai volontiers plus si vous me laissez vous offrir un verre de l'autre côté de la rue. »

Leventis prit sa casquette et se dirigea vers la porte en boutonnant sa tunique.

« Il y a deux choses que je flaire à cent mètres. Le ragoût de mouton de ma mère et un flic qui ment.

– Je vous le répète, une fois encore : je travaille dans les assurances.

– Selon moi, votre compagnie vous a engagé parce que vous êtes un ancien flic et parce que vous avez l'esprit tordu. Je fais exactement comme eux. Vous avez le métier de détective dans le sang, Ganz. C'est comme une maladie.

– Si vous voulez dire par là que je n'arrive pas à m'en débarrasser, vous avez raison. C'est une lèpre. Je n'arrête pas de m'entourer le visage de bandages, mais rien ne marche. J'ai peur de perdre mon nez un jour.

– Ce sont les risques du métier, chez tous les détectives. »

Sa secrétaire lui tendit ses gants et une sorte de badine et nous sortîmes du bâtiment.

Derrière le long bar en marbre du Grande-Bretagne était suspendue une tapisserie ancienne, de la taille d'un pare-feu dans un théâtre, décrivant le triomphe de quelque Grec de l'Antiquité qui n'était sans doute pas Hector étant donné qu'il pilotait un chariot, au lieu d'être traîné derrière. C'était un bar agréable, tranquille ; les prix y veillaient, tels des hoplites lourdement armés. Face à la tapisserie s'alignaient huit tabourets hauts et en s'asseyant au bar, on avait l'impression de contempler un écran de cinéma sur lequel était projetée une seule image, plutôt ennuyeuse. Un peu comme la télévision grecque. Parmi les nombreuses bouteilles exposées, ils avaient certainement un gin de qualité, et le barman connaissant manifestement la différence entre du citron vert frais et le sucre liquide verdâtre vendu en bouteille, je commandai un gimlet et le lieutenant un raki sur de la glace.

Nous sirotâmes nos verres poliment, mais j'en commandais déjà un autre, avec un paquet de cigarettes.

« Toutes les excuses passent mieux après un verre, dit Leventis. Alors, maintenant que vous avez bu le vôtre, je vous écoute, *Kommissar*.

– Très bien. Quand vous m'avez montré cette photo de Brunner, j'ai pris mon temps, hein ? En fait, je me creusais la cervelle, j'essayais de me souvenir où j'avais déjà vu ce type. En France ? En Allemagne ? Dans les Balkans ? Il m'a fallu tout ce temps pour comprendre que je fouillais dans les mauvais tiroirs. Je n'arrivais pas à me souvenir de lui parce qu'il n'était pas dans ma mémoire. Il était assis ici même, à l'extrémité de ce bar. »

J'avais choisi ce petit mensonge pour éviter que Leventis aille interroger le barman du Mega au sujet de Fischer, et découvre que je l'avais devancé.

« Vous voulez dire que Brunner était ici ? Dans cet hôtel ?

– Exactement. Dans ce bar. Il y a environ une semaine. On a bavardé comme le font deux hommes qui découvrent qu'ils viennent du même pays. Il m'a dit qu'il s'appelait Georg Fischer et qu'il était représentant en tabac. Il m'a fait goûter des Karelia. Et c'est tout. Je ne l'ai pas remis tout de suite car il avait une quinzaine d'années de plus que sur la photo. Moins de cheveux. Un peu plus de kilos peut-être. Une voix rauque comme s'il se gargarisait au brandy. On ne fait pas forcément le rapprochement entre un criminel de guerre nazi et un type sympathique rencontré dans un bar à Athènes. Mais quand vous avez prononcé le nom de Georg Fischer, dans votre bureau, ça a fait tilt.

– Vous ne me ferez pas avaler cette histoire.

– Pourtant, c'est la vérité. Les gens sont différents en uniforme. Par exemple, en vous regardant les gens peuvent penser que vous savez ce que vous faites. À mon avis, il a engagé la conversation car il me surveillait depuis mon arrivée à Athènes. Toujours selon moi, il cherchait Siegfried Witzel et il espérait que je pourrais l'aider. Malgré moi, évidemment.

– Ça pourrait être votre surnom, *Kommissar*.

– Il a attendu que Witzel se rende au bureau de Munich Re au coin de la rue, puis il m'a suivi quand moi j'ai suivi Witzel, jusqu'à l'endroit où il se cachait depuis le naufrage du *Doris*. Il y est retourné un peu plus tard, et il l'a tué. Witzel et lui se connaissaient probablement déjà avant la guerre. Je n'en suis pas certain, mais j'imagine que Witzel trempait dans une combine de vente d'antiquités grecques au marché noir. En supposant qu'il existe un marché noir pour ce genre de choses.

– Oh, que oui. C'est même un marché florissant. Nombreux sont les musées et les collectionneurs privés désireux de se procurer un peu d'histoire grecque à bas prix. Idem pour les trésors de l'Empire romain.

– J'enquête sur cette piste. J'espère en savoir un peu plus après avoir interrogé le directeur du Musée archéologique du Pirée. Il semblerait qu'un accord ait été conclu entre ce musée et un musée de Munich afin de partager les objets récupérés. Mais il s'agissait peut-être d'une couverture. Peut-être que Brunner voulait sa part lui aussi. Ou bien c'est une histoire de vengeance. Je ne sais pas. Mais si je devais émettre une hypothèse…

– Vous devez.

– Je dirais que Brunner est peut-être impliqué dans le naufrage du bateau. Mais j'ignore de quelle manière. Pour l'instant.

– Décrivez-moi Fischer.

– Joli costume. Montre en or, beau bracelet, plus belles manières encore. L'image même de l'homme qui a réussi.

Il parlait grec. Du moins, autant que j'ai pu en juger. Il lisait un journal grec et il semblait discuter sans problème avec le barman. Il m'a dit qu'il se plaisait ici. Et j'ai eu l'impression qu'il venait souvent dans ce pays.

– Rien d'autre ?

– Écoutez, j'ai beaucoup de défauts, mais protéger les criminels de guerre nazis n'en fait pas partie.

– C'est ce que vous dites.

– Très souvent.

– Et Meissner ? A-t-il accepté de vous rencontrer ?

– Là encore, la réponse est "peut-être".

– Ça fait beaucoup. Beaucoup plus que ne l'auraient toléré vos anciens supérieurs en Allemagne. D'après ce que j'ai entendu dire au sujet de la SS et de la Gestapo, ils n'aimaient pas les "peut-être". Ils préféraient les résultats concrets. Nous avons au moins ça en commun. Au cas où vous l'auriez oublié, mon chef à moi se nomme le capitaine Kokkinos, et c'est un homme impatient. Il pense que je devrais vous arrêter et vous en faire baver, vous et votre ami grec grassouillet. Il grimpe aux murs en voyant que je n'agis pas.

– Ayant vu vos murs, je pense que votre décoration n'en souffrira pas.

– Je serais obligé de perdre mon temps à écouter vos mensonges. Alors, je vais vous dire ce que je vais faire, Ganz. Dorénavant, vous me tiendrez informé de tous vos faits et gestes. Quoi que vous fassiez, je veux un rapport. Comme si vous étiez redevenu flic. Vous pouvez les faire taper par votre secrétaire. Si vous ne jouez pas le jeu, je vous enverrai croupir dans la cellule la plus retirée de Chaïdari. En isolement complet. Jusqu'à ce que vous craquiez. Je me fiche de Garlopis. Il dirait n'importe quoi pour échapper à la prison. Vous, c'est différent. Vous parlerez tout seul en moins de quinze jours. Car personne ne vous écoutera. Pas même moi. Peut-être que je vous oublierai. Nous sommes dans le berceau de la démocratie, mais si on veut, nous pouvons nous comporter de manière très antidémocratique. Alors, à vous de choisir. Confiez-vous à moi comme si j'étais votre père confesseur. C'est la seule façon d'obtenir l'absolution. Et de rentrer chez vous ensuite. »

Je hochai la tête, débordant de déférence et de coopération. : l'informateur le plus lâche jamais martyrisé par un policier. Mais je savais déjà que j'allais avoir besoin de ce cabinet d'avocats recommandé par Dietrich, et un peu plus tard dans la journée, je les appelai et obtins un rendez-vous le jour même où nous devions revoir le Pr Lyacos.

31

Le cabinet Latsoudis & Arvaniti était situé au coin de la rue Thémistocle, dans un immeuble moderne qui dominait le port principal du Pirée. D'où j'aurais pu prendre un ferry à destination d'une des îles. Après ma conversation avec le lieutenant Leventis, je l'envisageais sérieusement.

Garlopis avait enfin troqué l'Oldsmobile contre une Rover P4, plus petite, et pendant qu'il la garait, j'attendis dans l'église jaune sur la place. Si je ne m'étais pas dit que d'autres couillons avaient déjà essayé avant moi, j'aurais prié. Quand Garlopis vint me chercher, il m'expliqua que l'église était construite sur les ruines du temple d'Aphrodite. Étant un peu païen, et affectionnant beaucoup les déesses en général, je répondis qu'on y perdait au change.

Dans les bureaux du cabinet, nous fûmes reçus par deux avocats, qui ne s'appelaient ni l'un ni l'autre Latsoudis ou Arvaniti, et qui nous annoncèrent, dans un mélange de grec, d'anglais et de tabac turc à la fumée âcre, que nous avions toute leur sympathie, que l'un d'eux se ferait un plaisir de nous représenter au tribunal, que cette situation était typique d'Athènes, et que la police valait à peine mieux que l'armée. C'étaient tous des fascistes pour qui la torture et la violation des droits de l'homme constituaient une seconde nature. Quant au capitaine Kokkinos, convaincu d'avoir un avenir politique, il s'imaginait très bien en dictateur. Mieux valait, nous conseillèrent-ils, faire exactement ce qu'ils nous demandaient si nous ne voulions pas connaître le sort de nombreux combattants communistes de l'ADG et de membres du KKE, et nous retrouver sur l'île de Makronissos ou, pire encore, emprisonnés au Bloc 15, où les avocats n'étaient pas admis et où régnaient des conditions de détention inhumaines, même d'après les critères en vigueur chez les nazis. Tout cela n'était pas fait pour me rassurer, mais tandis que nous quittions le cabinet, Garlopis me dit que je ne devais pas prendre leurs paroles trop au sérieux. Ces deux avocats exprimaient le point de vue des habitants du Pirée, qui n'aimaient pas les Athéniens, ce qui me surprit étant donné que Le Pirée se trouvait à cinq kilomètres seulement du centre de la capitale grecque.

« Selon moi, nous serions mieux défendus par un cabinet d'avocats local, dit Garlopis comme nous nous dirigions vers le Musée archéologique pour notre second rendez-vous avec le Pr Lyacos. Celui que j'ai recommandé à ce pauvre M. Witzel, par exemple.

– Encore un cousin à vous, je suppose ?

– Non. Même si j'ai de la famille dans le milieu juridique. L'oncle de mon épouse est avocat à Corinthe, mais je ne souhaiterais pas à mon pire ennemi d'être défendu par lui. Pégase lui-même s'enfuirait à tire-d'aile plutôt que d'engager un homme comme Ioannis Papageorgopoulos.

– Je n'aimerais pas être obligé de graver sa plaque professionnelle.

– Je suis sûr que M. Dietrich a raison de considérer que le cabinet Latsoudis & Arvaniti est tout à fait compétent et respectable. Mais si c'était mon argent, je choisirais un cabinet d'Athènes. Comme celui qui se trouve dans notre immeuble.

– Pourquoi ne me l'a-t-il pas recommandé, alors ?

– Parce que les étrangers ne peuvent pas comprendre l'antipathie qui existe entre Le Pirée et la capitale. Il faut vivre ici pour s'en rendre compte. Le Pirée est à la porte d'Athènes, mais il pourrait tout aussi bien se trouver à des centaines de kilomètres tant est vive la haine entre ces deux villes. Jamais un habitant d'Athènes ne se ferait représenter par un cabinet du Pirée. Et inversement. Peut-être aimeriez-vous que je vous explique pourquoi, monsieur ?

– Pas aujourd'hui.

– Oh, il faudrait beaucoup plus longtemps que ça.

– Je m'en doutais. Ça ressemble beaucoup à la haine entre Munich et Berlin. Personne d'autre ne peut comprendre. »

Au musée, le calme régnait. Nous étions un peu en avance pour notre rendez-vous avec le Pr Lyacos, aussi, nous nous promenâmes pendant quelques minutes au milieu des nombreux objets exposés. Tout en me faisant la remarque que les nazis avaient réussi à donner un petit air fasciste à toute la statuaire antique (n'importe laquelle de ces colossales figures de bonze aurait pu être réalisée à toute vitesse, sur ordre de Hitler, par un larbin dans le genre d'Arno Breker), j'avais la tête ailleurs. Les dernières paroles du lieutenant Leventis me préoccupaient, et pour la première fois depuis des mois, je sentis que j'avais besoin d'une assurance tous risques.

Le Pr Lyacos portait un œillet jaune au revers de sa veste beige et un nœud papillon assorti. Ses cheveux précédemment grisonnants étaient beaucoup plus jaunes eux aussi, comme tachés par la nicotine, ce qui lui donnait l'apparence d'un mystique soufi teint au henné, ou du plus vieux soprano du chœur de l'église. Même la fumée de sa pipe en merisier semblait vaguement jaunâtre. Bref, il y avait beaucoup trop de jaune dans la pièce. J'avais l'impression de regarder à travers une bouteille de brillantine.

« Merci de nous recevoir de nouveau, monsieur », dis-je, et je lui expliquai pourquoi le vrai Pr Buchholz ne pouvait pas l'avoir rencontré au Pirée.

Le Pr Lyacos me regarda par-dessus ses lunettes demi-lunes avec l'air d'un juge dyspepsique. Garlopis fit office de traducteur.

« Vous me traitez de menteur ? demanda le professeur.

– Non, monsieur. Nullement. Je dis que l'homme que vous avez rencontré était un imposteur. Qui se faisait passer pour le véritable Pr Buchholz.

– Qui était-ce, alors ?

– C'est ce que j'espère découvrir. Et je pensais que vous pourriez peut-être me décrire cet homme. »

Lyacos ôta ses lunettes, les rangea dans un étui et massa l'extrémité de son nez fin comme un crayon.

« Voyons… La soixantaine. Costaud. Obèse. Grand. Aussi grand que vous, peut-être. Avec des cheveux argentés. Et un pantalon qui remontait presque jusqu'à la poitrine. Il parlait plutôt bien le grec, pour un Allemand. » Il ralluma sa pipe et réfléchit un instant. « Un peu imbu de lui-même, je dirais… Finalement, peut-être qu'il avait juste la cinquantaine.

– Autre chose ?

– Non, désolé. C'est tout ce que je peux vous dire. Ses autorisations étaient en règle. Elles venaient directement du ministère. Et les signatures étaient authentiques. Ces documents ne pouvaient pas être des faux. Mais…

– Mais quoi ?

– On a déjà vu, dans ce pays, des fonctionnaires se laisser soudoyer. Attention, je ne dis pas que c'est le cas ici. À vous de le déterminer. Nous nous sommes habitués à l'idée que nos dirigeants nous mentaient et qu'ils étaient corrompus. La plupart des Grecs s'en fichent. C'est comme ça. Sinon, pourquoi voudraient-ils devenir fonctionnaires ? Néanmoins, vous me surprenez. L'homme qui était assis là, à votre place, m'a paru très raffiné, cultivé. Il avait tout d'un professeur d'université. Mais voilà qui expliquerait ses erreurs au sujet des objets découverts sur le lieu du naufrage par Herr Witzel. Si vous vous souvenez, je vous ai dit que le professeur les avait datés de la période helladique tardive, alors qu'ils étaient assurément beaucoup plus anciens.

– Merci de votre aide, dis-je. Puis-je vous poser une dernière question ? En supposant que cet homme ait eu l'intention de spolier votre musée d'une partie du trésor retrouvé au fond de la mer, pouvez-vous me dire s'il existe un marché pour ce genre d'objets ? Autrement dit, est-ce que ça rapporte ?

– Oh, oui. Et une grande partie de ces antiquités transitent par Le Pirée. Égyptiennes, byzantines, islamiques, grecques, faites votre choix. La plupart finissent entre les mains de collectionneurs privés aux États-Unis, mais aussi dans de modestes musées qui tentent de se faire connaître. Le marché noir des antiquités représente une grosse somme d'argent, et de nos jours, ça se déroule à l'échelle industrielle. Un buste romain du IIe siècle, en bon état, peut valoir jusqu'à cinquante mille dollars. J'ai entendu dire que Nasser vendait des œuvres d'art datant de l'Égypte antique pour acheter illégalement des armes. » Il tira sur sa pipe. « Vous croyez que cet homme poursuit le même objectif ?

– Je n'en sais rien. Mais je n'en vois pas de meilleur.

– Ma secrétaire, Kalliopi, a passé autant de temps que moi avec lui. Peut-être pourra-t-elle vous fournir d'autres informations. »

Lyacos décrocha son téléphone pour faire venir sa secrétaire dans le bureau. Quelques minutes plus tard, une forte femme d'une cinquantaine d'années aux cheveux gris entra. Entièrement vêtue de noir, elle ressemblait à une tente de Bédouin mal montée. De loin, elle paraissait très bien ; de près, j'avais besoin d'un bon opticien. Non qu'elle soit vilaine, ni même d'un physique ingrat, mais elle avait atteint un stade de la vie où l'amour romantique était une porte verrouillée qui n'avait plus besoin de clé. Je lui expliquai le sens de ma visite et attendis.

Elle frotta sa barbe naissante, fit rouler ses yeux dans leurs orbites, et se mit à parler en grec. Garlopis traduisit simultanément.

« Il était grand… Environ un mètre quatre-vingt-cinq. En surpoids. Il avait du mal à respirer. Une mauvaise haleine. Il fumait beaucoup. Il marchait en canard… Des cheveux argentés… des yeux marron, globuleux, quasiment pas de cils… Le regard fuyant… Il avait de belles mains, manucurées. Et il tapotait les extrémités de ses doigts quand il réfléchissait… Les poches de sa veste étaient pleines… Il parlait bien le grec… Il avait une jolie montre… »

Elle avait vu une affiche de film près de chez elle, non loin de la rue Epirou. Sur cette affiche, il y avait un acteur américain qui ressemblait exactement au Pr Buchholz. Ou plutôt à l'homme qui se faisait passer pour le Pr Buchholz. Ce n'était pas l'acteur principal… Un simple second rôle… Non, pas Orson Welles… Elle avait oublié le titre du film.

Je regardai ma montre et constatai que le musée allait bientôt fermer.

« On pourrait peut-être conduire cette dame chez elle, suggérai-je. Elle nous montrera cet homme. Sur l'affiche, je veux dire. Si le Pr Lyacos n'a plus besoin d'elle. »

Une demi-heure plus tard, nous nous arrêtâmes devant le cinéma Royal. Le film projeté était *Le Masque de Dimitrios*, avec Peter Lorre et Zachary Scott. Un génie du mal en quête d'argent et de plaisir, pouvait-on lire. Je ne l'avais pas vu. J'avais eu ma dose de génie du mal. Mais Garlopis, lui, l'avait vu. Plusieurs fois même.

« C'est un film très populaire à Athènes. Je crois qu'il se joue toujours dans un cinéma quelconque. Sans doute parce que l'action se passe en partie ici et à Istanbul. »

Mais Kalliopi ne désigna aucun de ces deux acteurs. Elle montra un homme obèse, portant un pardessus, une écharpe à pois et un chapeau melon. Il tenait un Luger.

Elle en avait fait une bonne description, digne d'un portraitiste de la police. Mais elle s'était trompée sur un point : ce gros type était le personnage principal du film. C'était un acteur anglais nommé Sydney Greenstreet.

« Je crois qu'il joue le rôle de M. Peters », dit Garlopis.

Kalliopi se souvint d'un autre détail avant de rentrer chez elle.

« Il avait une mauvaise dentition, traduisit Garlopis. À cause du tabac, sans doute. Et il avait une dent en or, au milieu, en haut.

– Je vois.

– Apparemment, on cherche une version allemande de Sydney Greenstreet », résuma Garlopis, inutilement car je savais maintenant qui était cet individu, décrit de manière si méticuleuse. Kalliopi avait brossé le portrait d'un homme que je connaissais personnellement, celui-là même qui m'avait fait engager chez Munich Re, en échange du service que je lui avais rendu avant guerre.

Elle avait décrit dans les moindres détails et sans aucun doute possible Max Merten.

32

Quand nous regagnâmes le bureau d'Athènes, Telesilla nous attendait patiemment pour rentrer chez elle, avec un gros cabas rempli de provisions. Mais elle prit le temps de transmettre ses messages à Garlopis et de rédiger le télégramme que je lui dictai rapidement, pour demander à Dietrich de contacter Max Merten à Munich. Lors de notre dernière rencontre, il m'avait annoncé qu'il partait en vacances. En réalité, il avait l'intention de se faire passer pour un professeur allemand spécialiste d'hellénisme afin de monter une expédition destinée à récupérer au fond de la mer Égée des trésors antiques qu'il vendrait ensuite au marché noir. Tout à fait le genre d'activité auquel se livrent les avocats allemands durant leurs loisirs, quand ils ne détournent pas discrètement des fonds. Si Dumbo Dietrich ne trouvait pas Merten, j'en déduirais qu'il se cachait quelque part en Grèce, jusqu'à être sûr qu'Alois Brunner n'était pas à sa recherche, à moins qu'il n'essaie de dénicher un autre bateau, sans savoir que son ami l'homme-grenouille était mort. Quoi qu'il en soit, j'étais désormais convaincu qu'il était venu dans ce pays.

L'idée que Max Merten ait pu me prendre pour un imbécile me tracassait. Mais je ne voulais surtout pas me voir privé de mon nouveau travail, ennuyeux et relativement bien payé, avant même d'avoir reçu ma voiture de fonction. Autre possibilité préoccupante : Christian

Schramma, l'inspecteur de la criminelle, était au service de Merten depuis le début, alors que je le soupçonnais de chercher à le doubler, et les meurtres du donateur du GVP, le général Heinrich Heinkel, et de son ami de la Stasi, à Bogenhausen, avaient été commandités par Merten lui-même. Et moi, comme un idiot, j'avais insisté pour qu'il garde l'argent, ce qui était sans doute son objectif initial. De quoi financer une petite expédition en Grèce, car affréter un bateau, ça coûtait cher, même quand ce bateau avait été volé à des juifs.

Ma décision était prise : j'allais me rendre à Hermione, la petite ville du Péloponnèse, où, d'après Witzel, le canot de sauvetage du *Doris* avait touché terre, histoire d'interroger les garde-côtes. Je ne savais pas ce que j'espérais apprendre, mais au moins, je ne resterais pas assis dans ce bureau, les bras croisés, à attendre qu'Arthur Meissner veuille bien me recevoir dans sa cellule ou que Dumbo Dietrich réponde à mon dernier télégramme. En outre, je devais donner *l'impression* de faire quelque chose, pour ne pas avoir le lieutenant Leventis sur le dos. Autrefois, j'avais rencontré quelques flics intimidants – Heydrich, Nebe et Mielke, pour ne citer que ces trois-là –, et même si Leventis n'était pas un meurtrier comme eux, il était très efficace à sa manière.

« Maître Papakyriakopoulos a appelé pendant notre absence, me dit Garlopis après que Telesilla fut partie au bureau de poste. Arthur Meissner accepte de nous rencontrer vendredi soir.

– C'est une bonne chose. Même si, à vrai dire, je ne sais pas ce que je vais lui demander. Ni comment je vais pouvoir égayer son week-end. Et le mien par la même occasion.

– N'avez-vous pas dit au lieutenant Leventis que vous sauriez le convaincre de vous livrer des informations sur Alois Brunner ?

– Il fallait bien que je lui dise quelque chose. C'est le genre de flic capable de dénicher tous les crimes de la Bible et de dénoncer les coupables. Mais de vous à moi, je ne vois pas pourquoi Meissner m'apprendrait du nouveau. Leventis ne lui offre presque rien. Il promet d'intervenir en sa faveur s'il livre des informations utiles sur Brunner. Personnellement, ça ne m'inciterait pas à cracher le morceau. Et s'il ne sait rien ? On se retrouve au point de départ.

– Oui, je vois le problème. Et je dois dire que tout cela est très inquiétant. »

Je posai la main sur son épaule, dans un geste que je voulais rassurant.

« Je pense que Leventis ne s'intéresse pas à vous. Alors, cessez de vous inquiéter. C'est moi qu'il veut envoyer moudre du grain à Gaza.

– Parce que vous avez été inspecteur à Berlin.

– Exact. Un inspecteur allemand aide un inspecteur grec à résoudre le meurtre d'un Allemand.

– Oui. À Athènes on peut comprendre ce genre de dialogue socratique.

– Ce qui compte, c'est qu'à ses yeux, vous êtes un moins-que-rien.

– C'est gentil de dire ça, monsieur. En fait, je me suis renseigné sur ce Leventis, pour savoir si ma première impression concernant les possibilités de corruption était la bonne.

– Et ?

– De l'avis général, il a la réputation d'être d'une honnêteté intraitable.

– Ce sont ceux qui coûtent le plus cher à corrompre.

– Ça ne veut pas dire que c'est impossible, monsieur.

– Certes, mais la première fois que vous l'avez vu, vous avez eu le sentiment qu'on ne pouvait pas l'acheter.

– En Grèce, personne n'est incorruptible. Les sociétés, les juges, les Premiers ministres, les rois – surtout eux –, tout le monde touche son *fakelaki*, sa petite enveloppe. Le tout, c'est de savoir ce qu'on met dedans. Même un homme tel que Stavros Leventis ne pourrait probablement pas rester insensible à cinq mille drachmes. Et encore moins à dix.

– Je pourrais aller jusqu'à mille, en utilisant mes notes de frais. Mais pas plus. »

Garlopis alluma une cigarette.

« M. Dietrich pourrait-il autoriser ce genre de dépense, à titre exceptionnel ?

– Ça m'étonnerait.

– Pas même pour l'homme qui leur a évité de débourser deux cent cinquante mille drachmes pour le *Doris* ?

– Je doute qu'ils raisonnent de cette manière. Je n'ai fait que mon travail.

– Dans ce cas, nous voilà contraints de trouver d'autres moyens de financement. Au cours de votre enquête vous aurez peut-être l'occasion de commettre un petit larcin. Auquel cas je vous conseille de la saisir.

– À vous entendre, il suffit de se baisser dans cette ville pour trouver cinq mille drachmes. Je ne pense pas.

– Vous avez tort. Puis-je vous faire une suggestion ?

– Allez-y.

– Le chèque certifié d'un montant de vingt-deux mille drachmes, à l'ordre de Siegfried Witzel.

– Il était sur la table dans la maison de Pritaniou, où il a été assassiné. Je suppose que la police l'a conservé comme pièce à conviction.

– Vous supposez mal. » Garlopis sortit de son portefeuille le chèque en question. Qu'il me tendit avec un grand sourire. « J'ai pris la liberté de le subtiliser quand nous avons quitté la scène de crime. Vous aimeriez que je vous explique pourquoi, je présume ?

– Allez-y. Pendant ce temps, j'essaierai de trouver la véritable raison.

– Par mesure de prudence. Au cas où un de ces policiers en uniforme serait tenté de le voler.

– Vieux renard. Mais comment va-t-on faire pour…

– J'ai un cousin, monsieur, qui travaille à la Banque Alpha. Je pense qu'en échange d'une petite commission, il pourra nous aider. Évidemment, il faudra prendre soin d'encaisser le chèque dans une petite agence en dehors d'Athènes, à Héraklion ou à Corinthe, par exemple. Ainsi, on aura l'impression que le chèque a été présenté avant le malencontreux décès de Siegfried Witzel. Mais ça ne devrait pas être trop difficile pour un Allemand, avec l'aide d'un Grec s'entend.

– Vous êtes un homme plein de ressources, Garlopis.

– Allez dire ça à Mme Garlopis. »

Je lui tapotai l'épaule.

« Le mariage, c'est l'enfer. Mais la solitude, c'est pire.

– Exact.

– Je ne dis pas qu'il faille soudoyer le lieutenant. Mais on doit avoir les moyens de le faire, au cas où ça deviendrait nécessaire. Alors, allez-y, arrangez-vous pour faire encaisser ce chèque.

– Sage précaution, monsieur.

– Pourrais-je voir cette carte de la Grèce qui est dans le tiroir ?

– Laquelle, monsieur ? On a en a plusieurs.

– Le Péloponnèse. Je vais aller faire un tour à Hermione demain. Je pourrai peut-être glaner quelques informations sur ce qui est arrivé à Witzel et compagnie quand ils ont débarqué, après le naufrage du *Doris*. Comme ça, Leventis croira que j'enquête pour de bon. Vous pourriez peut-être avoir l'amabilité de l'en informer ?

– Bonne idée. »

Je n'avais pas encore dit à Garlopis que j'avais identifié l'homme décrit par Kalliopi, que Max Merten était le sosie de Sydney Greenstreet, et que je le connaissais. Après ce que m'avait dit Leventis au sujet de Garlopis, je jugeais préférable de ne pas le mettre dans le secret, pour l'instant du moins.

Il sortit la carte du tiroir et me la tendit. Je la dépliai sur le bureau.

Un simple coup d'œil à cette carte suffisait à comprendre les guerres de l'Antiquité. La Grèce se composait essentiellement de deux étendues terrestres, une péninsule sur une péninsule, séparées par le golfe de Corinthe. Jusqu'en 1893, date d'achèvement du canal du même nom, les deux presqu'îles étaient reliées par une bande de terre d'environ six kilomètres de long qui n'évoquait rien tant que l'accouplement de deux animaux : le Nord montait le Sud, ou Athènes montait Sparte, en fonction de votre façon de voir les choses. Le reste de la Grèce n'était que des centaines d'îles, grâce auxquelles ce pays possédait sans doute le plus long littoral d'Europe, et sans doute la population la plus indépendante et ingouvernable au monde. Comment l'Allemagne nazie avait-elle pu espérer contrôler la Grèce, cela demeurait pour moi un mystère, comme pour le haut commandement sans doute, voilà certainement pourquoi, jusqu'à la chute de Mussolini, ils avaient confié la gestion du Péloponnèse aux Italiens. De fait, l'invasion de la Grèce, plus encore que celle de l'Union soviétique, constituait une preuve de la folie de Hitler.

Je promenai mon doigt le long de la côte sinueuse.

« Hermione est à deux ou trois heures de route, je dirais.

– Nous avons intérêt à partir tôt, dit Garlopis.

– J'ai d'autres plans pour vous. Il vaut mieux que vous restiez ici pour contacter votre cousin à la banque.

– Vous aurez besoin d'un interprète. Hermione est un petit port. Ils mangent encore du *kororetsi*. Et croyez-moi, vous n'auriez pas envie de savoir ce que c'est. Ces gens sont des paysans. Vous ne trouverez personne qui parle anglais là-bas, et encore moins allemand.

– Ne vous inquiétez pas. Je vais emmener quelqu'un qui parle allemand. Une personne d'ici. Bien plus jolie que vous.

– Vous m'intriguez, monsieur.

– Bien malgré moi. On sera de retour avant ce soir, je pense.

– Est-ce qu'il ne s'agirait pas de cette employée du ministère de la Coordination économique, par hasard ? Mlle Panatoniou ? Cette très jolie femme qui était au Brettos et qui, m'avez-vous dit, souhaite améliorer son allemand ?

– En effet.

– Enseigner une langue étrangère dans ces conditions est un vrai bonheur. C'est une beauté. J'avoue que je suis impressionné.

– Il n'y a pas de quoi.

– Si vous me permettez cette question, monsieur, sait-elle que Leventis a menacé de vous envoyer en prison ?

– Non. Elle sait seulement que j'enquête sur la disparition du *Doris*. Et j'imagine que M. Papakyriakopoulos lui a dit que j'avais demandé à voir son client. Mais pour l'instant, elle ne m'en a pas parlé.

– Donc, à première vue, elle vous accompagne uniquement pour le plaisir d'être avec vous. Intéressant.

– N'est-ce pas ? En toute franchise, j'ignore pourquoi elle a accepté de passer cette journée en ma compagnie. Mais j'ai bien l'intention de prendre du bon temps en le découvrant. »

33

« C'est la gauche qui a constitué l'ossature de la résistance à l'occupation allemande, m'expliqua Elli. Et pour cette raison, elle a obtenu le droit de gouverner la Grèce après la guerre. Mais par respect envers ses alliés, Staline a ordonné au KKE d'éviter un affrontement avec le gouvernement grec en exil, conduit par Papandréou. Les Britanniques, de leur côté, ont encouragé Papandréou à s'attaquer au KKE ; ils sont allés jusqu'à envoyer des chars et des unités d'infanterie indiennes pour le soutenir face à la population d'Athènes, favorable à la gauche et au KKE. Alors que les relations entre les Alliés se détérioraient, la Grèce est devenue une sorte de protectorat britannique. Le roi est revenu à Athènes et la CIA a entrepris d'équiper et de former l'armée grecque, dans le but d'éradiquer les communistes grecs, également trahis par Tito en Yougoslavie. »

L'intérieur de la Rover P4 était tout de cuir rouge, de noyer verni et de tapis épais, une horloge faisait tic-tac en silence : on se serait cru dans un club privé anglais. Sur le siège en cuir rouge, Elli Panatoniou était superbe. Mais elle l'aurait été tout autant sur une pile de vieux pneus. J'essayais de garder mes beaux yeux bleus sur la route sinueuse qui menait à Hermione, mais ils ne cessaient de revenir se poser sur ses genoux bien faits, la limite clair-obscur de ses bas noirs et le canal de Corinthe de son décolleté. Savourer furtivement tout ce qui fait d'une jolie femme une jolie femme est peut-être le seul plaisir qui reste aux hommes, ni interdit ni malsain, et c'était un miracle que la voiture n'aille pas dans le fossé. D'autant que son parfum, Shalimar, était mon préféré, car il semblait englober l'exquise différence qui existait entre les hommes et les femmes ; grâce à cette fragrance, une femme sentait la femme, et un homme avait envie de se comporter comme un gorille enragé.

« S'il n'y avait pas eu Tito, Staline aurait soutenu l'insurrection grecque, poursuivit-elle. De fait, la guerre civile a débouché sur la destruction du communisme grec en 1949. Depuis, l'armée, grâce à l'aide directe et à l'ingérence des Américains, soutient une succession de gouvernements anticommunistes incompétents. Le dernier en date, conduit par M. Karamanlis, ne fait pas exception. »

Je la désirais, évidemment, mais dans le même temps, j'étais assez stupide pour me demander si c'était une bonne idée, alors que ma liberté était menacée par le lieutenant Leventis. Au lieu de consacrer mon énergie à Mlle Panatoniou et au contenu de son soutien-gorge, je ferais mieux, me disais-je, de me concentrer pour trouver un moyen de quitter la Grèce et de rentrer en Allemagne. Par ailleurs, j'avais la conviction qu'Elli attendait de moi autre chose que des cours d'allemand, mais jusqu'à présent, je n'avais pas réussi à trouver quoi. En vérité, je crois que je m'en fichais. L'expérience m'avait appris que lorsqu'une jolie femme essayait de tirer profit de vous, autant se laisser faire et en profiter au maximum.

« Mais ne vous y trompez pas, ajouta-t-elle dans son allemand impeccable. Ce pays est dirigé par l'extrême droite, et avant longtemps l'armée va se manifester au grand jour. Nous avons peut-être l'apparence d'une démocratie, mais derrière la façade, la Grèce est une société très polarisée. Il existe un fossé entre la droite et la gauche. Écoutez bien ce que je vous dis : la droite va utiliser le prétexte de notre prétendue anarchie politique pour intervenir, contre la gauche, mais aussi contre la démocratie grecque dans son ensemble, et nous allons nous retrouver avec une dictature militaire. »

Mes soupçons mis à part, ce qui m'embêtait le plus chez elle, étant donné que dans tous les autres domaines elle était parfaite, c'était qu'elle semblait être communiste. Je dis « semblait » car il existait une différence entre débiter ce baratin – elle ne s'en privait pas – et vivre dans un régime communiste. Ses opinions politiques étaient des âneries de cet acabit, comme elles l'étaient déjà en 1930, mais plus encore maintenant que tout le monde savait que le grand leader Joseph Staline avait assassiné d'innombrables personnes au nom de l'amour fraternel, d'autres communistes essentiellement. Chaque fois qu'elle recommençait à s'ébaudir devant la merveilleuse Russie, je m'obligeais à la boucler, par respect pour ce qui se passait dans le canal de Corinthe. Mais une ou deux fois, je ne pus m'empêcher de l'aguicher en lui laissant entrevoir mes propres dessous idéologiques.

« Je croyais qu'on ne devait pas parler de politique.

– Ce n'est pas de la politique. C'est de l'histoire.

– Il n'y a une différence ?

– Vous ne croyez pas ?

– Pas en Allemagne. La politique, c'est toujours de l'histoire. Marx le pensait.

– Exact.

– Je suis marxiste, dis-je.

– Bizarrement, j'en doute.

– Je vous assure. Avec le temps, j'ai appris que ça ne servait à rien d'avoir de l'argent ou de posséder des biens car il y a toujours quelqu'un qui veut vous les prendre pour les donner à d'autres. Les marxistes, surtout. À moins que quelque chose m'échappe ?

– La RDA vaut mieux que la République fédérale, assurément. Au moins, ils ont des idéaux. Vous ne pouvez tout de même pas penser que la politique d'amnistie des nazis décrétée par Adenauer était une bonne chose. L'Allemagne de l'Ouest sert de façade à l'impérialisme américain. »

J'aurais pu lui parler abondamment de l'impérialisme russe, mais après vingt-cinq ans d'opposition gauche-droite en Allemagne, j'en avais marre de ce foutu combat. Alors, j'essayai de ramener la conversation vers elle : un sujet beaucoup plus intéressant.

« Si la droite est aussi puissante en Grèce, comment se fait-il qu'une gauchiste de votre espèce puisse garder son poste au ministère ?

– Je suis une simple fonctionnaire, une avocate, pas une politicienne. Et je garde mes opinions pour moi.

– Je n'avais pas remarqué.

– Ce que j'aime bien dans le fait de parler allemand avec vous, Christof, c'est que je peux m'exprimer librement. C'est triste, non ? Ça m'est impossible dans ma langue maternelle. C'est une des raisons pour lesquelles j'ai accepté de vous accompagner aujourd'hui. Je peux me détendre et être moi-même.

– Vous m'en voyez ravi.

– Je suis peut-être communiste, mais je ne suis pas révolutionnaire. Et je suis convaincue que cette CEE naissante est sans doute la meilleure chance pour la Grèce d'échapper à un coup d'État. Ils ne nous laisseront pas y adhérer si nous ne sommes pas une démocratie parlementaire. »

Nous vivions dans un monde complexe, où que l'on regarde, et je me réjouissais presque d'avoir pour seule préoccupation de rentrer chez moi.

« Vous me faites penser à une ancienne petite amie, en Allemagne. Elle s'appelle Goldelse et elle se dresse au sommet de la colonne de la Victoire, à Berlin. Elle a des ailes, et elle est censée nous inciter à mieux nous comporter. Du moins, c'est comme ça que je la vois.

– Vous avez un faible pour les anges ?
– Uniquement ceux de sexe féminin.
– Cette Goldelse possède d'autres talents ?
– Elle est grande.
– J'aimerais savoir ce que vous pensez de tout ça. Mais vous ne dites rien.
– J'essaie de comprendre pourquoi un pays qui a bâti le Parthénon et le temple d'Héphaïstos est incapable de réaliser des constructions modernes correctes. La plupart des bâtiments publics ressemblent à des stations-service ou à des prisons de haute sécurité. Vitruve en avalerait son équerre.
– L'argent, évidemment. Nous n'avons pas les moyens de construire. La guerre civile a été encore plus dévastatrice que les nazis. Y a-t-il autre chose que vous essayez de comprendre ?
– En tant qu'Allemand, je réfléchis souvent à des sujets philosophiques.
– Par exemple ?
– Ces derniers temps, je me demande pourquoi Mickey porte un short et Donald une chemise, mais pas de short. Pourquoi est-ce que Dingo parle, alors que Pluto aboie seulement. Pour moi, c'est un mystère.
– Vous vous moquez de moi.
– Non. Absolument pas. Et peut-être que je préfère garder mes opinions pour moi. D'autant qu'elles sont généralement fausses. Ou offensantes. Ou les deux à la fois.
– Essayez toujours. J'ai l'esprit ouvert. »
J'en doutais.
« Très bien, vous l'aurez voulu. Quand une femme dit à un homme qu'elle aimerait savoir ce qu'il pense, c'est qu'elle ne comprend pas pourquoi il ne lui fait pas des avances. »
Elle rit.
« C'est ce que je me demande ?

– Probablement. Mais je devine que vous n'allez pas tarder à me donner votre opinion à ce sujet. Je ne veux pas gaspiller un de mes deux vœux restants pour essayer de comprendre tout seul.

– Qu'est devenu le premier vœu ?

– Vous êtes dans cette voiture, non ? »

Elle regarda par la vitre et sourit. Nous restâmes silencieux quelques minutes, pendant que je négociais une succession de virages dangereux sur cette route de montagne.

« Ça ne vous intéresse pas de savoir si j'attends que vous me fassiez des avances ?

– Non, plus maintenant. Vous avez satisfait ma curiosité.

– Et ?

– J'aimerais en revenir à Mickey et à Donald. »

Elli rit de nouveau.

« Vous êtes l'homme le plus exaspérant que je connaisse. Vous le savez ?

– Oui. Je suis ce que vous autres, avocats, appelez un "être incorrigible". »

Elle posa sa main fraîche sur ma nuque. C'était bon.

« Vous êtes aussi très gentil. Beaucoup plus humain que je l'aurais cru. Vous êtes un homme du genre prévenant.

– C'est mon charme fatal. Ça ne rate jamais. Sauf quand je compte dessus pour me sortir d'un pétrin, comme celui qu'est devenue ma vie depuis 1945.

– Qu'avez-vous fait durant la guerre, Christof ?

– Je n'en ai pas fait assez. Mais je vais vous donner un tuyau, quand vous irez à Bruxelles. À moins de vous adresser à Bertolt Brecht ou à Albert Einstein, ne demandez jamais à un Allemand ce qu'il a fait durant la guerre. Surtout si vous n'aimez pas les mensonges éhontés. »

34

Hermione était une petite ville portuaire sur la mer Égée, incarnation de toutes les cartes postales de Grèce que j'avais pu voir : une mer d'un bleu intense, un ciel turquoise, des maisons semblables à des morceaux de sucre et des caïques blancs. Après avoir garé la Rover, nous marchâmes un peu pour nous dégourdir les jambes. J'avais l'impression de me retrouver au bout du monde, le genre d'endroit quasiment oublié où Thémistocle, un œil sur les deux îles d'Hydra et de Dokos découpées sur l'horizon tels les nuages gris d'un orage imminent, assis sur une terrasse à colonnades surélevée, aurait pu décrire jadis l'improbable victoire sur les Perses. Des pêcheurs à tête de morse tiraient sur des cigarettes ou des pipes aussi grosses que des pots en argile tandis qu'ils réparaient leurs filets et nous observaient de leurs yeux anciens pleins du souvenir des soldats de la marine grecque montant à bord de leurs birèmes et de leurs trirèmes pour aller combattre Xerxès, le roi fou. Des poulpes aux couleurs vives séchaient au soleil comme des maillots de bain étendus sur un fil et des chats errants somnolaient sur le quai ou déambulaient entre les tables des cafés, dans l'attente de clients qui probablement ne viendraient pas. En cette fin de matinée, il flottait dans l'air un goût salé et une odeur de café et de tabac du cru, le calme absolu était périodiquement ébranlé par le son lointain d'un bouzouki qui évoquait une chute de couverts. Nous étions bien loin de Berlin. Je n'aurais pas pu me sentir plus allemand si j'avais eu un aigle noir aux pattes rouges perché sur l'épaule et tenu au bout d'une corde à piano un berger allemand toutes dents dehors.

Nous nous installâmes pour prendre un verre dans un café, où, entre deux caresses aux chats, nous interrogeâmes un homme dont le visage était une mosaïque de crevasses et de fissures cuites au soleil, et qui nous informa qu'il n'y avait pas de bureau des garde-côtes à Hermione. Le mieux, c'était d'aller à la capitainerie, sur la place principale, là où tous les propriétaires de bateaux qui jetaient l'ancre étaient censés s'acquitter des taxes de mouillage.

La capitainerie se trouvait dans un bâtiment blanc rustique avec une porte et des volets bleus, affublé d'un drapeau grec sur la façade, au cas où ces couleurs laisseraient des doutes sur le patriotisme des occupants. L'entrée était gardée par deux goélands aussi gros que des ptérodactyles, et sans doute aussi féroces. En tout cas, ils ne paraissaient pas effrayés par l'imposant labrador noir qui dormait sur le porche, à moins qu'il ne soit mort.

Le capitaine du port n'appartenait pas à l'espèce archaïque des êtres humains qui peuplaient Hermione. La peau de son visage ne provenait pas des tanneries locales. Répondant au nom d'Athanassios Stratis, il portait une casquette de laine noire dont la visière était à peine moins longue et velue que son nez. Elli lui expliqua que j'étais envoyé par la compagnie d'assurances du *Doris*, à Munich, et moins de deux minutes plus tard, M. Stratis ouvrit un antique classeur en bois de la taille d'un cercueil, pendant qu'Elli m'expliquait qu'il se souvenait très bien du bateau et de son propriétaire allemand.

« Il est certain qu'un bateau a réellement coulé par ici ?

– Plusieurs personnes ont vu les naufragés accoster à bord de leur petit canot, qui est toujours amarré à quai, là où ils l'ont laissé. D'ailleurs, il ne sait pas quoi en faire.

Il dit qu'il s'est rendu dès le lendemain avec son propre voilier à l'endroit du naufrage indiqué par l'Allemand, pour s'assurer que l'épave ne représentait pas un danger pour la navigation, et il a découvert des débris à la surface. Visiblement, ils n'avaient pas été jetés par-dessus bord délibérément. Mais l'eau est très profonde à cet endroit, impossible selon lui de renflouer l'épave. »

M. Stratis trouva le dossier qu'il cherchait. Il survola le rapport manuscrit qu'il avait lui-même rédigé après l'accident, tout en récupérant une cigarette à moitié consumée qui s'était perdue derrière son oreille et qu'il ralluma. Mais toute son attention était fixée sur Elli. C'était le genre de femme qui pouvait provoquer un accident de la circulation simplement en attendant le bus. Moi-même, chaque fois que je la regardais, je manquais de faire un tête-à-queue.

« Trois hommes ont débarqué du canot, poursuivit Elli. Deux Allemands et un Grec. Un des deux Allemands était le propriétaire du bateau, M. Witzel. Le Grec était le capitaine, M. Spiros Reppas. D'après M. Stratis, l'autre homme n'a pas donné son nom et il n'a pratiquement pas ouvert la bouche.

– Demandez-lui si cet homme ressemblait à ce signalement. »

Et je lui décrivis Max Merten.

Elle traduisit. Stratis hocha la tête et confirma qu'il s'agissait bien de la même personne. Ils continuèrent à bavarder tous les deux, en riant. Tant mieux, me disais-je, car le capitaine du port n'était qu'un homme après tout et Elli tirerait davantage de lui en jouant sur cette corde sensible. En tout cas, ça avait marché avec moi.

« Demandez-lui ce qu'ils ont fait tous les trois en sortant de ce bureau. »

Elli traduisit.

« L'un d'eux, Witzel, a pris le ferry pour regagner le Pirée. C'est le moyen le plus rapide et le plus économique.

Les deux autres sont montés dans un taxi pour descendre un peu plus loin sur la côte. Il ignore où. Mais il pense que le chauffeur s'en souviendra certainement. Il s'appelle Christos Kammenos et on le trouvera assis dans une Citroën noire de l'autre côté de la péninsule, devant le shipchandler. »

Je réfléchis.

« Les débris qui flottaient à la surface de l'eau, dis-je. Là où le *Doris* a sombré. Il a remarqué quelque chose d'intéressant ?

– Quelques documents, c'est tout. Il les a fait sécher et il les a gardés, au cas où ça serait important. »

Stratis sortit d'un tiroir une grande enveloppe.

« S'il veut, je peux les prendre », dis-je.

Le capitaine du port n'émit aucune objection. Il les tendit… à Elli. Je posai encore quelques questions, sans rien apprendre de plus, et après l'avoir remercié, nous ressortîmes. Les goélands étaient partis, mais le chien était toujours là, dans son grand numéro d'animal mort. Quand je vis sa poitrine se soulever, je me surpris à étouffer un bâillement et à envier cette créature. Il y avait deux à trois heures de route depuis Athènes. Autant au retour.

Elli me remit l'enveloppe. Les documents étaient rédigés en grec. Elle les parcourut rapidement et déclara qu'il n'y avait rien d'important : quelques factures et la carte d'identité de Siegfried Witzel. Mais étant allemand, et par conséquent pointilleux pour ce genre de choses, je lui demandai de me traduire les documents. Elle avait raison : il s'agissait principalement de factures correspondant à des achats de vivres, et à quelques bouteilles d'oxygène. Mais il y avait dans le tas un document qui n'était pas une facture, et dont l'importance me sauta immédiatement aux yeux. Il s'agissait d'une lettre de transport adressée au *Doris* à la marina de Zéa, au Pirée. L'expéditeur n'était autre que M. Georg Fischer, domicilié place de la Constitution à Athènes, et si le nom de l'hôtel n'apparaissait pas sur le document, je reconnus le numéro de téléphone de l'hôtel Mega : 36604. Visiblement, Alois Brunner fréquentait cet établissement plus souvent qu'on ne me l'avait laissé croire. Le contenu de cette lettre de transport était très intéressant lui aussi : Witzel avait reçu livraison d'une tête de cheval en bronze datant de l'époque hellénistique, ce qui équivalait, expliquai-je à Elli, à apporter des chouettes à Athènes.

– C'est une véritable expression allemande ?

– Absolument.

– Vous vous moquez de moi ?

– Non, pas du tout. Si je vous dis ça, c'est que l'expédition de Witzel avait pour but de plonger sur une épave pour remonter des objets datant de l'Antiquité grecque. D'où cette question : pourquoi faire expédier un de ces objets à bord du *Doris*, la *veille* de son départ ? C'est le monde à l'envers. » Je fronçai les sourcils. « Et ce n'est pas tout. Witzel n'a pas mentionné cette tête de cheval dans sa déclaration de sinistre. Pourtant, elle avait presque deux mille ans. Hier, au Musée archéologique du Pirée, le Pr Lyacos nous a appris qu'un buste romain du IIe siècle, en bon état, pouvait valoir jusqu'à cinquante mille dollars. J'en déduis que cette tête de cheval possédait une certaine valeur elle aussi. Alors, pourquoi n'a-t-il pas demandé à être indemnisé ? »

Nous entreprîmes de gravir la colline afin d'accéder à l'autre versant de la péninsule d'Hermione. Les petites rues tortueuses étaient désertes et silencieuses, et j'en profitai pour réfléchir à cette dernière découverte.

Au bout d'un moment, je dis :

« À moins que cette expédition ait eu pour objectif de masquer autre chose.

– Quoi donc ?

– Il y avait à bord d'autres objets, plus petits, que Witzel n'a pas souhaité déclarer non plus. J'ai cru que c'était pour m'empêcher de contacter le Pr Buchholz.

Mais maintenant, je me dis qu'il y avait peut-être une autre raison. Toujours d'après le Pr Lyacos, le port du Pirée est le théâtre d'un florissant trafic d'antiquités. De petits musées américains veulent s'en procurer pour rivaliser avec leurs voisins plus riches. Apparemment, rien de tel qu'un buste en marbre de Socrate pour faire croire aux gens que Boise, dans l'Idaho, est l'équivalent culturel de New York ou Washington. Il paraîtrait même que le colonel Nasser vend des objets d'art égyptiens pour acheter illégalement des armes. Maintenant qu'il a nationalisé le canal, je suppose qu'il va obliger les gens à payer pour l'emprunter. Alors, voilà peut-être ce qu'ils manigançaient. Peut-être y avait-il déjà des antiquités à bord du *Doris*. Ils les transportaient dans un endroit tranquille pour les échanger contre des armes destinées à Nasser. Des armes allemandes, par exemple. Sur une île isolée. La Grèce n'en manque pas. »

Sur la côte sud de la péninsule, nous trouvâmes Christos, le chauffeur de taxi, qui, en massant son menton en galoche, déclara ne pas se souvenir d'un Allemand qui voyageait avec le Grec, du moins jusqu'à ce que je lui donne quelques drachmes. Après avoir empoché les billets, il déclara avoir conduit deux hommes à Kosta, un autre petit port de pêche, à une vingtaine de kilomètres au sud d'Hermione.

– Il y a quelque chose d'intéressant ou d'important là-bas ?

– Non, pas vraiment, m'apprit Christos, par l'intermédiaire d'Elli. Mais il y a un petit aérodrome privé non loin de là, à Porto Heli.

– Mais ce n'est pas là qu'il les a conduits, dis-je en m'adressant à Elli. Sinon, il nous l'aurait dit.

– Non, confirma-t-elle, il les a déposés en ville. Devant un hôtel sur la place principale. »

Nous montâmes à l'arrière de la Citroën et demandâmes à Christos de nous emmener à Kosta. Cela nous semblait plus rapide que d'essayer de nous y rendre par nous-mêmes. Et puis, c'était Munich Re qui payait. La Citroën était une Traction Avant, un modèle très prisé par la Gestapo de Paris, et pendant un instant, je m'imaginai sans peine dans cette ville, durant l'été 1940. Elli était aussi belle et sentait aussi bon que toutes les Françaises que j'avais rencontrées, ou humées. Je lui souris deux ou trois fois, elle me rendit mes sourires, allant même jusqu'à serrer ma main dans la sienne. J'avais l'impression de faire plus de progrès avec elle qu'avec mon enquête.

Moins d'une demi-heure plus tard, nous nous retrouvâmes dans un autre petit port grec, moins pittoresque qu'Hermione. Il semblait plus abrité, et peut-être moins profond également, comme semblait l'indiquer un bateau à moitié immergé. À la réception de l'hôtel, nous apprîmes que le Pr Buchholz et son ami grec n'étaient restés qu'une seule nuit. La gérante ignorait où ils étaient allés ensuite, et de toute évidence, elle s'en fichait.

Christos nous ramena à Hermione par la côte sinueuse. Nous déjeunâmes simplement dans un petit restaurant situé sur le quai, face à la mer calme, en compagnie de quelques chats, savourant l'agréable changement de climat presque autant que la cuisine et le vin grecs.

« Quel est le lien entre cette excursion et Arthur Meissner ? demanda Elli.

– J'attendais que vous me posiez la question. Mais avant que je vous réponde, dites-moi quel est *votre* lien avec tout ce cirque ?

– Dimitri Papakyriakopoulos. L'avocat de Meissner. Je lui donne un coup de main parfois, du travail juridique, pour gagner un peu d'argent à côté.

– C'est tout ce que vous faites pour lui ?

– Pour le moment. Il est curieux, voilà tout. Moi-même, je suis un peu curieuse.

– Non, je vous trouve parfaite. Bien que vous soyez avocate et bureaucrate.

– Je suis avant tout une femme célibataire, Christof. J'ai besoin de cet argent. La coordination économique ne paie pas très bien dans ce pays. Les Grecs ont tendance à résister à toute forme de coordination. Certes, on a offert au monde la démocratie, mais les gens oublient qu'on a également apporté l'anarchie.

– Moi-même, j'ai toujours été un peu anarchiste. C'était relativement facile quand on était dirigés par Hitler et les nazis. Mais dernièrement, je dérive. J'envisage sérieusement de ranger le drapeau noir pour me laisser stratifier socialement. Je pense que ça pourrait me plaire.

– Quoi qu'il en soit, ce n'est pas pour ça que je suis venue aujourd'hui. Je ne cherche pas à savoir pourquoi vous vous intéressez à Arthur Meissner. J'avais juste envie de m'offrir un jour de congé, dans une belle voiture, avec un homme bien.

– Pour être tout à fait franc, je ne suis pas sûr de m'intéresser à Meissner, dis-je, ignorant le compliment. Pour le moment du moins. Mais cet inspecteur, Leventis, fait pression sur moi pour que je l'aide à résoudre une affaire.

– Samuel Frizis.

– Oui.

– Pourquoi pense-t-il que vous pouvez l'aider ? Parce que vous avez été policier ?

– En partie, oui. Et parce que je suis allemand. Witzel, mon compatriote et ex-client, a été assassiné, et Leventis semble plus enclin à me considérer comme un suspect que comme un témoin. Si je ne l'aide pas, il ne me rend pas mon passeport.

– En tant qu'avocate, je suis obligée de vous dire qu'il a ce pouvoir.

– Je sais. J'ai déjà contacté un autre avocat.

– Je le connais ?

– Un cabinet du Pirée.

– Le Pirée ? Pas très encourageant. Vous feriez mieux de faire appel à moi si vous avez des ennuis.

– Ça me semble préférable, en effet. Merci bien.

– Mais quel rapport y a-t-il entre Frizis et Witzel ?

– Je ne peux pas vous le dire. Leventis ne serait pas content. Mais il y en a un.

– Je comprends.

– Alors, pourquoi êtes-vous venue aujourd'hui ?

– Je vous l'ai dit. Je suis venue pour l'Allemand. Et je ne parle pas de grammaire.

– Il faut que je vous mette en garde contre ma grammaire, Elli. Comme tout le reste chez moi, elle est un peu vieille et démodée. C'est votre professeur qui vous parle. Alors, écoutez-moi bien. Je suis beaucoup trop vieux pour vous. Je bave quand je dors et je dors quand je devrais être réveillé, et j'ai l'impression que mon cœur aurait besoin d'un fauteuil roulant pour se déplacer.

– Laissez-moi en juger.

– Je parle sérieusement. Quand je regarde ma montre, je ne vois pas l'heure qu'il est, je vois le temps qui est passé.

– Peut-être que je ne vous plais pas, tout simplement.

– Vous me plairiez sans doute un peu plus si je me déplaisais un peu moins.

– Vous valez mieux que vous le pensez. Et quoi qu'il arrive, on passe un bon moment, non ? Moi, en tout cas. Le reste ne compte pas pour l'instant. C'est bon d'être ici aujourd'hui.

– Je ne peux pas dire le contraire. La dernière fois que j'ai passé un aussi bon moment, une sorcière faisait cuire ma sœur Gretel dans un gâteau.

– Ça fait du bien d'échapper au ministère. D'être loin d'Athènes. On se croirait au printemps. On se sent chanceux d'être en vie. »

Elle avait raison. On se serait cru au printemps et je m'estimais heureux d'être en vie, un sentiment fréquent chez moi, et c'est peut-être pour cette raison que, alors que nous regagnions la Rover, j'embrassai Elli Panatoniou sous un très vieil olivier, et c'est peut-être pour cette raison qu'elle me laissa faire.

L'hiver avait été long, glacial et solitaire.

35

Il était presque dix-sept heures quand je regagnai le bureau pour consulter mes messages et appeler le lieutenant Leventis, après avoir déposé Elli au ministère, rue Amerikis. Apparemment, nous étions condamnés à travailler tard l'un et l'autre.

« Appelez-moi, m'avait-elle dit. Au 30931. Poste 134. On pourra peut-être boire un verre demain. Ou aller danser au Kalabokas. Une boîte de nuit que je connais. Vous dansez ?

– Ça dépend.

– De quoi ?

– De la personne qui tire les ficelles. Selon moi, quand vous devez danser, il faut danser.

– Prochaine étape Broadway, hein ?

– Dès que j'aurai réussi à quitter la Grèce.

– Ne soyez donc pas si pressé. Ce baiser cet après-midi, ça m'a bien plu. J'en voudrais d'autres.

– Très bien. Poste 134. Je vais arranger ça. »

Telesilla était rentrée chez elle, mais Garlopis était encore là. Plus nerveux que jamais.

« M. Dietrich a reçu votre télégramme, monsieur. Il va vous rappeler, à dix-sept heures, heure allemande, dix-huit heures chez nous. Voilà pourquoi j'ai décidé de rester, au cas où vous auriez besoin d'aide avec l'opératrice.

– C'est très aimable. Il a déjà téléphoné ?

– Deux fois. À quinze heures et à seize heures. Ça semblait urgent.

– Tant mieux. Il a sans doute découvert quelque chose d'important.

– Et *vous*, avez-vous découvert quelque chose d'important à Hermione ?

– Oui, je crois. J'ai maintenant la preuve que Witzel et ses amis présents à bord du *Doris* ne cherchaient pas plus un trésor englouti que la cité perdue d'Atlantis. Selon moi, ils étaient impliqués dans une opération de trafic d'armes avec Alois Brunner. Et Neff aussi, autant que je puisse en juger. Ils vendaient au marché noir des sculptures grecques et égyptiennes afin d'acheter des armes destinées au colonel Nasser et à ses Frères musulmans, pour faire la guerre aux Israéliens. Typiquement le genre de cause susceptible de séduire un antisémite comme Brunner. Mais en voyant comment les choses se passaient, il a dû comprendre qu'il se faisait doubler et il a décidé de mettre fin à cette collaboration. De manière permanente.

– Nous vivons une époque troublée, monsieur.

– C'est ce que dit toujours la rumeur.

– Assurément, c'est une bonne nouvelle. Cela signifie que vous avez du concret à offrir au lieutenant Leventis. Avec ça, il va vous laisser tranquille. Et moi aussi.

– Peut-être. »

Garlopis eut un petit sourire gêné.

« Vous vous êtes bien entendu avec Mlle Panatoniou ?

– Oui. C'était intéressant. On a été suivis à l'aller et au retour.

– Par qui ?

– Deux hommes dans une berline noire.

– Des hommes de Leventis peut-être.

– Peut-être.

– Vous l'avez dit à Mlle Panatoniou ?

– Grand Dieu, non. Je ne voulais pas qu'elle pense à autre chose que moi. Elle a su faire preuve à mon égard d'un intérêt probablement immérité.

– Vous pensez qu'elle voulait vous manipuler ?

– Mes ficelles tremblent encore. Mais je n'arrive pas à savoir ce qu'elle cherche. Tant qu'elle se servira de sa poitrine pour respirer, impossible de me concentrer. Elle prétend qu'elle donne un coup de main à Dimitri Papakyriakopoulos, l'avocat de Meissner. Il est curieux de savoir pourquoi je veux rencontrer son client. Et comme il est curieux, elle l'est aussi. Évidemment, elle dit qu'il n'y a pas que ça. Elle dit que je lui plais.

– Évidemment.

– Pour le moment, j'essaye de faire en sorte que nos relations demeurent platoniques. Seul problème : c'est beaucoup plus amusant de faire l'amour. »

Garlopis ricana.

« Vous avez bien raison, monsieur. Qui a dit qu'une femme était comme une tortue : une fois qu'elle est sur le dos, on peut en faire ce qu'on veut.

– Sûrement pas Zénon.

– Non, sans doute pas. En tout cas, vous me donnez l'impression d'être un homme qui sait ce qu'il fait.

– Une erreur que je provoque souvent. Je connais bien ce genre de femmes. Un lance-mortier en corsage moulant. Pour approcher, il faut un casque et une cargaison de sacs de sable. Le truc, c'est de ne pas être là quand elle explose. »

Cette discussion autour d'Elli Panatoniou était le prétexte qu'attendait Garlopis pour sortir une bouteille de Four Roses de son bureau, en attendant le coup de téléphone de Dumbo. Il existe certains sujets, comme la géométrie analytique ou les sections spiriques, pour lesquels vous avez besoin d'un verre, et les formes d'Elli, les plus intéressantes depuis que Dioclès avait décrit une cissoïde, en faisaient partie. Au bout d'un moment, je m'installai au bureau de Telesilla pour taper un rapport destiné au lieutenant Leventis. Je mentionnai le nom de Spiros Reppas, en supposant qu'il l'avait déjà entendu, en lien avec la maison de la rue Pritaniou, et indiquai que j'avais été suivi par deux hommes dans une berline noire. Je donnai même le numéro d'immatriculation, par pure insolence. En revanche, je m'abstins de noter que j'avais embrassé Elli Panatoniou, mais si les hommes qui nous avaient filés travaillaient pour lui, ils pourraient le lui dire eux-mêmes. Évidemment, ce rapport était plus ou moins inutile et il montrait surtout que j'avais perdu la main avec une machine à écrire. Néanmoins, Leventis avait raison sur un point : je me sentais redevenir flic.

Garlopis lut mon rapport en affichant un sourire triste.

« Peut-être que la prochaine fois, je le taperai à votre place, monsieur. En grec. Il y a beaucoup de fautes de frappe. Le lieutenant sera peut-être plus compréhensif si votre rapport est en grec.

– La prochaine fois. »

Le téléphone sonna enfin. Garlopis décrocha. Il dit quelques mots en grec, à l'opératrice sans doute, et me tendit l'appareil.

« Munich », dit-il, en approchant son oreille de l'écouteur. Ses cheveux sentaient le citron vert.

« Christof Ganz à l'appareil.

– Ah, enfin. J'ai essayé de vous joindre toute la journée. Où étiez-vous passé, nom d'un chien ? »

Dietrich était irritable, comme s'il avait oublié la somme d'argent que j'avais fait économiser à sa société depuis que j'avais pris mes fonctions. Je finis mon verre d'un trait. Apparemment, j'allais en avoir besoin. Garlopis le remplit aussitôt.

« Je n'étais pas au bureau, monsieur.

– Sans blague ?

– Comme je vous l'ai déjà dit, la police grecque ne se révèle pas très utile. Avez-vous déjà essayé de régler un sinistre avec un cadavre sur les bras ? Pas facile pour remplir la paperasse.

– Je comprends. C'est une situation délicate. Et nous avons des remords de vous avoir mis dans ce pétrin. Mais la gestion d'un sinistre est parfois une affaire compliquée. Un expert doit s'attendre à l'inattendu. C'est l'essence même de son métier. Et parfois, l'inattendu est un peu plus imprévisible que ce à quoi on peut raisonnablement s'attendre, surtout quand il y a une grosse somme d'argent en jeu.

– Avez-vous retrouvé Max Merten ?

– Non, soupira Dietrich. Écoutez, Ganz. On estime en haut lieu que vous devez laisser tomber toute cette histoire. Immédiatement. J'ai engagé ces avocats du Pirée en votre nom et leur ai demandé de négocier avec la police en empruntant les canaux habituels. Nous vous assisterons de notre mieux. Nous réglerons la caution, les amendes et les honoraires, tout cela n'est pas un problème. Et nous vous ramènerons à la maison, bien évidemment. Je vous demande juste d'être patient et de laisser faire les avocats à partir de maintenant. Mais vous devez mettre fin à cette enquête. La demande d'indemnisation de Siegfried Witzel a été rejetée, et pour Munich Re le dossier est clos.

– C'est ce que pense Alzheimer ?

– M. Alzheimer, moi-même et Dieu tout-puissant. Dans cet ordre. Vous n'êtes plus policier, Ganz, vous êtes un foutu agent d'assurances. Il est temps que vous commenciez à vous comporter comme tel.

– C'est quoi, l'idée ?

– Il n'y a pas d'idée. Uniquement des ordres. D'en haut. Vous devez lâcher cette enquête comme si c'était du papier toilette chauffé à blanc. Quand vous serez de retour, on ira au Hofbräuhaus et je vous offrirai un mauvais repas pour fêter ça.

– Difficile de refuser pareille invitation.

– Parfait. »

Le sarcasme était passé au-dessus de la tête de Dietrich.

« Très bien patron. À vos ordres. »

Ce n'était pas du tout ce que j'aurais aimé dire à Dumbo, mais ça passait mieux que *Allez vous faire foutre*. Ce travail chez Munich Re restait une aubaine pour un homme comme moi : voiture de fonction, notes de frais et, ce à quoi j'aspirais plus que tout : une vie tranquille et un soupçon de respectabilité. J'étais donc décidé à le garder, en dépit de ma grande gueule et de ma tête de mule. Mon père aurait été fier de moi ; il avait toujours voulu que j'entre dans une profession respectable comme les assurances. Je pris mon verre et le vidai d'un trait, encore une fois.

« Autre chose, monsieur ?

– Non, ce sera tout, Ganz. Prenez soin de vous. À bientôt. »

Je tendis l'écouteur à Garlopis pour le laisser raccrocher.

« Pas commode, commenta-t-il.

– Dumbo est un homme sympathique en temps normal. Pour un gratte-papier. Mais j'ai l'impression qu'il s'est fait passer un savon.

– Par Alzheimer ?

– Possible. Auquel cas, quelqu'un a fait pression sur Alzheimer.

– Qui ?

– Franchement, je préfère ne pas le savoir. Mais je sais qu'une photo le montrant en compagnie de notre cher Konrad Adenauer trône en bonne place sur son bureau. Si, comme l'affirme le lieutenant Leventis, Alois Brunner dispose d'importants contacts au sein du gouvernement, il se peut qu'Adenauer ait demandé à son vieil ami Alzheimer de m'écarter de l'enquête.

– Si je peux me permettre, monsieur, tout cela ne colle pas avec le fait que Brunner vende illégalement des armes à l'Égypte. Pourquoi le gouvernement ouest-allemand, membre de l'OTAN depuis peu, prendrait-il le risque de fâcher ses nouveaux alliés en faisant une chose pareille ? Ça n'a aucun sens. À moins que l'Allemagne poursuive sa politique antisémite.

– Leventis pense que Brunner a pu travailler pour le BND, le service de renseignement extérieur du gouvernement fédéral. Et ça pourrait toujours être le cas. Il s'agissait peut-être d'une opération clandestine. Dès que les barbouzes s'en mêlent, l'écran se met à onduler devant vos yeux, et le temps que vous compreniez ce qui se passe, le Petit Chaperon rouge s'est transformé en loup. » J'allumai une cigarette. « J'ai l'impression que je vais devoir soudoyer ce flic, finalement. Avez-vous contacté votre cousin de la Banque Alpha ? Au sujet de ce chèque certifié ?

– Oui. Il affirme que ça ne pose aucun problème. Il ne reste plus qu'à soudoyer quelqu'un au ministère de l'Intérieur pour vous procurer une fausse pièce d'identité au nom de Siegfried Witzel.

– Est-ce que ça fera l'affaire ? »

Je lui tendis la carte d'identité que le capitaine du port d'Hermione avait repêchée à la surface de l'eau, là où le *Doris* avait sombré. Elle était en piteux état, mais toutes les informations essentielles restaient plus ou moins lisibles.

« Oh, c'est parfait ! s'exclama Garlopis. Où avez-vous trouvé ça ? »

Je lui expliquai.

« La photo est tellement passée qu'elle vous ressemble un peu.

– Pas étonnant. Je suis moi-même un peu passé. Ou plus exactement usé, comme le bas-relief d'un temple antique.

– Mon cousin suggère d'encaisser le chèque à la banque de Corinthe où travaille un bon ami qui lui doit un service. C'est à moins d'une heure de route. L'idéal pour nous. Il ne se passe jamais rien à Corinthe. Du moins, depuis le tremblement de terre de 1928 et le grand incendie de 1933.

– Drôle d'endroit pour construire une banque. »

Garlopis sourit.

« On pourrait peut-être y aller le lendemain de votre visite à Arthur Meissner. Le samedi. C'est toujours calme dans les banques, le samedi.

– Oui, cela nous permettra de mieux nous concentrer sur ce qu'on va faire. Rien de tel que la préparation d'un crime pour donner un peu de piment à une visite en prison. »

36

En ce doux après-midi à Athènes, Garlopis était au volant de la Rover, ce qui me convenait parfaitement, compte tenu de l'impatience homicide des conducteurs grecs. Traverser la place de la Constitution en voiture, cela voulait dire déclencher une avalanche de coups de klaxon et découvrir la plus belle illustration de la loi de la jungle depuis que Huxley avait asséné un coup sur le crâne du révérend Wilberforce avec un exemplaire de *De l'origine des espèces*. Aucun être humain normalement constitué ne pouvait apprécier de voir Athènes de l'avant d'une voiture ; c'était comme s'élancer du tremplin de saut à ski de Garmisch. Garlopis lui-même devenait un autre homme dès qu'il s'asseyait au volant, comme s'il avait partagé plusieurs cafés grecs avec le Dr Henry Jekyll. Nous atteignîmes la prison Avéroff, située à environ trois kilomètres du bureau, en quelques minutes seulement dans une odeur de gomme brûlée. Il aurait pu s'y rendre les yeux fermés car la prison se trouvait à proximité du stade Apóstolos Nikolaïdis, temple du Panathinaïkos, l'équipe de football d'Athènes qu'il soutenait avec ferveur et, précisa-t-il, vainqueur de la Coupe en 1955. Il se gara, coupa le contact, et je pus enfin relâcher ma respiration.

« Je n'ai jamais été aussi content de voir une prison », dis-je en contemplant à travers la vitre un bâtiment gris crénelé, sinistre, entouré de palmiers. J'allumai une Karelia et essayai de me ressaisir.

« Je suis désolé, monsieur, dit Garlopis, l'air grave. Je crois que je vais vous attendre ici. Car il faut que je vous dise une chose. Vous n'êtes pas le seul à avoir un passé. Je veux dire, un passé que je préfère oublier.

– Ne me dites pas que vous avez été flic vous aussi.

– Non, mais pendant la guerre, j'ai servi d'interprète aux forces d'occupation, comme Arthur Meissner. Auprès des Italiens d'abord, puis des Allemands. J'ai réussi à le cacher jusqu'à présent. Pour des raisons évidentes, vous êtes la seule personne à qui je peux l'avouer. Jamais je ne le dirai à un Grec. Meissner travaillait à Thessalonique, alors que j'étais basé à Athènes, mais on s'est croisés plusieurs fois dans l'immeuble de la Gestapo de la rue Merlin. Et je préfère l'éviter. Il pourrait essayer de me faire chanter, pour partager la faute, en quelque sorte. Je n'ai assassiné ni volé personne, deux choses dont il est accusé par un personnage aussi respectable qu'Archimède Argyropoulos, un général et un héros militaire grec. Mon seul crime est d'avoir fait partie d'un pool d'interprètes et de traducteurs. J'ai même essayé d'atténuer certains ordres. Malgré cela, aux yeux des Grecs, je suis un collaborateur.

– Collaborateur est un autre mot pour dire survivant. Dans une guerre, rester vivant c'est un peu comme jouer au tennis. Ça paraît beaucoup plus facile quand vous n'avez jamais été obligé d'y jouer vous-même. Et pourtant, je peux me vanter de posséder un excellent revers.

– C'est gentil à vous. Malheureusement, de nombreux Grecs aimeraient voir un traître comme moi disqualifié. De manière permanente.

– N'y pensez plus. Je trouve que vous êtes un chic type… pour un traître.

– Vous êtes trop aimable, monsieur.

– Malgré moi. Dites-moi, quand vous travailliez pour le IIIe Reich, avez-vous rencontré ce capitaine Brunner, du SD, dont le lieutenant Leventis a décidé de faire son Jean Valjean ?

– Une des rares fois où j'ai croisé Meissner, il était accompagné de plusieurs officiers du SD. L'un d'eux était peut-être Brunner, mais je ne pourrais pas l'affirmer. Il y en avait tellement. Et puis, tous les hommes en uniforme se ressemblent. En tout cas, je n'avais jamais entendu ce nom jusqu'à ce que Leventis le prononce dans son bureau. » Garlopis secoua la tête. « En revanche, je savais qu'il valait mieux éviter Thessalonique. Vous devez comprendre que c'était beaucoup plus dur là-bas car le SD régnait en maître. Le principal objectif, c'était la persécution des juifs. Ici, à Athènes, la vie était plus facile. Je travaillais essentiellement pour le gouverneur militaire, un général de la Luftwaffe, Wilhelm Speidel, dont Leventis vous a parlé quand on était dans son bureau. Voilà pourquoi, en vérité, j'essaie de dissuader les gens de descendre à l'hôtel de Grande-Bretagne. Durant la guerre, c'était le repaire de l'état-major allemand. Speidel avait installé son quartier général dans une suite au dernier étage. Hitler lui-même y a logé un jour. Himmler et Göring également. J'ai même vu celui-ci boire du champagne avec Rommel au bar. Je m'y rendais souvent pour voir le général Speidel et je n'aime pas y retourner, de peur qu'on me reconnaisse.

» Et puis, en avril 1944, Speidel a été renvoyé en Allemagne, et moi, je suis parti vivre chez un cousin à Rhodes, jusqu'à ce que j'estime que je pouvais revenir à Athènes sans danger. Quand Leventis a parlé de Speidel et du massacre de Kalavryta, je suis resté comme deux ronds de flan. Franchement, je n'aurais jamais imaginé qu'il était impliqué là-dedans. Je l'avais toujours trouvé très gentil, attentionné. Un vrai gentleman. Quand il a quitté la Grèce, il m'a même offert un beau stylo plume. Son propre Pelikan.

– C'est une des leçons de l'existence. Parfois, les personnes les plus gentilles sont celles qui commettent les actes les plus horribles. Surtout en Allemagne. Avec les Japonais, on a quasiment le monopole des meurtriers de masse très gentils et attentionnés. Les gens s'étonnent toujours qu'on aime Mozart et les petits enfants.

– Je voulais juste que vous sachiez la vérité.

– Le monde est dur avec les hommes honnêtes. Mais ne dites rien à personne.

– Non. Je vous attendrai ici, monsieur. Je vais fermer les yeux et m'offrir un petit sommeil réparateur.

– Essayez le coma plutôt. Ça pourrait peut-être marcher. »

Laissant Garlopis à sa sieste, je descendis de voiture et me dirigeai vers l'entrée de la prison en me demandant quelle était la part de vérité dans ce qu'il venait de me raconter. Le connaissant, je devinais que j'aurais pu lui soutirer plus d'informations sur Alois Brunner que je ne pouvais en attendre d'Arthur Meissner.

Le gardien me laissa franchir le portail pour que je puisse sonner à la porte principale comme si je vendais des brosses. Au bout d'un moment, une petite porte découpée dans la grande s'ouvrit et je montrai à un deuxième gardien la lettre que m'avait rédigée Leventis. On me conduisit dans une salle étroite sans fenêtre où l'on me fouilla avec soin avant de me faire franchir une succession de grilles, jusqu'à une autre salle qui accueillait quatre chaises et une table. Je m'assis et nerveusement j'attendis. J'avais connu suffisamment de cellules dans ma vie pour avoir le ventre noué, rien qu'en me retrouvant entre ces murs. L'unique fenêtre se trouvait à trois mètres du sol et une reproduction médiocre du Parthénon ornait un des murs. Un temple dédié à la déesse Athéna me semblait à mille lieues de cette salle sordide de la prison Avéroff. Finalement, la porte s'ouvrit pour laisser entrer un homme brun d'une quarantaine d'années, petit, mais beau. Je me levai.

« Herr Meissner ? »

Il hocha la tête. Je lui proposai une cigarette et comme il l'accepta, je lui dis de garder le paquet. C'est la moindre des politesses quand vous rendez visite à quelqu'un derrière les barreaux. Il sentait fort la prison, c'est-à-dire un mélange écœurant de tabac, de pommes de terre frites, de peur, de sueur et de douche hebdomadaire.

« Vous êtes Christof Ganz ?

– Oui.

– Je suis ici parce que Papakyriakopoulos m'a dit que je n'avais rien à perdre à vous rencontrer, dit Meissner en empochant le paquet de cigarettes. Mais je ne vois pas ce que ça peut me rapporter. Ce n'est pas comme si vous étiez quelqu'un d'important dans ce putain de pays. »

Meissner parlait allemand avec un léger accent berlinois, hérité de son père probablement, et très proche du mien.

« Justement, répondis-je. Je ne suis pas de la police. Et je ne suis pas avocat ni juriste. Je suis un citoyen lambda. Je suis ici parce que le lieutenant Leventis me tient par les couilles, et comme j'ai été flic à Berlin, il pense que vous pourriez me dire des choses que vous ne lui diriez pas à lui. Et parce que vous pourrez me les dire en allemand, il doit croire que vous vous sentirez plus en confiance. Je ne sais pas. Mais vous pourriez dire que je suis un honnête négociateur. Méfiez-vous des Grecs qui font des cadeaux, etc.

– Que veut-il que je dise au bon Allemand ?

– Je vais y venir. Avant cela, sachez qu'il vous considère comme du menu fretin.

– Dites ça au juge.

– Il y a de plus gros poissons à capturer.

– Exact, Fritz. Je le répète depuis des mois, mais personne ne m'écoute. Pour votre gouverne, je n'étais qu'un simple interprète. Une bouche à louer. Je n'ai assassiné personne. Je n'ai volé personne. Et Eleni, ma petite amie, non plus. Oui, j'ai accepté quelques pots-de-vin. Qui ne l'a jamais fait ? On est en Grèce. Dans ce pays de merde, tout le monde se laisse corrompre. Certains de ces pots-de-vin ont servi à soudoyer des Allemands, pour aider des gens. Y compris des juifs. Ce type, là, Moses Natan, qui affirme qu'il m'a graissé la patte pour que j'aide sa famille… J'ai vraiment essayé de l'aider, mais à l'entendre maintenant, on pourrait croire que je l'avais assuré de la réussite. Si vous avez été flic, vous savez comment c'est. Des fois, on essaie et on réussit, mais la plupart du temps, on essaie et on échoue. Aucun de ceux que j'ai réussi à aider ne s'est manifesté pour témoigner en ma faveur. Uniquement ceux avec qui j'ai échoué.

» Quant à ces accusations de viol, elles ne tiennent pas debout. Les flics le savent bien. Le problème, c'est que je suis le seul qu'ils ont réussi à envoyer devant un tribunal pour tout ce qui s'est passé pendant l'occupation dans ce putain de pays. Moi. L'interprète. Dans ce cas, pourquoi ne pas condamner les femmes de chambre qui travaillaient à l'hôtel de Grande-Bretagne quand le haut commandement allemand y était installé ? Les barmen aussi et les porteurs. Les Grecs veulent un coupable. Et dans l'immédiat, je suis le seul bouc émissaire qu'ils ont trouvé. Alors, ils me tapent dessus. Je suis accusé de douze mille meurtres. Vous le saviez ? Moi qui n'ai jamais tenu une arme de ma vie. À les écouter, c'est moi qui ai conseillé à Hitler d'envahir la Grèce. Comme si les Allemands s'intéressaient à ce que je pouvais dire. C'est une putain de farce. Tous ces officiers nazis – Speidel, Student, Lanz, Felmy –, c'est eux qu'il faudrait juger, pas moi.

– Oui, je comprends. Je ne peux pas dire que je suis de votre côté. Et pourtant, si. D'une certaine façon. Car si je vous convaincs de parler, je me ferai bien voir de Leventis. Autrement dit, en vous aidant, je m'aide moi-même. Il ne peut pas venir vous dire tout ça en personne, ce serait un suicide politique de sa part, et il enfreindrait la loi, mais il a promis de parler à M. Toussis si vous l'aidez. »

Toussis était le nom du juge qui instruisait le dossier Meissner.

« Les charges pourraient être revues à la baisse, ajoutai-je. Voire abandonnées.

– C'est bien beau tout ça, mais dans l'immédiat, il se pourrait que je sois plus en sécurité ici que dehors. Sérieusement, Ganz. À l'instant où je franchirai la porte de cette prison, je serai un homme mort. J'ai moins de chances de retrouver ma maison d'Éleusis que de devenir Premier ministre.

– Un sauf-conduit pour un avion à destination de l'Allemagne. Je vous accompagnerai, même. J'ai envie de quitter ce pays autant que vous. Alors, qu'en pensez-vous ?

– C'est formidable. Hélas, il y a un obstacle majeur. Je ne sais rien d'important. Sinon, vous pouvez être sûr que j'aurais craché le morceau depuis longtemps.

– Leventis s'intéresse à quelqu'un en particulier. Un des gros poissons. Un certain Alois Brunner. Un capitaine du SD. Vous vous souvenez de lui ?

– Oui. Je ne peux pas l'oublier. Personne ne peut l'oublier. Brunner était un homme mémorable, Herr Ganz. Comme Wisliceny et Eichmann. Tous mus par la haine des juifs. Mais contrairement à Eichmann, Brunner était un véritable sadique. Il aimait faire du mal. J'ai assisté deux ou trois fois à des séances de torture à la villa Mehmet Kapanci, le quartier général de la Gestapo sur l'avenue Vassilissis Olgas, à Thessalonique. Visiblement, il y prenait plaisir. Je n'avais aucune envie de rester là, évidemment, mais Brunner me collait le canon de son arme sur l'œil pour m'obliger à servir d'interprète, "si je ne voulais pas me vider de mon sang sur le sol". Je cite ses paroles exactes. Comme je vous le disais, on n'oublie pas un homme tel que Brunner. Mais je ne l'ai pas revu et je n'ai pas entendu parler de lui depuis l'été 1943, Dieu soit loué. Et je n'ai aucune idée de l'endroit où il se trouve.

– Brunner est revenu en Grèce.

– Non, il n'oserait pas. Je ne peux pas y croire. Qui dit ça ?

– Moi. Je l'ai rencontré ici même, à Athènes. Sans savoir qui il était. Il a changé de nom.

– Ça alors ! En voilà un type qui a des comptes à rendre à ce pays. Sans Brunner et Wisliceny, les juifs de Thessalonique seraient toujours en vie. Près de soixante mille d'entre eux sont morts à Auschwitz. Brunner était chargé de les mettre dans des trains. Finalement, ce n'est pas étonnant qu'il ose revenir : il se dit qu'il n'y a plus personne pour l'identifier.

– Il y a vous.

– Exact. Dites à ce Leventis que je veux bien l'identifier s'il me fait sortir d'ici. Pas de problème. Il ne vous reste plus qu'à retrouver ce salopard.

– Que pouvez-vous me dire d'autre sur lui ?

– Laissez-moi réfléchir… Il y avait à Thessalonique un hôtel qu'il aimait beaucoup, l'Aeageon. Et un autre où il emmenait sa maîtresse grecque : le Luxembourg. Elle s'appelait Tzeni, je crois. Ou Tonia. Non, Tzeni. Je me demande s'il ne l'a pas assassinée avant de partir. Les deux fois où je l'ai accompagné à Athènes, il a logé au Xenias Melathron. Il aimait bien un restaurant aussi… le Kissos, rue Amerikis. Ça m'étonnerait qu'il prenne le risque de retourner à Thessalonique, mais Athènes c'est différent. Il n'y venait pas souvent. » Meissner s'interrompit, puis demanda : « Comment vous avez su que c'était lui ?

– Le lieutenant Leventis m'a montré sa photo et j'ai reconnu l'homme qui m'avait abordé au bar de mon hôtel. Il se fait appeler Fischer maintenant. Georg Fischer. Il prétend être représentant en tabac.

– Vous dites qu'il vous a parlé ?

– Oui. Il a engagé la conversation en voyant que j'étais allemand.

– C'était juste histoire de bavarder ou bien il voulait quelque chose ? Si c'est le cas, donnez-lui ce qu'il demande. Cet homme aime tuer des gens. Et pas seulement des juifs.

– Oui, il paraît. Tout d'abord, j'ai cru à une banale conversation entre deux Allemands loin de chez eux. Mais par la suite, j'ai compris qu'il cherchait quelqu'un. Il espérait que je le conduise jusqu'à cet homme. Et parce que je l'ai fait sans le vouloir, cet homme est mort.

– Qui ça ?

– Un nommé Siegfried Witzel.

– Jamais entendu ce nom.

– Il travaillait pour un certain Max Merten.

– Max Merten. »

Meissner se leva et alluma une des cigarettes que je lui avais données. Il marcha de long en large dans la pièce, en hochant la tête.

« Vous connaissez ce nom ? demandai-je.

– Oh, oui.

– Que pouvez-vous me dire sur Max Merten ?

– Attendez. Ce Witzel travaillait pour Merten ?

– Oui.

– Quand ?

– Maintenant. Cette année. Je pense que Merten est en Grèce lui aussi. »

Un grand sourire éclaira le visage de Meissner.

« Tout s'explique. Je comprends pourquoi Brunner a osé revenir en Grèce. Wisliceny est mort, pendu par les Tchèques, je crois. Et Eichmann a disparu. Au Brésil, s'il sait où est son intérêt. Il reste donc Merten et Brunner. Ça se tient.

– Je suis content de vous l'entendre dire.

– Les gens se souviennent d'Eichmann, de Wisliceny et de Brunner car ils appartenaient tous au SD, et ils croient que tous les vrais méchants étaient dans la SS car la SS s'occupait surtout de tuer les juifs, mais en vérité, le responsable de cette liquidation, c'était Merten.

– Pourtant, il n'était que capitaine, non ?

– Exact. Ce qui lui aurait permis d'échapper plus facilement aux radars. Mais Merten était le chef de l'administration militaire pour toute la zone Salonique-Égée. La Wehrmacht lui laissait faire ce qu'il voulait parce qu'ils étaient quasiment tous à Athènes, et ils n'en avaient rien à foutre de Thessalonique. D'abord, il n'y avait pas de bon hôtel comme le Grande-Bretagne. Et ensuite, ils préféraient maintenir leurs consciences de gentlemen à l'écart des sbires du SD, et de leurs projets. Mais à Thessalonique, si vous vouliez un camion, un train, un bateau, un bâtiment, il fallait passer par Merten. Si vous vouliez cent travailleurs juifs pour construire une route, il fallait demander à Merten. C'était le grand manitou. Eichmann lui-même devait passer par lui. C'est lui que les Grecs devraient juger. Toutes les histoires que je pourrais vous raconter sur Merten… À Thessalonique, il aimait vivre comme un roi. Et pas n'importe quel roi. Plutôt Crésus, tant qu'à faire. Il avait une villa avec piscine, des filles, des voitures, la meilleure nourriture, les meilleurs vins. Il avait même son propre cinéma. Et personne ne l'embêtait. » Meissner secoua la tête d'un air amer. « Mais évidemment, il n'y a qu'une seule histoire qui vaille au sujet de Max Merten. Et si vous voulez mon avis, c'est ce qui intéresse réellement votre lieutenant grec. Juger Alois Brunner, ce n'est qu'un écran de fumée. Si Max Merten se trouve en Grèce, ça ne peut être que pour une seule raison. Et je suppose qu'Alois Brunner la connaît lui aussi. »

37

Je sortis de la prison Avéroff en ayant l'impression de marcher sur un coussin d'air avec mes chaussures Salamander en daim bleu. Cela me faisait toujours le même effet. Que vous quittiez cet univers en étant coupable ou innocent, vous éprouviez un sentiment de soulagement. J'avais l'intention de m'offrir un bon bain chaud, un remontant et un solide repas. Et peut-être même une soirée en boîte de nuit avec une jolie fille, et toutes ces choses auxquelles vous n'avez plus le droit derrière les barreaux. Quand vous avez purgé une peine de prison, vous ne tenez plus le temps pour acquis. Toute cette nostalgie me tourmentait sans doute vaguement, aussi n'étais-je pas franchement préparé à ce qui arriva ensuite. En outre, ça ressemblait à une opération menée par des professionnels : la Pontiac bleu marine qui s'approche du trottoir et les portières qui s'ouvrent sans bruit, avant que les Goodyear crissent, les deux passants innocents qui convergent vers moi, et qui, je le découvre soudain, tiennent de petits pistolets automatiques, qui disparaissent presque dans leurs mains. Ils n'étaient donc pas si innocents qu'il y paraissait. Une minute plus tard, je me retrouvai à l'arrière de la Pontiac, en compagnie de quatre hommes qui paraissaient beaucoup plus en forme que moi, tandis que nous roulions en direction de l'est. Puis nous tournâmes dans Vasileos Konstantinou. Les hommes ne disaient rien, même quand ils me fouillèrent pour s'assurer que je n'avais pas d'arme sur moi. Bien que la voiture soit différente, je me demandais si c'étaient les mêmes types qui m'avaient suivi jusqu'à Hermione. Je devinais ce qui m'attendait : menaces, passage à tabac, quelques actes de torture ou pire. Protester ne servirait à rien. Ils avaient une tâche à accomplir et jusqu'à présent, ils s'en sortaient très bien. C'était une histoire que je connaissais par cœur ; j'espérais seulement qu'ils comprendraient l'allemand et l'anglais quand viendrait mon tour de parler. Je me demandais ce que pensait Garlopis. Avait-il seulement remarqué ce qui s'était passé ? S'il m'avait vu être enlevé en pleine rue, allait-il alerter Leventis ? Et s'il n'avait rien vu parce qu'il somnolait dans la voiture, à quel moment se réveillerait-il pour constater que je tardais à revenir ? Combien de temps attendrait-il avant d'aller frapper à la porte de la prison pour demander de son air obséquieux, mais curieusement attachant, s'ils avaient décidé de me garder pour la nuit ? Toutes ces questions ne me tracassaient pas vraiment. Avec les deux Colt .25 appuyés contre mes reins surmenés et les quatre visages froids qui m'entouraient, j'avais suffisamment de quoi m'inquiéter.

La Pontiac s'arrêta devant un impressionnant stade en forme de fer à cheval qui ressemblait à un décor des *Gladiateurs*, et les portières se rouvrirent. On m'obligea à descendre de voiture et à marcher. La présence d'un ou deux passants m'autorisa à protester, faiblement, contre ce traitement, malgré le petit pistolet qui s'enfonçait discrètement dans mes côtes.

« Je me dois de vous prévenir que j'ai assisté aux jeux Olympiques de Berlin en 1936. J'ai réussi à faire le tour du stade et à grimper jusqu'à mon siège en moins d'un quart d'heure. Un record mondial à l'époque. »

Sans un mot, ils me conduisirent au pied des gradins et me montrèrent la dernière rangée de sièges. Très haut au-dessus de la piste était assise une minuscule silhouette, tel l'unique spectateur d'une matinée.

« Montez, m'ordonna l'un des hommes. Dépêchez-vous. On ne fait pas attendre les dames, hein ?

– Jamais, si je peux l'éviter. »

Je commençai à gravir les gradins.

Ce n'était pas aussi facile qu'il y paraissait car la première marche, recouverte de marbre, était beaucoup trop haute. Sans doute ne posait-elle aucun problème si vous portiez une tunique courte, ou même rien du tout, dans le style de la Grèce antique, mais pour n'importe qui d'autre, c'était une épreuve. Ensuite, ça devenait plus facile. Du moins, si vous étiez disposé à escalader les quarante-quatre marches. Je les comptai car cela m'aidait à dompter ma colère d'avoir été ainsi contraint de rencontrer une femme que je n'avais jamais vue et que je ne trouvais pas séduisante. Elle était beaucoup trop vieille ; ce qui voulait dire qu'elle avait à peu près mon âge. J'en dressai le signalement à l'intention du flic qui vivait toujours en moi, alors que j'achevais mon ascension, en ignorant la vue splendide sur l'Acropole et le Jardin national. C'était une grande femme, imposante, dotée d'une crinière de cheveux gris foncé, attachés en une tresse lâche, à la manière d'une cariatide. Elle portait une courte veste de soie rouge foncé, sur un chemisier moutarde et une longue jupe marron, avec des bottes en cuir souple. Son visage aux traits puissants, masculins, avait la couleur d'un raisin sec. Elle n'avait ni bijoux ni sac, uniquement une montre d'homme au poignet, et elle tenait un mouchoir rouge dans la main. Elle aurait pu incarner la reine des bandits.

« Vous n'avez pas d'amis ? demandai-je.

– Non, pas d'amis.

– Vous ne vous sentez pas trop seule, assise là, comme ça ?

– Je ne me sens jamais seule… depuis que j'ai appris à connaître les autres. »

Elle parlait l'allemand couramment, même si je pouvais affirmer que ce n'était pas sa langue maternelle.

« Vous avez raison. C'est seulement quand on est jeune qu'on a besoin d'amis, et qu'on croit que c'est important. Quand on arrive à nos âges, on s'aperçoit qu'ils ne sont pas plus dignes de confiance que les autres. Malgré tout, je sais par expérience que les personnes qui ne se sentent jamais seules sont les plus seules.

– Venez vous asseoir. » Elle tapota le siège de marbre à côté d'elle, comme s'il avait une chance d'être confortable. « Impressionnant, n'est-ce pas ? Ce lieu. »

Je m'assis.

« J'ai du mal à contenir mon excitation.

– C'est le Stade panathénaïque, au cas où vous vous poseriez la question. Construit en 330 avant Jésus-Christ, mais revêtu de marbre seulement au IIe siècle de notre ère. Les Grecs y organisaient des courses et les Romains des spectacles de gladiateurs. Et puis, pendant des centaines d'années il est resté à l'abandon, jusqu'en 1895, quand un riche habitant d'Alexandrie l'a fait restaurer, tel que vous le voyez maintenant. Et les premiers jeux Olympiques de l'époque moderne ont pu s'y dérouler en 1896. Ce Grec s'appelait George Avéroff. » Son sourire malicieux dévoila des dents écartées. « Ce nom ne vous est pas inconnu, je suppose, Herr Ganz.

– J'ai entendu parler de lui. C'était un homme doté d'un grand esprit civique, pour un Grec. Même si, à titre personnel, j'aimerais mieux voir mon nom sur un banc de square ou sur un chèque que sur une prison ou un navire de guerre.

– J'avais oublié le navire de guerre. Vous êtes bien informé.

– Non, loin de là. Par exemple, je ne sais même pas qui vous êtes, ni ce que vous voulez. À l'avenir, sachez qu'il

est de coutume que le gros bras qui vous menace avec une arme présente celui ou celle qui veut jouer les durs.
– Peu importe qui je suis.
– Allons, ne vous sous-estimez pas, madame.
– C'est vous qui ne devez pas commettre cette erreur. Et au cas où vous ne vous en seriez pas aperçu, je ne suis pas une dame.
– Ce n'est sans doute pas poli de ma part, mais je ne peux pas vous contredire.
– Là encore, peu importe. L'intérêt de cet endroit, avec ses soixante-six mille sièges inoccupés, c'est qu'on peut se disputer, personne ne s'en apercevra. Il y a une chose plus importante que mon identité : votre conversation avec Arthur Meissner à la prison Avéroff. J'aimerais savoir tout ce qu'il vous a dit, dans les moindres détails.
– En quoi ça vous regarde ?
– Ceci pourrait vous aider à comprendre... »

Elle releva les manches de sa veste et de son chemisier pour laisser apparaître un numéro tatoué sur son avant-bras.

« C'est un indice, en effet. Mais j'ai besoin d'en savoir un peu plus. Je suis allemand. L'imagination n'a jamais été mon fort. Il faut que je voie le film complet, en Technicolor.
– Soit. Si vous insistez. Jusqu'en 1943, je vivais à Salonique. Dans une famille de juifs sépharades originaires d'Espagne, qui avaient quitté ce pays en 1492, après le décret de l'Alhambra ordonnant notre expulsion. Pendant quatre cent cinquante ans, les juifs comme nous ont vécu et prospéré à Salonique. Les persécutions ressemblaient à un souvenir lointain, jusqu'en juillet 1942 et le sabbat noir, quand les Allemands ont débarqué et rassemblé tous les hommes au centre de la ville. Dix mille juifs de tous les âges ont été condamnés aux travaux forcés, mais avant cela, les hommes ont dû prouver qu'ils étaient aptes au travail. Non pas pour des

raisons humanitaires, évidemment, mais pour que les SS puissent s'amuser. Après ce long voyage, loin de l'Allemagne, ils s'ennuyaient, ils avaient besoin de se distraire. Et qu'y a-t-il de plus distrayant que de tourmenter des juifs, à l'ancienne ? Et donc, durant toute la journée, ces dix mille hommes ont été contraints de faire des exercices épuisants, sous la menace des armes. Ceux qui refusaient étaient quasiment battus à mort ou bien on lançait sur eux des bergers allemands. Il ne faisait pas frais comme aujourd'hui. On était en plein été et la température dépassait les trente degrés. Beaucoup de ces hommes sont morts, parmi eux mon grand-père. On l'ignorait sur le coup, mais il avait eu de la chance car un sort bien plus terrible attendait les survivants. Au cours des mois qui ont suivi, presque soixante mille juifs ont été déportés dans les camps de la mort d'Europe de l'Est. Avec dix-sept membres de ma famille, j'ai été envoyée à Auschwitz, où j'ai appris à parler allemand. Plus tard, j'ai appris autre chose : j'étais l'unique rescapée de ma famille. Non pas parce que j'étais médecin, les nazis n'avaient que faire d'un médecin juif, mais à cause d'une simple erreur administrative. On vous mettait au travail si, lors de votre arrivée à Auschwitz, vous aviez entre seize et quarante ans. À ce moment-là, j'en avais quarante et un. J'aurais donc dû être gazée avec ma mère, ma grand-mère et mes trois sœurs aînées. Mais un officier SS s'était trompé en notant ma date de naissance : 1912 au lieu de 1902. Cette erreur m'a sauvé la vie. Les autorités du camp ont cru que j'avais moins de quarante ans et on m'a envoyée au Bloc 24, c'était leur bordel. Certes, je suis vivante, mais je dois avouer qu'une partie de moi-même est morte à Auschwitz. Je n'ai plus jamais exercé la médecine. Ce que j'ai vu faire par des médecins, des médecins allemands, m'a convaincue que l'homme est indigne de la médecine moderne.

– Cela aurait pu être pire. Vous auriez pu être avocate. Il paraît qu'on n'est jamais à plus d'un mètre d'un avocat.

– J'ai donc changé de métier. Je protège les gens, mon peuple. De manière moins prophylactique.

– Est-ce que ça changerait quelque chose si je m'excusais ?

– Grand Dieu. » La femme assise à côté de moi plaqua sa main sur sa bouche pour étouffer un éclat de rire. « En voilà une surprise. Pardonnez-moi mais vous êtes le premier Allemand que je rencontre depuis la guerre qui affirme être désolé. Tous les autres disent : "On ne connaissait pas l'existence des camps" ou "Je ne faisais qu'obéir aux ordres" ou encore "Les Allemands ont subi des horreurs eux aussi". Mais personne ne pense jamais à s'excuser. Pourquoi, à votre avis ?

– Des excuses sembleraient déplacées, compte tenu des circonstances. C'est peut-être pour cette raison qu'on n'en fait pas souvent. »

Je voulus prendre mes cigarettes, mais me souvins que je les avais données à Arthur Meissner.

« J'aimerais que ce soit vrai, dit-elle. Mais j'en doute.

– Laissez-nous du temps. Au fait, y a-t-il une autre raison à notre présence ici ? Ou bien s'agit-il uniquement de George Avéroff et d'une leçon d'histoire ?

– Je suis contente que vous en parliez. Comme vous l'avez sans doute constaté, le stade est ouvert à une extrémité, à la manière d'un fer à cheval. Les personnes travaillant dans les immeubles de bureaux au nord avaient une vue directe sur ce qui se passait sur la piste, ou sur nous deux, assis ici. Vous ne croyez pas ?

– Assurément. Et après avoir eu un aperçu de la télévision grecque, je ne pourrais reprocher à personne de nous regarder avec un vif intérêt. » Je me levai pour aller regarder par-dessus le parapet : le haut du stade devait culminer à vingt-cinq mètres au-dessus du sol.

« Heureusement que l'altitude ne me fait pas tourner la tête.

– D'autant que je m'intéresse à ce qu'elle contient, et j'aimerais qu'elle reste sur vos épaules. J'ai posté un homme sur un de ces toits. Il n'est pas là pour son plaisir. C'est un tireur d'élite muni d'une carabine de haute précision, qui déteste les Allemands encore plus que moi, si cela est possible. Une carabine de fabrication américaine munie d'une lunette, capable, m'affirme-t-il, d'atteindre une cible à mille mètres. Soit deux fois plus que la distance entre ces toits et le stade, je dirais. Et vous ? Bref, un tir facile pour lui. »

Je ne dis rien, mais je me sentais subitement mal à l'aise comme si le cuir chevelu me démangeait, mais aucun shampoing ne pourrait remédier à ce problème. Je me rassis prestement. J'avais vraiment envie d'une cigarette maintenant.

« Je vous explique, dit la femme. Si j'estime que vous n'êtes pas assez coopératif, je fais un signe à ce tireur et… vous devinez la suite, je suppose ? Je vous garantis que vous ne sortirez pas vivant de ce stade, Herr Ganz.

– Qu'est-ce qui me prouve que vous dites la vérité ?

– Rien. Mais espérons que vous ne soyez pas obligé de faire le test. Ça ressemble à une de ces questions diaboliquement germaniques qui nous fascinaient, nous les juifs, dans les camps. Y a-t-il de l'eau dans les douches ou pas ? Qui pouvait le savoir ? Avec tous vos mensonges. La manière dont vous utilisiez le langage pour masquer la vérité. Autrefois, "traitement spécial" désignait une opération vitale pratiquée dans une clinique en Suisse. Grâce aux Allemands ça signifie maintenant une balle dans la nuque et une tombe creusée à la va-vite en Ukraine. Mais comme j'avais anticipé votre question, j'ai apporté une petite preuve pour vous convaincre que je dis la vérité. »

Elle me tendit une balle de carabine. Une cartouche de Winchester calibre 308. Exactement le genre de projectile qu'utiliserait un tireur d'élite pour la distance qu'elle avait mentionnée. J'essayais de garder la tête froide, mais la perspective d'en perdre la moitié suffisait à me faire suer à grosses gouttes. J'avais vu suffisamment de camarades abattus par des snipers dans les tranchées pour connaître l'effet produit.

« Oui, je sais, reprit-elle, il y a encore une petite place pour le doute. Mais c'est l'unique preuve que je peux fournir dans l'immédiat, à moins évidemment que je fasse le geste convenu. Et à ce moment-là, la question n'aura plus beaucoup d'importance, n'est-ce pas ? Voilà pourquoi je suis habillée en rouge et en marron, soit dit en passant. Ce sont de vieux vêtements. Au cas où je serais éclaboussée par le sang et la cervelle. »

Elle souriait. Néanmoins, j'avais la nette impression qu'elle ne plaisantait pas en disant cela. Elle avait réellement choisi sa tenue en fonction de cette fâcheuse hypothèse. J'essayai de singer sa décontraction, mais j'avais du mal.

« Puis-je conserver cette balle en souvenir ? Ça changera des yeux porte-bonheur.

– Bien sûr. Mais concoctez votre prochaine plaisanterie avec soin, Herr Ganz, car la prochaine balle sera moins inoffensive que celle que vous tenez dans la main.

– Vous savez quoi ? Je suis soudain ravi de m'être excusé.

– Moi aussi. C'est un bon commencement. Si vous n'étiez pas allemand, je pourrais même vous apprécier. Mais malheureusement…

– Je suppose que vous n'appartenez pas au Comité international olympique…

– Non, en effet.

– Et vous ne travaillez pas non plus pour les services secrets grecs. Je ne pense pas qu'ils m'assassineraient ici, à Athènes. J'en déduis que vous devez faire partie de l'Institut. À Tel-Aviv.

– Vous êtes vraiment bien informé. Pour un agent d'assurances. Mais aussi ex-inspecteur de police à Berlin, à la commission criminelle. Cela signifie que vous avez enquêté sur des meurtres, au lieu d'en commettre, comme bon nombre de vos collègues. Beaucoup de juifs ont connu des fins atroces entre les mains de la police allemande, n'est-ce pas ? Mais de toute évidence, le lieutenant Leventis a confiance en vous, autrement, il ne vous aurait pas permis de négocier un accord avec Arthur Meissner. D'après mes informations, il espère ainsi retrouver et arrêter Alois Brunner. C'est là que j'interviens car si quelqu'un doit arrêter cette ordure de Brunner, je veux que ce soit moi. C'est un des principaux criminels de guerre que nous essayons de capturer.

– Vous voulez vraiment l'arrêter ? Demande le type qui vient d'apprendre qu'il a un fusil braqué sur la tête.

– N'ayez crainte, si Brunner est ici, en Grèce, nous l'expédierons discrètement en Israël pour le traduire en justice. Il y aura un authentique procès, devant le monde entier, avec de véritables avocats et un vrai verdict, contrairement à ces pitoyables procès pour crimes de guerre que vous avez organisés en Allemagne. Car avouons-le, Herr Ganz, même les nazis qui ont été condamnés s'en sont bien tirés. Récemment, j'ai lu un rapport des services de renseignement indiquant qu'un officier SS nommé Waldemar Klingelhöfer, condamné à mort pour le meurtre de plus de deux mille cinq cents juifs, était sorti de la prison de Landsberg après seulement huit ans d'incarcération. Le monde nous doit un vrai procès, Herr Ganz. Qu'est-ce que ça peut bien vous faire, après tout ? Alois Brunner était autrichien. Sa ville natale se trouve en Hongrie maintenant, il me semble. Nous autres, juifs, nous réclamons notre "livre de chair". Grâce à Shakespeare, c'est ce que le monde attend de nous, en tout cas. »

Après l'avoir écoutée, je n'eus pas besoin de réfléchir longtemps pour prendre ma décision. J'offrais une cible facile à un tireur d'élite posté sur un des toits environnants. Peut-être était-ce mon imagination, mais il me semblait voir le soleil se refléter dans quelque chose qui pouvait être une paire de jumelles ou une lunette de visée. L'impitoyable reine des bandits avait su vendre son histoire, en véritable officier des services secrets, et j'étais convaincu qu'elle disait la vérité. J'avais la certitude désormais qu'elle appartenait à l'Institut pour les renseignements et les affaires spéciales, en Israël, plus connu sous le nom de Mossad. J'avais déjà eu affaire à cette agence, quand j'étais quelqu'un d'autre. Si elle avait su qui j'étais réellement, et qui j'avais côtoyé, elle aurait laissé tomber son mouchoir immédiatement.

« Je vous dirai tout ce que je sais.

– Je n'en demande pas tant. Uniquement ce que vous avez appris sur Alois Brunner. »

38

Après lui avoir fourni quantité de détails sur Munich Re et le *Doris*, destinés principalement à lui apporter une preuve superfétatoire de ma coopération, et à éviter de me faire tuer, je dis :

« J'ai l'impression que Meissner est un moins-que-rien dans cette histoire. Il n'est même pas allemand, ce n'est qu'un pauvre traducteur grec, qui porte un nom boche, que la police locale garde en taule à défaut de pouvoir attraper un plus gros poisson. Bien qu'il affirme ne pas avoir vu Alois Brunner depuis la guerre, il l'a connu. Et il m'a indiqué certains de ses endroits préférés, ici à Athènes. Je vais vous les noter si vous voulez. » Tout doucement, je glissai la main à l'intérieur de mon manteau pour sortir mon calepin, et me mis à écrire. « Sachez que j'ai vu Brunner il y a quelques jours au bar de l'hôtel Mega, sur la place de la Constitution. Mais peut-être que vous le savez déjà, grâce à la personne en poste au mégaron Pappoudof, qui vous fournit des informations sur les activités du lieutenant Leventis.

– Je sais seulement que vous l'avez rencontré. À quoi ressemble Brunner maintenant ?

– Il n'est pas très différent de la vieille photo que m'a montrée Leventis. Toujours aussi mince, pas très grand, entre quarante et cinquante ans, gros fumeur, accent autrichien, voix rocailleuse, des ongles rongés et des petits yeux morts, comme s'il avait regardé un ouragan en face, un nez crochu, une fine moustache grise et un collier de barbe, dans le style artiste. Ce jour-là, il portait une veste en tweed, un pantalon en velours côtelé, une chemise à carreaux et un foulard. Et une très jolie montre, ça me revient maintenant. En or. Une Jaeger peut-être. Ainsi qu'une chevalière à la main droite. Il buvait du Calvert avec des glaçons et sentait l'après-rasage. J'ai oublié la marque. Oh, il lisait un bouquin. Un roman de Frank Yerby. Il y avait peut-être un petit chapeau posé sur le tabouret à côté de lui, je n'en suis pas certain… Voilà, c'est tout.

– Et de quoi avez-vous parlé ? »

J'arrachai la liste des endroits fréquentés par Brunner et la lui tendis.

« Je buvais un verre et il a engagé la conversation. Entre compatriotes. En dépit de ce que vous dites, nous sommes plus chaleureux que le croient les gens. Je ne l'avais jamais vu. Il m'a dit qu'il s'appelait Georg Fischer et qu'il était représentant pour les cigarettes Karelia. Il m'en a donné un paquet, avec sa carte. » Je la lui remis. « Ne vous embêtez pas à téléphoner, ça ne répond pas. À mon avis, c'est un numéro bidon. Il distribue ces cartes pour donner le change. Mais Leventis est convaincu que Brunner se cache derrière deux meurtres commis dans cette ville, étant donné que le *modus operandi* est identique à celui d'un meurtre plus ancien, commis dans un train entre Salonique et Athènes en 1943. Ce jour-là, Brunner a abattu un banquier juif nommé Jaco Kapantzi d'une balle dans chaque œil. »

Je m'interrompis, frappé par le poids de ces paroles. En les prononçant à voix haute, je revis Siegfried Witzel allongé sur le sol de la maison de la rue Pritaniou. Et je m'imaginais à sa place, si le tireur d'élite de la reine des bandits pressait la détente.

« Une des deux victimes récentes est le propriétaire du *Doris*, le bateau dont je vous ai parlé. Siegfried Witzel.

C'est comme ça que je me suis retrouvé embringué dans cette foutue histoire. Au départ, je suis venu ici pour enquêter sur ce sinistre. Je ne m'attendais pas à ça. C'est le drame de ma vie. »

Cette dame du Mossad qui n'était pas une dame hocha la tête.

« Mes renseignements indiquent que Brunner aime tirer dans les yeux de ses victimes, en effet. Dans le camp de transit de Drancy, en banlieue parisienne, il a abattu de la même manière un dénommé Theo Blum. Selon certaines sources, la mère de Brunner, Ann Kruise, aurait été optométriste. Je sais, on n'est pas vraiment chez Sophocle. Mais il existe peut-être une explication psychologique, au-delà du pur sadisme. Pour le savoir, il faudra attendre qu'il soit derrière les barreaux de la prison d'Ayalon. Mais poursuivez, je vous prie.

– Siegfried Witzel et un avocat installé à Munich, Max Merten…

– Encore une personne à laquelle nous nous intéressons.

– Ces deux-là n'ont pas ménagé leur peine pour convaincre le gouvernement grec qu'ils montaient une expédition destinée à récupérer des trésors antiques dans la mer Égée. Des pièces de musée. Le masque à gaz d'Agamemnon ou des trucs comme ça. Jusqu'à cet après-midi, je commençais à croire qu'en réalité, ils voulaient se procurer des armes de manière illégale. Que toute cette opération était une couverture. Brunner se trouvait à bord pour échanger des trésors de l'art égyptien et assyrien contre des armes qui seraient ensuite expédiées secrètement à Nasser. »

Je mentionnai la tête de cheval qui avait été livrée à bord du *Doris*.

« Et c'est logique. Brunner est très certainement lié au Mukhabarat, les services de renseignement égyptiens. Nos rivaux, en quelque sorte. Un de nos agents au Caire a fait état de plusieurs rencontres avec un certain Zakaria

Mohieddin, qui était encore récemment le directeur du Mukhabarat. Mais nous pensons qu'il travaille désormais en secret pour vos propres services, le BND, sous les ordres d'un ministre du gouvernement allemand, un certain Hans Globke, qui pourrait être à sa recherche lui aussi. On aimerait d'ailleurs bien mettre la main sur ce salopard également. Mais il y a peu de chances que ça arrive. Si Adenauer protège son secrétaire d'État aussi bien que son ministre des Personnes déplacées, Theodor Oberländer, il ne faut pas espérer faire condamner Hans Globke.

– Qu'est-ce qui cloche chez vous autres ? »

Je vis la reine des bandits se hérisser.

« "Nous autres", Herr Ganz ?

– Je ne parle pas des juifs. Mais des *espions*. Aucun de vous n'est capable de marcher droit. Bref, je pense maintenant que j'avais tort, au sujet de ce trafic d'armes. Ça n'a rien à voir. Merten et Witzel, et peut-être aussi Brunner, cherchaient quelque chose au fond de l'eau, mais pas des pièces archéologiques destinées au musée du Pirée. Arthur Meissner m'a raconté une histoire. Je peux vous la répéter si ça vous intéresse. Pardonnez-moi, cependant, si j'omets certains détails car il n'est pas facile de se concentrer en sachant qu'un sniper pointe son arme sur vous. »

Je soupirai et m'essuyai le front avec le poignet de ma chemise. Je transpirais tellement que mon manteau me collait à la peau comme un emballage de beurre.

« J'aurais pourtant cru que c'était l'inverse. D'après mon expérience, la perspective de se faire tuer a pour effet de focaliser la pensée, comme si on regardait à travers une lorgnette. En outre, Herr Ganz, vous n'avez rien à craindre tant que je tiens solidement ce foulard rouge.

– N'éternuez pas, alors. Et ne m'interrompez pas tant que je n'ai pas fini de jouer Homère. Je ne voudrais pas que votre ami perché pense que vous ne me croyez pas. Il y a plusieurs trous dans cette histoire. Il faudra me pardonner car je n'aimerais pas subir le même sort.

– Je vous écoute.

– D'après Meissner, Alois Brunner faisait partie d'une organisation corrompue qui est parvenue à dépouiller les juifs de Salonique de millions de dollars, sous forme d'or et de bijoux, au printemps 1943. Dieter Wisliceny et Adolf Eichmann étaient également dans le coup. Mais toute l'opération avait été montée par le capitaine Max Merten, responsable des affaires civiles dans la région. Merten avait conclu un chouette arrangement avec des leaders juifs de Salonique : il leur éviterait d'être déportés, en échange de tous leurs biens cachés. Craignant pour leur vie, les juifs ont tout donné, pour finalement découvrir qu'ils avaient été dupés. Avec l'aide d'Eichmann et de Wisliceny, Merten a chargé ce trésor à bord de l'*Epeius*. Et aussitôt le bateau parti, les SS ont entrepris de déporter les soixante mille juifs de la ville.

– Je connais cette histoire, dit la reine des bandits d'un ton qui trahissait son impatience. Le bateau a heurté une mine et a sombré au large de la Crète, avec tout son chargement. La Regia Marina, la marine italienne basée à Salamine, a reçu un message à cet effet. Ainsi que la Kriegsmarine à Héraklion. La marine grecque est allée enquêter sur place immédiatement après la guerre.

– Et ça n'a servi à rien.

– Eh bien ?

– Meissner tient un autre discours. À Salonique, les complices de Merten au sein du SD, en apprenant la nouvelle du naufrage, ont senti le coup fourré. Meissner dit qu'il les a entendus exprimer ouvertement leurs soupçons à la villa Mehmet Kapanci. Ils ont essayé de découvrir ce qui était réellement arrivé à l'*Epeius*, et ils ont découvert qu'effectivement il avait coulé, mais pas à cause d'une mine. Merten avait dupé ses complices comme il avait dupé les juifs de Salonique. Il s'était arrangé pour faire couler le navire dans les eaux peu profondes du golfe de Messénie, au large du Péloponnèse, entre les villes de Pylos et de Kalamata.

» Le capitaine de l'*Epeius* était un Grec nommé Kyriakos Lazaros. À bord se trouvait également un officier allemand du nom de Rainer Stückeln, à qui Merten avait promis une part du butin. Auparavant, Merten avait pris des dispositions pour qu'un second bateau, le *Palamedes*, rejoigne le canot de sauvetage de l'*Epeius*. Après quoi le *Palamedes* a vogué vers la côte occidentale de la Crète, où Lazaros, Stückeln et les membres d'équipage sont montés à bord d'un autre canot. Afin de donner le change, ils ont ramé jusqu'à terre pour déclarer la disparition de l'*Epeius*.

» Par la suite, Stückeln a assassiné Lazaros et son second pour être sûr qu'ils ne dévoilent pas l'emplacement de l'*Epeius*. Il a été tué à son tour au cours d'un bombardement en Crète, mais seulement après avoir indiqué à Merten l'endroit exact où se trouvait le bateau. Mais avant que les trois hommes du SD puissent agir, la guerre a pris fin. Eichmann, Wisliceny, Brunner et Merten se sont retrouvés en Allemagne, en prison ou en fuite. Max Merten, modeste capitaine de l'armée, a vite été libéré et il a vécu tranquillement à Munich pendant dix ans, attendant probablement le moment où il pourrait enfin retourner sans risque en Grèce pour récupérer sa pension de retraite.

» Et puis, il y a quelques mois, Merten a affrété un bateau appartenant à un Allemand plongeur sous-marin : le fameux Siegfried Witzel. Ce bateau, le *Doris*, était assuré auprès de ma compagnie. Comme beaucoup d'autres. Munich Re est une excellente compagnie d'assurances. Peut-être la meilleure d'Allemagne. Selon moi, Merten et Witzel avaient l'intention de se rendre à l'endroit où avait sombré l'*Epeius* pour tenter de récupérer l'or.

Toujours selon moi, quelqu'un au sein du BND a informé Brunner que Max Merten allait retourner en Grèce, et il a décidé de reformer leur association. Mais quelque chose a mal tourné, encore un coup fourré, je suppose. Les vieilles habitudes ont la vie dure. Le *Doris* a sombré – je ne sais pas pour quelle raison – en même temps que le partenariat, une nouvelle fois. Avec les mêmes conséquences mortelles. Brunner a assassiné Witzel et peut-être cherche-t-il Merten pour lui faire subir le même sort. Je crois qu'il aime bien tuer les gens. Après tout, c'est un Allemand. »

Je secouai le tête avec une vigueur désagréable, en me demandant quel était l'effet produit dans le viseur du sniper, et je perçus pour la première fois le parfum de la reine des bandits, son unique concession à la féminité. Je distinguai des notes paradoxales de vanille et de fleurs, tout l'opposé de sa personnalité.

« Voilà, vous savez tout de cette sale histoire. Si ça se trouve, Merten et Brunner ne sont même plus en Grèce. Compte tenu de ce que m'a dit Meissner, je m'étonne qu'ils aient eu le culot de revenir.

– Peut-être que ça n'a rien de surprenant. Des rumeurs affirment qu'il y a dans ce nouveau gouvernement d'anciens collaborateurs des nazis qui ont reçu en récompense des entreprises et des propriétés confisquées aux juifs. Merten a peut-être réussi à faire chanter certaines de ces personnes pour favoriser son retour. » Elle haussa les épaules. « D'un autre côté, le gouvernement grec n'est pas le seul à avoir abandonné les juifs de Salonique. En 1946, les Américains ont arrêté Merten, ils l'ont enfermé à Dachau et ont proposé de l'extrader en Grèce. Aussi incroyable que cela puisse paraître, le gouvernement de Tsaldaris a dit ne pas s'intéresser à lui. Alors, après avoir vécu au grand jour à Munich pendant dix ans, comme vous le disiez, Max Merten a peut-être décidé qu'il pouvait revenir en toute tranquillité. Et comment lui en vouloir ? Vous autres, les Allemands, vous avez réussi à tirer un gros trait sur la guerre pour tout recommencer. Ils appellent ça “le miracle du Vieux”. Le coup d’éponge du Vieux, plutôt. Ça me donne envie de vomir. Il n’y a pas de justice. Pas étonnant que nous soyons obligés de faire justice nous-mêmes. »

Elle émit un ricanement amer et détourna le regard, comme si elle avait peur d’être éclaboussée par le sang finalement.

« Je n’ai pas voté pour lui, dis-je. Et je vous en prie, ne me jetez pas ce regard noir. Je suis sujet aux migraines. Personnellement, je n’ai jamais détesté les juifs autant que je déteste un grand nombre de mes compatriotes.

– J’ai entendu parler des licornes, des griffons, des grands pingouins, des putains au grand cœur ou des petits hommes verts venus de l’espace. J’ai même entendu parler des bons Allemands, mais je ne pensais pas en rencontrer un. Vous n’avez jamais voté pour les nazis et vous n’aimiez pas Hitler. Je parie que vous avez même sauvé un juif pendant la guerre. Vous l’avez caché deux jours dans vos toilettes. Et bien entendu, certains de vos meilleurs amis étaient juifs. Alors je ne comprends pas pourquoi autant d’entre nous sont morts.

– Je n’ai rien fait dont je puisse être fier, si c’est ce que vous voulez savoir. Mais je vivrai avec cette idée. »

Elle leva la main qui tenait le mouchoir rouge et l’agita d’un air entendu.

« C’est ce que vous espérez.

– En voyant votre appétit de vengeance, je me réjouis de ne pas figurer sur votre menu.

– Mon menu ? Oh, je comprends. C’est exact. Pour nous, arrêter Max Merten pourrait être aussi satisfaisant que retrouver Alois Brunner.

– Si je le revois, je vous le dirai.

– Si vous le *revoyez* ?

– Je l'ai un peu connu avant la guerre, quand il était un jeune avocat ambitieux à Berlin, et je l'ai revu il y a deux mois environ. En fait, c'est Merten qui m'a aidé à décrocher ce poste chez Munich Re.

– Et on dit que les juifs se serrent les coudes. Vous autres Allemands, vous pourriez nous donner une leçon dans ce domaine.

– Croyez-moi, si je le croise, il se pourrait bien que je le tue de mes propres mains. J'avais un petit boulot peinard dans un hôpital avant de me mettre en tête de faire mon chemin dans le monde dangereux des assurances. Les gens avec qui je travaillais étaient aussi honnêtes que les jours sont longs. Je n'ai jamais eu de problème avec aucun d'entre eux. » Je me mordis la lèvre. « Mais dès l'instant où j'ai remis une cravate, c'était comme si je me retrouvais obligé de faire des compromis avec moi-même. Bon, je peux partir maintenant ? Il commence à faire frisquet là-haut. Heureusement que vous dégagez des vagues de chaleur.

– Oui, vous pouvez partir, Herr Ganz. Vous êtes un homme intéressant, sans aucun doute. Les apparences sont trompeuses. Vous logez à l'hôtel de Grande-Bretagne, n'est-ce pas ? Peut-être occupez-vous la chambre d'Hermann Göring. Ou celle de Himmler. Vous devriez vous sentir comme chez vous. La voiture vous attend. Mes hommes vont vous ramener.

– Non merci. Je préfère marcher si ça ne vous ennuie pas. Cela me permettra de chasser de ma tête l'idée qu'elle va recevoir un visiteur indésirable. » Je me levai, lentement, un œil sur le mouchoir rouge dans sa main. « N'est-ce pas Sophocle qui a dit que la fin justifiait les moyens ? J'ai lu ça sur un torchon souvenir. Eh bien, croyez-en mon expérience. Ce n'est pas vrai. Jamais. L'Allemagne l'a appris à ses dépens. J'espère sincèrement que vous ne serez pas obligés d'apprendre la même leçon que nous. »

La reine des bandits m'adressa un sourire sarcastique.

« Allez-vous-en. Et prenez soin de vous, d'accord ?

– Je suis allemand. On est doués pour ça. »

39

Je pris un taxi pour retourner au bureau. Garlopis n'y était pas. Je dénichai un paquet de cigarettes et une bouteille dans son tiroir et m'installai devant la machine à écrire anglaise de Telessila pour rédiger un rapport de deux pages destiné au lieutenant Leventis, concernant mon entrevue avec Arthur Meissner. En regagnant mon hôtel, je le déposai au mégaron Pappoudof. Dans ce rapport, j'avais noté quasiment tout ce que j'avais raconté à la reine des bandits, mais étant donné qu'il posait plus de questions qu'il n'apportait de réponses, je devinais que cela ne suffirait pas à me rendre mon passeport. Je ne mentionnai pas la reine des bandits, je n'étais pas certain que cela aurait servi ma cause.

La place de la Constitution accueillait l'habituelle ménagerie, composée de vendeurs de billets de loterie, de vendeurs de bretzels, de flics, de soldats, de pickpockets, de mendiants, de musiciens et d'employés de bureau pressés de prendre leurs bus irascibles pour rentrer chez eux. L'équivalent athénien de l'Alexanderplatz avait tout pour divertir le citoyen peu méfiant et je m'arrêtai un court instant pour regarder un artiste talentueux dessiner à la craie sur le trottoir un tableau grotesque qui évoquait une œuvre de Georg Grosz et me rappela à quel point le vieux Berlin me manquait, avec ses Franz Biberkopf et ses Anita Berber, son ours et sa bière. Il n'y a pas mieux que Georg Grosz pour vous donner envie de boire un remontant bien tassé, ou l'impression que c'est déjà fait. Je le savais mieux que personne, compte tenu de ma longue fréquentation de Grosz. Entrant précipitamment dans le hall de l'hôtel, je trouvai Achilles Garlopis qui m'attendait dans un des grands canapés sous le lustre en cristal. Il se leva tel un scarabée qui se débat pour se remettre sur ses pattes et traversa le sol de marbre d'un pas leste pour venir à ma rencontre.

« Dieu soit loué, vous êtes sain et sauf, dit-il en se signant à la grecque. Quand ces hommes vous ont enlevé devant la prison, j'ai essayé de les suivre avec la Rover, mais ils m'ont semé à cause des feux. Remarquez, je n'aurais pas su quoi faire si je les avais rattrapés. Ils n'avaient pas l'air commode.

– Et pour cause.

– Ils ne ressemblaient pas à des policiers.

– Non. Ils n'étaient pas de la police. » Je n'en dis pas plus. Moins il en savait sur la reine des bandits, mieux ça vaudrait pour lui. « Oublions tout ça, d'accord ?

– Très bien, monsieur.

– Allons plutôt boire un coup. J'ai très envie de maltraiter mon foie. En chemin, j'ai dû me retenir pour ne pas boire l'essence de mon briquet.

– Dans ce cas, laissez-moi vous offrir un verre. Non, à la réflexion : deux !

– À ce prix-là ? Munich Re paiera les dégâts. C'est leur métier. »

Nous prîmes place au bar du Grande-Bretagne, cette corne d'abondance alcoolisée. Je montrai la tapisserie représentant Alexandre le Grand. Un garçon juché sur un éléphant brandissait une flasque et deux esclaves marchaient, à côté du char, en transportant sur une civière ce qui ressemblait à un grand pichet de vin. Un autre type, aux cheveux roux, buvait une bouteille de Korn au goulot en essayant de faire croire qu'il s'agissait d'une trompette, comme on le fait après une soirée bien arrosée. Quant à Alexandre, il souriait et s'efforçait de rester droit, et grand, sur son char. Il donnait l'impression d'avoir déjà bu un verre ou deux pour se donner du courage.

« Je prendrai la même chose que lui, dis-je au barman.

– Moi aussi », dit Garlopis, et il commanda deux doubles whiskys on the rocks, capables sans doute de produire un résultat équivalent.

« Meissner vous a dit quelque chose d'important ? D'utile ? Qui puisse satisfaire le lieutenant Leventis ?

– Non, rien qui soit susceptible de nous aider. Nous allons devoir soudoyer ce salopard, je le crains. À moins que j'utilise cet argent pour acheter un faux passeport.

– Un passeport grec ? Je ne saurais pas comment vous aider, monsieur. N'importe quel Grec acceptera de soudoyer un fonctionnaire ou de toucher des pots-de-vin. Personne n'y verra un acte criminel. Mais obtenir un faux passeport, c'est autre chose.

– Dans ce cas, tenons-nous-en à la corruption honnête.

– On encaissera le chèque certifié demain. À la Banque Alpha de Corinthe, comme prévu.

– Vous êtes sûr que les banques sont ouvertes le samedi ?

– De neuf heures à midi, monsieur. Et je pense que vous allez aimer Corinthe. » Il gloussa. « Surtout après avoir encaissé le chèque, sur le chemin du retour.

– Pourquoi ne pas soudoyer Leventis dès le lendemain ?

– Oh, non, monsieur. Impossible. Vous ne pouvez pas soudoyer quelqu'un un dimanche. Pas en Grèce. Jamais le dimanche. Aucun Grec ne pourrait le tolérer. Et il faudra faire preuve de doigté, de diplomatie. D'ailleurs, je pense qu'il serait bon de soudoyer cet homme pas seulement avec de l'argent, mais avec de la reconnaissance et de l'estime également. Il faudra lustrer son ego avec un chiffon doux. "Je ne vous ferais pas l'injure de vous offrir quelques centaines ou un millier de drachmes, lieutenant." Ce genre de choses. "À un homme tel que vous, lieutenant, on ne peut pas offrir moins de cinq mille." Ça ne serait pas une insulte. Cinq mille drachmes, ce serait une marque de respect. Un geste diplomatique. C'est une somme qu'il comprendra.

– Supposons qu'il réclame davantage ?

– Évidemment, on *peut* offrir dix mille. Gardons cette possibilité dans la manche de notre toge. Mais pour plus de dix mille drachmes, on pourrait s'offrir le ministre de la Justice en personne. Comme tous les fonctionnaires grecs, le lieutenant Leventis a la sagesse de connaître sa vraie valeur. Une dernière chose, si vous le permettez : il vaut mieux que ce soit un Grec comme moi qui gère cette affaire. C'est l'interprète qui vous parle. Quand vous versez un *fakelaki* à une personne, il est préférable de ne laisser aucune place au doute linguistique. Et d'éviter toute humiliation. Un Grec qui soudoie un autre Grec, c'est courant. Venant d'un Allemand, cela semblera antipatriotique.

– Oui, je comprends.

– Espérons que nous pourrons acheter notre tranquillité d'esprit. »

Nous bûmes encore deux ou trois verres, après quoi je pris congé de Garlopis et montai me coucher. En gagnant ma chambre, je me demandai si Heinrich Himmler avait réellement logé au Grande-Bretagne ou s'il s'agissait d'une rumeur. Elles étaient nombreuses en Grèce. Après un bain chaud – de la fenêtre, j'apercevais le toit du mégaron Pappoudof – je me mis au lit et lus durant cinq minutes, avant que le livre m'échappe. Les yeux fermés, je me retrouvai dans un endroit plus sombre que les ténèbres, comme si la mort elle-même m'avait avalé, me faisant suffoquer. C'est alors que Göring entra dans ma chambre, un lionceau sous son bras potelé, pour exiger que je change d'hôtel. Il portait un gilet de chasse en cuir vert sans manches, une chemise blanche en flanelle, un pantalon en drill blanc et des tennis blanches.

Cette chambre devait rester inoccupée afin de l'accueillir chaque fois qu'il venait à Athènes, affirmait-il, et si je ne décampais pas immédiatement, il ordonnerait à son sniper de m'abattre la prochaine fois que je prendrais un bain. Évidemment, je refusai, et à ce moment-là, le téléphone sonna. Göring expliqua que c'était certainement la direction de l'hôtel qui me proposait la chambre de Himmler à la place. Le Reichsführer-SS était encore à Berlin, ou mort, il n'en avait donc pas besoin. Je tendis le bras à travers l'obscurité qui se dissipait pour décrocher. Ce n'était que Garlopis, qui m'appelait au sujet de la maison du 11 rue Pritaniou, dans le vieux quartier de l'Acropole. Je me redressai dans le lit, allumai la lumière et tentai d'ordonner mes pensées. Je lui répondis que je dormais, alors que manifestement j'étais réveillé, puis j'avalai une grande bouffée d'air dans les fosses à bitume que j'appelais mes poumons, en même temps qu'une dose de lucidité dans mon cerveau embrumé par le sommeil.

« Une de mes tantes m'a laissé un message dans la soirée, répéta Garlopis. Au sujet de la maison de la rue Pritaniou. Vous vous souvenez ? Au pied de l'Acropole ? Là où on a découvert le corps de Herr Witzel et le lieutenant Leventis ?

– Oui, peut-être, à condition de faire un gros effort.

– Le lieutenant nous a dit qu'un témoin qui faisait le ménage dans l'église du Saint-Sépulcre, au coin de la rue, avait vu deux hommes entrer dans la maison. Eh bien, ce témoin c'était ma tante Aspasie, qui habite non loin de là. Elle fait le ménage dans cette église depuis trente ans. Je n'ai rien dit sur le coup car je ne voulais pas qu'elle ait des ennuis avec la police, à cause de son lien de parenté avec moi. Ils auraient pu trouver ça louche.

– Bon sang, Garlopis, je n'ai jamais connu un homme qui avait autant d'oncles, de tantes et de cousins.

– Si vous prenez le temps de réfléchir, monsieur, vous verrez que chacun de mes cousins, ou cousines, a forcément une mère. Et chacune de ces mères est la tante d'Achilles Garlopis. Tante Aspasie est la mère de mon cousin Poulios, qui travaille pour Lefteris Makrinos, le loueur de voitures de la rue Tziraion, celui qui nous a prêté la Rover. J'ai six tantes et oncles du côté maternel et sept du côté paternel. Si ça vous intéresse, sachez que j'ai vingt-huit cousins. C'est normal en Grèce. Bref, ma tante Aspasie m'a laissé un message pour me dire qu'il y avait quelqu'un dans la maison de la rue Pritaniou. *En ce moment même*. C'est pour ça que je vous appelle si tard. Elle est certaine que ce n'est pas la police ni la gendarmerie.

– Comment le sait-elle ?

– Elle n'aime pas la police, monsieur. Depuis la guerre civile. Pour elle, ce sont tous des voleurs. Et comme elle se méfie d'eux, elle les a à l'œil. Si elle a signalé les coups de feu qui ont tué Witzel, c'est uniquement par sens du devoir. Depuis, la police avait posté un agent en uniforme devant l'entrée de la maison. Maintenant, il n'y est plus. À la place, il y a une moto garée devant, une Triumph rouge à la selle fendue, qui pourrait être celle du propriétaire.

« Ah oui ? » fis-je, parfaitement réveillé maintenant. Je regardai ma montre. « Vous pouvez venir me chercher à l'hôtel ?

– Je serai là dans vingt minutes, monsieur. »

Je me rendis dans la salle de bains pour me passer la tête sous le jet de la douche, bus un verre d'eau et m'habillai à toute vitesse. Je sortais de la chambre quand le téléphone sonna de nouveau. Je décrochai en songeant : c'est Garlopis qui m'annonce qu'il est déjà là. Mais ce n'était pas Garlopis. C'était Elli Panatoniou. Sa voix coulait dans mon oreille comme de l'ambroisie.

« Hé, je croyais qu'on avait prévu d'aller danser. »

Je regardai ma montre encore une fois. Il était presque minuit. Soudain, je me sentais très vieux.

« Ah bon ? À cette heure-ci ?

– On est à Athènes. Il ne se passe rien avant vingt-trois heures. Mais vous avez raison, on n'avait rien décidé. Je me suis dit que je pouvais quand même passer. J'avais juste envie de vous voir.

– Je descends dans deux minutes.

– Je peux monter dans votre chambre si vous voulez. Mais pour ça, il faut que vous préveniez la réception. »

Je maudis ma chance. Ce n'était pas tous les jours qu'une jeune et jolie Grecque proposait de rejoindre un vieil Allemand dans sa chambre. Brusquement, la situation évoquait ces deux jarres que Zeus gardait à l'entrée de son bureau, nous dit Homère. La première contenait de bonnes choses, la seconde des mauvaises. À certains hommes, il offrait un mélange ; à d'autres, uniquement ce qu'il y avait de mauvais. Mais à quelques-uns, il offrait un bienfait qui semblait avoir été subtilisé simultanément, au cours du même coup de téléphone nocturne et ensorceleur. Dans l'immédiat, je devrais gérer la situation au mieux, ce qui m'offrait une compréhension nouvelle du concept de vision héroïque. J'avais très envie, soudain, de planter un javelot entre les côtes d'un Troyen.

« Non, impossible. Je dois sortir. Mais puisque vous êtes là, vous pourriez peut-être nous accompagner. Et peut-être que nous pourrions faire quelque chose ensuite ?

– Quoi donc ?

– Je ne sais pas. Écoutez… je descends. On va en discuter. »

J'avais une idée de ce que nous pourrions faire ensuite, d'autant qu'elle avait déjà proposé de monter dans ma chambre, mais je jugeais préférable de proposer une variante, histoire de bien montrer que je ne tenais rien pour acquis.

Boire un verre, me dis-je dans l'ascenseur. *Mais peut-être pas ici. Ça pourrait sembler un peu trop louche. Elle connaît forcément un bar de nuit dans les environs.*

C'est elle qui suggérera celui de l'hôtel si elle est encore disposée à monter dans ta chambre. Toujours en supposant qu'elle soit digne de confiance. Quoi qu'il en soit, Garlopis pourra nous déposer à l'hôtel, et on avisera. C'est très gentil à vous, Gunther. Vous savez vous comporter en parfait gentleman quand vous pensez pouvoir en tirer un bénéfice. Je peux vous appeler Gunther maintenant que nous sommes de nouveau seuls ?

Elli se leva en douceur du grand canapé dans le hall et m'adressa un sourire aussi éclatant que le lustre suspendu au-dessus de sa tête. Son parfum me tenait déjà par le nœud de ma cravate et secouait délicatement mon cerveau à l'intérieur de mon crâne. Parfois, les ennuis peuvent sentir bon, surtout les plus chers, ceux qui sont conservés dans de petits flacons vendus aux femmes, ou aux hommes assez idiots pour les acheter. Elle portait un pantalon noir, un pull noir moulant et des chaussures rouges qui semblaient confirmer son intention d'aller finalement danser. Son sac en cuir, noir également, aurait pu contenir un piano à queue. Ses cheveux semblaient avoir poussé et ils étaient encore plus soyeux, comme si elle les avait léchés pour les laver. Si j'avais été là, j'aurais pu lui éviter cette peine. Elle m'étreignit et m'embrassa affectueusement sur les deux joues. En m'écartant d'elle, je me dis que j'étais un gars chanceux ; trop sans doute, mais j'essayais d'y remédier peu à peu. En Grèce, la coutume voulait qu'à cheval donné, on regarde les dents.

« Où va-t-on ? demanda-t-elle.

– Le propriétaire de ce bateau sur lequel on a enquêté à Hermione…

– Siegfried Witzel.

– J'ai reçu un appel quelques minutes avant le vôtre. D'Achilles Garlopis. Apparemment, quelqu'un est en train de fouiner dans la maison où a été commis le meurtre. Et ce n'est pas la police. L'assassin est peut-être revenu sur le lieu de son crime pour récupérer ses boutons de manchette monogrammés. Un nazi nommé Alois Brunner. À moins qu'il s'agisse d'un autre nazi, nommé Max Merten. Mais si ça se trouve, c'est simplement le fantôme de Witzel qui s'ennuie et qui revient hanter la maison. Il y a un tas de choses que j'ignore. Peut-être que je ne saurai jamais tout ce que je ne sais pas. Dans une affaire pareille, c'est obligé. Il se peut que je sois l'expert en sinistres le plus idiot depuis que Woodrow Wilson a signé le traité de Versailles. Malgré tout, j'ai eu envie d'aller jeter un coup d'œil. Mais ça pourrait être dangereux. Si on tombe sur Brunner ou Merten, ils ne seront pas contents de nous voir débarquer pour leur poser des questions ou menacer d'appeler la police. Vous devrez peut-être rester dans la voiture. »

À ce stade, la plupart des filles normales se seraient défilées en prétextant un rendez-vous urgent avec une bouteille de shampoing ou un livre adoré, mais pas Elli Panatoniou, qui semblait faite de la même étoffe, trempée dans le Styx, qu'Achille. Pas Garlopis. Et je n'avais pas oublié le petit Beretta dans sa mallette, au bar du Mega.

« D'accord », répondit-elle simplement, comme si je lui avais proposé de faire les magasins ou d'aller au cinéma.

Jusqu'à présent, je m'interrogeais sur ce qui la poussait à rechercher ma compagnie. Maintenant, je me demandais si je n'avais pas affaire à une vieille fille blonde timide, envoyée par Alfred Hitchcock.

40

Si Garlopis fut surpris de voir Elli Panatoniou sortir de l'hôtel avec moi, il n'en laissa rien paraître. Il sourit poliment, lui dit bonsoir et lui ouvrit la portière de la Rover, à l'arrière, pendant que je m'installais à l'avant, sans un mot. Je voyais qu'il était nerveux. Nous savions l'un et l'autre que l'intrus du 11 rue Pritaniou, qu'il soit grec ou allemand, était synonyme de « danger », dans une langue ou une autre. En approchant de l'Acropole, je demandai à Garlopis de faire le tour du quartier afin de repérer d'éventuelles voitures de police, mais nous ne vîmes qu'un camion militaire stationné à proximité de la vieille citadelle.

« Le Parthénon est gardé par des soldats la nuit, précisa-t-il. Au cas où des Perses voudraient l'incendier de nouveau.

– Ça, c'est la raison officielle, ajouta Elli. La vérité, c'est que des Grecs volaient des morceaux du temple pour les revendre. Mon grand-père en a un sur son bureau. »

Plus près de l'Acropole nous découvrîmes quelques sans-abri.

« Il n'y a pas si longtemps, expliqua Garlopis, c'étaient les Arméniens qui cherchaient refuge en Grèce. Puis ça a été les Grecs d'origine turque. Cette année, ce sont les Hongrois et les chrétiens coptes qui ont fui Alexandrie quand les Israéliens ont envahi le Sinaï en octobre dernier. Qui seront les prochains ?

– Pourquoi les coptes ?

– Chaque fois qu'il y a un conflit avec Israël, les musulmans s'en prennent aux coptes. Alors, ils montent sur un bateau, n'importe quel type de bateau, et ils débarquent en Grèce. Ici en particulier, à cause des touristes plus généreux. »

À l'arrière de la Rover, Elli fit un commentaire sur l'impérialisme britannique et Suez, mais je m'en contrefichais. Plus je vieillissais, moins je me souciais de tout. Et puis, il était beaucoup trop tard pour parler politique. Vingt-cinq ans trop tard, dans mon cas. Mais en Grèce, il n'y avait pas d'heure pour la politique, et très vite, Garlopis et Elli commencèrent à se disputer en grec.

« Garez-vous ici, dis-je en couvrant la voix d'Elli. Mais pas à la grecque. Correctement. Comme si vous passiez votre permis de conduire. Inutile d'attirer l'attention. »

Garlopis acquiesça et se gara devant une rangée de boutiques de souvenirs qui avaient fini par fermer pour la nuit. Nous étions à cinq minutes de marche de la rue Pritaniou, mais la prudence s'imposait. Ce n'était pas parce que la tante Aspasie affirmait qu'il n'y avait pas de flics dans les parages qu'il n'y avait pas de flics dans les parages. Peut-être surveillaient-ils la maison d'un autre endroit. Si j'avais été chargé de l'enquête sur le meurtre de Witzel, c'est ce que j'aurais fait. Garlopis coupa le moteur et sortit ses cigarettes.

« Si ça ne vous ennuie pas, monsieur, je vais attendre ici, dans la voiture. La dernière fois qu'on est entrés dans cette maison, la police nous attendait, et ils nous ont arrêtés. Mes nerfs ne supporteraient pas une nouvelle arrestation. Sans même parler du cadavre de Herr Witzel. Je déteste la vue du sang, autant que d'avoir une arme pointée sur moi. »

Il prit une des serviettes qu'il gardait dans la voiture pour s'éponger le front.

« Trouillard, lâcha Elli.

– Peut-être. Mais dans la jeunesse et la beauté, la sagesse est une chose rare.

– Trouillard, répéta Elli en riant.

– Qu'est-ce qui vous a endurcie à ce point ? lui demandai-je.

– Imaginons que vous ayez des ennuis. Imaginons que vous ayez besoin d'aide. C'est quoi, cet Achille qui reste dans la voiture parce qu'il a peur ? Pas étonnant que ce pays soit dans un état aussi désastreux si des hommes tels que lui s'appellent Achille !

– Laissez-le tranquille, dis-je. C'est quelqu'un de bien. Et pour votre gouverne, je n'ai rien à foutre de l'impérialisme britannique et de Suez, ni de tout le reste, d'ailleurs. Et je pense que vous feriez mieux de rester dans la voiture vous aussi.

– Avec lui ? rétorqua Elli avec mépris, en s'arrachant déjà de la banquette. Pas question ! »

Elle claqua la portière de la Rover et soudain, j'eus envie de la claquer elle aussi. Je commençais à regretter de l'avoir emmenée. Je pointai le doigt sur elle, comme si j'étais face à une enfant indisciplinée. Pourtant, elle n'avait rien d'une enfant. De même que je n'avais rien d'un petit ami. J'aurais pu être son père, et la différence d'âge me faisait culpabiliser. Quelqu'un aurait dû montrer mes cheveux gris et me rappeler que j'étais un idiot. Il aurait eu raison.

« Calmez-vous, dis-je. Tout le monde n'est pas taillé pour affronter ce genre d'ennuis. Dans mon cas, c'est presque un boulot à temps complet. Garlopis est un employé de bureau. Un salarié. Alors, arrêtez de lui mettre le nez dans sa conscience. Et si vous décidez de m'accompagner, je vous conseille d'obéir. Compris ? »

Elle prit mon index, toujours pointé sur elle, y déposa un petit baiser et hocha la tête, mais une lueur espiègle brillait encore dans ses yeux. Je me sentais dans la peau du gérant de casino qui surveille les joueurs pour s'assurer qu'ils n'arnaquent pas la banque, mais je ne savais pas comment elle s'y prenait, et quelle somme elle allait rafler.

« À vos ordres, monsieur.

– Si on n'est pas revenus dans trente minutes, dis-je à Garlopis, rentrez chez vous. »

Il regarda Elli avec amertume.

« Avec plaisir. »

Elli lui jeta un regard noir, chargé de reproches, et je l'entraînai avant qu'elle puisse lancer une autre remarque acerbe. Je n'aimais pas l'entendre se moquer de Garlopis, c'était mon boulot.

Nous remontâmes la rue. Au-dessus de nous, le rocher sur lequel était construite l'Acropole était si imposant qu'il masquait le Parthénon illuminé. Et je m'aperçus que je ne l'avais pas encore vu. De près, s'entend. Si nous avions disposé d'un peu plus de temps, j'aurais suggéré une petite visite. Mais je n'avais qu'une envie : refermer le dossier du *Doris* et foutre le camp d'ici pour rentrer en Allemagne. Toutefois, j'en étais venu à me dire que la présence d'Elli pouvait se révéler bénéfique si la maison était toujours surveillée.

« Qu'est-ce que vous avez contre ce pauvre gars ?

– Oh, pas grand-chose, dit-elle. Disons qu'il me rappelle mon frère aîné. Il pourrait devenir quelqu'un s'il avait un peu de courage.

– Ne vous y trompez pas : je suis un authentique trouillard, comme Garlopis. »

Elle sourit.

« Oui, bien sûr, Christof.

– Sincèrement. Je n'ai pas survécu tout ce temps en collectionnant des médailles.

– À votre avis, sur qui on va tomber ?

– Je ne sais pas. Mais l'ignorance est l'état naturel de l'homme. Les ex-flics comme moi ne sont pas les seuls à être mal équipés pour séparer le vrai du faux. Mais tout homme assassiné possédait une famille, des amis, des relations, des collègues, et j'espère bien tomber sur une de ces personnes, quelqu'un qui me fournira une information nouvelle pour éclairer ma lanterne. Le travail d'enquêteur consiste uniquement à faire apparaître tous les maillons d'une chaîne, de la victime au meurtrier.

– À vous entendre, n'importe qui pourrait le faire.

– Oui, n'importe qui. Et ces n'importe qui s'appellent des policiers. On va passer plusieurs fois devant la maison avant d'y entrer. En jouant le rôle du couple romantique qui se promène la nuit dans une des villes les plus romantiques au monde, au cas où quelqu'un nous observerait. »

Elli passa son bras autour du mien et appuya sa tête contre mon épaule. Arrivés devant l'église du Saint-Sépulcre, on tourna dans la rue Pritaniou en ralentissant le pas. Je m'arrêtai à la hauteur du numéro 11 et pris Elli dans mes bras. Une lumière filtrait à travers les volets du dernier étage et je percevais l'écho d'une radio. Mais la rue dans son ensemble était telle que les Perses l'avaient laissée.

« Oui, voilà, vous avez saisi l'idée, murmurai-je dans son oreille. Lâchez-vous. Sortez le grand jeu. Faisons comme si nous n'avions d'yeux que l'un pour l'autre.

– Qui vous a dit que je jouais la comédie ? Vous me plaisez, Christof. Énormément. Vous n'êtes pas comme les Grecs. Il y a au fond de vous beaucoup plus que ce qui flotte à la surface. Les Grecs sont tellement superficiels. Vous, vous êtes… intéressant.

– Évidemment, trésor. J'ai enseigné la philosophie de l'esprit à l'université Himmler de 1945 à 1950. Puis j'ai présidé la Société Diogène jusqu'à ce que quelqu'un me vole mon tonneau. Vous devriez lire mon livre sur le désarmement nucléaire.

– Je suis sérieuse, idiot. » Sur ce, elle m'embrassa comme si William Wyler nous observait, perché sur un chariot de traveling. « Ne me demandez pas pourquoi j'ai fait ça. Moi-même je ne peux pas l'expliquer. » Elle me serra contre elle avec fougue. « C'est Manos Hatzidakis. Sur radio EIR. La meilleure station musicale d'Athènes. C'est peut-être pour ça.

– Il doit y avoir un Grec dans la maison, dis-je, prenant conscience soudain que je détestais la musique grecque.

– Ou peut-être qu'un Allemand n'a pas réussi à capter une autre radio. »

Devant la porte délabrée était garée la Triumph Speed Twin rouge, dont la selle éventrée laissait échapper le rembourrage, exactement comme l'avait décrit la tante Aspasie. En touchant le moteur, je constatai qu'il était encore chaud. Elli m'imita et poursuivit dans son délire en affirmant que je faisais naître la même chaleur en elle. Nous continuâmes à marcher, nous partageâmes une cigarette dans un encadrement de porte, et nous revînmes sur nos pas. Tout semblait calme. Je consultai ma montre. Cela faisait dix minutes. Dans une demi-heure, ou moins, Garlopis ficherait le camp avec la Rover. Il était temps de boucler l'affaire, pour reprendre l'expression favorite des agents d'assurances. Le mauvais œil dans la branche d'olivier brillait au clair de lune et l'espace d'un instant j'eus un mauvais pressentiment. C'était sans doute le but recherché. Je franchis la grille en fer forgé en entraînant Elli derrière moi et gravis le petit escalier de pierre qui montait sur le côté de la maison. Ça sentait vaguement la pisse de chat.

« Vous restez ici, trésor, dis-je. S'il n'y a pas de danger, je reviendrai vous chercher.

– Soyez prudent, Christof. Je me vois mal voler à votre secours. »

Parfois, je regrettais de ne plus être Bernie, mais ce n'était pas cher payer, comparé au prix de la liberté. Arrivé en haut des marches, je m'apprêtai à escalader le mur, comme la première fois, mais en essayant d'ouvrir la porte en bois, je découvris qu'elle n'était pas verrouillée.

Dans le jardin, le chat avait disparu et tout avait été rangé : plus aucune trace des pots en terre ébréchés ou de la moto rouillée ; même les grappes de raisin calcifiées avaient été arrachées. Il n'y avait aucune lumière au rez-de-chaussée, mais en haut, la chambre du fond était brillamment éclairée – au point d'illuminer tout le jardin – et devant la fenêtre ouverte, un rideau dansait tel un fantôme hésitant à hanter la maison. Je redescendis jusqu'à la porte-fenêtre, l'ouvris en poussant et pénétrai dans la pièce sordide où Witzel avait trouvé la mort.

Sur le sol était posé un paquetage contenant du linge très sale et un numéro du magazine *Gynaika*, avec une photo de Marilyn Monroe en couverture. Un Webley britannique, calibre 38, était posé sur la table, à côté d'une vieille paire de jumelles, d'un morceau de pain rassis et d'une assiette de tzatziki. Il y avait également des clés. L'une d'elles s'ornait d'un petit gouvernail en cuivre, sur lequel était gravé Δωρίς. Je me souvenais d'avoir vu la même babiole sur le porte-clés de Witzel, lors de notre première rencontre dans le bureau de Garlopis et ma connaissance de la langue grecque, aussi récente que superficielle, me permettait néanmoins de deviner que ces lettres formaient le nom « Doris ».

Je pris le revolver disgracieux et le cassai pour vérifier s'il était chargé. Il l'était. Avec ces balles anémiques de calibre 38 qui avaient failli faire perdre la dernière guerre aux Britanniques : je n'avais jamais compris pourquoi ils avaient transformé ce bijou de la Grande Guerre qu'était le Webley .45. N'empêche, ce « modèle réduit » pouvait encore faire des dégâts. Or je me devais d'éviter tout éventuel danger maintenant que j'étais agent d'assurances, d'autant que les statistiques prouvaient que lorsque vous portiez une arme, des gens se faisaient tuer, y compris ceux qui tenaient l'arme. Par conséquent, je vidai le barillet dans ma paume et glissai les six balles dans ma poche, au cas où.

Je montai l'escalier sur la pointe des pieds, vers l'origine de la musique grecque et ce qui ressemblait à un caban de marin posé à cheval sur la rampe. Je ne savais pas vraiment ce que je comptais faire, mais il ne me paraissait pas judicieux de crier « Y a quelqu'un ? ». Mieux valait évaluer les risques, comme aurait dit Dumbo, ce qui signifiait savoir à qui j'avais affaire avant d'annoncer ma présence indésirable. En arrivant en haut des marches, je remarquai que la porte de la chambre était entrouverte. Un Grec vêtu d'un maillot de corps était couché sur un lit une place. Il tournait le dos à la porte. C'était un homme solidement bâti, d'une quarantaine d'années peut-être. Je savais qu'il était grec car il lisait un journal grec et il sentait encore plus mauvais que son linge sale. Il portait une casquette bleue de marin, et à cause du porte-clés en forme de gouvernail, et peut-être aussi parce qu'il fumait les mêmes cigarettes mentholées écœurantes que Witzel, je songeai que j'avais probablement devant moi le capitaine du *Doris*.

« Vous vous appelez Spiros Reppas, je suppose ?

– Tu es qui, toi, *malaka* ? »

Il lança le journal et s'arracha du lit, mais la cigarette resta coincée entre ses lèvres. Il avait des sourcils très noirs et une moustache grise broussailleuse qui ressemblait aux cornes d'un vieux buffle d'eau. Son visage était barré d'une longue cicatrice qui me faisait presque regretter de ne pas avoir pris le revolver. Dans ses petits yeux porcins brillait le contenu de la bouteille posée près du lit. Manifestement ivre, il paraissait plus dangereux que je ne l'avais supposé.

« Du calme, l'ami. Je m'appelle Ganz. Je travaille pour la compagnie munichoise qui assurait le *Doris*. Si vous êtes venu ici en espérant trouver Siegfried Witzel, j'ai une mauvaise nouvelle pour vous. Votre patron est mort.

– Mort ? Qu'est-ce qui s'est passé ?

– On l'a abattu, dans cette maison. Quelqu'un l'a assassiné.

– Toi ?

– Non, pas moi. Vous ne l'avez sans doute pas remarqué, mais je ne pointe pas d'arme sur vous. Un flic affirme que c'est Alois Brunner qui a tué votre ami. Mais peut-être que vous le connaissez mieux sous le nom de Georg Fischer. Comme je vous le disais, je suis un simple agent d'assurances.

– C'est comme ça que tu appelles ça ?

– Pas moi, tout le monde. Vous avez entendu parler des assurances, non ? Vous leur donnez de l'argent au cas où il vous arriverait une tuile, et le jour où ça se produit, ils vous redonnent une grosse somme d'argent. La plupart des gens semblent avoir compris comment ça fonctionne.

– Tu pourrais me payer pour qu'il t'arrive rien, alors.

– Ça, c'est autre chose, c'est de l'extorsion. Calmez-vous un peu, je ne suis pas ici pour voler quoi que ce soit. Juste pour discuter. Et je peux éventuellement vous aider.

– On a suffisamment discuté, le Boche. »

Parler allemand avait été une erreur, non pas parce qu'il ne comprenait pas – il comprenait –, mais parce qu'il devait penser que je venais pour le tuer. Une conclusion logique compte tenu du palmarès de mes compatriotes à Athènes. Tout le monde savait que la plupart des Allemands étaient cruels et qu'on ne pouvait pas se fier à eux. Mais il était trop tard pour aller chercher les deux grécophones que j'avais laissés dehors afin de le rassurer et d'essayer de le convaincre, dans sa propre langue, que je ne lui voulais aucun mal. J'eus la confirmation de mon erreur quand, plongeant la main dans la poche de son pantalon, il en sortit un couteau à cran d'arrêt à manche de nacre. Très joli. Je décidai de m'en offrir un si je ressortais vivant de cette maison. Il n'avait pas encore appuyé sur le bouton qui libérait la lame, il me restait donc une ou deux secondes pour faire triompher le bon sens.

« Vous n'aimez vraiment pas les assurances, hein ?

– C'est toi que j'aime pas. Je trouverai sûrement une bonne explication quand tu te seras vidé de ton sang par terre.

– Écoutez, mon vieux. Rien ne vous oblige à être aussi bête que vous en avez l'air. Je vois que vous n'avez pas bien saisi le concept de risques. Vous seriez surpris par le nombre d'idiots qui se blessent en sortant de leur bain – mais de ce côté-là, vous ne craignez rien –, ou simplement en traversant leur chambre. Mais je vous promets que c'est exactement ce qui va se passer si vous ne posez pas ce cure-dents.

– Récite tes prières, *malaka*. C'est toi qui vas souffrir. »

41

Quand Spiros Reppas appuya sur le bouton de son couteau au manche de nacre, la lame jaillit en produisant un bruit aussi inoffensif qu'un obturateur d'appareil photo, mais lorsqu'il se jeta sur moi en frappant rageusement le vide, je devinai qu'il n'allait pas me demander de sourire à l'objectif, alors j'exécutai un demi-tour et dévalai l'escalier dans le but de récupérer le Webley sur la table, près de la porte-fenêtre. Évidemment, Reppas ne savait pas qu'il était déchargé, et puis, même vide, un Webley serait toujours plus utile que pas de Webley du tout.

En entendant ses pas se rapprocher dans mon dos, je compris que je n'arriverais pas à temps. Alors, je m'emparai du caban posé sur la rampe. Arrivé au pied des marches, je fis volte-face et, à l'aide du caban, je parai sa première et sa deuxième attaque. Il recula d'un pas, en feintant (de toute évidence, ivre ou pas, il savait se servir d'un couteau), pendant que j'enroulais le caban autour de mon avant-bras gauche et me préparais à parer une troisième botte. Nous restions muets l'un et l'autre. Lorsque deux hommes ont de sérieuses divergences, mieux vaut les laisser régler ce différend par le biais d'une forme de dialectique à l'ancienne, plutôt que de miser sur la raison pure. Quand Reppas se jeta de nouveau sur moi, en grognant comme un chien enragé, il visa la gorge, m'obligeant à lever le bras pour protéger ma jugulaire.

Le caban absorba presque toute la longueur de la lame, hélas il n'était pas suffisamment épais pour empêcher la pointe de se planter dans mon bras. Je hurlai de douleur, balançai le bras sur le côté, et le couteau par la même occasion, puis contre-attaquai avec le poing droit. C'était un joli uppercut, digne de Max Schmeling, qui aurait dû lui briser la mâchoire, s'il ne l'avait esquivé. Il arracha le caban avec le couteau et repartit à l'assaut. Je voyais la peur et l'envie de tuer dans ses yeux rougis, et même une dose d'incertitude désormais. J'affichais certainement une expression similaire. Le couteau passa à quelques centimètres de mon nez, assez haut pour me permettre de riposter, doublement. Mon poing gauche s'abattit sur le dos de sa main, tandis que le droit s'écrasait sur son avant-bras : souvenir bienvenu de la formation que j'avais reçue à l'école de police de Berlin, à une époque où tous les petits voyous des rues se prenaient pour Mackie Messer. J'eus de la chance. Plus que je ne le méritais, compte tenu de ma blessure à l'avant-bras. Ma main droite immobilisa son poignet et la gauche s'abattit violemment sur sa grosse patte velue, l'obligeant à écarter les doigts, et à lâcher le couteau, qui tomba bruyamment sur le sol. À son tour de hurler de douleur. J'avais dû lui briser le poignet. Il resta debout malgré tout et passa devant moi en coup de vent pour essayer de s'emparer du Webley sur la table, avec la main gauche.

Instinctivement, je battis en retraite et découvris, en levant les mains, le sang qui coulait sur mon bras. Je savais que je devrais aller me faire recoudre à l'hôpital, ce qui gâcherait la fin de la soirée et réduirait mes chances de coucher avec Elli. De quoi me mettre en rogne. Néanmoins, je lui laissai croire un court instant qu'il avait le dessus, dans l'espoir d'en apprendre un peu plus avant de lui faire comprendre son erreur en lui écrasant de toutes mes forces mon poing sur le nez. Rien de mieux pour mettre fin brutalement à une bagarre qu'un bourre-pif en plein visage, surtout quand le gars d'en face ne s'y attend pas.

« Où est le professeur Buchholz ? » demandai-je.

Reppas arma le chien du Webley. À croire qu'il avait réellement l'intention de m'abattre. Je savais que les six balles se trouvaient au fond de ma poche, malgré cela, vous ne vous sentez jamais très à l'aise quand quelqu'un pointe une arme sur vous, même vide. Vous vous demandez si vous n'auriez pas oublié une balle, ou si une autre personne ne l'aurait pas rechargée pendant que vous aviez le dos tourné. Des trucs idiots, quoi.

« Ou bien dois-je dire Max Merten ? Où est-il ? À mon avis, vous vous cachiez tous les deux depuis le naufrage du *Doris*. Mais où ? Près d'Hermione ? À Kosta peut-être ? Sait-il seulement que son associé est mort ? Et qu'il ne faut plus espérer toucher l'argent de l'assurance ?

– J'espère que tu es assuré, *malaka*.

– Siegfried Witzel est revenu à Athènes pour toucher l'argent de l'assurance, n'est-ce pas ? En vous laissant là-bas tous les deux, à l'abri. Et il a promis de vous contacter dès qu'il aurait rempli les paperasses. Comme vous n'aviez pas de nouvelles, vous êtes devenus impatients, ou curieux, ou même inquiets, et vous avez décidé de partir à sa recherche. C'est comme ça que ça s'est passé ? Écoutez... ce n'est pas moi qui l'ai tué. Mais la police veut mettre la main sur le meurtrier car il a aussi tué un grand nombre de juifs pendant la guerre. »

Lorsque Reppas pressa la détente, provoquant le même bruit d'obturateur inoffensif, je sentis le chien s'abattre sur ma colère en même temps.

« J'y vois une attaque personnelle », dis-je.

Alors qu'il regardait le Webley d'un air idiot et comprenait ce qui s'était passé, je me précipitai et lui écrasai le nez avec le talon de ma main, ce qui permet de protéger les jointures. Le coup l'expédia par-dessus la table et à travers la porte-fenêtre. Il demeura un instant immobile en un tas informe où le sang se mêlait aux éclats de verre. Je maudis la bêtise de Bernhard Gunther qui avait laissé une chance équitable à cet homme au départ.

Tu aurais dû coller le flingue sur sa tête de mule pour t'éviter tout ça. Les vieilles méthodes ont fait leurs preuves. Tu élimines le type avant qu'il t'élimine. Quand comprendras-tu enfin que tu n'as rien à gagner en essayant de te comporter dignement dans ce genre de situation ? La guerre aurait dû te servir de leçon. Malaka, *en effet. Ça t'a coûté un beau costume. Et par-dessus le marché, tu vas devoir attendre qu'il ne saigne plus pour obtenir des réponses.*

Je secouai ma main endolorie et j'ôtai ma veste pour examiner ma blessure au bras gauche – c'était moins grave que douloureux, mais quelques points de suture s'imposaient –, puis je ramassai le revolver et le couteau sur le sol. Je fourrai le couteau dans ma poche et coinçai le barillet en losange du Webley dans la ceinture de mon pantalon. S'il y avait une serviette propre dans cette maison, j'aurais pu l'enrouler autour de mon bras. Dehors, Reppas gémissait un peu trop fort à mon goût. Je le pris par le pied et le traînai à l'intérieur, au cas où ses voisins seraient des Grecs du genre à se plaindre du bruit. Mais les Perses ayant incendié l'Acropole et violé les prêtresses du temple, ils devaient être habitués. Sans doute pensaient-ils que Reppas s'amusait à briser des assiettes après une joyeuse soirée, comme le font leurs compatriotes quand ils prennent du bon temps. On était amené à se demander ce qui pouvait arriver si quelque chose les contrariait. En le tirant par le pied, je lui arrachai sa chaussure de pont sans le vouloir et sa jambe m'échappa. Malgré l'odeur épouvantable de sa chaussette, je coinçai sa jambe sous mon bras et finis de le traîner à l'intérieur de la maison. Je fermai la porte-fenêtre, allumai la lumière et examinai le visage du capitaine, transformé par mes soins en confiture de fraise, puis son poignet droit, qui en fin de compte n'était pas cassé. Estimant qu'il ne représentait plus une menace, je fouillai les poches de son pantalon, et n'ayant rien trouvé, je m'attaquai au caban. Son portefeuille en main, je sortis sur le perron et contournai la maison pour retrouver Elli.

Elle lança la cigarette qu'elle était en train de fumer, se leva et me prit le bras délicatement.

« Vous êtes blessé.

– Simple égratignure. »

J'en doutais.

« C'était un sacré chat, alors. Que s'est-il passé à l'intérieur ?

– J'ai été mordu par un requin aux dents nacrées, trésor. C'est mon costume qui est mort, pas moi. Vous n'avez rien entendu ?

– Non.

– Tant mieux.

– Alors, qui est là ? Le nazi ?

– Hélas, non. C'est Spiros Reppas. Le capitaine du *Doris*.

– Vous ne l'avez pas tué, si ? Vous avez plein de sang sur les mains. »

Elle ne semblait pas affolée. Et au son de sa voix, je devinais que ça ne l'aurait pas émue si je l'avais tué.

« Il ne pourra pas humer le bon parfum des roses avant quelque temps, mais à part ça, tout va bien. Il s'en tire avec un nez cassé et une bonne migraine.

– Dieu soit loué. Je sais par expérience que la police grecque voit le meurtre d'un très mauvais œil.

– Allez chercher Garlopis, vous voulez bien, trésor ?

– D'accord. Mais je n'aime pas cet endroit. Ce n'est pas l'idée que je me fais d'une bonne soirée. On aurait pu vraiment s'amuser si vous n'étiez pas un ex-flic.

– Désolé. Mais on ne peut pas partir maintenant. Je dois poser quelques questions à notre ami le marin. Pour l'instant, nous n'avons échangé que des coups. Mais je l'ai calmé, alors vous pouvez dire à Garlopis qu'il n'y a plus de danger. En revanche, j'ai besoin des serviettes propres qu'il a toujours dans sa voiture. Il m'en faut une pour mon bras et une autre pour le visage du capitaine. Et soyez gentille avec lui. Pour un lâche, Garlopis est un type bien, une fois qu'on a appris à le connaître. Je sais de quoi je parle. Comme je vous l'ai déjà dit, je suis souvent lâche moi aussi.

– Franchement, j'en doute.

– C'est la vérité. Si je suis entré dans cette maison, c'est uniquement parce que j'avais peur de ce qui pourrait arriver si je ne le faisais pas. Croyez-moi, parfois le courage c'est juste ce petit espace qui existe entre deux sortes de peur : celle de l'autre et la mienne. Allez donc le chercher, comme une gentille fille. Et n'oubliez pas les serviettes. »

42

Je lançai une des serviettes à Spiros Reppas, assis maintenant tranquillement sur le canapé défoncé, et j'attendis qu'il essuie son visage tout aussi amoché. Son nez ressemblait à un coude de boucher et ses yeux étaient injectés de cette sorte de plasma protéiné qui apparaît quand vous « arrangez » le portait de quelqu'un. De l'humeur aqueuse, à défaut d'humeur joyeuse. L'avant-bras enveloppé d'une serviette, j'étais assis à table, avec le Webley devant moi, espérant qu'il soulignerait mes interrogations et mon agacement face à la manière dont se déroulaient les choses jusqu'à présent. Mais le pistolet était toujours déchargé car j'avais déjà tué des gens qui voulaient m'assassiner, et je ne voulais plus faire couler le sang. Un nez cassé et un avant-bras entaillé, c'était suffisant pour ce soir.

Elli et Garlopis se tenaient dans l'encadrement de la porte, près de l'escalier, témoins hésitants et gênés d'un interrogatoire qu'ils auraient préféré éviter. Sans doute se demandaient-ils si j'étais capable de frapper Reppas de nouveau. Je me posais la même question. Dans la chambre, à l'étage, la radio diffusait une autre chanson grecque joyeuse, et Elli fredonnait, jusqu'à ce que je lui lance un regard mauvais censé la faire taire. Elle était nerveuse, me disais-je, et elle essayait de le cacher. La vue d'une arme à feu, d'un couteau et d'un peu de sang peut avoir cet effet chez certaines femmes. Ou bien, elle n'avait pas conscience que ce n'était ni le moment ni l'endroit pour chantonner gaiement.

« Vous ne voulez pas monter éteindre cette foutue radio ? demandai-je. Elle me tape sur le système.

– Vous n'aimez pas la musique grecque ?

– Pas particulièrement. Et pendant que vous y êtes, jetez un coup d'œil pour voir ce que vous pouvez trouver.

– Qu'est-ce que je cherche, au juste ?

– Vous le saurez quand vous le verrez.

– Dixit le grand détective.

– D'où sort cette idée ?

– J'ai l'étrange impression que Leventis en est convaincu.

– À côté d'un flic tel que lui, tout le monde passe pour un grand détective. Même un vieux Boche comme moi.

– Vous n'êtes pas si vieux, pour un vieux. »

Elle monta à l'étage. Elle se déplaçait comme une panthère noire : un animal rare, magnifique et enveloppé d'un mystère impénétrable. La radio se tut enfin, offrant un peu de place à mon cerveau pour se démêler.

Je lançai le portefeuille de Reppas à Garlopis. J'avais déjà inspecté son contenu, mais tous les documents étaient en grec.

« Voyez si ça peut nous apprendre quelque chose », grognai-je, toujours énervé, mais surtout vis-à-vis de moi-même désormais : j'étais agacé d'être agacé envers Elli. À ma décharge, ce sont des choses qui arrivent quand quelqu'un a essayé de vous tirer dessus. J'allumai deux cigarettes car c'était la panacée universelle pour soigner les entailles au bras et les nez cassés, un remède qui n'exigeait pas de connaissances médicales et produisait des miracles à tous les coups. J'en glissai une entre les lèvres ensanglantées du capitaine et fumai en silence, en repensant à une chose que m'avait dite Bernhard Weiss quand il dirigeait encore la commission criminelle de l'Alex à Berlin : « Laissez le silence travailler à votre place. Regardez la manière dont Hitler prononce un discours. Sans jamais se presser. Attendez que l'auditoire s'installe et que l'attente monte. "Quand va-t-il parler ? Que va-t-il dire ?" Idem avec un suspect. Allumez une cigarette, examinez vos ongles, contemplez le plafond comme si vous aviez tout le temps devant vous. Votre suspect se dira que c'est lui, normalement, qui n'a rien de mieux à faire, pas vous. Il y a de fortes chances pour qu'il dise quelque chose alors, même si c'est "Allez vous faire foutre". »

Après une minute ou deux, Reppas ôta la cigarette de sa bouche, se moucha, examina la quantité de sang dans la serviette et cracha un glaviot écarlate. Manifestement, la cigarette et la psychologie faisaient des merveilles.

« Et maintenant, on fait quoi, *malaka* ?

– Ça dépend de vous, capitaine.

– Dit l'homme qui tient le flingue.

– C'est votre flingue, l'ami, pas le mien. Et si vous n'aviez pas pressé la détente, vous pourriez encore respirer normalement

– Il faut presser la détente pour que ça marche.

– Deuxième erreur stupide de votre part. La première, c'était de laisser votre arme en évidence, là où quelqu'un pouvait la décharger. »

Reppas regarda l'arme, puis il revint sur moi.

« Si elle n'est pas chargée, qu'est-ce que je fais là, à t'écouter ? Qu'est-ce qui m'empêche de te foutre dehors sur-le-champ ?

– Moi. Voilà la réponse. Regardez, vous avez déjà le nez cassé. Ce serait dommage que je vous casse également le bras.

– Je pourrais prendre le risque.

– Dans ce cas, je vous conseille de souscrire une bonne assurance d'abord. Vous êtes encore ivre et vous souffrez déjà pas mal. Ça me donne un gros avantage.

– Qu'est-ce que tu veux alors ?

– Une petite leçon d'histoire. D'histoire récente. Inutile de remonter au temps de la splendeur grecque. Je veux juste savoir tout ce qui s'est passé depuis que Max Merten a débarqué. Il y a ici, à Athènes, au mégaron Pappoudof, sur la place de la Constitution, un certain lieutenant Leventis. C'est lui qui a découvert le corps de votre patron dans cette maison. Sans doute assassiné par Alois Brunner, alias Georg Fischer. Ce flic est du genre tenace et il veut absolument interroger toutes les personnes susceptibles de savoir où se trouve Brunner. À tel point qu'il fait pression sur moi pour que je fasse une partie du boulot à sa place. Enquêter sur un meurtre, ça sort un peu du cadre de mes nouvelles fonctions, mais qu'est-ce que je peux faire ? Le lieutenant sait se montrer très persuasif. Il a pris mon passeport en otage. Il s'est mis dans la tête que, Siegfried Witzel étant un compatriote et un client de ma compagnie d'assurances à Munich, je pouvais l'aider à élucider ce merdier. Et je me dis que ça pourrait devenir votre boulot. Ce serait à *vous* de répondre à toutes ses questions embarrassantes et casse-couilles. Alors, parmi les possibilités, je peux l'appeler pour qu'il vienne vous arrêter. Car, avouons-le, vous en savez plus que moi sur toute cette histoire. Moi, je ne suis qu'un simple agent d'assurances venu d'Allemagne, et qui le regrette.

» Tout ça, c'est un côté de la chose. Peut-être que vous êtes du genre bavard, et peut-être que vous réussirez à vous sortir de ce pétrin. Je vous laisserai régler ça avec le lieutenant Leventis. Il adore bavarder et argumenter. Pendant des heures. D'un autre côté, j'ai un petit compte à régler avec Max Merten. Sans lui, je ne serais pas dans ce guêpier. Alors, je me disais que je pourrais aussi accepter de vous laisser partir sans appeler les flics. Je pourrais même vous rendre votre portefeuille et faire comme si vous n'étiez jamais venu ici. Vous pourriez monter sur votre moto et disparaître quelques semaines, tandis que je rends visite à Max Merten. Mais pour ça, il faut que vous me disiez où je peux le trouver. Et ensuite, quand tout sera terminé, vous pourrez revenir récupérer les débris de votre vie. »

Je poussai quelques éclats de verre du bout du pied, comme pour souligner une métaphore.

« Si je peux vous interrompre, monsieur… » Garlopis brandissait une carte d'identité. « D'après ce document, cet homme – Spiros Reppas – habite à Spetses. Une petite île située à quelques kilomètres au sud de Kosta, là où s'est rendu le taxi d'Hermione après le naufrage du *Doris*. Rue Mpotasi, au numéro 22.

– Ça colle. Vous avez trouvé autre chose ?

– Uniquement de l'argent. Un billet de ferry. Un permis de conduire. Une carte de visite d'une petite entreprise de plongée sous-marine, à Spetses également.

– Spetses. C'est là que se cache Max Merten, capitaine ?

– Peut-être, répondit Reppas. Peut-être pas. Si ça se trouve, tu veux le tuer lui aussi.

– Étant donné ce qu'il a fait aux juifs de Salonique, ce serait largement mérité. Mais ce n'est pas de mon ressort. Je suis un agent d'assurances, pas un bourreau. Franchement, j'aimerais mieux offrir Merten au peuple grec. Le lieutenant Leventis affirme qu'il souhaite par-dessus tout arrêter Alois Brunner et le faire condamner pour crimes de guerre. Mais je devine qu'il se contenterait de Max Merten. De la manière dont je vois les choses, si je peux lui livrer Merten sur un plateau, ce sera pour lui une grande victoire. Il me rendra mon passeport et je pourrai rentrer chez moi. C'est aussi simple que ça.

– Tu ferais ça ? Pour moi ? »

Le sourire sarcastique de Reppas me donnait presque envie de lui casser le nez encore une fois.

« Non, pas pour vous. Mais pour le peuple grec, oui. Seulement, vous avez intérêt à vous dépêcher de cracher le morceau avant que mon ami, là, découvre d'autres renseignements utiles dans votre portefeuille. Maintenant que j'ai une adresse, votre valeur diminue plus vite qu'une liasse de drachmes mouillées, Spiros.

– D'accord, d'accord. Mais avant, dis-moi ce qui est arrivé à Siegfried. S'il te plaît. C'était mon ami depuis vingt ans. Un bon ami, même. Pour un Allemand.

– Je ne sais pas exactement. Je vous le répète : je suis le gars de la compagnie d'assurances. On est venus ici pour remettre un chèque à Witzel, une avance en attendant le solde éventuel, et on l'a trouvé mort, juste là, sur le sol. Une balle dans chaque œil. Il y avait un flic également. Et depuis, ce flic fait mine de croire qu'on est mêlés à cette affaire, afin de capturer le vrai coupable. Deux balles dans les yeux de ses victimes, c'est la signature d'Alois Brunner, le criminel de guerre nazi. Je pense qu'il s'est servi de moi pour arriver jusqu'ici car il était à la recherche de Witzel. Voilà tout ce que je sais.

– Et le corps ?

– Le corps ?

– Siegfried a déjà été enterré ? Inciné ré ?

– Aucune idée. »

Reppas hocha la tête d'un air sombre.

« Quelle tristesse. C'était un bon ami.

– Pour l'instant, c'est moi qui réponds patiemment à vos questions, capitaine. De plus, j'ai une plaie au bras qu'il faudrait faire recoudre rapidement. Alors je commence à me demander si je ne vais pas essayer de redresser votre nez avec mon poing, si vous ne me dites pas ce que je veux savoir. Et vite. »

Le silence s'installa dans la pièce. Reppas ne trahissait rien de ses pensées. Finalement, au moment où je serrai le poing, il lâcha :

« Bon, d'accord, je vais tout te dire.

– J'espère bien. À ce propos, je sais déjà que le véritable but de votre expédition n'était pas de récupérer un ancien trésor grec, mais un trésor juif beaucoup plus récent. Et sachez également qu'il n'y a pas que la police grecque qui aimerait beaucoup vous rencontrer, mon ami. Il y a en ville quelques Israéliens qui s'intéressent énormément à cette histoire. Et je vous conseille de les éviter. Non pas parce qu'ils sont juifs. Mais parce qu'ils sont beaucoup moins patients que moi. Et on ne peut pas leur en vouloir. L'histoire leur a appris que si jamais elle devait se répéter, ce seront eux cette fois qui auront les armes, les visages de marbre et la volonté absolue de l'emporter. »

43

Elli redescendit et secoua la tête.

« Rien, annonça-t-elle. Je me suis toujours demandé à quoi ressemblait l'intérieur de ces petites maisons près de l'Acropole. Eh bien, maintenant, je sais. C'est un vrai chantier. »

Reppas tira une longue bouffée de sa cigarette et souffla lentement la fumée par les narines. Donnant l'impression que les ruines de son nez fumaient encore après l'explosion qui s'était produite au centre de son visage. Je lui tendis une autre cigarette. Il l'alluma avec le mégot de la précédente et chercha un cendrier ; une précaution qui confinait à l'absurde compte tenu de l'état du tapis. Garlopis alla en chercher un quelque part et le lui présenta d'un air solennel : on aurait dit un major-dome tendant à son maître un plateau en argent. Elli prit une cigarette elle aussi et laissa Garlopis la lui allumer.

« Personne ne vous a donné l'autorisation d'arrêter de parler, dis-je à Reppas.

– Des fois, mon allemand n'est pas très bon. Le patron me parlait grec quand il était sobre et allemand quand il était ivre. C'est-à-dire souvent. Quand j'ai compris que vous étiez allemand, j'ai cru que vous travailliez pour Brunner. C'est pour ça que j'ai sorti mon couteau. Avec un homme comme lui, il faut pas prendre de risques. Je suis désolé. Ici, c'était la maison de ma sœur qui est morte. Personne n'y vit, personne ne sait même qu'elle existe. Du moins, c'est ce que je croyais. Alors, quand je vous ai vu surgir dans la chambre comme ça, j'ai cru que vous veniez pour me tuer. La prochaine fois, frappez à la porte ou apportez un perroquet pour parler grec à votre place. Sinon, un jour, vous allez vous retrouver mort.

– Peut-être que je l'aurais fait, si Witzel n'avait pas rencontré son créateur ici même. Et si son meurtrier n'était pas dans la nature. Et si les flics censés surveiller cette maison n'avaient pas disparu. Autant de choses qui incitent à la prudence un agent d'assurances.

– Oui, je comprends. Moi-même, je suis prudent depuis que le bateau a coulé. Je me cache dans ma maison de Spetses. Merten était fermement opposé à ce que Siegfried revienne à Athènes pour remplir la demande d'indemnisation avant qu'on soit certains qu'il n'y avait plus de danger. Ils se sont disputés à cause de ça, à bord du canot. Il disait que Brunner allait certainement nous rechercher. C'est Brunner qui a coulé le *Doris*. Avec une sorte d'engin incendiaire à retardement. Mais le patron, lui, était bien décidé à revenir ici et à réclamer l'argent le plus vite possible. Ce bateau, c'était toute sa vie, il disait, et si l'assurance remboursait pas, il aurait tout perdu, pas uniquement de l'or qu'il n'avait jamais eu. Le *Doris*, c'était pas seulement son gagne-pain, c'était aussi sa maison, vous comprenez ? Alors, pour lui, ça valait le coup de prendre des risques. Et puis, il était assez grand pour se défendre. On s'est dit qu'il courait aucun danger ici, vu que personne connaissait cette maison. J'en ai hérité de ma sœur il y a quelques mois. Elle vivait à Thessalonique, et comme vous pouvez le voir, je m'en suis pas beaucoup occupé.

– Maintenant, je peux rejeter la demande d'indemnisation en toute conscience. Mais revenons un peu en arrière. Je vous l'ai dit, je sais que le véritable but de cette expédition, c'était de retrouver l'or des juifs englouti. Mais je veux connaître toute l'histoire. Depuis le début.

L'alpha et l'oméga. Comment Max Merten a-t-il fait la connaissance de votre patron ?

– C'était avant la guerre. À Berlin. Siegfried Witzel a abandonné le métier d'avocat pour étudier la zoologie. Me demandez pas comment ni pourquoi. Pendant la guerre, il faisait partie d'une unité de plongeurs de combat de la marine allemande, la division Brandebourg. Mais il s'était déjà entraîné avec la Decima Flottiglia MAS italienne, les grands spécialistes de la guerre sous-marine. C'est là qu'il s'est pris de passion pour la plongée, et que j'ai fait sa connaissance. Je suis à moitié italien. Durant les derniers mois de la guerre, il s'est offert le *Doris*. Je crois que Merten a joué un rôle là-dedans. Et puis, dès qu'il a pu, il est retourné en Grèce, et on a décidé de travailler ensemble pour réaliser des films sous-marins. L'un d'eux a même gagné une récompense au Festival de Cannes. Elle a fini au fond de l'eau, comme nos caméras.

» Bref, il y a quelques semaines, Merten débarque avec un autre Allemand. Un certain Schramma. Christian Schramma. Sauf qu'il n'avait rien de très chrétien. C'était un gangster, de Munich, et je crois que Merten l'avait recruté pour assurer la sécurité.

– Je me demandais s'il allait faire une apparition dans cette histoire.

– Très brève. Il est mort. Brunner l'a abattu. Mais avant que Brunner vienne gâcher les réjouissances, Merten et le patron avaient tout organisé : on allait naviguer dans les eaux peu profondes le long des côtes du Péloponnèse pour plonger sur l'épave de l'*Epeius* et remonter une partie de l'or des juifs, sous le couvert d'une expédition destinée à retrouver des antiquités grecques. Mais ça vous le savez, hein. »

J'acquiesçai.

« Je sais tout ce que j'ai besoin de savoir, pour le moment.

– On ne voulait pas tout l'or. Uniquement ce qu'on pouvait remonter en une semaine ou deux – deux cents lingots peut-être – avec un seul plongeur : le patron. Tout semblait parfait. On avait les autorisations des musées et des ministères, grâce à Merten qui s'était fait passer pour un grand professeur d'archéologie allemand. Je dois avouer qu'il ne laissait rien au hasard. On était prêts à lever l'ancre quand le dénommé Georg Fischer a fait son apparition. Il est monté à bord du bateau pendant qu'il était encore amarré au Pirée, en toute décontraction. On voyait bien que Merten et lui se connaissaient, et que Merten avait peur de lui. Et très vite, il est devenu évident qu'ils avaient été associés dans le temps, et que Fischer – c'est seulement quand on est arrivés à Spetses que j'ai appris qu'il s'appelait en réalité Alois Brunner – s'était fait duper par Merten pendant la guerre. Avec quelques autres officiers SS, ils avaient volé l'or des juifs ensemble. Aujourd'hui, Brunner voulait sa part et il avait décidé de participer à l'expédition avec nous, pour surveiller, mais il avait souscrit une police d'assurance en confiant une lettre à un avocat local, dans laquelle il expliquait quel était le véritable objectif de Merten. S'il lui arrivait quelque chose, s'il n'était pas de retour à Athènes dans un mois, cette lettre serait envoyée aux autorités grecques. Merten a accepté. Il n'avait pas le choix. Brunner a même promis de nous fournir une vraie antiquité pour renforcer notre couverture – au cas où des garde-côtes viendraient nous poser des questions, car, ça tombait bien, il s'occupait justement d'exporter des œuvres d'art. Et en effet, on a reçu une caisse contenant une tête de cheval sculptée. C'est certainement comme ça qu'on s'est retrouvés avec cet engin incendiaire à bord, sans le savoir.

» Dès que Brunner a quitté le bateau, le patron m'a demandé de le suivre et je l'ai filé jusqu'à son hôtel, le Xénon, au Pirée. Plus tard, j'y suis retourné et, en échange de quelques drachmes, la standardiste m'a montré la liste de tous les coups de téléphone passés par Brunner depuis sa chambre. En les appelant l'un après l'autre, je suis tombé sur son avocat, à Glyfada, le Pr Samuel Frizis. Le patron connaissait un cambrioleur local nommé Tsochaztopoulos. On l'a rencontré dans une boîte de nuit de Kastella, Chez Lapin. Le patron lui a donné mille cinq cents drachmes pour qu'il s'introduise dans le bureau de l'avocat et vole la lettre de Brunner, sans que l'avocat s'en aperçoive. Un jeu d'enfant. Il trouvait le dossier au nom de Fischer et il piquait ce qu'il contenait. J'attendais dehors pendant que Choc était à l'intérieur. Ça n'a pas été long. De l'argent facilement gagné, a-t-il dit.

» Je suis revenu au bateau avec la lettre et on a attendu que Brunner nous rejoigne, comme prévu. D'après notre plan, le temps que l'avocat découvre la disparition de la lettre, Brunner serait en mer avec nous et on le balancerait par-dessus bord, avec la tête de cheval attachée aux pieds. Mais quelque chose a merdé. Je pense que Brunner avait recruté des hommes de main et l'un d'eux m'a vu le suivre jusqu'à son hôtel. Quoi qu'il en soit, ce salopard a senti le coup foireux et avant d'embarquer, il a demandé à son avocat de regarder s'il avait toujours la lettre. L'avocat ne l'ayant pas trouvée, évidemment, Brunner a dû deviner que Merten allait le doubler une seconde fois, car il est secrètement monté à bord la nuit, la veille du départ. Schramma l'a surpris, il y a eu un échange de coups de feu. Schramma est mort, Brunner a décampé. Le lendemain, on a levé l'ancre comme prévu et finalement, c'est le corps de Schramma qu'on a lesté pour le balancer à la flotte.

– Il y a longtemps que je n'avais pas entendu une bonne nouvelle.

– Vous le connaissiez ?

– Oui. Assez bien pour affirmer qu'il a eu ce qu'il méritait. Il a assassiné deux personnes à Munich sans être inquiété, grâce à Max Merten. Et aussi grâce à moi, je dois l'avouer. J'ai commis une erreur. J'ai cru qu'il protégeait Merten. J'ai cru que Merten était innocent. Mais il ne l'était pas. Il ne l'a jamais été.

– Oh, Merten est un malin, croyez-moi. Après avoir levé l'ancre, on a décidé que, puisque Brunner n'avait aucune idée de l'endroit où on avait prévu de plonger… Ne me demandez pas où c'est, je n'en sais franchement rien. Merten gardait pour lui les coordonnées exactes, de peur d'être doublé, et maintenant je comprends pourquoi… on pouvait se faire oublier quelque temps à Spetses, au cas où Brunner nous aurait dénoncés. Et quand on jugerait qu'il n'y avait plus de danger, on irait récupérer l'or, comme prévu. Aucun de nous ne pouvait se douter qu'avant d'abattre Schramma et de quitter le bateau en courant, Brunner avait activé son engin incendiaire, caché dans la caisse à côté de la tête de cheval. Voilà pourquoi il était monté à bord pendant la nuit. Bref, le machin a explosé alors qu'on était en pleine mer. On venait d'expédier Schramma par-dessus bord quand on a découvert qu'il y avait le feu. On a essayé de le maîtriser, mais rien à faire. D'après le patron, c'était une bombe au phosphore. Impossible d'éteindre les flammes.

» On commençait à couler et on a dû abandonner le navire. On a emporté quelques bricoles, on a sauté dans le canot et on a accosté. Merten et moi, on a pris un taxi, puis le ferry jusqu'à Spetses, pendant que le patron prenait un autre ferry pour rentrer au Pirée. Il a promis de nous contacter dès que possible, et pendant plusieurs jours, les télégrammes se sont succédé. Mais quand le patron a cessé d'en envoyer, j'ai décidé de venir à Athènes, avec ma moto, pour savoir ce qui se passait. Et me voilà.

– Donc, Merten est seul chez vous, à Spetses ?

– Pas totalement seul. Une femme du village vient tous les jours pour faire la cuisine et le ménage.

– Il est armé ?

– Oui. Il a gardé le Walther de Schramma.

– Il me faut la clé.

– Dans la poche de mon manteau, vous trouverez un double, avec l'adresse sur une étiquette. »

Il montra son caban qui gisait sur le sol, à mes pieds.

« Donnez-le-moi. »

Il ramassa le manteau, trouva la clé et me la tendit.

« Vous avez le téléphone dans votre maison ? » demandai-je.

Reppas me fit signe d'attendre.

« Je suis obligé de réfléchir pour dire certaines choses en allemand. Merten me parle uniquement en grec. Alors, c'est fatigant de parler comme ça, en allemand. Le seul téléphone de Spetses est à l'hôtel. Mais il est en dérangement. C'est ça la vie sur les îles en Grèce. Un tas de choses ne fonctionnent pas comme elles devraient. À Spetses, ils viennent de découvrir la roue. Et les prêtres se signent quand ils passent devant un bar où il y a un juke-box. Ou quand ils voient une femme en maillot de bain.

– Moi-même, je suis assez croyant à ce niveau-là. Comment faisiez-vous pour recevoir les télégrammes de Witzel ?

– Je devais aller à Kosta, en ferry, et les récupérer à la poste.

– Combien de temps Merten va-t-il rester là-bas ? Avant de comprendre que vous ne reviendrez pas ? Car vous ne reviendrez pas. Pas avant plusieurs semaines, si vous avez un peu de jugeote.

– J'ai un neveu à Thessalonique. J'irai habiter chez lui. » Il essaya de prendre un air songeur, mais l'effet produit avait quelque chose de grotesque : une gargouille faisant des mots croisés. « Mais Merten ? Je ne pourrais pas dire. Je sais qu'il a peur. Chaque fois que la porte s'ouvrait, il croyait que c'était Brunner et il sautait sur le Walther de Schramma. À mon avis, il va rester caché un moment. Au départ, j'étais censé revenir après-demain, même si je ne trouvais pas le patron.

– Où pensiez-vous le chercher ?

– Dans tous les endroits qu'on fréquentait au Pirée. Des bars et des bordels, surtout. Le patron aimait bien s'offrir un verre et une fille. Dans cet ordre-là en général. Peut-être que vous avez quelques jours devant vous pour aller à Spetses, non ? Et faire ce que vous aviez à faire. La police ou une balle, pour moi ça ne change rien. Sans Merten, mon ami serait toujours vivant, et on travaillerait toujours ensemble. »

Reppas termina sa cigarette et l'écrasa. Toute son agressivité s'était envolée. Il se tamponna le nez et examina les traces de sang sur la serviette, comme une femme qui vérifie son rouge à lèvres.

« Vous allez vraiment me laisser partir ?

– Bien sûr. Pourquoi pas ? Vous êtes un petit poisson, je vous remets à l'eau, Spiros. C'est Merten que je veux attraper, pas vous. C'est lui, le véritable criminel. Vous pouvez même récupérer votre arme. » Je pris le Webley par le canon et le lui tendis, avec une poignée de balles. « Vous risquez d'en avoir besoin. À ma connaissance, Brunner pourrait toujours se trouver à Athènes. J'ai l'impression qu'il n'est pas du genre à se laisser impressionner. Et il se dit peut-être qu'il vous doit une balle, en échange d'une partie de l'or. À votre place, j'éviterais mes lieux de prédilection au Pirée. Il a déjà assassiné cet avocat dont vous avez cambriolé le bureau à Glyfada. Le Dr Frizis. »

Reppas fourra le Webley et les munitions dans la poche de son manteau.

« Merci du conseil.

– Dites-moi un peu… Pourquoi votre patron a-t-il accepté de suivre le plan de Merten, au départ ? C'était un biologiste marin reconnu, un réalisateur de films qui avait remporté un prix à Cannes. Bref, il n'avait rien d'un nazi. Manifestement, il avait tiré un trait sur ce vieux monde.

– On voit que vous ne connaissez rien au milieu du cinéma. Réaliser un film, ça coûte cher. Un film sous-marin encore plus. Et ça ne rapporte presque rien. Les gens ne font pas la queue sur le trottoir pour aller voir un documentaire sur les phoques moines de Méditerranée.

– J'avoue que je l'ai loupé.

– On l'a vendu à quelques chaînes de télé, et c'est tout. Siegfried était endetté. Et il avait besoin de trouver de l'argent pour notre prochain documentaire, sur la cité engloutie de l'Atlantide. Il n'est pas nécessaire d'être un nazi pour être cupide. Et il y avait tout cet or qui gisait à quelques dizaines de mètres de profondeur seulement, attendant que quelqu'un vienne le chercher. Des millions et des millions de dollars sous forme de lingots fabriqués dans une fonderie construite exprès par Max Merten à Kateríni, au printemps 1943. D'après Merten, tous les lingots que transportait l'*Epeius* portent un faux poinçon de la fonderie Weigunner à Essen.

– Dans quel but ?

– Ils sont datés de 1939, c'est-à-dire avant l'invasion de la Grèce et le meurtre des juifs d'Europe. Du coup, ces lingots semblent provenir de la Reichsbank et c'est beaucoup plus facile de les vendre sur le marché de l'or. Qui pourrait résister à une histoire pareille ? Pas moi, pas Siegfried Witzel. Mais peut-être qu'il y avait une autre raison, je ne sais pas. Rapport aux circonstances dans lesquelles Siegfried avait acquis le *Doris*, que connaissait Merten et qu'il était prêt à exploiter.

– En effet, confirmai-je. À l'instar de l'or, ce bateau avait d'abord été confisqué à des juifs de Salonique, et Merten l'a vendu une bouchée de pain à Witzel en 1943. Il a pris soin de changer le nom pour être sûr que ça reste un secret.

– Oui, ça expliquerait pas mal de choses, dit Reppas. Merten a toujours manié la carotte et le bâton. Des fois, il menait le patron en bateau, si je peux dire, en faisant miroiter la valeur des lingots engloutis – de plus en plus élevée –, et à d'autres moments, il menaçait de le dénoncer à la police.

– Une dernière question. Max Merten a-t-il découvert comment Brunner avait appris l'existence de votre expédition ? Après tout, quatorze ans s'étaient écoulés depuis que Merten avait dupé Brunner et provoqué le naufrage de l'*Epeius*. Douze depuis la fin de la guerre. Et pendant tout ce temps, Merten avait mené sa carrière d'avocat au grand jour, à Munich. Les Américains avaient proposé de l'extrader en 1945, mais le gouvernement grec avait répondu qu'il n'était pas recherché pour crimes de guerre. C'est un citoyen modèle désormais, un homme qui a des amis au sein du gouvernement ouest-allemand. À l'inverse, Alois Brunner est toujours un criminel traqué qui vit sous un faux nom. Les Grecs le veulent, les Israéliens aussi, de même que les Français, je suppose. Comment a-t-il appris que Merten était revenu en Grèce ? »

Spiros Reppas fronça les sourcils.

« Comme je vous le disais, mon allemand n'est pas toujours très bon. Je le comprends bien quand une personne parle devant moi et que je vois ses lèvres remuer. Sinon, c'est difficile. Surtout les longs mots composés. Mais je crois avoir entendu Merten dire à Witzel que quelqu'un proche d'Adenauer avait dû dire à Brunner que lui, Merten, allait se rendre en Grèce. Et que Brunner ne serait pas le premier ancien nazi recruté par le nouveau gouvernement. » Reppas haussa les épaules d'un air fataliste. « Voilà tout ce que je sais. J'ignore ce que je vais devenir. J'ai perdu mon meilleur ami et mon gagne-pain. Je peux vous poser une question ?

– Allez-y.

– La plongée sous-marine, c'est dangereux. Le patron disait toujours que s'il lui arrivait quelque chose, le *Doris* serait à moi. Alors, est-ce que par hasard vous pourriez pas revenir sur votre décision au sujet de l'indemnisation ? Et me faire un chèque à moi, au lieu de le faire à lui. J'accepterai volontiers une somme moins importante. Dix cents pour un dollar, par exemple. Après tout, c'était un vieux bateau et il ne valait sans doute pas la moitié de ce qu'affirmait le patron.

– Non, désolé. Mes employeurs n'aiment pas délier les cordons de leur bourse dans des affaires d'incendie criminel. C'est un principe chez eux. Mais si vous découvrez un testament faisant de vous l'unique héritier de mon client, vous pourrez toujours les attaquer en justice. Ne vous faites toutefois pas trop d'illusions. Même en Allemagne, il y a certainement un paragraphe, rédigé en caractères minuscules, à l'encontre des personnes qui veulent faire main basse sur de l'or volé aux juifs. »

Néanmoins, je sortis mon portefeuille pour lui donner un peu d'argent. Je me disais que je pouvais bien prélever une petite somme sur les vingt mille drachmes que j'allais encaisser le lendemain matin, en me rendant à Spetses.

« Pour vous montrer que je ne suis pas rancunier, voici cinquante drachmes. Achetez-vous un nez. »

44

Le lendemain matin, nous encaissâmes le chèque certifié à la Banque Alpha de Corinthe, et pour cela, je fis semblant d'être Siegfried Witzel, comme prévu. Alors que nous nous trouvions encore à l'intérieur de la banque, un léger tremblement de terre se produisit, ce qui ne fit rien pour me rassurer, mais ce malaise venait peut-être de mes dix points de suture au bras gauche – maintenant soutenu par une écharpe noire, comme si j'étais en deuil – et des cachets contre la douleur. Toutefois, même pour un froussard autoproclamé tel qu'Achilles Garlopis, le léger balancement des stores vénitiens ne méritait pas qu'on s'inquiète.

« À Corinthe, ça arrive tout le temps, expliqua-t-il, en se signant malgré tout, pour ne prendre aucun risque. C'est quand les dieux sont en colère contre nous. D'ailleurs, je me dis souvent que c'est à cause des tremblements de terre qu'on est croyants.

– Je ne vois pas de meilleure raison.

– Oh, moi, si. » D'un mouvement de tête, il montra la vitre de la banque, à travers laquelle on apercevait la Rover et Elli assise à l'intérieur, et m'adressa un sourire espiègle. « Quand je regarde Mlle Panatoniou. »

Elle nous attendait dehors car j'avais estimé préférable pour sa carrière d'avocate qu'elle reste à l'écart du crime que nous étions en train de commettre. Même si cela semblait la laisser indifférente. Voilà une avocate qui acceptait de prendre des risques. Au-delà de ce qui paraissait judicieux.

« Peut-être que vous devriez devenir prêtre, suggérai-je. Avec un tel sermon, vous allez damer le pion aux luthériens.

– C'est bizarre, mais on dirait qu'elle vous aime vraiment bien. Les femmes sont des créatures étranges, n'est-ce pas ? Surtout celle-ci. Quand elle est là, on croirait que le soleil brille. Et la façon dont elle vous regarde... elle vous illumine.

– Si on reste au soleil trop longtemps, on peut être brûlé.

– Non, elle n'est pas du genre à vous brûler. Elle vous éblouit, c'est tout. En supposant qu'une telle chose soit possible.

– À vrai dire, je n'en suis plus très sûr. »

Les secousses cessèrent enfin, et on nous remit l'argent sans sourciller. Après cela, nous traînâmes dans les rues de Corinthe, en attendant de retrouver, dans un bar, l'employé de la Banque Alpha afin de lui remettre la commission de cinq pour cent convenue avec son cousin Garlopis. C'était encore un gamin, au visage aussi froid qu'une statue de marbre. À l'image de Corinthe, une ville terne et lisse, basse et triste, au bord de la mer, qui n'avait rien à offrir, si ce n'est son canal du même nom, qui sectionnait l'isthme en ligne droite, comme la cicatrice sur mon avant-bras. Difficile d'imaginer l'apôtre Paul prenant la peine d'envoyer une longue lettre aux Corinthiens, sauf peut-être pour leur demander pourquoi ils vivaient là et non pas dans une ville plus intéressante. Athènes ou Rome, par exemple. Seul avantage, Corinthe se situait à mi-chemin de Kosta, d'où partait un ferry régulier à destination de Spetses. Étant donné que je ne pouvais pas tourner le lourd volant de la Rover sans provoquer des élancements de douleur dans mon bras, c'était Elli qui conduisait. Nous déposâmes Garlopis à un arrêt de car pour qu'il puisse regagner Athènes en toute tranquillité. Je m'en voulais de mêler Elli à cette sale histoire avec Max Merten, mais mes remords n'étaient rien comparés à l'angoisse de Garlopis, qui craignait de s'exposer à un danger bien plus grave, selon lui, qu'un simple tremblement de terre.

« Je connais cet homme, lui dis-je dans une ultime tentative pour le convaincre de nous accompagner à Kosta pendant que nous attendions l'arrivée du car. Max Merten. Croyez-moi, je peux le gérer. En douceur ou par la méthode forte. La dernière fois que je l'ai vu, il était obèse, et le seul risque, c'était que son foie explose devant moi. C'est un simple gratte-papier, pas un dangereux sadique comme Brunner. Des types dans son genre, j'en ai maté des centaines.

– Oui, je sais que vous en êtes convaincu, monsieur. Mais on vous a cousu sur le bras dix petits pense-bêtes pour vous rappeler que vous pouvez vous tromper. Et puis, vous avez entendu Spiros Reppas : Merten est armé et nerveux. D'ailleurs, je comprends d'autant moins pourquoi vous lui avez rendu le Webley. Cette arme aurait pu être une assurance efficace contre toutes sortes de risques qu'on ne peut pas assurer justement.

– Je comprends votre raisonnement, mais croyez-moi, vous avez tort. Une arme ne règle pas les problèmes. Ça fait juste beaucoup de bruit. Et ça entraîne beaucoup plus de risques. Et plus de risques, ça veut dire une prime plus élevée. Ma conscience, à supposer qu'elle existe encore, n'a plus les moyens de payer. Vous me suivez ?

– Oui, je crois. Mais vous ne me faites pas l'impression d'être un homme qui en a gros sur la conscience.

– Ne vous y trompez pas. Vous ne le voyez peut-être pas, mais même sans son haut-de-forme, le Jiminy Cricket qui me suit partout mesure plus d'un mètre quatre-vingts. »

Quand le car bleu et blanc apparut au loin, semblable à une chinoiserie métallique et démesurée, je tendis à Garlopis l'enveloppe contenant les vingt mille drachmes que m'avait remises la banque.

« Rangez ça dans le coffre de votre bureau et attendez avant de soudoyer ce flic. Si je m'en sors face à Merten, on pourra peut-être faire des économies. »

Bien sûr, je n'y croyais pas, pas complètement. En dépit de tout ce que j'avais raconté à Garlopis, je savais que je courais un danger considérable en allant affronter Max Merten sur l'île de Spetses. Je ne m'attendais pas une seconde à ce qu'il se rende docilement. Je devrais me montrer persuasif. Heureusement, j'avais un plan, je savais quoi dire et, avec un peu de chance, je pourrais le dire… quitte à employer la force. Même brutale.

Garlopis secoua la tête.

« Si ça ne vous ennuie pas, monsieur, j'aimerais mieux que vous gardiez cet argent. Vingt mille drachmes, c'est une grosse somme pour une personne de mon envergure morale. La vérité, c'est que vous n'êtes pas le seul à avoir une conscience envahissante. La mienne m'a appris que je pouvais résister presque à tout, sauf à la véritable tentation. Surtout quand elle se présente sous la forme de billets de banque dans une enveloppe.

– Je continue à penser, malgré tout, que vous devriez prendre cet argent. Cette liasse de billets n'est pas assez épaisse pour arrêter une balle. » Je me tournai vers Elli, en espérant avoir enfin réussi à l'effrayer, mais elle ne paraissait nullement perturbée à l'idée de se retrouver face à un homme aux abois. « Et je n'aimerais pas me dire que cet argent va finir entre de mauvaises mains s'il m'arrivait quelque chose.

– Bon, d'accord, je le prends. Mais soyez prudent. J'ai très envie de soudoyer ce flic. Sincèrement, monsieur. Il n'y a rien de plus distrayant que de découvrir le prix d'un homme véritablement honnête. »

Le car parti, nous remontâmes à bord de la Rover. Elli se regarda dans le rétroviseur, mais j'aurais pu lui éviter cette peine : son visage était parfait. Elle portait un chemiser blanc à manches courtes, une large ceinture qui soutenait sa poitrine – elle avait du pain sur la planche –, une ample jupe rose avec un tas de plis et, dessous, de multiples épaisseurs de tissu léger. Les gants de conduite en daim beige ajoutaient une touche raffinée à l'ensemble. Elle contrôlait avec la même élégance la voiture et elle-même, telle une femme qui voulait participer à un concours de beauté et se retrouve en train de courir les Mille Miglia. Elle conduisait à vive allure sur les lacets de la route côtière, en fredonnant. Les yeux sur la chaussée, les pieds sur les pédales, ce qui me laissait tout loisir d'admirer ses mollets galbés, et parfois ses genoux. Ses coudes n'étaient pas mal non plus, et je commençais à me prendre d'affection pour sa mâchoire.

Mais mon admiration pour Elli s'accompagnait d'un soupçon grandissant : elle se servait de moi pour accomplir une vengeance personnelle contre les nazis. Peut-être avait-elle l'intention d'assassiner Alois Brunner, ou Max Merten. Sa mère ou son père avaient peut-être été tués durant l'Occupation. C'était l'unique explication convaincante pour justifier sa présence dans cette voiture. Auquel cas, j'allais devoir être extrêmement prudent car je voulais Merten vivant, dans un but que j'avais appris à apprécier tout récemment : pour un homme qui approche de la fin de sa vie, il n'y a rien de plus fort que de découvrir soudain qu'il a encore l'occasion de faire une bonne action.

Aucun sacrifice n'est trop grand s'il permet de réaliser cette chose.

45

« Vous êtes certain de savoir ce que vous faites ? demanda-t-elle. Je n'aimerais pas qu'il vous arrive quelque chose.

– Vous n'allez pas vous y mettre vous aussi. Comme je l'ai déjà dit à Garlopis : je peux gérer Max Merten.

– Je parlais de votre idée de soudoyer cet inspecteur. S'il refuse le *fakelaki*, il se servira de ce prétexte pour vous envoyer en prison.

– Il n'a pas besoin d'un prétexte supplémentaire.

– Franchement, je me demande si vous savez dans quoi vous mettez les pieds.

– Je sais où je ne veux plus les mettre : dans ce foutu pays.

– Ce n'est pas très flatteur, Christof. Pour moi et pour mon pays.

– Vous avez raison. Pardonnez-moi, trésor. Je veux juste récupérer mon fichu passeport. Quand je reverrai ma photo dans ce petit livre vert, peut-être que j'aurai envie de rester un peu plus longtemps. »

Ses yeux ne quittaient pas la route sinueuse. Et je m'en réjouissais : cela voulait dire qu'elle ne pouvait pas me regarder en face. Par la vitre du passager, j'admirais le paysage somptueusement garni. Le ciel bleu, la mer saphir et la route côtière majestueuse ressemblaient au décor d'un film épique de Cecil B. DeMille. En compagnie d'Elli au volant, comment ne pas penser aux Muses et aux Grâces, et au retour à la maison après un long voyage ? Munich n'était pas vraiment Ithaque, mais ça ferait l'affaire.

« Vous avez pris un jour de congé ? demandai-je, pour changer de sujet.

– On est samedi.

– Oui, mais vous disiez que vous travailliez le samedi.

– Nous n'avons pas le même rapport au travail que vous, les Allemands.

– J'avais remarqué.

– Les Grecs ne croient pas que Dieu nous aimera davantage si on travaille dur, ou si on se prive de certains plaisirs. On préfère croire que Dieu veut qu'on aille à la plage et qu'on admire le paysage. La contemplation de l'œuvre du Premier Moteur est la forme d'activité morale la plus élevée dans ce pays. C'est l'unique façon de Le comprendre.

– Ça ne ressemble pas à du Marx. »

Elli sourit.

« C'est Aristote. En vérité, ils ont beaucoup plus de points communs qu'une trop longue barbe.

– J'en suis sûr, mais soyez gentille, ne m'expliquez pas lesquels. Je suis trop occupé à admirer la vue. »

Tournant la tête, Elli constata que je la regardais.

« La vue est de l'autre côté, non ?

– Je préfère celle-ci. Garlopis avait raison : il suffit de vous regarder pour croire en Dieu.

– Il a dit ça ?

– Mais j'ai beau faire, je n'arrive pas à croire en vous, ma jolie. Blanche-Neige est censée attendre son jeune prince, et non pas tomber sous le charme du vieux chasseur grisonnant pétri d'arrière-pensées.

– Nous voilà revenus à ce très ancien débat sur mon âge et le vôtre.

– Je vois ce que j'ai à y gagner. N'importe quel beau miroir, même s'il n'est pas magique, me le dira. En revanche, j'essaye de comprendre où est votre intérêt.

– Vous pensez que j'aurais choisi de passer un moment avec vous pour une raison cachée ? C'est ça ?

– C'est souvent le cas avec les femmes.

– Peut-être que vous vous sous-estimez, Christof.

– Je ne veux pas vous décevoir comme je me déçois moi-même généralement, c'est tout.

– Une femme est séduite par un homme, c'est peut-être réciproque. C'est une question d'esthétique, de chimie, de biologie et d'un tas d'autres éléments techniques. Et puis, il y a ce que dit cet homme, et la manière dont la femme réagit. Mais n'oublions pas l'aspect métaphysique : les choses qu'on ne peut pas connaître, le lieu et l'instant, les hommes que j'ai connus avant, les femmes que vous avez connues. Je n'ai pas d'objectif caché. Je n'ai pas de belle-mère malfaisante ni sept amis nains. Vous me plaisez. Peut-être que c'est aussi simple que ça.

– Peut-être.

– Vous savez quel est votre vrai problème ? Vous voulez essayer de comprendre un phénomène incompréhensible.

– Mon côté allemand, sans doute.

– Dans ce cas, il va falloir vous transformer en Grec. Un peu de joie de vivre vous ferait du bien. Parfois, vous êtes trop contemplatif. Comme si quelque chose vous tracassait.

– C'est souvent le cas. L'arme dans votre sac, par exemple. N'importe qui serait en droit de se poser des questions.

– Vous pensez que j'ai l'intention de vous tuer ? Sincèrement ?

– Disons que ça m'a effleuré l'esprit.

– Pourquoi diable est-ce que je ferais ça ?

– Franchement, je n'ai toujours pas trouvé de bonne raison. Mais j'espérais bien y arriver avant que vous passiez à l'acte.

– Prévenez-moi quand vous aurez trouvé. Ce sera intéressant. Qui sait ? Si c'est une bonne raison, ça pourrait m'inciter à vous tuer pour de bon. J'ai besoin de m'entraîner à tirer sur des cibles. » Elle secoua la tête. « Ça ne tourne pas rond chez vous. À force de soupçonner tout le monde, je suis surprise que vous ayez encore les idées claires. C'est une simple supposition, mais je crois que vous avez eu quelques petites amies très intéressantes avant moi. Du genre à tirer sur un homme pour certaines.

– Vous devriez avoir de la peine pour moi, alors. De plus, je suis victime de mon éducation. Il se trouve que je viens d'un foyer brisé. Comme tous les Allemands, figurez-vous. Mon foyer a été brisé si souvent qu'il ressemble au Parthénon. »

Elli demeura muette un instant, pendant lequel elle ne cessa de se mordiller la lèvre, comme pour s'empêcher de dire une chose importante, et je gardai le silence moi aussi, dans l'espoir qu'elle finisse par parler. Mais quand elle ouvrit la bouche de nouveau, ce fut pour évoquer un sujet personnel, qui lui mit la larme à l'œil.

« Vous voulez vraiment savoir pourquoi je porte une arme ?

– Évidemment. Mais je me contenterai de votre explication.

– Mon père me l'a donnée.

– C'est mieux qu'un flacon de parfum ou une poupée.

– Il me l'a donnée car l'année dernière, peu de temps avant sa mort – le Jour du Non, qui commémore l'anniversaire du jour où le général Metaxás a envoyé Mussolini se faire foutre –, un homme a essayé de me violer, à Athènes. Il était beaucoup plus jeune que vous. C'était un *mutamassir*, c'est-à-dire un Syrien qui avait vécu à Alexandrie avant d'être chassé par Nasser. J'ai commis l'erreur de l'aider à trouver un travail à la Croix-Rouge. Il m'a obligée à faire des choses… des choses horribles, et il m'aurait certainement violée s'il n'avait pas été dérangé par Dimitri Papakyriakopoulos.

– L'avocat de Meissner.

– Exact. Depuis, Dimitri est devenu un très bon ami.

– Vous m'en voyez ravi.

– Il y a énormément de viols en Grèce ces temps-ci, et je porte une arme pour être certaine que ça ne se reproduira plus. Ou bien, si ça arrive, je pourrai me venger tout de suite. Et c'est aussi au cas où je tomberais sur le salopard qui m'a agressée.

– Vous ne l'avez pas dénoncé à la police ?

– On est en Grèce. Déclarer un viol, ou une tentative de viol, c'est presque aussi grave qu'un viol lui-même. Je n'ai jamais revu ce type. Il s'est volatilisé, et je m'en réjouis. Mais si un jour je le croise, j'ai bien l'intention de le tuer, et tant pis pour les conséquences. À côté de ça, je suis attirée par les hommes plus âgés dans votre genre, car je me dis que votre libido est moins forte, et que, par conséquent, vous acceptez plus facilement qu'on vous dise non. Surtout si j'ai une arme à la main. Alors, convaincu ? J'espère. Voilà, vous connaissez mon secret inavouable. »

46

J'aurais pu rire de la façon dont elle avait conclu son histoire, avec cette petite plaisanterie dirigée contre moi, s'il s'agissait d'une plaisanterie. Au lieu de cela, j'émis un soupir de compassion et je lui tendis mon mouchoir.

« Je suis désolé, Elli. Je comprends très bien, maintenant que vous m'avez expliqué. Les hommes de ce pays étant ce qu'ils sont.

– Je ne suis pas sûre qu'ils soient très différents ailleurs. »

Elle me lança mon mouchoir, comme si je l'avais insultée.

Je ne croyais bien sûr pas un mot de ce qu'elle m'avait raconté. Non que je doutais d'elle, mais je doutais de ma capacité à croire qui que ce soit. Même si j'avais cru d'autres femmes autrefois. De nos jours, l'honnêteté était devenue une blague grâce aux politiciens, et les hommes mentaient uniquement pour rester en vie. Mais bien avant Hitler, Goebbels, Staline et Mao, toutes les femmes étaient des menteuses, et toutes les femmes continuent de mentir, sauf votre maman chérie, quand elle vous dit, à vous ou à votre père, la vérité sans fard, alors que, lui comme vous, vous n'avez pas vraiment envie de la connaître. Nul ne tiendra rigueur à la douce infirmière au cœur sur la main qui ment à votre meilleur ami car elle ne peut se résoudre à lui annoncer que l'obus lui a arraché les deux jambes et qu'il ne marchera plus jamais. Sinon, les femmes mentent comme des jésuites crétois diplômés d'amphibologie, et sur presque tous les sujets : la raison de leur retard d'une heure au restaurant, leur poids, la joie que leur procure le cadeau que vous venez de leur faire, et le plaisir que vous leur donnez au lit. Elles sont prêtes à mentir sur tout si elles pensent que vous allez gober leur histoire et si elles peuvent en tirer profit. Mais la plupart du temps, les femmes mentent sans même s'en rendre compte ; dans le cas contraire, c'est que vous leur avez donné la très nette impression que vous ne vouliez jamais connaître la vérité. Autrement dit, c'est vous le fautif. Ou bien, elles estiment disposer du droit inné de mentir, en tant que femmes, alors que vous n'êtes qu'un pauvre idiot qu'on appelle un homme.

Il y avait le fait que toutes les femmes étaient des menteuses-nées, auquel s'ajoutait le fait que j'étais allemand et, compte tenu de tout ce que nous avions fait subir aux Grecs en 1943, j'avais du mal à imaginer que des personnes telles qu'Elli Panatoniou soient disposées à tirer un trait sur ce passé. Tout cela pour dire qu'il me paraissait dangereux de la croire, car j'allais devoir affronter Max Merten et je n'avais aucune envie de finir avec une balle dans le dos, uniquement parce que j'étais allemand comme lui. Et sachant de quelle manière mes compatriotes s'étaient comportés dans ce pays, je ne pouvais pas lui en vouloir de chercher à se venger. Mais étant donné que j'avais besoin d'avoir une confiance absolue en Elli, il fallait que je lui fournisse un mobile qui l'inciterait à dévoiler son vrai visage, peut-être moins beau que celui-ci. Pour cela, j'allais devoir lui livrer un secret inavouable à mon tour, et j'en tremblais déjà.

« Puisque vous m'avez confié votre secret, peut-être que je devrais vous confier le mien, dis-je. Seulement, je dois vous avertir, ma jolie, le mien est beaucoup plus inavouable.

– Faut-il que je me gare sur le bas-côté pour ne pas finir dans le décor, choquée et horrifiée ?

– C'est horrible, en effet.

– Alors, ne me dites rien. Je porte une robe, pas un surplis.

– Et je l'aime beaucoup, croyez-moi. Surtout avec vous dedans.

– Je me le demande.

– Demandez-vous plutôt ce que j'ai fait durant la guerre.

– Je ne suis pas naïve. Vous êtes allemand. Je n'ai jamais imaginé que vous dirigiez un orphelinat ou que vous travailliez pour Walt Disney. Mais ne me dites pas que vous portiez une petite moustache.

– Je n'ai jamais été nazi, mais pendant quelque temps, j'ai été inspecteur dans les services de sécurité de la SS. Sincèrement, je n'ai guère eu le choix. Une chance, je n'étais pas en poste ici, en Grèce. Malgré cela, je ne suis pas fier de ma guerre. Voilà pourquoi Christof Ganz n'est pas mon vrai nom. Ma situation est devenue un peu compliquée après la défaite. Changer de nom était un moyen rapide de prendre un nouveau départ. Du moins, je l'espérais. Je fais encore très souvent des insomnies. Parfois, c'est même pire.

– Que voulez-vous dire, au juste ?

– Il y a une vieille chanson hongroise qui s'appelle "Triste dimanche". Elle a été interdite par les nazis, Goebbels estimant qu'elle était mauvaise pour le moral. Alors, les Hongrois en ont fait autant. Elle a même été censurée par la BBC car cette chanson était tenue pour responsable d'un très grand nombre de suicides, plus que n'importe quelle autre. Mais malgré l'interdiction, je chantais cette chanson. Comme un tas de gars en uniforme. On pourrait dire qu'elle a fait œuvre utile car certains de ces hommes ne sont plus là aujourd'hui, si vous voyez ce que je veux dire.

– Bon, d'accord, vous avez des remords. Peut-être même que vous éprouvez un sentiment de culpabilité. Un tas de gens culpabilisent à cause de ce qui s'est passé durant la guerre. Même quelques Grecs. Et alors ? Pourquoi me raconter ça à moi, et pas à votre psychiatre ?

– Laissez-moi finir mon histoire horrible. Ensuite, vous pourrez me juger. Je suis entré dans la police berlinoise peu de temps après la Grande Guerre. La première. Grande par le nombre de morts. Des millions. Pendant quatre ans je me suis réveillé chaque matin avec l'odeur de la mort dans les narines. Pouvez-vous imaginer ce que c'est ? Je vais vous dire une chose : le plus incroyable, ce n'est pas le fait de voir mourir tous vos camarades les uns après les autres, c'est le fait de vous y habituer. La mort devient routinière. Tous les hommes qui ont survécu aux tranchées étaient comme ça. Certains n'étaient même plus des êtres humains, leur système nerveux avait volé en éclats. D'autres avaient la rage, ils voulaient rejeter la faute sur quelqu'un : les communistes, les fascistes, les juifs, les Français, n'importe qui. Moi, je n'éprouvais aucune colère, mais le besoin de faire quelque chose d'utile. Malgré tout ce que j'avais vu dans les tranchées, j'avais encore foi en l'ordre… en la justice, oui. Quel policier n'y croit pas ? Alors, quand des gens étaient assassinés, on essayait d'agir, c'est-à-dire d'enquêter et d'arrêter les coupables. On avait passé un contrat avec ceux qui nous employaient. On les protégeait. Et mon rôle de détective me paraissait respectable. J'étais fier de moi, j'avais le sentiment d'effectuer une tâche importante. La plupart du temps, du moins. J'ai traversé des périodes difficiles. L'année 1928 n'a pas été très bonne, par exemple.

» Puis les nazis sont arrivés et tout a été chamboulé. Dans le mauvais sens pour moi et pour tous les inspecteurs en Allemagne. Par conséquent, il y a très longtemps que je n'ai pas eu le sentiment de bien agir, avec honnêteté.

Trop longtemps, à vrai dire. Je n'espère pas vous faire toucher du doigt ce que je ressens, mais j'aimerais que vous compreniez que c'est peut-être ma dernière chance de me racheter. En vérité, je suis d'accord avec le lieutenant Leventis : je veux aider à envoyer un véritable criminel derrière les barreaux, à la place d'un pauvre Grec dont le seul crime est d'avoir parlé couramment l'allemand et d'avoir volé du papier à en-tête. Et je ne fais pas ça pour Leventis, ni pour le peuple grec, non, ni même pour récupérer mon passeport et rentrer chez moi. Je viens de m'apercevoir que je voulais arrêter Max Merten pour retrouver le sentiment de me conduire bien. Et redevenir un vrai flic, pour la dernière fois peut-être. La rédemption est un objectif ambitieux pour un Boche comme moi, mais c'est celui que je poursuis. Alors, si vous avez l'intention de régler un compte personnel avec Max Merten, j'aimerais le savoir, pour éviter de me retrouver entre lui et votre pistolet de dame. »

Elli se gara sur le bord de la route sinueuse et coupa le moteur V8 de la Rover. Elle continua à tenir le volant pendant un long moment, comme si, en le lâchant, elle craignait de me frapper. Finalement, elle ôta ses gants, prit son sac, sortit ses cigarettes et en alluma une. Après quelques bouffées, elle la garda coincée entre ses lèvres et se remit à farfouiller dans son sac. Cette fois, quand sa main ressortit, elle tenait le Beretta, pointé sur moi.

« On ne peut pas toutes être des gentilles filles.

– Vous plaisantez. »

Elle arma le chien.

« J'ai l'air de plaisanter ?

– Faites attention avec ce truc. À cette distance, difficile de manquer votre cible.

– Gardez ça présent à l'esprit, alors. Descendez de voiture. »

Je tendis la main vers la poignée. Une chance pour elle qu'elle ait demandé gentiment. Je demeurai une minute dans cette position idiote, les mains en l'air, pendant qu'elle descendait de la Rover de son côté. Parfois, c'est désagréable de découvrir qu'on avait raison. La mer et quelques rochers s'étendaient dans le dos d'Elli. On entendait le bruit des vagues, on sentait l'odeur du sel dans l'air, et sur mon visage, le soleil était comme une petite bombe atomique. S'il n'y avait pas eu ce pistolet dans sa main, j'aurais dit que c'était un endroit parfait pour pique-niquer.

« Je dois le reconnaître, trésor, vous avez choisi un chouette décor. Très romantique.

– Ai-je toute votre attention ?

– Pleine et entière.

– Bien.

– Et il se passe quoi maintenant ?

– Ceci… » Elle lança le pistolet dans la mer, avant de contourner la voiture. « Vous croyez toujours que j'ai l'intention de vous tuer ? »

Je baissai les mains et poussai un soupir de soulagement. Ceux qui pensent qu'un projectile de petit calibre ne vous tue pas nécessairement ne sont pas loin d'avoir raison, mais un Beretta de ce type peut balancer six ou sept balles à un rythme très rapide, et à bout pourtant, elles vous tueront aussi sûrement qu'une balle de 9mm tirée par un Luger.

« Non, à moins que vous soyez la reine de l'escalade et une sacrée nageuse. »

Elle secoua la tête, prit mon visage entre ses mains et planta un baiser fougueux sur ma bouche.

« Ah, je préfère ça, dis-je et je m'apprêtai à l'embrasser à mon tour, mais elle m'arrêta.

– Non, écoutez-moi. Avant de vous rencontrer, je n'avais jamais entendu parler de Max Merten, d'accord ? Mais s'il vous ressemble, ça veut dire qu'il est tellement sourd qu'il ne vous entendra même pas frapper à sa porte. Comme je vous l'ai déjà dit, ce Beretta était destiné à me protéger, car beaucoup d'hommes n'écoutent pas quand une femme leur dit des choses importantes, du style "Non, je ne veux pas coucher avec vous" ou bien "J'ai une arme sur moi car j'ai failli être violée et je ne veux pas que ça se reproduise". Comme vous, Merten n'écoutera certainement pas quand vous lui demanderez de se rendre à la police, ou quand vous essaierez de l'arrêter. Même si je ne sais pas trop de quelle manière vous avez l'intention de vous y prendre. J'ai hâte de voir ça.

– Moi aussi. Surtout maintenant que vous venez de vous débarrasser de notre seule arme. Je comptais sur vous et votre petit pistolet, si jamais on se retrouvait dans une situation délicate. »

Elli fronça les sourcils.

« Vous disiez que vous aviez peur que je vous tue.

– Pas vraiment, mentis-je. Comme vous l'avez dit vous-même : quelle raison aviez-vous de me tuer ? En fait, je voulais juste savoir si vous l'aviez toujours sur vous. »

Elle parvint à contrôler son irritation, vis-à-vis de moi et de la perte de son Beretta. Je compatissais. J'aimais bien les petits pistolets de dame, souvent bien plus que les dames qui les portaient.

« Eh bien, Christof Ganz, quel est votre vrai nom ? Je vous en prie, ne répondez pas Martin Bormann.

– Bernie. Bernie Gunther.

– C'est sûr ?

– Certain.

– Sincèrement, je ne sais pas ce que vous allez dire ensuite. Vous êtes peut-être l'homme le plus imprévisible que je connaisse, *Bernie*. Et parfois le plus exaspérant. C'est peut-être pour ça que vous m'attirez. À la réflexion, j'aurais dû vous tuer quand j'en avais l'occasion, *Bernie*.

– Vous savez, un tas de gens ont dit ça. Et bizarrement, je suis toujours là.

– Peut-être qu'ils appréciaient votre sens de l'humour autant que moi. Quoi qu'il en soit, ce petit pistolet va me manquer.

– Je vous en achèterai un autre pour Noël. »

47

Après avoir laissé la voiture à Kosta, nous prîmes un bateau-taxi pour atteindre Spetses. Un trajet de dix minutes. Voulant donner à Merten l'impression que nous devions fuir l'île le plus vite possible, je donnai au propriétaire du bateau cinq fois le prix normal de la course, étant entendu qu'il nous attendrait sur le quai le lendemain matin, avant six heures, pour regagner le continent. C'était une île magnifique et je regrettais de ne pas pouvoir y rester plus longtemps, surtout avec Elli, qui me confia qu'elle était déjà venue à diverses reprises dans cet endroit, lieu de baignade très prisé des Athéniens. Ce qui expliquait l'existence d'un hôtel de première classe, le Poséidonia, avec sa centaine de lits et un excellent restaurant, fraîchement rouvert après la fermeture hivernale. Nous y prîmes une chambre, et pendant que je restais prudemment à l'intérieur – de peur de croiser Max Merten dans la rue –, Elli alla acheter une petite lampe de poche et reconnaître l'adresse que nous avait donnée Spiros Reppas.

« Je suis passée plusieurs fois devant la maison, comme vous me l'avez conseillé, me dit-elle plus tard, alors que nous partagions un dîner que l'on aurait pu qualifier de typiquement grec, à cette différence près que c'était bon. C'est une petite habitation de pêcheur d'un étage, plus ou moins semblable aux constructions de l'île. Un peu décrépite. Les rideaux étaient tirés, et personne n'est entré ni sorti, mais de la fumée s'échappait de la cheminée et une lumière était allumée dans une des pièces. Soit dit en passant, je suis certaine que la personne qui se trouve là est allemande.

– Comment le savez-vous ?

– Du linge était étendu dehors, dans le petit jardin devant la maison. Une des chemises qui séchaient portait une étiquette en allemand, d'un magasin appelé C&A.

– Bien joué.

– Ne vous inquiétez pas, je ne suis pas entrée dans le jardin. J'ai juste jeté un rapide coup d'œil par-dessus le mur. C'était une chemise très large. Vous disiez que Merten était obèse, non ? Il restait des traces noires sur le col, comme s'il avait oublié de le frotter avec une brosse et du savon. Selon moi, il s'agit d'un homme qui vit seul car il y avait également une casserole brûlée sur le perron de la cuisine. Un homme dans votre genre, probablement. En outre, une femme aurait pensé à rentrer le linge. Une femme dans mon genre.

– Vous êtes très observatrice. Et vous avez vu tout ça dans le noir ?

– Il y a un petit bar juste en face. Il fermait mais toutes les lumières étaient allumées.

– Avez-vous remarqué des individus louches dans les environs ?

– Moi uniquement.

– On vous a vue rôder près de la maison.

– Non. J'ai eu droit à quelques commentaires sur le front de mer, mais les filles sont habituées en Grèce.

– Vous n'êtes pas n'importe quelle fille. À mes yeux. Si Pâris était là, il vous balancerait sur son épaule et foncerait vers son bateau.

– Vous devriez sortir davantage.

– Acceptez ce compliment. S'il vous plaît. Et en ville, avez-vous vu des gens suspects ? Comme moi ?

– Des Allemands, vous voulez dire ? Non. » Elle but une gorgée de vin blanc et fit la grimace, mais pas à cause du très bon vin de Moselle que nous avions commandé. « Je suis curieuse de savoir ce que vous allez faire. Je suppose que vous me demanderez de rester à l'hôtel, à l'abri ? Eh bien, fourrez-vous ça dans votre tête d'Allemand borné : c'est hors de question. Je ne suis pas venue jusqu'ici pour me tenir à l'écart.

– Je n'imaginais pas les choses autrement.

– De plus, c'est la seule façon pour moi d'être certaine de vous tuer tous les deux avec mon arme de secours. Et Brunner aussi, s'il décide de pointer le bout de son nez.

– Encore un cadeau de votre père, je présume ?

– Je n'ai jamais aimé jouer à la poupée.

– La première balle doit être la bonne, trésor. Brunner n'est pas le genre de type qu'on peut simplement blesser.

– Comme tous les rats de son espèce. Sachez cependant que je regretterai de devoir vous tuer, *Schnucki*. Je l'ai bien dit ?

– Oui. Votre allemand s'est grandement amélioré.

– J'ai un bon professeur. Quel dommage que je doive arrêter les leçons si brutalement. Au fait, qu'est-ce que ça veut dire *Schnucki* ?

– Pas grand-chose, si ce n'est que vous ne voulez pas me tuer, *Schnucki*. Généralement, ça passe pour une marque d'affection. »

Nous allâmes nous coucher et nous nous levâmes tôt, très tôt, c'est-à-dire à cette heure barbare que les hommes de la Gestapo (on ne fait pas plus barbare) affectionnaient pour effectuer une arrestation car l'expérience leur avait appris que les gens offraient moins de résistance lorsqu'ils dormaient à poings fermés.

Nous traversâmes la ville blanche semblable à une nécropole et empruntâmes une rue étroite qui montait jusqu'à l'adresse qu'avait déjà reconnue Elli. La façade grise de la maison de Reppas était recouverte d'un tas de carreaux bleus brillants et deux lions assis, peints en jaune, coiffaient les colonnes qui encadraient le portail. On aurait dit une porte d'Ishtar au rabais. Aucune lumière n'était allumée et la chemise avec l'étiquette allemande était toujours suspendue sur la corde à linge, conformément à la description d'Elli. Derrière le portail, un carton contenait plusieurs bouteilles de schnaps vides. J'en déduisis que Merten n'était pas resté totalement inactif sur l'île.

Dès que j'ouvris la porte avec la clé que m'avait remise Reppas, j'eus la certitude, en promenant le faisceau de la lampe autour de moi, que Merten vivait ici. Il flottait dans l'atmosphère l'odeur âcre et caractéristique des cigarettes Fina qu'il fumait à Munich. Un vieux magazine allemand, *Capital*, traînait par terre et sur la table basse était posée une bouteille de Schladerer à moitié vide. Sur le canapé s'abandonnaient un chapeau et un manteau portant les étiquettes d'un magasin de Munich. Aucune arme dans les poches. Au mur étaient accrochés un portrait du roi Paul et une carte Imray encadrée de la Grèce et de ses îles. La lumière du jour naissant entrait par la fenêtre – suffisante pour nous permettre de fouiller la maison – et après avoir ordonné tout bas à Elli de chercher le pistolet automatique Walther mentionné par Reppas, je me dirigeai vers l'escalier tapissé. Sur chaque marche étaient empilés des livres, comme si vivait là un gros lecteur qui n'avait pas d'étagères. La plupart étaient des livres de poche, des romans policiers écrits par des auteurs anglais et américains pour qui le fait de commander du vin rouge avec du poisson était le genre d'indices grâce auxquels le détective malin découvrait l'identité du meurtrier, dépourvu de tout savoir-vivre. L'un de ces auteurs avait-il un conseil à me donner pour approcher d'un homme endormi, mais armé ? Je posai le pied sur la première marche. Comme le bois ne grinçait pas, je gravis la marche suivante, et ainsi de suite jusqu'à ce que j'arrive en haut, le cœur au bord des lèvres. En regardant en bas, je découvris Elli qui levait les yeux vers moi. Elle secoua la tête : *pas de pistolet*. Je m'apprêtai à ouvrir une des portes de chambre, en sachant que Merten avait probablement posé son arme sur la table de chevet, comme je l'aurais fait si Alois Brunner avait été à mes trousses. Avec un Walther, pas la peine d'être une fine gâchette pour abattre quelqu'un à travers une porte. Un chat à trois pattes n'aurait pas manqué sa cible.

La chambre principale était vide, mais Reppas l'avait occupée récemment. Il y avait sur la table de chevet une photo de lui et de Witzel, et sur un des murs une petite icône et une photo du *Doris*. La porte de la salle de bains étant ouverte, il ne restait qu'une seule pièce. La porte était fermée, toutefois j'entendais de l'autre côté un homme ronfler aussi fort qu'un rhinocéros en colère. Jusqu'à présent, tout correspondait à ce que j'avais imaginé. Je me disais que le Webley m'aurait encombré. Le revolver dans une main, la lampe torche dans l'autre, il m'aurait fallu une troisième main pour me saisir de l'arme de Merten avant qu'il puisse s'en servir. J'espérais qu'il avait bu suffisamment de schnaps pour ralentir ses réflexes.

Je tournai la poignée et poussai la porte d'un geste brusque pour limiter le grincement assourdissant des gonds, auquel s'ajoutait le bruit de ma respiration. Je découvris Merten couché dans le lit, sur le flanc. J'ignorais par quel miracle il ne s'était pas réveillé. Sans doute ses ronflements couvraient-ils le vacarme que j'aurais pu faire. Un panzer aurait été moins bruyant. J'aurais pu l'assommer avec un objet lourd, le temps de chercher l'arme, mais je préférais éviter cette solution si je le pouvais, ne serait-ce que pour des raisons pratiques : pas facile de ramener à Athènes un homme blessé à la tête. Je braquai le faisceau de la lampe sur la table de chevet : une lampe sans abat-jour, un roman de Ian

Fleming, une paire de lunettes, un verre contenant un liquide clair plus fort que de l'eau et, plus inquiétant, une boîte de munitions de 9mm, ouverte.

Toujours à la recherche de l'arme, je me penchai prudemment au-dessus de la tête de Merten ; sa respiration tonitruante empestait la cigarette et le schnaps, tandis que son corps épais dégageait une odeur acide de transpiration. En voyant sa main glissée sous l'oreiller, j'en déduisis qu'elle tenait le Walther. Ce qui signifiait également, à moins qu'il ne soit très nerveux, ou juste très imprudent, que le cran de sûreté était mis. Généralement assez dur sur un Walther, il pourrait m'offrir une seconde de répit vitale si jamais nous devions en venir aux mains. J'envisageai de le pousser violemment à terre, puis rejetai cette idée en songeant qu'il pouvait basculer de l'autre côté du lit sans lâcher son arme. Alors que je réfléchissais à une autre option, l'obèse nu remua et laissa échapper un grognement sonore. Il se tourna de l'autre côté et j'entrevis un objet noir sous l'oreiller. Dès que les ronflements reprirent, je m'en saisis prestement. Pour découvrir qu'il s'agissait d'un Nouveau Testament relié en cuir. L'avait-il lu avant ou après *Casino Royale* ? Contenait-il un passage propice à guider spirituellement quelqu'un qui avait participé à l'élimination de soixante mille juifs après les avoir dépouillés ? Mon père, un fervent nazi qui n'avait jamais cessé d'aller à la messe, aurait sans doute pu me renseigner.

Je reculai d'un pas et balayai du regard la chambre malodorante. Cette fois, j'avisai le Walther sur une table près de la fenêtre, à côté d'une bouteille de Schladerer et d'un paquet de Fina. Je m'en emparai, avec un certain soulagement, vérifiai que le cran de sûreté était bien mis et le déposai dans la poche de ma veste. En promenant le faisceau de la lampe sur le dessus de la table, je trouvai également le passeport de Merten et plusieurs tickets de ferry à destination d'Istanbul. De là, un billet de première classe à bord de l'Orient-Express le ramènerait en Allemagne. D'après les dates des tickets, Merten projetait de rentrer à Munich dans quelques jours. Je les empochai également, en songeant que je pourrais en faire bon usage si la situation devenait désespérée. Un peu plus détendu, j'allumai le plafonnier, me servis un verre, pris une cigarette, allai m'asseoir dans l'unique fauteuil et, à la lumière de l'ampoule nue, je feuilletai le passeport. Merten n'avait que quarante-six ans, mais il en paraissait dix de plus. Voilà qui ne témoignait pas d'un manque absolu de conscience, songeai-je. Au bout d'un moment, il grogna de nouveau, se redressa, bâilla, rota, frotta ses yeux injectés de sang et me regarda d'un air vaseux, sourcils froncés. On aurait dit un Bouddha qui avait la gueule de bois.

« Gunther, dit-il en grattant ses seins flasques et son ventre énorme. Qu'est-ce que vous foutez ici, nom de Dieu ? »

48

« C'est moi que Munich Re a envoyé à Athènes pour enquêter sur la demande d'indemnisation déposée par Siegfried Witzel après le naufrage du *Doris*.

– Je vois. Enfin, non, pas vraiment. Vous n'êtes pas un spécialiste des questions maritimes. Vous êtes incapable de différencier la poupe de la proue. Alors, pourquoi vous, Bernie ?

– Neff, l'expert dans ce domaine, est tombé malade, et Alois Alzheimer m'a demandé de le remplacer à la barre. Et sincèrement, j'aurais aimé pouvoir refuser. »

Merten toussa pendant plusieurs secondes, en se tapotant la poitrine, puis il montra le paquet de Fina.

« Cigarettes », haleta-t-il.

Je les lançai sur le lit, suivies d'une pochette d'allumettes.

Merten alluma une cigarette et tira dessus avec reconnaissance.

« J'aimerais dire que c'est bon de vous revoir, mais je n'en suis pas certain. J'ai le sentiment que vous n'êtes pas ici seulement pour régler un litige. Allons, Bernie. Avouez que c'est très bizarre.

– Le temps presse, Max, alors je vous conseille de vous habiller pendant que vous m'écoutez attentivement car nous devons quitter l'île le plus vite possible.

– Vous plaisantez ?

– Hélas, non.

– Puis-je vous demander pourquoi ? Pourquoi voudrais-je partir ? » Il souffla un nuage de fumée et désigna d'un geste vague la pièce à la décoration austère. « Je suis en vacances et, en dépit des apparences, je passe un très bon séjour.

– Tant mieux. Pour faire court, depuis mon arrivée en Grèce, j'ai appris ce que vous maniganciez avec vos amis. Spiros Reppas m'a parlé de l'or des juifs de Salonique. Et je sais que depuis le naufrage du *Doris* au large du Péloponnèse, vous vous cachez ici tous les deux.

– Allons, pourquoi Spiros raconterait-il des choses aussi saugrenues ?

– Parce que son patron, Siegfried Witzel, est mort, et il a sans doute estimé qu'il n'avait plus rien à perdre en me racontant tout. Witzel a reçu une balle dans chaque œil.

– Oh.

– Un flic d'ici a tout d'abord cru que j'en étais responsable, étant donné que je suis allemand et ainsi de suite. Les flics aiment bien que toutes les pièces s'emboîtent : un Allemand assassine un autre Allemand. Il avait presque raison, d'ailleurs, puisque c'est votre vieux pote Alois Brunner qui a tué Witzel. Après l'avoir torturé pendant plusieurs heures. Vous ne pouvez pas imaginer l'odeur que dégagent des pieds qu'on a mis dans le feu, comme Cortès l'avait fait à ce pauvre roi aztèque, Cuauhtémoc. L'être humain peut se montrer d'une incroyable cruauté quand une grande quantité d'or est en jeu. »

J'en rajoutais un peu pour effrayer Merten.

« Je m'apprêtais à rejoindre Spiros… on avait prévu de venir ici tous les deux hier soir. J'avais accepté de vous aider, en souvenir du bon vieux temps, mais heureusement pour moi, en arrivant, j'ai vu Brunner et deux gros bras entrer dans la maison près de l'Acropole. J'ai aussitôt décampé. Évidemment, Spiros n'a pas eu cette chance, et je suppose que Brunner n'est plus très loin derrière moi maintenant.

– Je vois. Ça s'est passé quand ?

– Il y a trois ou quatre heures. »

Merten jeta un coup d'œil à sa montre et hocha la tête d'un air songeur. Puis il se leva lentement, alla récupérer son pantalon par terre et l'enfila. D'un mouvement de tête, il désigna mon bras en écharpe.

« On dirait que vous avez fait la guerre vous aussi, Bernie. Qu'est-ce qui vous est arrivé ?

– Un chien à trois têtes m'a mordu alors que je venais ici. Mais ce n'est rien comparé à ce que nous fera Brunner, j'imagine. Cet avocat dont vous avez fait cambrioler le bureau, à Glyfada, Samuel Frizis, Brunner l'a assassiné lui aussi. Je suis sûr, Max, que je n'ai pas besoin de vous rappeler à quel point Brunner peut être dangereux. Ce type est un tueur sadique. Alors, ne restons pas là. »

Merten demeurait étrangement calme, il se déplaçait lentement.

« Il possède un caractère violent, dit-il.

– Et je ne peux pas le lui reprocher, en ce qui vous concerne. Spiros m'a raconté toute l'histoire. Je vous le répète, je suis ici en souvenir du bon vieux temps, pour vous faire quitter cette île sain et sauf. Ensuite, je pense que votre meilleure chance de rester en vie, c'est de demander la protection de la police d'Athènes. Heureusement pour vous, j'ai un contact là-bas, le lieutenant Leventis. C'est le flic dont je vous ai parlé, celui qui voulait me coller le meurtre de Witzel sur le dos. Et s'il ne trouve pas d'autre coupable, il trouvera que les menottes me vont très bien. Mais c'est Brunner qu'il recherche pour ces deux meurtres. Et pour lui, ce serait un vrai plus de débarquer ici, à Spetses, pour surprendre Brunner la main dans le sac. C'est-à-dire devant votre cadavre. Une preuve médico-légale est toujours beaucoup plus convaincante devant un tribunal que quelques vieux crimes de guerre. Il ne sera pas facile de dénicher des juifs de Salonique victimes de Brunner il y a quatorze ans. Mais évidemment, pour obtenir la protection de la police grecque, il faudra trouver un meilleur motif que la menace représentée par Brunner. Cela risquerait d'attirer l'attention sur ce que vous avez fait ici.

– Quel genre de motif ? Je ne comprends pas. En supposant que je veuille être protégé de Brunner – et je ne dis pas que c'est le cas –, je serai bien obligé de raconter à ce flic pourquoi il essaie de me tuer.

– J'ai pensé que vous pourriez proposer de témoigner, au nom d'Arthur Meissner, l'interprète actuellement jugé à Athènes pour toutes les choses commises par Brunner et sans doute Eichmann. Vous expliquerez à Leventis que, ému par le triste sort de votre ancien collègue, vous êtes venu à Athènes afin de témoigner en sa faveur, mais que ce faisant, vous craigniez d'être pris pour cible par des Grecs qui n'aiment pas les Allemands, et ils sont nombreux.

– Tout se passe bien ? lança Elli, du rez-de-chaussée.

– Qui c'est, elle ? s'exclama Merten.

– Une amie. Elle m'a conduit jusqu'ici. Mon bras gauche ne me permet pas de tenir le volant. »

Je me dirigeai vers le haut de l'escalier. Elle me regardait d'en bas, l'air inquiet.

« Oui, tout va bien. On descend dans deux minutes. »

49

Quand je revins dans la chambre, Merten secouait la tête.

« Me présenter de mon plein gré devant un tribunal grec ? Je ne sais pas... Les avocats détestent aller au tribunal, vous devriez le savoir. Supposons qu'ils trouvent un prétexte pour m'arrêter ? Avec les Grecs, on ne peut jamais savoir. Regardez comment ils ont entubé Socrate.

– Pourquoi feraient-ils ça ? Vous n'êtes pas recherché par la police grecque pour tout ce qui s'est passé en 1943. J'ai déjà vérifié. Vous êtes hors de danger. Ce sont ces salopards de Brunner et d'Eichmann qu'ils veulent. Et quelle meilleure preuve de votre innocence que de témoigner spontanément en faveur de Meissner ?

– Oui, je comprends. » Merten écrasa sa cigarette dans un cendrier et en alluma une autre. « Soit dit en passant, j'ignore quelles conneries vous a racontées Spiros Reppas, mais je n'ai rien à voir avec ce qui est arrivé à ces juifs, Bernie. Pour votre gouverne, l'idée venait de Brunner. Pour les inciter à donner toutes leurs richesses. Au moment où j'ai entendu parler de cet or, il était trop tard pour tous ces gens. Des trains les emmenaient déjà à Auschwitz et à Treblinka. » Il soupira. « Brunner... Je n'ai jamais rencontré quelqu'un d'aussi obsédé par la déportation des juifs.

– Comme je vous le disais, c'était il y a longtemps. Et ça ne me regarde pas.

– Je voulais juste que vous le sachiez, puisque vous essayez de m'aider. Ce dont je vous suis très reconnaissant. » Il tira sur sa cigarette et haussa les épaules. « Pourquoi m'aidez-vous, d'ailleurs ? Je ne suis pas certain de bien comprendre.

– Vous m'avez aidé, non ? Vous m'avez fait engager chez Munich Re. Si je ne vous aidais pas à mon tour, je passerais pour un ingrat, Max.

– Oui, vu sous cet angle. Je vous ai toujours bien aimé, Bernie. » Merten enfila un maillot de corps, regarda autour de lui et fronça les sourcils. « Où ai-je mis ma chemise propre ?

– Elle est dehors, sur la corde à linge. »

Je regardai ma montre comme si Brunner était réellement à nos trousses. J'avais presque réussi à me convaincre qu'il avait effectivement mis le grappin sur Reppas et qu'il était en train de l'interroger, là-bas dans cette maison au pied de l'Acropole. Mon plan consistait à ramener Merten à Athènes et, une fois sur place, de persuader Leventis que si Max Merten n'était pas Alois Brunner, il était le meilleur second choix. Trahir Merten m'apparaissait comme le seul moyen de récupérer mon passeport, tout en exposant un criminel à un châtiment largement mérité. C'était assurément la chose à faire, et pourtant… et pourtant cette duperie me laissait un goût amer dans la bouche.

« Dépêchez-vous, Max. Plus vite on quittera cette île, mieux ça vaudra. Un bateau nous attend sur les quais pour nous ramener à Kosta, où j'ai une voiture.

– Oui, bien sûr. » Merten s'assit pour enfiler ses chaussettes puantes, puis ses chaussures. « Vous dites qu'on a trois heures d'avance sur Brunner ? Depuis qu'il a découvert Spiros ?

– Exact.

– Peut-être beaucoup moins si Spiros parle tout de suite. Réfléchissez. Pourquoi garderait-il le silence si Brunner lui brûle les pieds, comme à ce pauvre Aztèque ?

– Si Spiros peut facilement dire où vous vous cachez, il ne peut pas, en revanche, donner à Brunner l'information qui l'intéresse le plus, à savoir où se trouve véritablement l'épave de l'*Epeius*, et donc le chargement d'or. D'après Spiros, vous seul connaissez cet emplacement, et vous ne l'avez dit à personne, pas même à Witzel. Mais jamais un type comme Brunner ne voudra croire à cette histoire. Voilà pourquoi, comme je vous le disais, malheureusement pour Spiros, cela devrait nous donner le temps de mettre une certaine distance entre Brunner et nous.

– Oui, ça se tient. Se faire torturer, c'est affreux, mais se faire torturer pour avouer une chose qu'on ignore… Mon Dieu. » Merten grimaça. « Il vaut mieux ne pas y penser.

– Alors, n'y pensez pas. Ça devrait être facile pour vous, Max. Vous ne donnez pas l'impression d'être travaillé par votre conscience. Mais nous avons assez tardé. Je n'aimerais pas que ma théorie concernant Spiros soit démentie. Ici, je suis en danger autant que vous. Tout comme l'amie qui attend en bas. C'est elle qui va nous ramener à Athènes. Elle s'appelle Elli.

– Le diminutif d'Elisabeth, je suppose. J'ai hâte de faire sa connaissance.

– Finissez de vous habiller, alors.

– Vous savez, j'apprécie vraiment ce que vous faites. Vous avez toujours été un type bien dans les moments délicats. Surtout maintenant que vous avez mon flingue et les billets me permettant de rentrer chez moi. S'il vous en faut un, Bernie, vous n'avez qu'à demander. J'ai largement de quoi vous offrir un billet. Pour vous remercier d'avoir sauvé ma peau. Encore une fois.

– Il s'agit de l'argent que Schramma et vous avez volé au général Heinkel à Munich, n'est-ce pas ? L'argent dont vous aviez besoin pour financer l'expédition.

– Cet argent a été remis au général par les communistes, dans le but de compromettre la politique ouest-allemande. De l'argent sans doute volé au prolétariat qu'ils prétendent représenter. Par conséquent, sa provenance ne me pose aucun problème. Et puis, en quoi ça vous gêne ?

– Ce qui me gêne, c'est la manière dont vous m'avez laissé vous convaincre de le garder. En faisant de moi le pigeon censé porter le chapeau. Ça aussi vous l'aviez prévu ?

– Ne dramatisez pas, Bernie. Bien sûr que non. Et je n'ai certainement pas ordonné à Schramma de tuer le général et l'autre type qui était avec lui. Cette idée stupide venait de lui. Vous savez quoi ? Si on s'était rencontrés avant, j'aurais pu vous mettre sur le coup, à la place de Schramma. J'ai toujours été mal à l'aise avec lui. Je m'aperçois qu'il y a chez les Bavarois quelque chose que je n'aime pas, surtout maintenant que je vis là-bas. Parfois, je me demande si nous pourrons revenir un jour à Berlin.

– Pas tant que les Russes boivent notre bière.

– Oublions tous ces désagréments. Munich et les valeurs de sa classe moyenne catholique suffisante sont loin d'ici. Vous et moi, Bernie, on est deux Berlinois. Et ça fait toute la différence, hein ? On est de vieux camarades ; des *Bolle*, pas vrai ? Alors, jouons franc-jeu. Si on mettait de côté toutes ces inepties au sujet d'Arthur Meissner et de ce lieutenant Leventis, pour parler de la véritable raison qui vous a poussé à venir ici… pour m'aider ? Hein ? »

Le sourire en coin de Merten me donnait envie de l'effacer à coups de gifles.

« Vous voulez votre part, n'est-ce pas ? reprit-il. Oui, évidemment. Et pourquoi pas ? Avez-vous une idée de la quantité d'or qui repose au fond de l'eau, à quelques dizaines de mètres de profondeur seulement ? Cela représente des centaines de millions de dollars. Spiros et Witzel n'ont pas pu vous le dire car ils n'avaient aucune idée de ce qu'ils transportaient. Même dans leurs rêves les plus fous, ils ne pouvaient pas l'imaginer. Il y a suffisamment d'or pour nous permettre de vivre dans un luxe doublé de vison et net d'impôts jusqu'à la fin de nos jours. Réfléchissez. Plus d'or que ne pouvaient le concevoir Cortés et ses conquistadors. Et il est à nous ! Il suffit d'aller le récupérer. Après quoi, on pourra partir s'installer sur une île des Caraïbes. Voire en acheter une. Ou deux. Ou bien partir chacun de son côté, comme vous préférez. »

Merten tira une dernière fois sur sa cigarette et se servit du mégot pour en allumer une autre.

« Très bien, marché conclu », dit-il sans attendre ma réponse.

J'étais agacé de voir qu'il me croyait aussi cupide que Witzel et Schramma. Mais ce qui m'agaçait encore plus, c'était mon hésitation, le temps de réfléchir à sa proposition.

« Je vous laisse vingt-cinq pour cent, dit-il. C'est équitable, étant donné que j'ai assumé tous les frais. En outre, je dois payer des associés à Bonn. Des politiciens envers qui je suis redevable. Au lieu de retourner à Athènes, on devrait plutôt partir vers le nord, jusqu'à Alexandroúpoli, et traverser la frontière turque. Et puis, un beau jour, dans un avenir pas si lointain, quand Alois Brunner aura renoncé à me chercher, on reviendra ici, on affrétera un bateau et on fera une nouvelle tentative pour récupérer l'or. Je peux vous assurer qu'il est parfaitement à l'abri, là où il se trouve. Bien plus que dans n'importe quelle banque grecque. Après toutes ces années, quelques mois de plus ou de moins, ça ne change rien. »

Je secouai la tête, mais je ne pouvais pas dire que je n'étais pas tenté. Devenir très riche était une perspective alléchante pour quelqu'un qui n'avait pas un sou sur son compte, et même pas de compte.

« Non merci, Max.

– Comment ça "non merci" ? Vous êtes fou ? Vous ne voulez pas être aussi riche que le comte de Monte-Cristo ? Plus même ?

– Non, pas vraiment. Pas tant qu'il me reste une conscience, du moins. Cet or est couvert du sang de soixante mille juifs. Je penserais à eux chaque fois que j'achèterais une île des Caraïbes.

– Réfléchissez un instant à ce que vous dites, Bernie. Vous pensez sérieusement qu'on devrait laisser tout cet or aux poissons ?

– Peut-être devriez-vous en parler à quelqu'un d'autre, alors. Et même remettre cet or au gouvernement grec pour qu'il le restitue aux juifs. Par ailleurs, vos associés ont la triste habitude de se faire doubler ou assassiner. Je préfère tenter ma chance avec la police grecque, plutôt que de partir en mer avec vous. Je n'oserais même pas faire un tour en barque avec vous au zoo de Berlin. Mon passeport est dans le tiroir du lieutenant Leventis. C'est tout ce qui m'intéresse pour l'instant. Vous pourrez revenir ici plus tard, et plonger pour récupérer l'or avec quelqu'un d'autre. Moi, je veux juste rentrer chez moi. Grâce à vous, j'ai un travail respectable et un bon salaire. J'ai même une voiture de fonction. Tout ça et une bonne nuit de sommeil, ça vaut tous les trésors engloutis.

– En souvenir du bon vieux temps, j'accepte d'aller jusqu'à trente pour cent.

– Oublions l'or pour le moment et mettons-nous en route.

– Vous croyez vraiment que ces juifs verront la couleur de cet argent si je remets l'or au gouvernement grec ou au nôtre ? » Merten émit un ricanement de mépris. « Non, bien sûr que non ! Les gouvernements et les banques sont les plus grands voleurs qui soient sur cette foutue planète. Ils volent les gens tous les jours, mais ils appellent ça les taxes. Cette nouvelle CEE qu'ils viennent de créer, c'est encore une façon de nous taxer, au nom de la paix et de la liberté. Et ces juifs, comment croyez-vous qu'ils ont gagné tout cet or ? En prêtant de l'argent. En nous volant. En jouant les banquiers.

– Tout cela me paraît très cynique, Max. Mais je ne suis pas étonné. Après tout, vous êtes avocat.

– Vous n'êtes pas un homme instruit, Bernie. N'est-ce pas ? Certes, vous avez obtenu votre *Abitur*, mais vous n'êtes jamais allé à l'université. Sinon, vous sauriez que le cynisme est une position intellectuelle respectable. C'est l'unique façon de voir les mensonges sous leur vrai jour. Si vous n'êtes pas cynique, autant renoncer à vivre. Vous me trouvez cynique ? Je suis un amateur à côté de nos gouvernements. Ces hommes respectables, nos leaders, sont les mêmes qui ont provoqué une guerre au cours de laquelle cinquante millions de personnes sont mortes. Ce ne sont jamais les cyniques qui déclenchent les guerres, mais les gens vertueux, bourrés de principes. Adenauer, Karamanlis, Eisenhower et Eden, les dirigeants du monde libre, mais c'est le même vieux mensonge appelé démocratie.

– Hitler n'avait rien de vertueux.

– Non, en effet, mais c'est Neville Chamberlain qui a déclaré la guerre à l'Allemagne, non ? CQFD.

– Belle idée, Max. Mais non merci.

– Je vous ai mal jugé, Bernie. Après tout ce qui vous est arrivé, se peut-il que vous croyiez encore au bien ? Que vous pensiez qu'il existe une morale dans ce monde pourri ? L'expérience aurait dû vous apprendre que le bien n'existe pas, mon vieil ami. Ni pour vous, ni pour personne d'autre. Surtout pas pour vous, je dois le dire. Les gens perdent souvent leur temps quand ils pensent pouvoir vaincre le mal. C'est stupide. Dans ce monde, il n'y a presque toujours que le mal, à divers degrés. Si le bien existe parfois, c'est seulement lorsqu'un organisme, un être humain comme vous ou moi, agit dans son propre intérêt, par nécessité biologique. C'est ainsi que les choses prospèrent et survivent. Quand chacun ne pense qu'à lui. Vous en êtes un bon exemple.

– Je ne crois pas à cette théorie », dis-je, troublé néanmoins par le vague pressentiment qu'il y avait une part de vrai dans ce qu'il venait de dire. N'allais-je pas le livrer aux Grecs par intérêt ? « Et je n'y croirai jamais.

– Dommage. Vous savez, votre conscience ne fera pas revenir tous ces juifs morts, Bernie. La plupart de ces pauvres habitants de Salonique n'ont pas de familles auxquelles on pourrait remettre l'argent, même si on le voulait. Brunner, Eichmann et d'autres y ont veillé. Ils ont tous disparu, et les rares qui ont survécu ont de bonnes raisons de se cacher. Ils ont honte. Les survivants sont ceux qui ont fait quelque chose de pitoyable pour provoquer cette situation. Et ce n'est pas vous, ni moi, qui avons tué ces gens. Ce ne sont plus que des numéros maintenant. Des statistiques dans un livre d'histoire. Des visages décharnés sur des images d'actualités en noir et blanc. Des histoires de pauvres juifs dans *Life*. Ce qui est arrivé appartient au passé. Inutile de se lamenter. »

Max Merten me gratifia d'un sourire qui, en dévoilant ses dents cariées, me rappela combien son âme était pourrie. Au milieu de ces chicots, son unique incisive en or ressemblait à une minuscule pépite au milieu de la vase, au fond de la batée d'un orpailleur du Klondike. Dans sa bouche cynique et brutale, l'or perdait toute valeur.

50

Grâce à Elli, la vie semblait un peu plus digne d'être vécue, surtout maintenant que je ne la soupçonnais plus de poursuivre un but secret. Malgré l'incident avec le Beretta, elle continuait à afficher les signes d'un attachement à ma personne, et je m'apercevais, tel un chien idiot, qu'elle me plaisait elle aussi. En vérité, je ne comprenais toujours pas pourquoi elle était attirée par moi, mais j'avais cessé de me tracasser à ce sujet. Regarder la dentition d'un cheval ne m'avait jamais paru aussi inutile. Elle ravivait en moi un sentiment de bien-être, comme quand vous êtes bourré au schnaps, comme quand un mendiant vous bénit parce que vous lui avez donné de l'argent, ou quand, à l'église vous pensiez qu'il existait une toute petite chance pour que Dieu soit vraiment là. La présence d'Elli donnait un peu plus de place à l'optimisme. Cela ne voulait pourtant pas dire que je voyais un avenir avec elle, mais au moins, je me voyais un avenir. Cela faisait très longtemps que je n'avais pas eu l'impression d'avoir une amie, et peut-être même plus. Dire que j'avais failli la faire fuir avec mes soupçons paranoïaques.

En croisant son regard, je vis qu'elle me souriait elle aussi ; elle semblait se demander d'où venait mon sourire chaleureux. Moi qui n'étais pas du genre souriant.

« Quoi ? demanda-t-elle.

– Non, rien.

– Vous vous moquez de moi.

– Non, absolument pas. » Toutefois, à l'intention du colossal Allemand assis à l'arrière de la Rover, j'ajoutai un mensonge : « Je me réjouis de quitter cette île avant que Brunner nous rattrape, voilà tout.

– Oh, lui », fit-elle comme si ce nom était insignifiant, et pour la première fois depuis mon entrevue avec la reine des bandits, je me demandai où se trouvait Brunner. Sans doute se cachait-il toujours à Athènes. À moins qu'il ne soit retourné en Allemagne. Ou parti en Égypte travailler pour Nasser, sur ordre des services secrets allemands. Où qu'il soit, je continuais à le considérer comme une menace.

« Oui, lui. C'est pour ça que nous sommes si pressés, trésor.

– J'espère ne jamais revoir ce type, dit Merten. Un jour, je l'ai vu tuer un homme qui lui avait demandé de l'eau, dans un train.

– Vous parlez du train reliant Salonique à Athènes, en 1943.

– Oui. Comment le savez-vous ?

– Et la victime était un banquier nommé Jaco Kapantzi. Brunner lui a tiré une balle dans chaque œil. Comme à ce pauvre Witzel et à cet avocat grec que vous lui avez montré du doigt. Je vous l'ai dit : rien que pour ce meurtre, Brunner est recherché en Grèce. »

Elli frissonna.

« Il me fait peur.

– À moi aussi, trésor. »

Pour lui assurer que tout irait bien, je lui pris la main et la pressai affectueusement dans la mienne.

Aussitôt après avoir fait ce geste devant Merten, je compris que j'avais commis une erreur.

Nous roulions à vive allure en direction du nord, sur la route qui nous ramenait à Athènes. J'estimais que nous serions dans la capitale avant l'heure du déjeuner, mais j'avais l'intention de passer un coup de fil lorsque nous

nous arrêterions pour faire le plein d'essence. Je voulais informer Leventis que je lui amenais Max Merten. Je ne voulais pas qu'il soit arrêté, du moins pas immédiatement ; je voulais que Leventis comprenne bien que Merten se présentait en tant que témoin dans le procès d'Arthur Meissner ; cela plaiderait en sa faveur quand les Grecs l'accuseraient de crimes de guerre.

« Vous avez une jolie voiture, Christof, dit Merten.

– Je l'ai louée. Ah, au fait, Elli connaît mon vrai nom. Elle sait même que j'étais dans la SS.

– Vous avez été courageux. De tout lui dire.

– Pas vraiment.

– C'est une anglaise, hein ? La voiture.

– Oui. Une Rover.

– Comme c'est romantique. Ils leur donnent des noms, et nous des numéros. C'est une bonne voiture. Mais pas autant qu'une Mercedes-Benz. Rien ne vaut une Mercedes-Benz. » Il soupira. « Parfois, je me demande comment nous avons pu perdre la guerre. Nous fabriquons les meilleures voitures, les meilleurs lave-linge, les meilleures radios. Les Britanniques ont peut-être gagné la guerre, mais ils sont déjà en train de perdre la paix, cela ne fait aucun doute. Dans dix ans, ils seront dans les choux et on ne trouvera plus une seule voiture anglaise en Grèce. Grâce à la CEE, l'Allemagne va accomplir son destin de maître incontesté de l'Europe. Il faut rendre hommage au Vieux. Il a réussi ce que Hitler n'aurait jamais pu faire. Dans cinquante ans, la France et la Grande-Bretagne nous demanderont la permission pour aller aux toilettes. Et on fera payer les Français aussi. Un franc pour pisser.

– Vous êtes plus nazi que je le croyais, dis-je.

– Ce n'est pas du nazisme, c'est du capitalisme.

– Quelle est la différence ?

– Si vous pensez réellement cela, vous êtes plus gauchiste que je le croyais.

– Par nature, peut-être. Mais pas dans l'isoloir.

– Pauvre Bernie. Comme si le vote changeait quoi que ce soit. » Merten alluma une autre cigarette. « Eh bien, Elli… Vous permettez que je vous appelle Elli ?

– Oui.

– C'est le diminutif d'Elisabeth ?

– Oui.

– Comment avez-vous rencontré Bernie Gunther ?

– Je l'ai dragué dans un bar. À Athènes.

– Lequel ?

– Le bar de l'hôtel Mega. J'avais rendez-vous avec quelqu'un d'autre. Et quand je l'ai vu là, si triste, j'ai décidé de lui remonter le moral.

– Et vous avez réussi.

– Je le pense aussi.

– Et où avez-vous appris l'allemand, Elli ?

– Avec mon père. Il travaillait pour la North-German Lloyd. La compagnie maritime. Avant la guerre, il était second à bord du SS *Bremen*.

– Vous le parlez très bien.

– Je me suis améliorée depuis que j'ai rencontré Bernie.

– Il a un tas de choses à nous apprendre. J'ignore quel genre de professeur il est, mais dans les moments difficiles, c'est un type bien. C'est grâce à lui que j'ai traversé la guerre la conscience tranquille. »

Afin de ne pas troubler la quiétude du voyage, je laissai passer cette dernière affirmation. Y croyait-il réellement ?

« Attendez voir, reprit-il. Le *Bremen* n'a-t-il pas pris feu ?

– Si, confirma Elli. Et il a coulé. En 1941.

– J'étais justement en poste à Brême en 1941 et je crois me souvenir qu'on a parlé de négligence de la part du capitaine. »

Je la vis se hérisser.

« Je ne m'en souviens pas. Mais mon père n'était pas le capitaine, il n'était que second, comme je vous le disais.

– Comment s'appelait-il ?

– Panatoniou. Agamemnon Panatoniou. Pourquoi ?

– Simple curiosité. » Merten tira sur sa cigarette et Elli baissa sa vitre d'un air agacé. « C'est une des choses que j'aime en Grèce. Je suis en train de me faire conduire par la fille d'Agamemnon. Et la femme qui venait faire le ménage dans la maison de Spetses s'appelait Electra. On se croirait chez Homère, n'est-ce pas, Bernie ?

– Oui.

– Vous fumez trop, Herr Merten, dit Elli. C'est mauvais pour la santé.

– Vous avez raison. Mais en Grèce, qui s'en soucie ?

– Moi. Parce que c'est mauvais pour moi aussi.

– Quand vous avez vécu ce que Bernie et moi avons vécu, le danger que représente la cigarette vous paraît insignifiant. Mais en effet, je devrais diminuer ma consommation. Pour ma famille. »

C'était la première fois que j'entendais Merten parler d'une famille. Dans d'autres circonstances, je l'aurais peut-être interrogé sur les membres de cette famille. Mais je ne voulais pas penser à eux, pas maintenant.

Nous nous arrêtâmes pour faire le plein dans un petit village baptisé Sofiko. J'entrai dans un bar et passai un coup de téléphone au quartier général de la police pour laisser un message au lieutenant Leventis. Je fus un peu étonné de découvrir qu'il travaillait un dimanche.

« Je pensais que vous étiez à l'église, dis-je.

– Qu'est-ce qui vous a fait croire ça ? J'ai l'habitude de venir travailler le dimanche pour m'occuper de la paperasserie en retard. Eh, quoi de neuf, *Kommissar* ? »

Je lui parlai de Max Merten et de l'histoire de l'or, indiquant que je le ramenais avec moi pour qu'il puisse témoigner, de son plein gré, en faveur d'Arthur Meissner.

J'estimais que cela devrait jouer en sa faveur si Leventis décidait de l'arrêter, ajoutai-je.

« Je voulais Alois Brunner, répondit l'inspecteur. C'est pour cela que j'ai déclenché cette enquête au départ. Je vous l'ai expliqué, *Kommissar*. Jaco Kapantzi, l'homme qu'il a abattu dans le train, était un ami de mon père. En outre, il a assassiné Witzel et Samuel Frizis. L'arrestation de Merten n'améliorera pas mes statistiques.

– Certes, ce n'est pas Brunner, et ce n'est pas Eichmann, mais si vous étiez un juif de Salonique, ce serait toujours bon à prendre. Il appartenait à la Wehrmacht et non à la SS, je vous le concède, mais selon tous les témoignages, rien ne se faisait sans son accord. Eichmann, Brunner, Wisliceny, ils devaient tous passer par lui. C'est bien ce que vous vouliez, non ? Un responsable qui puisse être jugé pour ses actes. Un authentique criminel de guerre nazi. C'est beaucoup mieux qu'un simple interprète.

– Oui, sans doute.

– Mais si je vous le livre, vous devez lui donner une chance. Autrement dit, il doit bénéficier d'une assistance juridique.

– Pardon ? C'est un Allemand qui me parle des droits légaux d'un individu, ici en Grèce ?

– Je vous parle des règles du droit naturel, rien d'autre. C'est peut-être même vous qui les avez inventées, si ça se trouve. Ce que je veux dire, c'est que cette affaire fera la une des journaux, et Merten ne sera pas le seul à être jugé, la Grèce aussi. Regardez la manière exemplaire dont les Alliés ont mené ces procès en Allemagne. Les Russes eux-mêmes donnaient l'impression d'être équitables. Par ailleurs, Max Merten affirme avoir assisté au meurtre de Jaco Kapantzi dans le train. Cela signifie que vous aurez un témoin précieux si vous arrêtez Alois Brunner un jour.

– Exact. Très bien. Il aura droit à un avocat.

– Une dernière chose… Vous m'obligez à jouer les Judas en vous livrant cet homme…

– Compris. Vous voulez vos trente pièces d'argent.

– Uniquement mon passeport. Et après vous allez me laisser tranquille, hein ? Et Garlopis aussi.

– Si Merten est bien l'homme que vous décrivez, certainement, *Kommissar*. Aucun problème. Vous me l'amenez et je vous rends votre vie. Si on peut appeler ça ainsi, maintenant que vous êtes un agent d'assurances et non plus un inspecteur, comme moi. »

Ça ne se voit pas, avais-je envie de répliquer. Mais j'avais déjà joué au malin avec des flics et d'ordinaire ils n'aimaient pas ça. Les flics n'aiment pas qu'on soit plus intelligent qu'eux. Cela leur rappelle à quel point ils sont idiots. Moi-même, j'avais été un flic idiot en plusieurs occasions, quand une affaire me donnait du fil à retordre, et je n'aimais pas ça non plus.

Je ressortis du bar, regagnai la voiture et payai le plein. Merten n'était plus là.

« Où est notre ami ? » demandai-je à Elli.

Elle tendit le doigt en direction de la place du village, déserte, décorée de drapeaux grecs et envahie par une odeur de frites. Au loin, j'aperçus Merten assis sur un banc à côté d'un arrêt de car, sa valise posée à ses pieds sur le sol sec.

« Que fait-il là-bas ?

– Il attend le car, je suppose.

– Vous vous êtes disputés ?

– Pas exactement. Mais je ne l'aime pas, Bernie.

– Vous êtes sûre que vous ne l'avez pas envoyé se faire foutre ?

– Non, absolument pas. Il a sorti ses affaires du coffre, il a dit quelque chose en allemand que je n'ai pas compris, et il est parti.

– Sans un mot ?

– Un seul. *Hündin*, je crois ? Qu'est-ce que ça signifie ?

– Peu importe.

– Je crois qu'il a renoncé à rentrer à Athènes avec nous.

– Oui, vous avez sûrement raison. Je vais être obligé de le convaincre, on dirait.

– Comment ?

– Je sais me montrer très persuasif quand je veux. Laissez-moi cinq minutes et venez nous chercher en voiture. »

Je restai assis dans la voiture un instant, vérifiai que le Walther était chargé, le glissai à l'intérieur de mon écharpe, où personne ne pouvait le voir, et j'allai discuter tranquillement avec Merten. Il ne le savait pas encore, mais il allait échanger son avenir contre le mien.

51

« Ne me dites pas que vous nous quittez, Max ? »

Merten parut momentanément embarrassé.

« Hélas, si. Mais je craignais que vous me preniez pour un idiot et un lâche si je vous expliquais pourquoi je vous faussais compagnie de cette façon.

– Essayez toujours.

– Comme le dit Goethe : mieux vaut prévenir que guérir. Quand vous avez évoqué le meurtre de Jaco Kapantzi, tout à l'heure dans la voiture, j'ai compris que, d'après la loi grecque, je pouvais facilement être inculpé en tant que complice. Car j'étais présent, à bord de ce train, comme vous le savez maintenant. Et je n'ai rien fait pour empêcher Brunner de tuer ce pauvre homme. Même si, bien sûr, je n'aurais rien pu faire. Si j'étais intervenu, il m'aurait abattu moi aussi. Lorsque Alois s'échauffe, il devient une vraie furie. Le temps que je comprenne ce qu'il allait faire, c'était trop tard, si vous voyez ce que je veux dire. Il a toujours été un peu cinglé à ce niveau-là. Toujours prompt à dégainer son arme ou à distribuer des coups. Alors, j'ai décidé de prendre le risque de faire cavalier seul. Ne vous méprenez pas, Bernie : je vous suis reconnaissant d'être venu me chercher sur cette île. J'ignore ce qui pourrait m'arriver si Alois me retrouvait lui aussi. Quand je l'ai vu débarquer au Pirée, j'ai cru qu'il allait me liquider, seule sa soif d'or l'a retenu. Néanmoins, l'idée de pénétrer dans un poste de police grec avec le pantalon sur les chevilles ne me plaît pas trop. Réfléchissez une minute. Si un procureur grec est prêt à inculper un vulgaire interprète, quelles sont les chances d'un capitaine de l'armée allemande qui utilisait parfois les services de cet interprète ? Qu'est-ce qui empêche Meissner de dire qu'il ne faisait qu'obéir à mes ordres ? Voyez-vous, Bernie, je me souviens très bien d'Arthur Meissner. C'est moi qui lui ai trouvé ses maisons d'Athènes et de Salonique. S'il est coupable, c'est d'être un peu trop cupide et voleur. Ce ne sont pas vraiment des crimes contre l'humanité. Trouvez-moi un Grec qui n'a pas piqué dans la caisse, à l'époque et encore maintenant. Je ne vois pas à quoi pourrait servir mon témoignage. En revanche, je m'imagine très bien dans le box des accusés à la place de Meissner, et je me dis que votre idée de protection pourrait ressembler à celle qu'offrait la Gestapo. Une nuit en cellule qui se transforme en séjour permanent. Avez-vous vu les prisons grecques ? Elles sont presque aussi pourries que leurs putains d'hôtels. Le Grande-Bretagne excepté, mais c'est un peu l'équivalent de l'Adlon. Alors, non. C'était une chouette idée, Bernie, mais je crains que ça ne soit pas possible. Ils ne feront qu'une bouchée de moi.

– Très bien, Max. C'est votre vie.

– Ne vous inquiétez pas pour moi. Je suis capable de me débrouiller. Je parle très bien le grec. Et j'ai largement les moyens de rentrer à Ithaque. On se reverra peut-être à Munich. Je vous inviterai à dîner au Hofbräuhaus et on rira de tout ça.

– Oui, peut-être.

– Certainement. Et si vous êtes sage, je vous laisserai même caresser la toison d'or.

– Par pure curiosité, pourquoi avez-vous traité Elli de salope ?

– Pour la simple raison que c'est une salope. À mes yeux, du moins. Les vôtres sont trop aveuglés par l'amour.

Avez-vous remarqué la façon dont elle me regarde ? Très différente de celle dont elle vous regarde. Très. Elle me méprise.

– Qu'est-ce que vous espériez ? Ce n'est pas comme si vous aviez projeté de bâtir un orphelinat en Grèce avec cet argent. Vous et Brunner, vous vouliez le garder pour vous. Et salope ou pas, vous devriez vous réjouir qu'elle soit là, Max. Sans elle, je ne suis pas certain que mon bras m'aurait permis de conduire jusqu'ici pour sauver votre peau.

– Quel idiot romantique vous faites, Bernie. Elles ont peut-être des visages différents, mais toutes les femmes se ressemblent. Je croyais que vous l'aviez compris, depuis le temps. J'espère pour vous qu'elle en vaut la peine. »

Ignorant cette dernière remarque, je sortis de ma poche le billet de l'Orient-Express, espérant encore le convaincre de remonter en voiture de manière amicale.

« Vous aurez besoin de ça, je suppose.

– Gardez-le. Utilisez-le. À la réflexion, Istanbul n'est peut-être pas la destination idéale pour moi. L'Italie me conviendrait mieux. Je peux prendre un ferry de Corinthe à Brindisi, puis un train jusqu'à Bari, où je connais un autre bon plongeur sous-marin, un type de la Decima Flottiglia, celui qui a formé Siegfried Witzel, soit dit en passant. Il est italien, mais personne n'est parfait. »

Je ne croyais pas à cette histoire car il était évident que Merten n'avait pas confiance en moi. Ça se voyait dans ses yeux. Et maintenant que je les regardais de plus près, je m'apercevais qu'ils ressemblaient à deux vieux escargots sur la vitre d'un aquarium très sale. Visqueux et inhumains. Mais je ne pouvais pas lui reprocher de se méfier de moi. Quelqu'un qui avait trahi autant d'amis que Max Merten avait appris à sentir les coups fourrés. Et s'il me confiait son intention de rallier Brindisi, puis Bari, cela signifiait qu'il allait certainement essayer de prendre l'Orient-Express. Pendant un instant, nous regardâmes

Elli rouler lentement vers nous, en échangeant un sourire gêné : deux vieux amis stupéfaits de découvrir qu'ils ne sont plus amis, et ne l'ont probablement jamais été.

Par conséquent, plus rien ne m'interdisait de sortir le pistolet de mon écharpe pour en appuyer le canon contre la couche de graisse qui recouvrait les côtes de Merten. Celui-ci regarda l'arme comme s'il s'agissait d'une tache d'encre sur sa chemise.

« C'est mon pistolet ? Il lui ressemble en tout cas.

– Montez dans la voiture. »

Ignorant la douleur qui irradiait dans mon bras, j'ouvris la portière arrière de la Rover, poussai Merten sur la banquette, balançai la valise à l'intérieur et sautai à bord. Aussitôt la portière refermée, Elli démarra. La Rover patina un peu sur les graviers, avant de redresser sa course et d'accélérer. Merten se redressa en poussant un soupir sonore, regarda le Walther et posa sur moi un regard chargé de pitié, comme si j'étais un élève pénible.

« Je me demandais à quel moment vous alliez dévoiler votre jeu, Bernie. Et voilà. Braquer un flingue sur moi… Je suis très déçu.

– Venant de vous, c'est une bonne chose, rétorquai-je. Je ne suis pas sûr que votre main gauche sache toujours ce que fait votre main droite.

– On a un point commun, alors. On trompe notre monde. C'est quoi, votre idée ? Me livrer à la police grecque pour récupérer votre passeport ?

– Grosso modo.

– Bon sang, vous manquez d'ambition. Un passeport ! En vous associant avec moi, vous auriez pu devenir riche comme Crésus. D'ailleurs, c'est encore possible, si vous écoutez la voix de la raison.

– Je n'ai pas les moyens de payer le prix que vous réclamez.

– "La conscience fait de nous tous des lâches."

– Sauf vous, apparemment. »

Merten renifla avec mépris.

« Depuis quand travaillez-vous pour le bureau des crimes de guerre ? Vous ne cessez de mentionner les juifs, à en croire que vous en êtes un vous-même. Allons, Bernie, ne soyez pas si sombre. Pour un Allemand, je vous trouve très ambigu. Que vous importe le sort des Grecs ou des juifs ? Laissez-les se débrouiller. En ce qui me concerne, je ne pense qu'à moi. D'ailleurs, vous ne voulez pas pointer cette arme ailleurs ? Les routes grecques ne sont pas en très bon état. Si votre amie roule sur un nid-de-poule, vous pourriez me tuer par accident.

– Ce serait mérité.

– Que deviendrait votre passeport, alors ? »

Merten sortit ses cigarettes égyptiennes nauséabondes et en alluma une, avant de prendre un air grave.

« Écoutez-moi attentivement, Bernie. Cette folie ne peut que mal se terminer pour nous deux. Je peux vous assurer que cette position morale que vous pensez incarner repose sur du vent. Et je vous mets en garde, en tant que vieil ami. Comme vous m'avez mis en garde un jour de 1939. Laissez-moi partir sur-le-champ, ou vous le regretterez. Beaucoup plus tôt que vous le pensez.

– Vous semblez oublier que c'est moi qui tiens l'arme.

– Et *vous* oubliez où vous êtes. Sur la chaise électrique. Et c'est moi qui ai le doigt sur le bouton. Je peux vous transformer en grillade puante.

– Je pense que vous bluffez, Max. Ces juifs de Salonique méritent que justice leur soit rendue, et j'y veillerai.

– Justice ? Ne me faites pas rire. Vous croyez vraiment que l'on puisse acheter si aisément les vies de soixante mille juifs ? Franchement, vous me surprenez. Vous n'êtes pas seulement un romantique, vous êtes aussi un idéaliste. Jamais aucune justice humaine ne pourra racheter ce qui est arrivé à ces pauvres diables. Et certainement pas une justice appliquée à mon humble personne. Votre proposition est absurde. En outre, je ne suis absolument pas responsable de leur mort. Je n'étais qu'un gratte-papier. Un bureaucrate.

– Vous étiez prêt à en tirer profit.

– Je n'ai pas entendu les morts protester. Et ils ne sont jamais venus troubler ma conscience. Je vous le répète : je n'ai pas les moyens de m'en offrir une. Ce sont Eichmann et Brunner qui méritent d'être jugés. Pas moi. Je n'étais qu'un simple capitaine. Pas même une note de bas de page dans l'Histoire.

– Peut-être. Mais vous ferez quand même l'affaire.

– Quel moralisateur vous êtes. Et quel imbécile. » Merten tira sur sa cigarette, en toute décontraction. « Soyez raisonnable. C'est votre dernière chance, Bernie. Laissez-moi partir. Vous allez le regretter sinon.

– Fumez votre cigarette et bouclez-la.

– Je vais vous dire ce que je vais faire. Je vais fumer cette cigarette jusqu'au bout. Quand elle sera finie, si vous n'avez pas arrêté cette voiture pour me laisser poursuivre mon petit bonhomme de chemin, vous serez fini vous aussi. Vous avez ma parole. »

52

Max Merten lança sa cigarette par la vitre et la remonta. Il souriait tel un grand maître d'échecs qui s'apprête à jouer un coup décisif. Et moi, dans le rôle de son adversaire idiot, je ne voyais toujours pas ce qu'il mijotait. Mais au lieu de dire quelque chose, il demeura muet et ferma les yeux ; si longtemps qu'il dut finir par s'endormir. Quand il les rouvrit, nous n'étions plus qu'à quelques kilomètres au sud-ouest d'Athènes.

« On est presque arrivés, annonça Elli.

– Merci d'avoir conduit durant tout le trajet, dis-je. Sans vous, je n'aurais pas pu le faire.

– Vous êtes adorable. Contente d'avoir pu vous aider.

– Oh, comme c'est mignon, dit Merten. Il y a des gens qui sont émus par les histoires d'amour. Pas moi. Quand je vois ce genre de scène, je me demande toujours si chacune de ces deux personnes connaît la vérité sur l'autre. En tant qu'avocat, je peux vous affirmer que la vérité a provoqué la fin d'un grand nombre d'histoires d'amour. Aucune relation, et aucun mariage à plus forte raison, ne peut supporter une trop forte dose de vérité. Le mien n'y résisterait pas.

– Quelle que soit votre théorie, dit Elli, je ne veux pas la connaître.

– Laissez-moi, malgré tout, vous dire une chose au sujet de cet homme charmant assis à côté de vous, Elisabeth.

– Ne vous fatiguez pas à faire votre numéro, comme si vous étiez devant un jury. Je suis avocate moi-même, et je connais toutes les combines.

– Oh, ça ne me fatigue pas.

– Autant que je puisse en juger, vous n'avez qu'un seul avantage sur moi : vous n'avez jamais dû endurer un trajet en voiture avec Max Merten.

– Je connais le vrai Bernie Gunther. C'est un autre avantage.

– Le nombre de fois où j'ai entendu des gens dire qu'ils connaissaient la vraie Elli, alors qu'en réalité, ils connaissaient uniquement la femme qu'ils imaginaient. Plus ça va, plus je m'aperçois que personne ne connaît personne. Alors, économisez votre salive et votre haleine très désagréable.

– Cet homme vous plaît, n'est-ce pas ?

– Vous attendez une réponse ou une explication ?

– Une réponse.

– Oui, il me plaît.

– Pourquoi ?

– Là, vous voulez une explication. Et je ne suis pas obligée de vous en fournir une. D'autant que je n'en ai aucune envie.

– Je connais cet homme depuis presque vingt ans, Elisabeth. Un homme précédé de sa réputation au quartier général de la police berlinoise dans les années trente. Pour des individus plus jeunes, impressionnables, tels que moi, Bernie Gunther n'était pas seulement un brillant inspecteur, c'était une sorte de héros local.

– Je me souviens très bien de vous avoir dit que je me contrefichais de vos réflexions.

– Vous avez entendu madame, Max. Laissez tomber, d'accord ?

– Bernie était célèbre pour avoir arrêté Gormann l'étrangleur, un type qui avait assassiné un grand nombre d'actrices de cinéma débutantes. Quand ont eu lieu ces meurtres ? 1929 ? Je ne sais plus. En revanche, c'est en 1931 que Bernie a rejoint le parti nazi et est devenu agent de liaison avec la commission criminelle, car c'est l'année suivante qu'il a participé à la création de la Société d'action civique nationale-socialiste de la police berlinoise. Autrement dit, c'était déjà un nazi pur et dur avant l'arrivée de Hitler au pouvoir.

– Vous savez bien que je n'ai jamais été un nazi. Pas même dans mes pires cauchemars.

– Oh, allons Bernie. Ne soyez pas si pudique. Sachez, Elisabeth, que cet homme a été un des premiers dans la police à avoir eu le courage d'exprimer ses opinions, politiques s'entend. Et grâce à lui, beaucoup d'autres ont suivi. Moi y compris. Même si, pour être franc, c'était uniquement pour servir ma carrière. Contrairement à Bernie, la politique ne m'intéressait pas, et je n'ai jamais cherché à persécuter les juifs et les communistes. Je ne sais pas trop ce qu'il pense des juifs, mais je suis sûr qu'il hait les communistes. Bref, à l'automne 1938, votre ami ici présent a attiré l'attention du bras droit de Heinrich Himmler : Reinhard Heydrich. Un être fuyant…

– Presque aussi fuyant que vous, Max. Vous êtes plus visqueux qu'une anguille.

– … la parfaite incarnation du mal fasciste et l'architecte de nombreuses atrocités. Qui lui ont valu, plus tard, le surnom de Boucher de Prague. Pour rendre justice à Bernie, je pense que Heydrich avait vu en lui quelqu'un qu'il pouvait utiliser, comme il a utilisé un tas de gens. Quoi qu'il en soit, c'est Heydrich qui a promu Bernie au grade de *Kommissar*, et jusqu'à sa mort, Bernie est resté son homme de confiance, celui qui réglait tous les problèmes en un clin d'œil, parfois d'un coup de pistolet. »

Alors que Merten riait de sa plaisanterie, je levai mon bras blessé, agrippai sa cravate et la tordis, comme il tordait la vérité, mais pas assez fort pour le réduire au silence.

« Je commence à comprendre pourquoi Alois Brunner a tellement envie de vous tuer, Max. Avec une grande gueule comme la vôtre, c'est un miracle que vous ayez réussi à rester en vie aussi longtemps. »

Merten battit en retraite sur le siège en cuir et se blottit dans le coin, sans cesser de déblatérer.

« En novembre 1938, une rumeur l'accusait d'avoir tué un médecin du nom de Lanz Kindermann parce qu'il était homosexuel. Les nazis n'ont jamais beaucoup aimé les homos, et Bernie ne faisait pas exception à la règle. Toutefois, il était exceptionnel sur un point : la latitude que semblait lui accorder son maître au visage pâle, Heydrich, et son crime est resté impuni, comme la plupart des crimes commis à cette époque. L'année suivante, quelques mois avant que la guerre éclate, Bernie a même été invité à Obersalzberg, dans la résidence secondaire de Hitler, le Berghof. À l'occasion des cinquante ans du Führer. Un très grand honneur, croyez-moi. Peu de gens pouvaient en dire autant. Personnellement, je n'ai jamais été invité pour le week-end, ricana Merten. N'est-ce pas, Bernie ? Vous étiez l'hôte personnel du chef, hein ? Dites-le-lui. »

Pendant un court instant, j'envisageai d'expliquer la véritable raison de ma présence au Berghof – j'enquêtais sur un crime –, mais très vite, je compris que c'était vain. Impossible de justifier pleinement ma présence en ce lieu. Alors, je réagis comme n'importe qui face à un mensonge éhonté. Je répondis par un éclat de rire et un autre mensonge.

« Je n'ai jamais mis les pieds là-bas, évidemment. C'est absurde de croire ça. Néanmoins, je dois vous reconnaître un certain talent, Max. J'imagine vos brillantes plaidoiries. Bientôt, vous allez essayer de convaincre Elli que Hitler était mon oncle caché. »

Elle rit.

« N'allez pas lui donner des idées, dit-elle.

– Attendez, l'histoire ne fait que commencer, poursuivit Merten. Deux ans plus tard, quand l'Allemagne a envahi l'Union soviétique, de nombreux policiers de Berlin, parmi les gradés, ont été recrutés par le SD, le service de la sécurité de la SS, et c'est ainsi que Bernie a endossé l'uniforme de capitaine, comme Alois Brunner. Eh bien, l'ami, dites-moi ce qui est faux dans tout ça.

– Fermez-la, Max. Si vous continuez, je vous assomme avec ce flingue. »

Je captai le regard d'Elli dans le rétroviseur. Ce que je vis me rassura : elle secouait la tête comme si elle ne croyait pas un seul mot de ce que racontait Merten.

« Je vois très bien où il veut en venir, dit-elle. C'est un rat, et comme tous les rats, il couine quand il se retrouve acculé.

– Certains rats doivent être exterminés, dis-je en appuyant le canon du Walter sur la joue de Merten.

– Allez-y, tirez, dit-il. Faites-le. Tirez-moi une balle dans la tête. C'est votre spécialité. Il faut dire que vous avez de l'entraînement. Je préfère mourir plutôt que de passer ma vie dans une prison grecque.

– Je ne vous tuerai pas, Max. Mais certains ont perdu des dents en or pour moins que ça.

– Pour avoir dit la vérité ? Assurément, cette gentille Grecque mérite de savoir quel genre d'homme vous êtes réellement.

– Votre version n'a rien à voir avec la vérité, Max.

– Il y a bien longtemps que les contes de fées ne me font plus peur, dit Elli. Surtout racontés par un vieux nazi obèse.

– Hé, pas si vieux que ça, protesta Merten. J'ai peut-être quelques kilos de trop, mais j'ai facilement dix ans de moins que votre ami. Vous pouvez peut-être la convaincre que vous étiez un bon Allemand, Bernie, mais moi, je sais à quoi m'en tenir. Vous avez toujours votre tatouage SS sous le bras, ou bien vous l'avez brûlé ? Vous lui avez expliqué que c'était une blessure de guerre ? »

Merten ricana de nouveau.

« Allumez-moi une cigarette, s'il vous plaît, Bernie », demanda Elli.

J'en glissai une entre mes lèvres, l'allumai et l'introduisis entre les siennes.

« Merci. »

Une minute plus tard, un virage pris un peu trop vite projeta Merten sur mes genoux. Je le repoussai brutalement.

« La peine de mort existe en Grèce, Bernie. Mais les Grecs n'aiment pas trop tuer les gens. Contrairement aux Allemands. Les Allemands comme vous, je veux dire. Car c'est là que l'histoire devient franchement désagréable, Elisabeth. Mais je n'y peux rien.

– Vous ne voulez pas l'abattre, Bernie ? C'est tout ce qu'il mérite. Pour avoir volé cet or, et pour être aussi pénible. J'en ai assez d'entendre sa voix. Tuons-le et balançons-le dans le fossé.

– Bernie est l'homme qu'il vous faut, Elisabeth. Peut-être avez-vous entendu parler des massacres commis en Russie et en Ukraine durant l'été 1941. Bernie s'était porté volontaire pour rejoindre un autre gradé de la police, son vieil ami de Berlin Arthur Nebe, au sein d'un bataillon rattaché à un Einsatzgruppe de la SS. Ce n'est pas un mot facile à traduire, ma chère Elisabeth. Cela signifie que ce groupe n'avait qu'une seule mission. Vous imaginez laquelle ? Oui. Je vois que vous avez deviné. Ces SS n'appliquaient qu'une seule et unique sentence : la peine de mort. Autrement dit, l'Einsatzgruppe B était un escadron de la mort mobile, chargé d'exterminer les juifs et d'autres individus indésirables : les communistes, les Tziganes, les handicapés physiques et mentaux, les otages et, plus généralement, toutes les personnes qu'ils n'aimaient pas, afin de terroriser la population locale.

Ils opéraient à Minsk et dans les environs, avec un vif succès. Nebe et Gunther étaient très doués pour l'élimination de masse et ils ont réussi à remplir suffisamment de fosses communes pour vider l'Ukraine de tous les juifs, en moins de deux.

– Je n'ai assassiné personne à Minsk. En revanche, ça ne me posera aucun problème de vous tuer, Max, vous avez ma parole.

– Vous pourrez dire adieu à votre passeport, dans ce cas. Remarquez, il ne vaut pas grand-chose, étant donné qu'il porte un faux nom. Demandez-vous pour quelle raison, Elisabeth. N'importe qui pourrait en conclure que Bernie a des choses à cacher. Contrairement à moi qui possède un passeport à mon nom. Peut-être faut-il y voir un lien avec le fait qu'entre juillet et novembre 1941, l'Einsatzgruppe B a réussi à tuer presque cinquante mille hommes, femmes et enfants. *Cinquante mille.* Essayez d'imaginer quel genre d'individus est capable de faire une telle chose. Je me pose souvent la question, sans jamais trouver la réponse. C'est tout bonnement inexplicable. » Merten sourit. « Qu'y a-t-il, Bernie ? Vous avez du mal à supporter la vérité ? Je crains que ça fasse trop pour la pauvre Elli.

» Après les horreurs de Minsk, Arthur Nebe et Bernie sont rentrés à Berlin, où ils ont été décorés pour le travail effectué. Martin Bormann ne vous a-t-il pas remis la médaille Coburg, la plus haute distinction civile allemande, pour services rendus à Hitler ? Un grand moment de fierté, j'en suis sûr. Par ailleurs, Bernie a carrément été invité dans la maison de campagne de Heydrich à Prague, quelques semaines seulement avant son assassinat. Là encore, c'était un immense honneur. Pendant ce temps, Nebe et Bernie avaient repris leur travail de routine au sein de la commission criminelle. Ils ont même collaboré avec Interpol, alors qu'ils venaient de participer au massacre du siècle. Un tel culot défie la raison, n'est-ce pas ?

– La seule chose qui défie la raison, répondit Elli, c'est votre arrogance.

– Alors que moi, persista Merten, un modeste capitaine, en qui personne ne voyait un invité divertissant, j'ai été envoyé ici, en Grèce. Veuillez noter, je vous prie, que je n'ai jamais appartenu à la SS, au SD ou à la Gestapo. Je n'ai jamais reçu ni médaille ni avancement. C'est facile à vérifier. Bernie lui-même le reconnaîtra, j'en suis sûr. Certes, j'ai volé de l'or à des SS qui l'avaient volé aux juifs de Salonique. Mais mes crimes s'arrêtent là. Je n'ai jamais tué personne. La seule fois où j'ai vu quelqu'un se faire tuer, c'est lorsque Alois Brunner a abattu ce pauvre homme dans le train. Alors que Bernie, lui, continuait ses missions spéciales pour Heydrich et le ministre de la propagande Josef Goebbels, rien que ça. On l'a même envoyé en Croatie, muni d'une sorte de carte blanche délivrée par le ministre. On pourrait penser qu'il avait tué suffisamment de gens, mais pas du tout. En Croatie, il a aidé les Oustachis fascistes à assassiner des milliers de Serbes et de Tziganes, sans parler des juifs de Yougoslavie.

– Vous êtes doué, Max. Vous me salissez en espérant qu'un peu de boue restera collé.

– Comme le ferait n'importe quel avocat sans scrupules, dit Elli. S'il est aux abois.

– Vous savez quoi, Bernie ? Je pense que cette femme est vraiment amoureuse de vous. Du moins, le croit-elle. Écoutez, Elisabeth, je sais que ça ne doit pas être facile pour vous d'accepter tout ce que je viens de vous apprendre sur un homme qui vous plaît. Je ne peux pas vous en vouloir. Après la guerre, de nombreuses épouses allemandes ont eu le même problème. Se pouvait-il que mon cher mari Fritz, un amoureux de Mozart, ait assassiné des femmes et des enfants ? "Dis-moi, cher et tendre époux, que tu n'as tué aucun enfant. Je t'en supplie, dis-moi que tu n'as rien à voir dans tout ça."

– Vous n'avez pas entendu, espèce de *malaka* ? répondit-elle en haussant la voix. Je ne crois pas un mot de tous vos mensonges.

– Vous pouvez croire au moins une chose, chère Elisabeth : Bernie avait une épouse lui aussi. Peut-être vous a-t-il parlé d'elle ? Elle vit à Berlin. Vous ne le saviez pas ? Je m'en doutais. Dans ce cas, attendez-vous à avoir une plus grosse surprise encore. On pourrait dire qu'il s'agit d'une coïncidence, bien pratique en l'occurrence, car il se souviendra sans peine de votre prénom. Contrairement au sien. Je parle de celui qui figure sur son passeport. Figurez-vous que sa femme se prénomme Elisabeth, comme vous. »

53

Elli avait arrêté la voiture et coupé le moteur. Nous étions dans la banlieue ouest d'Athènes, entourés d'un étrange paysage de cuves à essence et de gazomètres. Au loin, nous apercevions la chaîne de montagnes qui protégeait la péninsule, tels les murs gigantesques de l'antique cité de Troie. Un mendiant s'approcha de la vitre de la Rover et repartit aussitôt lorsque Elli secoua la tête d'un air mauvais. Elle agrippait le volant et regardait droit devant elle, comme si elle projetait de foncer dans une de ces énormes cuves pour nous faire périr tous les trois dans une formidable explosion digne de la scène finale de *L'enfer est à lui*. Nul doute que mon silence lui paraissait plus qu'assourdissant. C'était mon cas. Merten demeurait muet lui aussi maintenant. Il avait causé tout le mal dont il était capable et toute parole supplémentaire aurait été superflue, sans parler du fait que cela lui aurait valu un coup de poing dans la figure. À l'évidence, Elli était bouleversée. La colère brillait dans ses yeux et sa voix s'était enrouée, comme si elle avait pris froid. Moi-même je me sentais glacé soudain.

« C'est la vérité ? demanda-t-elle finalement. Vous avez une femme à Berlin ?

– Oui, mais on est séparés. »

Avant même que j'aie achevé cette courte phrase, Elli était descendue de voiture. Elle récupéra son sac sur le siège du passager, claqua la porte derrière elle, s'appuya contre l'aile et alluma une cigarette avec des gestes rageurs. Je la rejoignis dehors.

« Elle m'a quitté il y a plus d'un an, quand je vivais en France, et elle est rentrée à Berlin. Contrairement à elle, je ne peux pas y retourner. Du moins, tant que les communistes sont aux affaires. La Stasi ne vaut pas mieux que la Gestapo. C'est peut-être même pire. Bref, la dernière fois que j'ai parlé avec ma femme, elle m'a annoncé qu'elle voulait demander le divorce. Et autant que je sache, elle l'a peut-être déjà obtenu. Étant donné que toute la ville est entourée par la RDA, les communications sont difficiles, pour ne pas dire plus, et ça fait longtemps qu'on ne s'est pas parlé. L'année dernière, j'ai reçu une lettre qui était en réalité un coup monté par les communistes pour m'inciter à revenir à Berlin.

– Et elle s'appelle Elisabeth ? Comme l'a dit ce salopard de nazi ?

– Oui. »

Elli contempla le sol pendant presque une minute, tandis que je poursuivais, maladroitement, mes explications. N'ayant pas revu ma femme depuis des mois, j'avais cessé de me considérer comme marié, et elle aussi sans doute. Nous avions été amis pendant plus de vingt ans, et nous nous étions mariés pour des raisons pratiques plus qu'autre chose, car nous avions besoin l'un et l'autre de quitter Berlin, à peu près au même moment. C'était il n'y avait pas si longtemps – en 1954 –, et cela aurait dû suffire à illustrer ce qu'était devenu notre mariage lorsque, en définitive, elle était repartie en Allemagne. Ce n'était pas vraiment une explication, mais je n'en avais pas d'autre.

« Quand pensiez-vous me l'annoncer ? demanda-t-elle. Si vous pensiez le faire un jour.

– J'aurais dû en parler avant, admis-je.

– Oui, vous auriez dû. Hier soir, par exemple. Avant que l'on prenne une chambre double au Poséidonia. Mais vous ne l'avez pas fait. Bizarrement, vous n'avez pas pensé à me parler de votre femme à ce moment-là.

– Vous avez raison. Mais à ma décharge, j'étais encore à moitié convaincu que vous alliez me tuer avec votre petit Beretta. Je commençais juste à croire en nous, et ça ne me semblait pas très important. Ça me paraissait même insignifiant. Comme si j'étais incapable de me concentrer sur vous, comme vous le méritiez, tant que Max Merten n'était pas définitivement sur la touche. Mais je vous l'aurais certainement dit, tôt ou tard. Une fois de retour à Athènes. J'aurais fait les choses bien, au cours d'un dîner, avec des chocolats et des fleurs. D'ailleurs, ce n'est pas trop tard.

– Des fleurs auraient été inutiles. »

Comme elle ne disait rien de plus, je me sentis obligé d'ajouter une explication concernant tout ce que lui avait dit Merten.

« Quant au reste, dis-je, il y avait moins de dix pour cent de vérité dans toutes ces affirmations. J'ai été inspecteur au siège de la police à Berlin et j'ai travaillé pour les nazis, en effet, mais uniquement sous la pression, et s'il est vrai que j'ai rencontré certaines de ces personnes, je n'ai jamais assassiné qui que ce soit, Elli.

– Maudit soit ce sale type. Il a su trouver le point faible. Pas le vôtre, le mien. Quelle ironie. En cherchant votre point faible, il a trouvé le mien. Je suis sincèrement désolée, mais je n'aime pas les hommes mariés. Surtout quand ils sont mariés avec quelqu'un d'autre. J'aurais peut-être dû le préciser hier soir. Il y a quelques années, j'ai eu une liaison avec un homme marié, au ministère. J'ai juré de ne plus jamais recommencer. Vous n'y êtes pour rien. Mais c'est comme ça.

– Je vous répète : on est séparés. Et on va divorcer.

– C'est une histoire aussi vieille que *L'Odyssée*. Vous devriez le lire un jour. À la fin, Ulysse retourne auprès de sa femme. C'est ce qui m'est arrivé.

– Ça n'arrivera pas avec moi.

– Comme pour tout le reste, je n'ai que votre parole.

– Et ça ne suffit pas, j'imagine ?

– Si vous n'étiez pas un homme, je m'en contenterais.

– Alors, qu'est-ce qu'on devient dans tout ça ?

– Vous, je ne sais pas, Bernie. Ou quel que soit votre vrai nom, mais je sais déjà comment sortir de ce labyrinthe. Je vais rentrer chez moi. Seule. Et vous laisser régler vos affaires avec votre ami obèse.

– Vous faites fausse route, trésor. J'avais l'intention de rester quelque temps en Grèce, pour être avec vous. Dans l'espoir que ça fonctionne entre nous.

– Pour ça, il faudrait des outils que vous n'avez pas, et dont vous ne savez pas vous servir.

– Dites-moi où les trouver et j'essaierai de faire en sorte que ça marche.

– J'occupe une position plus élevée que vous, Bernie. Je vois ce que vous ne pouvez pas voir. J'ai été élevée dans la Grèce catholique. Nous croyons aux épouses défuntes, pas aux épouses divorcées. D'ailleurs, maintenant que j'y pense, je suis certaine de vous avoir entendu dire que votre femme était morte il y a huit ans, à Munich.

– Oui, Kristen. »

Je jugeai préférable de ne pas mentionner que j'avais déjà été marié avant Kristen. Il y avait une limite au nombre d'ex-épouses, mortes ou divorcées, que la pauvre Elli pouvait assimiler.

« C'est une explication, mais pas une excuse. Pas à mes yeux. Quand vous avez changé de nom, peut-être avez-vous oublié que les femmes ne changent pas aussi facilement. En fait, la plupart ne changent pas du tout. La plupart d'entre nous veulent la même chose : un joli sac à main et un mari en qui on puisse avoir confiance, mais généralement, on se contente de l'un des deux.

– Je suis navré que vous réagissiez ainsi.

– Vous ne savez pas la moitié de ce que je ressens. En toute honnêteté, ce n'est même pas votre faute. Je suis ce genre de femme et vous êtes ce genre d'homme. Un survivant. C'est sans doute la guerre qui vous a rendu ainsi. Peut-être que vous aviez des principes avant, et vous les appliquiez au quotidien. Je n'en sais rien. Mais moi aussi j'ai des principes. Mon seul regret dans cette histoire, c'est d'avoir jeté le Beretta de mon père. Remarquez, c'est peut-être aussi bien. Si je l'avais encore, je serais capable de vous tirer dessus. Sans vous tuer. Ce que vous m'avez fait, quand on prend du recul, ne mérite pas la mort. Même si je ne peux pas me prononcer pour le reste de l'humanité. Mais vous auriez une petite cicatrice pour vous souvenir de moi.

– J'en aurai une, de toute façon je ne risque pas de vous oublier, Elli.

– Je vous conseille d'essayer », répliqua-t-elle, et elle s'éloigna d'un pas vif.

Je la suivis du regard. Avec un pincement au cœur. Il y aurait eu des chances pour que ça marche entre nous. Ou bien, nous aurions pu devenir amis, et on ne pouvait pas dire que j'en avais énormément. On ne sait jamais comment ces choses-là vont évoluer. Mais en toute franchise, je devais avouer que j'éprouvais également une forme de soulagement. Pas seulement à cause de la différence d'âge. Il y avait autre chose, et là encore, Elli n'y était pour rien. La vérité, c'était que je n'avais plus de patience avec les femmes, quelles qu'elles soient. Sans doute avais-je vécu seul trop longtemps, et je préférais ça.

Je continuai à la suivre du regard, en songeant qu'elle allait peut-être se retourner, mais évidemment elle ne le fit pas, et je n'y croyais pas vraiment. Lorsqu'elle eut disparu au loin, je reportai mon attention sur Max Merten, toujours assis à l'arrière de la Rover. Je sortis le Walther de ma ceinture et lui fis signe de descendre. Comme il ne bougeait pas, j'ouvris la portière et, ignorant la douleur dans mon bras, je le tirai par la peau du cou.

« Descendez !

– Vous allez me tuer ? »

Il regardait d'un air affolé le fossé derrière lui et le flingue dans ma main. J'avais déjà tué des gens : il avait raison sur ce point, et la plupart l'avaient sans doute mérité. Mais cela faisait pas mal de temps que je n'avais pas tiré sur quelqu'un, et même si j'aurais aimé lui fermer pour toujours sa grande gueule d'avocat, je savais que ça n'aurait rien résolu. Ça ne résolvait jamais rien. En tout cas, ça n'aurait pas fait revenir Elli en courant.

« Non, je ne vais pas vous tuer, répondis-je. Je veux que vous conduisiez.

– Entendu. Tout ce que vous voulez, Bernie. Dites-moi juste où on va. »

Il se glissa au volant et je montai à la place du mort.

« Au siège de la police. Place de la Constitution. À côté de l'hôtel de Grande-Bretagne.

– Tout de suite. » Scrutant mon expression avec inquiétude, il ajouta : « Elle reviendra. Une fois qu'elle sera calmée.

– Non, pas elle.

– Ce n'est pas leur faute. Les femmes sont des créatures irrationnelles qui ont besoin qu'on les protège d'elles-mêmes. Elles sont esclaves de leurs ovaires. Croyez-moi, Bernie. Ça lui passera. Peut-être pas aujourd'hui. Ni demain. Mais bientôt. Les femmes sont des êtres sensibles. Comme des enfants. Elles ressentent les choses plus fortement que nous, les hommes. Surtout les Grecques. Elles sont impulsives. Ce qu'il leur faut, c'est quelqu'un qui les guide d'une main ferme et leur montre la direction. Quand vous voyez une femme comme Elli, vous comprenez Aristophane. Je vous le dis, Bernie, elle va regretter ce qu'elle vous a dit, et elle reviendra en rampant. Comme toutes les autres.

– Je n'y crois pas, et vous non plus.

– Peut-être que vous auriez dû m'écouter.

– C'est justement ça le problème, Max. Regardez où ça nous a menés de vous écouter.

– Je vous avais mis en garde. Elle serait peut-être toujours à vous si vous n'aviez pas essayé de m'avoir moi aussi. Vous auriez pu me laisser partir et garder cette jolie fille, sans aucun mal. Mais vous avez été trop cupide.

– Ne me parlez pas de cupidité, Max. Et surtout, n'essayez pas de vous excuser car alors, je ferai une chose que vous regretterez vraiment. »

Max remit le contact et démarra. Nous dépassâmes Elli qui marchait dans la rue. On aurait dit qu'elle portait des œillères et que nous n'existions même pas. Elle ne nous accorda pas plus d'attention que si nous étions deux autres chevaux de course venant de l'extérieur dans un grand steeple-chase. C'est à cet instant, je crois, que je compris que j'avais raison : elle ne reviendrait pas. Jamais. Je poussai un soupir qu'on aurait pu entendre sur l'Olympe. Merten l'entendit lui aussi, et sans doute en conclut-il qu'il devait dire quelque chose, n'importe quoi, pour que je ne pense plus à Elli.

« Comment vous avez attrapé Gormann, au fait ? J'ai toujours voulu vous poser la question. »

Il me demandait ça, supposais-je, pour m'empêcher de le frapper avec le pistolet. J'en mourais d'envie, assurément, et si quelqu'un avait mérité un jour de perdre plusieurs dents, c'était bien Max Merten. Mais étant donné que le cheval offert avait déjà décampé, je ne voyais pas l'intérêt d'arranger sa dentition pourrie. Alors, je lui répondis aussi calmement que j'en étais capable ; un moyen très efficace de contrôler mon caractère violent.

« Il n'y a pas de quoi en faire tout un plat. Ma réputation à l'Alex ne reposait sur rien de très solide. La clé pour être un bon inspecteur, c'est de trouver le temps de ne rien faire, ce qui va à l'encontre du fait même d'être allemand. L'efficacité teutonne semble exiger à cor et à cri qu'on soit toujours occupé. C'est ça le problème de l'Allemagne : on idolâtre le travail, mais pour réfléchir, je devais éviter le travail, du moins ce que les autres considèrent comme du travail. Je fermais ma porte, je rangeais les dossiers, je décrochais le téléphone et donnais ordre qu'on ne me dérange pas, sous aucun prétexte. Il n'y avait que comme ça que je trouvais le temps de réfléchir. On perd son temps quand on ne trouve pas du temps à perdre. Laisser son esprit vagabonder au-dessus des nuages, comme Caspar David Friedrich, c'est ce qui fait un bon détective. Voilà ce que j'entends par "ne rien faire". Ne rien faire, c'est généralement la meilleure chose à faire, jusqu'à ce que vous ayez trouvé quelque chose de mieux à faire. Mon premier réflexe quand Elli est descendue de voiture pour partir comme un Achille boudeur a été de vous tirer une balle dans la tête, Max. Mais je ne le ferai pas. Je vais suivre mon idée première. »

Merten ne put retenir un soupir de soulagement.

« Maintenant qu'elle est partie, plus rien ne nous empêche de redevenir amis, dit-il. Vous vouliez vous faire bien voir à ses yeux. Je comprends. Mais ces beaux yeux ne sont plus là. Et vous n'avez rien à gagner en me livrant à la police grecque.

– Pour votre gouverne, sachez que nous n'avons jamais été amis.

– Bien sûr que si, Bernie. Comment s'appelle ce bar où vous m'avez emmené un jour, non loin de l'Alex. Où ils servaient du cognac. Tout près de cet hôtel bizarre où le mot "Hôtel" est à l'envers ? Vous savez… avec la photo du lion au-dessus du piano électrique.

– Le Grüne Quelle.

– Oui, voilà. Vous vous souvenez de cet écriteau sur le mur ? "Rugissez comme un lion si vous avez besoin d'un autre verre." Je boirais bien un cognac, d'ailleurs. Pas vous, Bernie ? »

Je ne répondis pas, mais je me souvenais bien de ce bar, et du goût du cognac. J'entendais même les mélodies du pianola : « J'embrasse votre main, madame », suivie de « Preussens Gloria », une marche reprise en chœur, à pleins poumons, par tous les clients ivres d'alcool bon marché. Je me souvenais même du goût des saucisses géantes vendues cinquante pfennigs. Tout cela me manquait plus que je ne voulais bien l'admettre, mais pas question d'évoquer le bon vieux temps avec un type qui venait de faire fuir ma petite amie. Même s'il était important de ne pas oublier, il valait mieux ne pas se souvenir parfois, pour permettre au présent d'écrire par-dessus le passé.

Merten avait encore un tas de choses à dire sur Berlin, mais sachant pourquoi il s'était lancé dans cette logorrhée, je ne l'écoutais presque plus.

« Vous vous souvenez certainement de ce petit restaurant près du tribunal. Chez Hessel, c'était bien ça ? Vous veniez de témoigner dans une affaire d'homicides. Les Meurtres de Spittelmarkt. C'est là que vous m'avez donné le meilleur conseil que j'aie jamais reçu. Sur mon engagement dans la SS.

– Vous auriez dû le suivre.

– Je l'ai suivi. Je vous le répète : j'étais simple capitaine dans l'armée.

– Peut-être que vous n'êtes pas entré dans la SS, Max. Et peut-être que vous n'avez jamais tué personne, comme vous l'affirmez. Mais ce que vous avez fait est aussi grave que ce qu'ont fait les autres, les Eichmann, les Brunner, toute cette clique corrompue. Vous avez menti à ces habitants de Salonique. Vous avez pris leur argent, leur espoir, et vous les avez envoyés à la mort. C'est ignoble.

– Balivernes. La guerre appartient au passé. En Europe, tout le monde se contrefiche de Hitler, désormais. C'est tout l'intérêt de cette CEE. Nous pouvons tous oublier les horreurs de la guerre et devenir de bons Européens. La vie est une gigantesque horreur, Bernie, et périodiquement, la société dévoile sa fascination naturelle pour le mal et se sent obligée de se détruire. Je vous le répète l'âme n'existe pas, il n'y a pas de créateur, uniquement cette pauvre chose faite de chair et de sang qu'on appelle un homme et que, pour une raison quelconque, d'autres hommes éprouvent le besoin de gazer et de brûler. Depuis des siècles. Croyez-moi : dans quelques années, plus personne ne se souviendra des juifs de Salonique. D'ailleurs, qui s'en souvient aujourd'hui ?

– Vous vous trompez là aussi, Max. C'est un Allemand, Heinrich Schiemann, qui a prouvé que la guerre de Troie était un événement capital de l'histoire. Homère l'a raconté cinq cents ans après qu'elle a probablement eu lieu. Et on en parle encore aujourd'hui. Idem pour la Seconde Guerre mondiale. Ces choses-là ne disparaissent pas en un instant. Et nous autres, Allemands, on ne peut pas y échapper. Comme les Grecs et les Troyens. Que ça nous plaise ou pas.

– Et maintenant, qu'est-ce qui va se passer ?

– Vous allez nous conduire dans le centre d'Athènes. Au siège de la police. Et vous allez vous présenter comme témoin spontané dans le procès d'Arthur Meissner. Ensuite, ce sera aux Grecs de décider.

– Vous n'avez pas les idées claires, Bernie. Certes, Elli est partie, mais il y a un tas d'autres poissons dans la mer. Pensez à l'or qui se trouve à bord de ce bateau englouti. Pensez à toutes les filles comme elle que vous pourriez vous offrir avec une jolie part de ce trésor.

– Peut-être que vous ne m'avez pas bien écouté, Max. L'argent acquis de cette façon ne m'intéresse pas. Et je viens de perdre le seul trésor que j'aurais pu posséder. Telle est la nature d'un véritable trésor. On ignore sa valeur jusqu'au jour où on le perd. Alors, roulez. » Je caressai le lobe de son oreille avec le canon du pistolet.

« S'il vous plaît, Max. Plus un mot jusqu'à ce qu'on arrive au siège de la police. Si vous êtes capable de la boucler pendant tout ce temps, vous avez une chance de rester en vie jusqu'à la fin de la journée. »

54

En traversant le hall grandiose de l'hôtel de Grande-Bretagne, je la découvris assise sous un énorme miroir doré, le dos au mur, face à l'entrée principale. L'emplacement pour voir toutes les personnes qui entraient et sortaient, en vrai professionnel, et à plus forte raison si, compte tenu de votre profession justement, vous craigniez pour votre vie, ce qui était certainement son cas, à n'en point douter. Elle portait un tailleur marron, avec de gros boutons semblables à des carrés de chocolat, et un petit béret assorti.

J'envisageai de l'ignorer tout d'abord, puis me ravisai. Je devinais qu'elle n'était pas seule et même si je ne le voyais pas, j'étais certain qu'un de ses gros bras ne manquerait pas de me conduire manu militari jusqu'au siège vacant à côté d'elle. Alors, arrivé au milieu du sol de marbre, je bifurquai dans sa direction. Elle se leva et me sourit chaleureusement, comme une banale femme au foyer venue là dans un but plus prosaïque que la vengeance et le meurtre, et me tendit une main gantée, que je serrai uniquement pour montrer que je n'avais pas peur.

« Où est-il ? demandai-je.

– Qui ?

– Votre sniper, évidemment. Derrière le palmier, je suppose. Ou caché parmi toutes ces bouteilles d'alcool au bar. Attention à ce qu'elles ne déforment pas sa vision. »

La reine des bandits sourit. Elle était plus petite que dans mon souvenir, et plus jolie aussi, mais quand même pas au point de vous donner des idées. Ses yeux marron se posèrent sur moi, puis sur quelqu'un que je ne voyais pas, derrière mon épaule, qui demeurait caché pour le moment. Je me retournai vivement. Le hall était rempli d'hommes de taille conséquente, en costumes bon marché, venus participer à une convention dans une des nombreuses salles de conférences climatisées de l'hôtel, et le gorille armé aurait pu être n'importe lequel d'entre eux. Maintenant que j'allais renouer connaissance avec la reine des bandits, j'aurais bien aimé avoir un peu d'air moi aussi. Rien qu'en la regardant, je sentais ma poitrine se comprimer, comme si j'allais recevoir une balle dans un poumon.

« Bonne idée, dit-elle en suivant mon regard. Le bar Alexander. » Elle regarda la Rolex en acier qui pendait à son poignet décharné. « Et il n'est pas trop tôt. Laissez-moi vous offrir un verre, Herr Ganz.

– Pourquoi pas ? Le poison, c'est plus discret dans ce genre d'endroit.

– Si nous voulions vous tuer, vous seriez déjà mort. Croyez-moi. Nous aurions ajouté un ingrédient secret dans votre dentifrice. Du radium, sans doute. C'est la procédure habituelle dans ces circonstances. Le radium ajoute une nouvelle dimension à la notion de caries dentaires. Il paraît que les victimes ont les dents les plus blanches de toute la morgue.

– Je devrais peut-être changer de marque, alors. Mon dentifrice n'est pas très efficace pour ôter les taches de tabac. Mais sachez que je prends peur moins facilement entre ces murs. D'abord, j'ai décidé de porter une arme.

– Vous n'avez rien à craindre de moi, je peux vous l'assurer.

– Ravi de l'entendre. »

Je la suivis jusqu'au bar, vers une table située dans un coin tranquille, marquée « réservé ». Un serveur attendait déjà à proximité, comme si on lui avait demandé de guetter notre arrivée. Autant que je pouvais en juger, il travaillait pour le Mossad lui aussi, mais je n'aurais su dire s'il était juif. N'ayant jamais suivi de cours d'éducation raciale dispensés par les nazis, je n'étais pas très doué pour identifier les juifs. S'il est exact que certaines personnes ont l'air juif, ce n'était pas le cas de ce serveur, ni de la reine des bandits. Nous commandâmes deux doubles whiskys. Elle sortit un paquet de Tareyton d'un sac en tapisserie, en alluma une et tira dessus en laissant échapper ce qui ressemblait à un soupir de soulagement : son premier signe de faiblesse.

« J'essaie d'arrêter, alors je m'oblige à avoir un verre dans la main pour allumer une cigarette.

– Ce n'est pas la meilleure façon d'arrêter.

– Que me conseillez-vous ?

– Vous pourriez essayer de boire un verre seulement pour fêter le meurtre d'un vieux nazi.

– À vrai dire, on ne fait plus ça. On l'a fait, bien sûr. Grawitz, Giesler, Geschke. À l'époque où nous étions actifs dans toute l'Europe.

– Ils vous avaient attribué uniquement les G ? Vous recommencez à m'inquiéter. Je m'appelle Ganz, vous vous souvenez ?

– Dorénavant, nous tenons à apparaître sous un jour meilleur : un pays démocratique qui organise des procès équitables, après une procédure légale. C'est pour ça que nous voulions Brunner… avec un B. Pour le juger équitablement, devant le monde entier. Avant de le pendre.

– J'aime bien votre vision de la justice, madame. Elle ne souffre d'aucune chicanerie d'ordre juridictionnel. Le procès d'abord. La pendaison ensuite. Et au diable l'ombre du doute.

– Nous ne pouvons pas nous permettre d'avoir des doutes. Nous sommes entourés d'ennemis. La Syrie. La Jordanie. L'Égypte. Tôt ou tard, nous devrons nous défendre, contre les trois en même temps probablement.

Cela nous apporte une certaine conviction dans tout ce que nous faisons.

– J'avais remarqué, la dernière fois qu'on a bavardé ensemble. Mais dites-moi une chose… Y avait-il réellement un type sur le toit ? Avec un fusil pointé sur ma tête ?

– Nous ne lançons jamais des menaces à la légère.

– Un peu de légèreté, ça ne fait pas de mal parfois. Trop de gens s'empressent de faire du mal aux autres. Selon moi. Je pense qu'on devrait faire preuve d'un peu plus d'humanité.

– J'espère que ça vous réussira. En tout cas, ça n'a pas réussi aux juifs. »

Le serveur revint avec nos verres et elle but son whisky comme une banale infusion. Je sirotai le mien. Mieux vaut traiter le démon de la boisson avec prudence quand vous buvez avec un authentique démon, même s'il se comportait très bien pour le moment.

« Au fait, avez-vous un nom maintenant ? Ou bien ça n'a toujours aucune importance ?

– Rahel Eskenazi.

– C'est vrai ?

– Presque.

– Ai-je raison de penser que vous appartenez au Mossad ?

– Nous préférons l'appeler l'Institut. Ou simplement Glilot. C'est plus discret.

– En tant qu'agent d'assurances, je comprends. À quoi bon prendre des risques inutiles ? »

La reine des bandits leva les yeux vers le plafond et hocha la tête.

« J'ai toujours aimé cet hôtel, dit-elle. Le marché de l'assurance doit être florissant en Allemagne si votre compagnie a les moyens de vous loger ici. Dans ce qui était l'hôtel préféré de Göring. Qui s'y connaissait en matière de luxe.

– Ça ne gâche pas votre plaisir, de savoir ça ?

– De savoir ce qui est arrivé à Göring ? Non, absolument pas. Au contraire, j'aime encore plus cet hôtel. Cela me rappelle avec quelle rapidité l'ordre moral peut être rétabli. Plus ou moins. J'aime imaginer Göring dans sa suite, là-haut, ignorant que dans la chambre voisine Némésis attend le moment de châtier ceux qui, comme lui, succombent à l'hubris. Oui, voilà ce que je me dis. » Elle eut un sourire ironique. « Et je pense également qu'un homme tel que vous gâche son talent dans les assurances.

– Je suis suffisamment bien payé pour conduire une voiture, manger des saucisses et me soûler à la bière une fois par mois, pas nécessairement dans cet ordre. En Allemagne, on appelle ça gagner sa vie.

– Rares sont les agents d'assurances qui portent une arme.

– Ils vendraient peut-être plus de polices.

– Vous gagnez votre vie, dites-vous. Mais est-ce une vie ? Pour vous, Christof ? »

Je haussai les épaules, sans répondre. Je me disais que si elle avait une idée derrière la tête, elle finirait bien par m'en donner un petit aperçu, pour m'aguicher.

« J'ai entendu dire que vous aviez récupéré votre passeport. Et que vous quittiez Athènes aujourd'hui.

– Exact. Je partais visiter l'Acropole quand je vous ai vue. Je suis ici depuis plusieurs semaines et je n'ai pas encore eu le temps. Il paraît qu'elle a connu des jours meilleurs, mais que ça vaut quand même le coup d'œil.

– Vous pourrez la visiter un autre jour. Elle sera toujours là dans mille ans.

– Oui, mais moi, peut-être pas.

– J'ai entendu dire également que Max Merten avait été arrêté par la police grecque.

– Il n'a pas été arrêté. Pas véritablement. Mais ils lui ont confisqué son passeport. Et ils l'ont installé dans une planque à Glyfada. Ils l'arrêteront seulement quand il aura commencé à témoigner au procès d'Arthur Meissner. C'est l'accord que j'ai négocié pour lui. Ça redore un peu son image.

– En Grèce ? J'en doute. Mais ça vous aide à vous sentir un peu mieux, et c'est important ça aussi, non ?

– Je regrette seulement de ne pas avoir pu vous livrer Alois Brunner.

– Nous l'aurons un jour.

– J'espère.

– Sincèrement ?

– Oui. Un homme comme lui nuit à la réputation de tous les Allemands. Et qui mieux que des Allemands peuvent aider à le retrouver ? Je ne peux pas dire que je sois d'accord avec la politique d'Adenauer sur ce plan. Je crois qu'elle va nous revenir en pleine figure. C'est une des raisons pour lesquelles j'ai convaincu Merten de se rendre aux Grecs.

– Nous l'aurions pendu, à coup sûr.

– C'est une autre raison. »

55

« Elles ne tiendront pas, déclara la reine des bandits. Les accusations portées contre Max Merten. Pas devant un tribunal grec. Pas longtemps, en tout cas.

– Je ne vois pas pourquoi. Il doit y avoir encore un tas de victimes en vie. Des habitants de Salonique, des hommes et des femmes rescapés des camps qui témoigneront contre lui. Les nazis ne les ont pas tous tués.

– Ce que vous êtes naïf. Il n'est pas question ici de justice, de génocide ou de crimes contre l'humanité. Il se passe un tas de choses en coulisse, que vous ignorez. Évidemment, les Grecs donneront l'impression d'organiser un procès digne de ce nom. Et l'opinion publique gobera cette mascarade. Le procureur général, Toussis, ressemblera à Ajax quand il décrira les malheurs de son pays. Le juge ira peut-être jusqu'à prononcer une peine de prison. Mais Merten compte trop d'amis au sein du gouvernement pour se retrouver véritablement derrière les barreaux.

– De quel gouvernement parlez-vous ?

– Bonne question. Demandez-vous pourquoi les Grecs n'ont jamais essayé de faire extrader des ressortissants allemands pour des crimes de guerre commis dans ce pays.

– D'accord, je veux bien jouer avec vous. Pourquoi ?

– Récemment encore, c'était très simple : le gouvernement grec voulait que le gouvernement allemand verse des réparations. Ils ont proposé une amnistie pour tous les crimes de guerre commis en Grèce, en échange du versement d'un demi-milliard de dollars. Mais Bonn a refusé. En parlant de chantage. Ce qui est vrai. Voilà pourquoi Arthur Meissner a été envoyé devant un tribunal : pour servir d'exemple. Montrer ce qui pourrait arriver si les Allemands continuaient à traîner les pieds sur cette question. Après tout, la Grèce fait partie de l'OTAN, et ce serait gênant si elle commençait à réclamer l'extradition de citoyens allemands.

– Max Merten n'est pas du menu fretin, objectai-je. C'est un authentique criminel de guerre, croyez-moi. Même s'il n'a pas exécuté sommairement des otages, il a extorqué des millions de dollars aux gens de votre peuple, avant de les abandonner à leur sinistre destin.

– Oh, sans aucun doute. Je ne vous l'ai pas encore dit, mais nous sommes convaincus que la majeure partie de cet or a été envoyée en Allemagne à bord d'un train de la SS en 1943, et se trouve actuellement dans une banque suisse, que le gouvernement ouest-allemand le sait parfaitement et que seule une infime quantité d'or a été chargée sur un bateau appartenant à Merten, Brunner et consorts.

» En dépit de ce que Merten et Meissner ont pu vous raconter, il n'existe pas de colossal butin à bord d'un bateau englouti au large du Péloponnèse. En réalité, je devine que durant tout le temps qu'il a passé en Grèce, Max Merten a été l'agent secret du gouvernement ouest-allemand, de son plein gré ou de force. Toute cette combine a été montée par une personne des services secrets allemands – Hans Globke, très certainement – pour convaincre le gouvernement grec que l'Allemagne ne détenait pas l'or pillé dans ce pays en 1943. Je pense que vous avez été manipulé, mon cher ami. Par vos patrons, là-bas à Munich. Eux-mêmes obéissant aux ordres du gouvernement ouest-allemand. Je parie que Max Merten sera de retour à Munich avant la fin de l'année, et qu'il sera généreusement dédommagé pour les désagréments subis.

– Non, je n'y crois pas. Tout cela ne tient pas debout, Rahel. Si tel est votre vrai prénom. Franchement, votre explication est tirée par les cheveux. Merten a financé cette expédition en commettant un autre crime à Munich. Pourquoi, s'il avait le soutien du gouvernement ouest-allemand ?

– Vous faites allusion au général Heinrich Heinkel, n'est-ce pas ? Un ancien nazi auquel nous nous sommes intéressés, à l'Institut. Il se trouve que votre BND tenait à ce que l'homme qui finançait Heinkel soit mis sur la touche, de manière permanente. Et après l'avoir éliminé, ils ont décidé que cet argent pourrait servir à financer Merten à la place. Christian Schramma travaillait, à l'occasion, pour le BND. En tant qu'ancien policier, vous comprenez sans doute comment ça se passe. Une opération clandestine cache souvent une autre opération clandestine, pour des raisons pratiques. Une agence de renseignement emploie généralement un grand nombre de criminels, comme Schramma – à un niveau subalterne pour pouvoir se dédouaner –, afin d'exécuter des missions secrètes sans dévoiler son jeu.

– C'est de cette façon que vous êtes entrée au Mossad ? »

La reine des bandits me sourit poliment. Après notre première rencontre, je ne m'attendais pas à tant de patience de sa part.

« Avant, j'étais colonel du Aman, notre service de renseignement militaire. Si je vous dis tout cela, c'est pour que vous me preniez au sérieux car j'ai un service à vous demander, Christof. Si tel est votre vrai nom.

– Vous n'avez pas fini de m'expliquer pourquoi j'étais naïf à propos de Merten. Pourquoi aurait-il accepté de suivre ce plan ? Pourquoi aurait-il pris le risque de finir sa vie en prison ?

– Peut-être fait-il partie de ce complot, peut-être pas. J'ignore encore quel est son degré d'implication. Une chose est sûre : il ne finira pas sa vie en prison. Si vous étiez agent d'assurances, vous estimeriez ce risque proche de zéro. Autrefois, mon explication aurait été simple à comprendre. Mais plus rien n'est simple dans cette affaire. Depuis la signature du traité de Rome.

– Il faudra m'expliquer ce que la CEE vient faire là-dedans, Rahel.

– Seriez-vous étonné d'apprendre que la personne qui a signé le traité de Rome avec Konrad Adenauer était le professeur Walter Hallstein ?

– Ce nom me dit quelque chose. Je crois me souvenir que Schramma l'a mentionné à Munich.

– Hallstein appartenait à plusieurs organisations nazies et après la guerre, c'est devenu un proche associé de Max Merten. Walter Hallstein sera le premier président de la commission de la CEE.

– Je ne vois toujours pas le rapport. »

Rahel Eskenazi sourit.

« Je vous ai dit que c'était compliqué. Parfois, moi-même je ne suis pas certaine de tout comprendre. Et je n'ai pas encore commencé. Figurez-vous que la Grèce a déjà déposé une demande d'adhésion à la CEE. Et d'après mes sources en Allemagne, Adenauer et Hallstein s'opposeront à cette demande si Max Merten n'est pas libéré. D'un autre côté, mes sources grecques m'indiquent que la Grèce est prête à défier l'Allemagne en jugeant Merten. Toutefois, après sa condamnation, il sera directement extradé, sans aller en prison. En échange de sa libération et d'une amnistie pour d'autres Allemands, Adenauer et Hallstein non seulement approuveront et accéléreront la demande d'adhésion de la Grèce à la CEE, mais ils donneront leur accord à un prêt de deux cents millions de dollars, consenti par la Banque fédérale d'Allemagne. Un prêt dont les Grecs pensent qu'ils n'auront pas à le rembourser. Je ne suis pas sûre, toutefois, que les Allemands partagent ce point de vue. Ils sont convaincus que leur appartenance à la CEE sera une compensation largement suffisante. Vous ne pouvez imaginer à quel point cette nouvelle communauté économique va s'avérer avantageuse financièrement pour tous les membres du club. Mais surtout pour l'Allemagne. Votre pays sera le principal bénéficiaire. Et le pays qui souffrira le plus sera la Grèce si l'Allemagne lui tourne le dos. À votre avis, que deviendra tout ce précieux tabac que la Grèce exporte en Allemagne ? »

La reine des bandits vida son verre de whisky et claqua des doigts pour qu'on lui en apporte deux autres, comme quelqu'un qui est habitué à ce qu'on lui obéisse. Un ancien colonel dans l'armée, avait-elle dit, et je n'en doutais pas un instant. Sa cigarette terminée, elle en alluma une autre et se renversa dans son fauteuil. Ses bras avaient presque la couleur du cadre en acajou, et ils étaient certainement aussi solides. On l'imaginait facilement combattant les Arabes.

« Vous croyez peut-être avoir fait une bonne action en remettant Merten aux autorités grecques, reprit-elle, mais pour notre part, nous pensons qu'il avait l'intention de se faire arrêter depuis le début.

– Et Brunner, alors ? Vous oubliez qu'il a tué trois hommes pour s'emparer de cet or.

– Selon moi, personne au BND ne s'attendait à voir surgir Brunner. C'est là que le plan a déraillé sérieusement, comme souvent. Quant à l'or, je pense qu'il n'y a jamais eu pour plus d'un million de dollars à bord de cette épave. Une part correspondant à la moitié de cette somme ce n'est pas de la menue monnaie. De quoi attirer un rat comme Alois Brunner. Mais nous sommes loin des centaines de millions qui ont été expédiés en Allemagne en 1943. Voler de l'or à des juifs, c'est une chose, mais dites-moi, vous qui avez travaillé pour la Kripo, croyez-vous que des types comme Eichmann, Brunner et Merten auraient eu le courage de voler les SS ? S'ils se faisaient prendre, ils risquaient de se retrouver dans des camps eux aussi, non ?

– Maintenant que vous le faites remarquer, ça semble peu probable, en effet.

– Croyez-moi, tout cela était un coup monté destiné à faire croire au gouvernement grec que les Allemands ne détiennent pas une once de cet or, et qu'il se trouve quelque part au fond de la mer Égée, dans un endroit connu seulement de Max Merten. Par conséquent, inutile de réclamer cet or aux Allemands puisqu'ils ignorent où il est. Génial, n'est-ce pas ?

– Oui, en effet.

– Je suppose que nous ne pourrons jamais le prouver. En revanche, nous pouvons nuire à certains des principaux protagonistes. Au secrétaire d'État d'Adenauer, par exemple : Hans Globke. Oui, nous pourrions lui causer des ennuis. C'est Globke qui a promulgué les lois de Nuremberg, et c'était le fonctionnaire le plus efficace et le plus zélé du ministère de l'Intérieur sous le régime nazi. Réfléchissez une seconde, Christof. Un des principaux tueurs de juifs de Hitler a une main sur le gouvernail de l'État ouest-allemand. Il est très certainement le bras droit du chancelier et son plus proche confident. Pire encore, quand Adenauer prend des vacances, Globke devient de facto chancelier fédéral et ce que l'on fait de plus proche de Martin Bormann aujourd'hui. Ce qui m'amène à la question que je voulais vous poser. Allez-vous rentrer à Munich dès maintenant ?

– Oui.

– Alors, voici ma question : une fois de retour en Allemagne, quand vous vous sentirez prêt, acceptez-vous de nous aider à éliminer Hans Globke ?

– Qu'entendez-vous par "éliminer" ? Vous voulez dire "assassiner" ? Selon une rumeur persistante, vos amis ont traqué et abattu le supérieur de Globke chez les nazis, Wilhelm Stuckhart, en 1953.

– Je veux dire éliminer par tous les moyens nécessaires.

– Je ne sais pas ce qui vous fait croire que je peux vous aider, de cette manière.

– Je devine en vous le besoin de faire quelque chose pour expier les péchés de votre pays. Et les vôtres peut-être. Je me dis que c'est pour cette raison que vous avez aidé Leventis à mettre le grappin sur Max Merten. Non ? Ce qui s'est passé ici, dans ce pays, pèse sur votre conscience. »

Le serveur apporta la deuxième tournée. La reine des bandits saisit un des verres sur le plateau et commença à boire avant même que l'autre soit sur la table. En revanche, elle attendit que le garçon reparte avant de recommencer à parler.

« Je sais que le terme "expier" est très fort. Dans le judaïsme, il décrit le fait de commettre une transgression vis-à-vis de Dieu, afin d'être ensuite pardonné ou gracié. Alors, je commets peut-être un blasphème en vous offrant cette chance, Christof. Pourtant, il s'agit bien de cela. La chance d'utiliser le temps qu'il vous reste à vivre pour faire quelque chose de bien. Des Israéliens et des juifs, je peux en recruter autant que je veux pour l'Institut. Mais aucun ne possède l'expérience que je recherche. Ce qu'il me faut, ce sont quelques Allemands qui ne soient pas juifs. Des Allemands dotés d'une conscience. Des Allemands comme vous, qui exercent un métier respectable et qui connaissent le monde du renseignement. C'est tout à fait votre portrait, non ? Vous n'êtes pas aussi innocent dans ce domaine que vous voulez le faire croire. »

J'acquiesçai.

« Voilà bien longtemps que je ne me sens plus innocent.

– Alors, écoutez quelqu'un qui sait tout de la culpabilité collective. Je suis juive. Cela fait deux mille ans que nous payons le prix de la mort de Jésus-Christ. Je ne pense pas que nous puissions, ni même que nous devions, expier ce conte de fées. Mais je crois qu'un individu peut aider à expier une chose qui s'est produite il y a un peu plus de dix ans. Un individu tel que vous, peut-être. Quelqu'un qui pourrait influer sur l'avenir de son pays et le nouvel ordre moral, dans le bon sens.

– Ce sont de bien grands mots pour un petit homme comme moi.

– Faites-les vôtres, Christof.

– Vous croyez vraiment que Max Merten va ressortir libre ?

– Pas aujourd'hui. Mais avant la fin de l'année, oui. J'en suis plus ou moins convaincue. »

Je réfléchis un instant. J'étais frappé par la perspicacité de la reine des bandits, la manière dont elle semblait voir à travers la carapace épaisse cette partie de moi-même qui avait conservé un résidu de conscience. C'était un peu comme si cette espionne israélienne avait réussi, tel un prophète hébreu, à plonger dans les profondeurs de mon âme. Je choisis mes mots avec soin avant de lui serrer la main de nouveau.

« Je ne sais pas comment je peux vous aider à éliminer Hans Globke. Mais je pense pouvoir vous aider à éliminer quelqu'un d'autre. »

Je demandai à un taxi de me conduire à l'Acropole pour admirer le Parthénon de près et le toucher comme j'aurais pu toucher une précieuse icône russe. Après tous les torchons imprimés et les copies en plâtre que j'avais vus, je ne m'attendais pas à ce que l'original soit aussi impressionnant. Cette réalisation architecturale possédait-elle le même raffinement aux yeux des

Athéniens de l'Antiquité, ces pauvres fantômes, que pour nous aujourd'hui, simples mortels ? Comment pourrait-il en être autrement ? Cette construction serait toujours considérée comme une création humaine de premier plan, malgré son état de délabrement. *En raison* même de ce délabrement, car elle rappelait à chacun de nous sa fragilité temporelle ? Rien de mieux qu'une ruine grecque pour vous donner envie de lire un de ces vieux bouquins signés Platon ou Aristote.

Construit pour être le temple d'Athéna, le Parthénon était devenu une église chrétienne au Ve siècle après Jésus-Christ, et pendant quelque temps, en dépit de ses origines païennes floues, il avait constitué un lieu de pèlerinage important pour les chrétiens. Mais se souciaient-ils réellement du nom de Dieu ? Ou des paroles des cantiques, aujourd'hui muets, que chantaient ces grandes prêtresses d'Athéna. Assurément, le plus important pour eux, c'était la célébration parfaite des immortels. En tout cas, c'était le plus important pour moi. J'entendais des voix, oui.

Après la conquête ottomane, cette splendeur de pierre anonyme avait été une mosquée pendant plus de deux cents ans, jusqu'en 1687, date à laquelle elle avait été fortifiée et transformée en magasin à poudre, avec cette conséquence que les Vénitiens, en débarquant, l'avaient bombardée, et le Parthénon avait été partiellement détruit. Premier signe, peut-être, du chemin sur lequel la science nous conduirait un jour. Depuis 1832, ces ruines doriques étaient le site culturel le plus important de la Grèce, et c'était pour cette raison que je m'y trouvais maintenant, supposais-je, avec une heure à tuer avant que Garlopis me conduise à l'aéroport. Et je me sentais étonnamment ému, comme l'avaient été sans doute ces pèlerins chrétiens. Il y avait beaucoup de touristes autour de moi, des Américains et des Japonais principalement, venus du monde réel des vendeurs salariés et des femmes au foyer, mais je me disais que j'étais une des rares personnes qui, face au Parthénon, avait la nostalgie de sa vraie patrie, Berlin en l'occurrence. Avec tous ses bâtiments néoclassiques – la porte de Brandebourg, la Nouvelle Garde et l'Ancienne Galerie nationale –, Berlin vouait un véritable culte à l'architecture grecque, et elle en connaissait un rayon en matière de destruction. Quand l'Armée rouge eut achevé elle aussi son œuvre païenne et brutale, la vieille île de Berlin et ses copies du Parthénon ressemblaient beaucoup plus à l'original que quiconque, à l'exception de Staline, ne l'aurait souhaité.

En déambulant dans cette forêt de colonnes pétrifiées, devant l'affirmation épique des prouesses dont l'homme était capable, je réfléchissais à l'autre grande leçon dispensée par ce lieu, à mes yeux du moins : tout pouvait changer, même une chose aussi exceptionnelle que le Parthénon.

Dans ce cas, pourquoi pas Bernie Gunther ?

Apparemment, quand toutes les choses du passé semblaient, dans l'esprit des cyniques, avoir été irrémédiablement détruites, elles avaient peut-être encore un avenir. Un avenir différent certainement, mais tout aussi important. À l'image de Gunther, des parties du Parthénon paraissaient irréparables : la chaussée menant à la façade était un chantier de construction envahi de frontons gisant sur le sol, de métopes endommagées, de colonnes brisées. Peut-être faudrait-il autant de temps pour préserver et réparer le Parthénon qu'il en avait fallu pour le bâtir. Plus longtemps même, car la préservation avance toujours moins vite, de manière plus respectueuse, que la construction. Mais, songeais-je, vous pouviez vous plaindre du vandalisme culturel des Turcs ou des Vénitiens, en espérant que quelqu'un de plus qualifié, un jour, décide de tout retaper, ou alors vous pouviez dénicher une grue, récupérer quelques blocs de marbre et ériger vous-même un échafaudage.

Mes cantiques dédiés à l'amour resteraient probablement silencieux pour toujours maintenant, et alors ? J'étais trop vieux pour tous ces bobards, de toute façon. Elli l'ignorait sans doute, mais en un sens, elle m'avait épargné. Nous nous étions épargnés mutuellement.

Pour laisser une trace et pour témoigner de ce que je devais encore accomplir, j'avais besoin uniquement de cette place dans le nouvel ordre moral, offerte par la reine des bandits, où un fantôme à la dérive comme moi pouvait de nouveau sentir quelque chose de réel et respirer le rêve d'une vraie expiation.

Notes de l'auteur

Max Merten fut finalement arrêté à Athènes pour crimes de guerre et pillage de biens au printemps 1943, lors du procès d'Arthur Meissner. La reine Frederika de Hanovre (elle-même allemande), reine des Hellènes, remit en cause les poursuites, demandant : « Est-ce ainsi que M. le procureur voit le développement des relations entre l'Allemagne et la Grèce ? » Quand Merten fut envoyé à la prison Avéroff, le gouvernement ouest-allemand protesta énergiquement. Deux ans plus tard, le 11 février 1959, Merten fut jugé pour meurtre, pillage, exportation de pièces d'or et autres crimes de guerre contre les juifs. Le président du tribunal, un certain colonel Kokorestas, interdit aux avocats de la communauté juive de Salonique de présenter des preuves devant la cour ; seuls quelques plaignants furent autorisés à témoigner à titre individuel, ce qui eut pour effet d'atténuer l'ampleur des crimes commis contre les juifs de Grèce. Merten plaida non coupable de tous les chefs d'inculpation, le gouvernement fédéral d'Allemagne paya les frais d'avocat. Le 5 mars 1959, Max Merten fut reconnu coupable de crimes de guerre et condamné à vingt-cinq ans de prison. Après seulement huit mois, il fut libéré par le Premier ministre Konstantin Karamanlis dans le cadre d'une amnistie générale. En mars 1960, un « accord économique » fut signé entre la Grèce et l'Allemagne, stipulant qu'une somme de 115 millions de marks seulement (environ 16 millions de dollars) serait versée au titre de réparation. Une somme risible compte tenu des dommages qu'avait subis la Grèce. L'Allemagne acceptait par ailleurs de « prêter » de l'argent à la Grèce. Max Merten retourna en Allemagne, où il reçut un substantiel dédommagement pour son séjour en prison. En 1960, il témoigna par écrit lors du procès d'Eichmann sans y participer, et mourut en 1971 ou 1976. Sans jamais être retourné en Grèce.

Après avoir servi dans la SS, **Alois Brunner** travailla probablement pour les services de renseignement allemands avant de se rendre en Égypte en 1954, où il exerça l'activité de marchand d'armes. Plus tard, il partit en Syrie, où il aurait été recruté par les services de renseignement de Hafez el-Assad. On ignore la nature exacte de son travail. En 1954 il fut condamné par contumace en France pour les crimes de guerre commis à Drancy. Dans une interview donnée au magazine allemand *Bunte* en 1985, à Damas, Brunner avouait ne pas regretter ses activités chez les nazis. Les Israéliens tentèrent à deux reprises de l'assassiner, en vain. Conséquence d'une lettre piégée reçue en 1961, il perdit un œil et les doigts de la main gauche. Il mourut en 2001 ou 2010, selon les sources. Au moment de son décès, il était le criminel de guerre nazi le plus recherché au monde. Il est enterré à Damas.

Le Pr **Hans Globke** témoigna au procès de Nuremberg, à la fois pour la défense et pour l'accusation. Il quitta ses fonctions ministérielles en 1963, après plusieurs tentatives de la part du gouvernement fédéral pour influer sur le procès Eichmann. Des documents dédouanant Globke avaient été transmis aux procureurs par le BND. Il mourut en 1973, non sans avoir été décoré par Konrad Adenauer de la grand-croix de l'ordre du Mérite de la République fédérale d'Allemagne. Jusqu'à sa mort il resta un conseiller actif d'Adenauer et de la CDU.

Toutes mes informations concernant **Munich Re** proviennent du propre site Internet de la compagnie d'assurances qui, il faut l'en féliciter, ne passe pas sous silence ses activités durant la guerre. On y apprend ainsi que le P-DG de la société en 1933, Kurt Schmitt, fut nommé ministre de l'Économie du Reich et que, fidèle à ses convictions, Alois Alzheimer rejoignit le parti nazi, cas unique au sein du conseil d'administration de Munich Re. Cette compagnie assura effectivement les installations et les « activités » des camps d'Auschwitz, de Buchenwald, de Dachau, de Ravensbrück et de Sachsenhausen. Après la guerre, Schmitt et Alzheimer furent arrêtés par l'armée américaine. Toutefois, aucun des deux ne fut inculpé, contrairement à d'autres membres du conseil d'administration qui écopèrent de peines de prison. Alois Alzheimer devint P-DG de Munich Re en 1950 et il dirigea la compagnie jusqu'en 1968. Dommage que toutes les sociétés allemandes ne soient pas aussi transparentes sur leur passé ! À ma connaissance, le P-DG de Munich Re n'avait aucun lien de parenté avec le célèbre Alois Alzheimer qui a donné son nom à une forme de démence sénile.

En 1960, le magazine *Der Spiegel* publia des extraits de la déposition de Merten devant les autorités allemandes, dans laquelle il affirmait que plusieurs membres du gouvernement grec, et leurs proches, avaient servi d'informateurs durant l'occupation nazie et avaient reçu en guise de récompense des entreprises confisquées aux juifs de Thessalonique. Certaines de ces personnes attaquèrent en justice *Der Spiegel* en 1963 et gagnèrent leur procès.

À la suite d'un coup d'État, en 1967, la Grèce fut gouvernée par l'armée – c'est ce qu'on a appelé le régime des colonels – pendant sept ans. Des milliers de communistes furent emprisonnés ou exilés sur des îles lointaines. Beaucoup furent torturés. Après le rétablissement de la démocratie en 1975, la Grèce demanda et obtint son adhésion à la CEE en 1981. Elle rejoignit la zone euro en 2001, en ayant falsifié les chiffres afin de répondre aux critères économiques exigés. Depuis, le pays croule sous le poids des dettes que la Banque centrale européenne ne semble pas disposée à effacer.

L'or des juifs de Thessalonique ne fut jamais retrouvé. En 1945, les nazis transférèrent d'importantes quantités d'or du Reichstag à Berlin en Suisse, « en lieu sûr ». Dans un livre intitulé *L'Or des nazis* (1984, les deux auteurs Ian Sayer et Douglas Botting estiment que cet or représenterait aujourd'hui, grosso modo, la somme de dix milliards de dollars sur le marché. Mais évidemment, quiconque a vu le film *De l'or pour les braves* sait que cet or a été volé par Clint Eastwood et Telly Savalas.

En 2003, **Konrad Adenauer** fut élu le plus grand Allemand de tous les temps par des téléspectateurs de la chaîne de télévision ZDF.

DU MÊME AUTEUR

Le Chiffre de l'alchimiste
Le Masque, 2004

La Paix des dupes
Le Masque, 2007
et « Le Livre de poche », n° 32732

Le Chiffre de l'alchimiste
Le Masque, 2007

La Trilogie berlinoise
Le Masque, 2008
et « Le Livre de poche », n° 31644

La Mort, entre autres
Le Masque, 2009
et « Le Livre de poche », no 32077

Une douce flamme
Le Masque, 2010
et « Le Livre de poche », n° 32433

Une enquête philosophique
Le Masque, 2011
et « Le Livre de poche », n° 33132

Hôtel Adlon
Le Masque, 2012
et « Le Livre de poche », n° 32820

Chambre froide
Le Masque, 2012

Vert de gris
Le Masque, 2013

Impact
Le Masque, 2013

Prague fatale
Le Masque, 2014
et « Le Livre de poche », n° 33659

Les Ombres de Katyn
Le Masque, 2015
et « Le Livre de poche », n° 34079

La Dame de Zagreb
Le Masque, 2016
et « Le Livre de poche », n° 34383

Le Mercato d'hiver
Une enquête de Scott Manson, vol. 1
Le Masque, 2016

La Main de Dieu
Une enquête de Scott Manson, vol. 2
Le Masque, 2016

La Feinte de l'attaquant
Une enquête de Scott Manson, vol. 3
Le Masque, 2017

Pénitence
Le Masque, 2017

Les Pièges de l'exil
Seuil, 2017
et « Points Policier », n° P4801

Bleu de Prusse
Seuil, 2018
et « Points Policier », n° P4965

Esaü
Éditions du Mont-Blanc, 2019

Metropolis
Seuil, 2020

RÉALISATION : NORD COMPO À VILLENEUVE-D'ASCQ
IMPRESSION : CPI FRANCE
DÉPÔT LÉGAL : NOVEMBRE 2020. N° 143473 (3039659)
IMPRIMÉ EN FRANCE

Éditions Points

Collection Points Policier

DERNIERS TITRES PARUS

P3091. Les Joyaux du paradis, *Donna Leon*
P3103. Le Dernier Lapon, *Olivier Truc*
P3115. Meurtre au Comité central, *Manuel Vázquez Montalbán*
P3123. Liquidations à la grecque, *Petros Markaris*
P3124. Baltimore, *David Simon*
P3125. Je sais qui tu es, *Yrsa Sigurdardóttir*
P3141. Le Baiser de Judas, *Anna Grue*
P3142. L'Ange du matin, *Arni Thorarinsson*
P3149. Le Roi Lézard, *Dominique Sylvain*
P3161. La Faille souterraine. Et autres enquêtes *Henning Mankell*
P3162. Les Deux Premières Enquêtes cultes de Wallander : Meurtriers sans visage & Les Chiens de Riga *Henning Mankell*
P3163. Brunetti et le mauvais augure, *Donna Leon*
P3164. La Cinquième Saison, *Mons Kallentoft*
P3165. Panique sur la Grande Muraille & Le Mystère du jardin chinois, *Frédéric Lenormand*
P3166. Rouge est le sang, *Sam Millar*
P3167. L'Énigme de Flatey, *Viktor Arnar Ingólfsson*
P3168. Goldstein, *Volker Kutscher*
P3219. Guerre sale, *Dominique Sylvain*
P3220. Arab Jazz, *Karim Miské*
P3228. Avant la fin du monde, *Boris Akounine*
P3229. Au fond de ton cœur, *Torsten Pettersson*
P3234. Une belle saloperie, *Robert Littell*
P3235. Fin de course, *C.J. Box*
P3251. Étranges Rivages, *Arnaldur Indridason*
P3267. Les Tricheurs, *Jonathan Kellerman*
P3268. Dernier refrain à Ispahan, *Naïri Nahapétian*
P3279. Kind of Blue, *Miles Corwin*
P3280. La fille qui avait de la neige dans les cheveux *Ninni Schulman*
P3295. Sept pépins de grenade, *Jane Bradley*
P3296. À qui se fier ?, *Peter Spiegelman*
P3315. Techno Bobo, *Dominique Sylvain*
P3316. Première station avant l'abattoir, *Romain Slocombe*
P3317. Bien mal acquis, *Yrsa Sigurdardottir*
P3330. Le Justicier d'Athènes, *Petros Markaris*

P3331. La Solitude du manager, *Manuel Vázquez Montalbán*
P3349. 7 jours, *Deon Meyer*
P3350. Homme sans chien, *Håkan Nesser*
P3351. Dernier verre à Manhattan, *Don Winslow*
P3374. Mon parrain de Brooklyn, *Hesh Kestin*
P3389. Piégés dans le Yellowstone, *C.J. Box*
P3390. On the Brinks, *Sam Millar*
P3399. Deux veuves pour un testament, *Donna Leon*
P4004. Terminus Belz, *Emmanuel Grand*
P4005. Les Anges aquatiques, *Mons Kallentoft*
P4006. Strad, *Dominique Sylvain*
P4007. Les Chiens de Belfast, *Sam Millar*
P4008. Marée d'équinoxe, *Cilla et Rolf Börjlind*
P4050. L'Inconnue du bar, *Jonathan Kellerman*
P4051. Une disparition inquiétante, *Dror Mishani*
P4065. Thé vert et arsenic, *Frédéric Lenormand*
P4068. Pain, éducation, liberté, *Petros Markaris*
P4088. Meurtre à Tombouctou, *Moussa Konaté*
P4089. L'Empreinte massaï, *Richard Crompton*
P4093. Le Duel, *Arnaldur Indridason*
P4101. Dark Horse, *Craig Johnson*
P4102. Dragon bleu, tigre blanc, *Qiu Xiaolong*
P4114. Le garçon qui ne pleurait plus, *Ninni Schulman*
P4115. Trottoirs du crépuscule, *Karen Campbell*
P4117. Dawa, *Julien Suaudeau*
P4127. Vent froid, *C.J. Box*
P4159. Une main encombrante, *Henning Mankell*
P4160. Un été avec Kim Novak, *Håkan Nesser*
P4171. Le Détroit du Loup, *Olivier Truc*
P4188. L'Ombre des chats, *Arni Thorarinsson*
P4189. Le Gâteau mexicain, *Antonin Varenne*
P4210. La Lionne blanche & L'homme qui souriait
Henning Mankell
P4211. Kobra, *Deon Meyer*
P4212. Point Dume, *Dan Fante*
P4224. Les Nuits de Reykjavik, *Arnaldur Indridason*
P4225. L'Inconnu du Grand Canal, *Donna Leon*
P4226. Little Bird, *Craig Johnson*
P4227. Une si jolie petite fille. Les crimes de Mary Bell
Gitta Sereny
P4228. La Madone de Notre-Dame, *Alexis Ragougneau*
P4229. Midnight Alley, *Miles Corwin*
P4230. La Ville des morts, *Sara Gran*
P4231. Un Chinois ne ment jamais & Diplomatie en kimono
Frédéric Lenormand
P4232. Le Passager d'Istanbul, *Joseph Kanon*

P4233. Retour à Watersbridge, *James Scott*
P4234. Petits meurtres à l'étouffée, *Noël Balen et Vanessa Barrot*
P4285. La Revanche du petit juge, *Mimmo Gangemi*
P4286. Les Écailles d'or, *Parker Bilal*
P4287. Les Loups blessés, *Christophe Molmy*
P4295. La Cabane des pendus, *Gordon Ferris*
P4305. Un type bien. Correspondance 1921-1960
Dashiell Hammett
P4313. Le Cannibale de Crumlin Road, *Sam Millar*
P4326. Molosses, *Craig Johnson*
P4334. Tango Parano, *Hervé Le Corre*
P4341. Un maniaque dans la ville, *Jonathan Kellerman*
P4342. Du sang sur l'arc-en-ciel, *Mike Nicol*
P4351. Au bout de la route, l'enfer, *C.J. Box*
P4352. Le garçon qui ne parlait pas, *Donna Leon*
P4353. Les Couleurs de la ville, *Liam McIlvanney*
P4363. Ombres et Soleil, *Dominique Sylvain*
P4367. La Rose d'Alexandrie, *Manuel Vázquez Montalbán*
P4393. Battues, *Antonin Varenne*
P4417. À chaque jour suffit son crime, *Stéphane Bourgoin*
P4425. Des garçons bien élevés, *Tony Parsons*
P4430. Opération Napoléon, *Arnaldur Indridason*
P4461. Épilogue meurtrier, *Petros Markaris*
P4467. En vrille, *Deon Meyer*
P4468. Le Camp des morts, *Craig Johnson*
P4476. Les Justiciers de Glasgow, *Gordon Ferris*
P4477. L'Équation du chat, *Christine Adamo*
P4482. Une contrée paisible et froide, *Clayton Lindemuth*
P4486. Brunetti entre les lignes, *Donna Leon*
P4487. Suburra, *Carlo Bonini et Giancarlo De Cataldo*
P4488. Le Pacte du petit juge, *Mimmo Gangemi*
P4516. Meurtres rituels à Imbaba, *Parker Bilal*
P4526. Snjór, *Ragnar Jónasson*
P4527. La Violence en embuscade, *Dror Mishani*
P4528. L'Archange du chaos, *Dominique Sylvain*
P4529. Évangile pour un gueux, *Alexis Ragougneau*
P4530. Baad, *Cédric Bannel*
P4531. Le Fleuve des brumes, *Valerio Varesi*
P4532. Dodgers, *Bill Beverly*
P4547. L'Innocence pervertie, *Thomas H. Cook*
P4549. Sex Beast. Sur la trace du pire tueur en série
de tous les temps, *Stéphane Bourgoin*
P4560. Des petits os si propres, *Jonathan Kellerman*
P4561. Un sale hiver, *Sam Millar*
P4562. La Peine capitale, *Santiago Roncagliolo*

P4568. La crème était presque parfaite, *Noël Balen et Vanessa Barrot*
P4577. L.A. nocturne, *Miles Corwin*
P4578. Le Lagon noir, *Arnaldur Indridason*
P4585. Le Crime, *Arni Thorarinsson*
P4593. Là où vont les morts, *Liam McIlvanney*
P4602. L'Empoisonneuse d'Istanbul, *Petros Markaris*
P4611. Tous les démons sont ici, *Craig Johnson*
P4616. Lagos Lady, *Leye Adenle*
P4617. L'Affaire des coupeurs de têtes, *Moussa Konaté*
P4618. La Fiancée massaï, *Richard Crompton*
P4629. Sur les hauteurs du mont Crève-Cœur, *Thomas H. Cook*
P4640. L'Affaire Léon Sadorski, *Romain Slocombe*
P4644. Les Doutes d'Avraham, *Dror Mishani*
P4649. Brunetti en trois actes, *Donna Leon*
P4650. La Mésange et l'Ogresse, *Harold Cobert*
P4655. La Montagne rouge, *Olivier Truc*
P4656. Les Adeptes, *Ingar Johnsrud*
P4660. Tokyo Vice, *Jake Adelstein*
P4661. Mauvais Coûts, *Jacky Schwartzmann*
P4664. Divorce à la chinoise & Meurtres sur le fleuve Jaune *Frédéric Lenormand*
P4665. Il était une fois l'inspecteur Chen, *Qiu Xiaolong*
P4701. Cartel, *Don Winslow*
P4719. Les Anges sans visage, *Tony Parsons*
P4724. Rome brûle, *Carlo Bonini et Giancarlo De Cataldo*
P4730. Dans l'ombre, *Arnaldur Indridason*
P4738. La Longue Marche du juge Ti & Médecine chinoise à l'usage des assassins, *Frédéric Lenormand*
P4757. Mörk, *Ragnar Jónasson*
P4758. Kabukicho, *Dominique Sylvain*
P4759. L'Affaire Isobel Vine, *Tony Cavanaugh*
P4760. La Daronne, *Hannelore Cayre*
P4761. À vol d'oiseau, *Craig Johnson*
P4762. Abattez les grands arbres, *Christophe Guillaumot*
P4763. Kaboul Express, *Cédric Bannel*
P4771. La Maison des brouillards, *Eric Berg*
P4772. La Pension de la via Saffi, *Valerio Varesi*
P4781. Les Sœurs ennemies, *Jonathan Kellerman*
P4782. Des enfants tuent un enfant. L'affaire James Bulger *Gitta Sereny*
P4783. La Fin de l'histoire, *Luis Sepúlveda*
P4801. Les Pièges de l'exil, *Philip Kerr*
P4807. Karst, *David Humbert*
P4808. Mise à jour, *Julien Capron*
P4817. La Femme à droite sur la photo, *Valentin Musso*
P4827. Le Polar de l'été, *Luc Chomarat*

P4830. Banditsky ! Chroniques du crime organisé à Saint-Pétersbourg, *Andreï Constantinov*
P4848. L'Étoile jaune de l'inspecteur Sadorski *Romain Slocombe*
P4851. Si belle, mais si morte, *Rosa Mogliasso*
P4853. Danser dans la poussière, *Thomas H. Cook*
P4859. Missing : New York, *Don Winslow*
P4861. Minuit sur le canal San Boldo, *Donna Leon*
P4868. Justice soit-elle, *Marie Vindy*
P4881. Vulnérables, *Richard Krawiec*
P4882. La Femme de l'ombre, *Arnaldur Indridason*
P4883. L'Année du lion, *Deon Meyer*
P4884. La Chance du perdant, *Christophe Guillaumot*
P4885. Demain c'est loin, *Jacky Schwartzmann*
P4886. Les Géants, *Benoît Minville*
P4887. L'Homme de Kaboul, *Cédric Bannel*
P4907. Le Dernier des yakuzas, *Jake Adelstein*
P4918. Les Chemins de la haine, *Eva Dolan*
P4924. La Dent du serpent, *Craig Johnson*
P4925. Quelque part entre le bien et le mal, *Christophe Molmy*
P4937. Nátt, *Ragnar Jónasson*
P4942. Offshore, *Petros Markaris*
P4958. La Griffe du chat, *Sophie Chabanel*
P4959. Les Ombres de Montelupo, *Valerio Varesi*
P4960. Le Collectionneur d'herbe, *Francisco José Viegas*
P4961. La Sirène qui fume, *Benjamin Dierstein*
P4962. La Promesse, *Tony Cavanaugh*
P4963. Tuez-les tous... mais pas ici, *Pierre Pouchairet*
P4964. Judas, *Astrid Holleeder*
P4965. Bleu de Prusse, *Philip Kerr*
P4966. Les Planificateurs, *Kim Un-Su*
P4978. Qaanaaq, *Mo Malø*
P4982. Meurtres à Pooklyn, *Mod Dunn*
P4983. Iboga, *Christian Blanchard*
P4995. Moi, serial killer. Les terrifiantes confessions de 12 tueurs en série, *Stéphane Bourgoin*
P5023. Passage des ombres, *Arnaldur Indridason*
P5024. Les Saisons inversées, *Renaud S. Lyautey*
P5025. Dernier Été pour Lisa, *Valentin Musso*
P5026. Le Jeu de la défense, *André Buffard*
P5027. Esclaves de la haute couture, *Thomas H. Cook*
P5028. Crimes de sang-froid, *Collectif*
P5029. Missing : Germany, *Don Winslow*
P5030. Killeuse, *Jonathan Kellerman*
P5031. #HELP, *Sinéad Crowley*
P5054. Sótt, *Ragnar Jónasson*

P5055. Sadorski et l'ange du péché, *Romain Slocombe*
P5067. Dégradation, *Benjamin Myers*
P5068. Les Disparus de la lagune, *Donna Leon*
P5093. Les Fils de la poussière, *Arnaldur Indridason*
P5094. Treize Jours, *Arni Thorarinsson*
P5095. Tuer Jupiter, *François Médéline*
P5096. Pension complète, *Jacky Schwartzmann*
P5097. Jacqui, *Peter Loughran*
P5098. Jours de crimes, *Stéphane Durand-Souffland et Pascale Robert-Diard*
P5099. Esclaves de la haute couture, *Thomas H. Cook*
P5100. Chine, retiens ton souffle, *Qiu Xiaolong*
P5101. Exhumation, *Jesse et Jonathan Kellerman*
P5102. Lola, *Melissa Scrivner Love*
P5123. Tout autre nom, *Craig Johnson*
P5124. Requiem, *Tony Cavanaugh*
P5125. Ce que savait la nuit, *Arnaldur Indridason*
P5126. Scalp, *Cyril Herry*
P5127. Haine pour haine, *Eva Dolan*
P5128. Trois Jours, *Petros Markaris*
P5167. Diskø, *Mo Malø*
P5168. Sombre avec moi, *Chris Brookmyre*
P5169. Les Infidèles, *Dominique Sylvain*
P5170. L'Agent du chaos, *Giancarlo De Cataldo*
P5171. Le Goût de la viande, *Gildas Guyot*
P5172. Les Effarés, *Hervé Le Corre*
P5173. J'ai vendu mon âme en bitcoins, *Jake Adelstein*
P5174. La Dame de Reykjavik, *Ragnar Jónasson*
P5175. La Mort du Khazar rouge, *Shlomo Sand*
P5176. Le Blues du chat, *Sophie Chabanel*
P5177. Les Mains vides, *Valerio Varesi*
P5213. Le Cœur et la chair, *Ambrose Parry*
P5215. Crime et délice, *Jonathan Kellerman*
P5216. Le Sang noir des hommes, *Julien Suaudeau*
P5217. À l'ombre de l'eau, *Maïko Kato*
P5218. Vik, *Ragnar Jónasson*
P5248. Il était une fois dans l'Est, *Arpád Soltész*
P5249. La Tentation du pardon, *Donna Leon*
P5250. Ah, les braves gens !, *Franz Bartelt*
P5251. Crois-le !, *Patrice Guirao*
P5252. Lyao-Ly, *Patrice Guirao*
P5253. À sang perdu, *Rae DelBianco*
P5282. L'Artiste, *Antonin Varenne*
P5283. Les Roses de la nuit, *Arnaldur Indridason*
P5284. Le Diable et Sherlock Holmes, *David Grann*
P5285. Coups de vieux, *Dominique Forma*
P5286. L'Offrande grecque, *Philip Kerr*